Collection dirigée par Glenn Tavennec

L'AUTEUR

Après avoir été auteur de non-fiction, la Britannique Cat Clarke se consacre désormais à la littérature pour jeunes adultes. Son premier roman, *Confusion* (Robert Laffont, 2012) a rencontré un grand succès en Angleterre. Après *Cruelles* (Robert Laffont, 2013) encensé par *The Guardian* en 2012 et *Revanche* (Robert Laffont, 2013), « l'événement de l'année 2013 » selon le libraire Gérard Collard, Cat Clarke poursuit sa belle carrière avec *Perdue et retrouvée* et *A Kiss in the Dark* (Robert Laffont, 2014).

CAT CLARKE

Perdue et Retrouvée

Traduit de l'anglais (États-Unis) par Alexandra Maillard

roman

Titre original : THE LOST AND THE FOUND

ISBN 978-2-221-14509-8 ISSN 2258-2932
(édition originale : ISBN : 978-1-84866-395-4, Quercus, Londres)

Pour Julia Churchill

1.

Elle sait. C'est sûr.

Je me demande vraiment *comment* elle l'a appris. Je ne suis pas idiote au point de tenir un journal intime, ni une de ces débiles à fond ma-maman-est-ma-meilleure-amie-et-on-se-dit-tout. Il doit s'agir d'une sorte de sixième sens, un don que seules les mères auraient.

C'est là, dans ses yeux, chaque fois qu'elle me regarde. Le truc, c'est que j'ignore ce qu'elle pense vraiment. Pourquoi est-ce que ça ne se voit pas, ça aussi ? Est-elle en colère ? Déçue ? Résignée ? Fière ?

— Comment ça se passe au boulot pour la mère de Martha ? Ils ont déjà annoncé qui était licencié ?

C'est un piège. Classique. Je ne tomberai pas dedans. Je hausse les épaules.

— Je l'ignore. Elle est rentrée tard, hier. Elle a dû aller boire un verre après ses cours du soir.

Je sirote mon thé, parfaitement détendue.

— Martha dit que ça la stresse carrément, quand même.

Maman opine. Elle sait lorsqu'une bataille est perdue.

— Ça doit être dur.

— Ils ont du fric, non ? Le père de Martha gagne assez pour eux deux. Je me demande pourquoi elle veut travailler…

Ce n'était pas une chose à dire. Et je ne parle jamais à tort et à travers, d'habitude, mais je suis crevée. Ma mère est à fond pour le féminisme, l'égalité des chances, et l'indépendance des femmes. Le plus drôle, c'est que je suis d'accord avec elle – ce qu'elle n'est pas près de savoir. *Jamais.* C'est beaucoup plus marrant de me disputer avec elle. Pourtant, maman ne mord pas à l'hameçon, aujourd'hui. Elle a l'air préoccupée.

— Ça va, maman ?

En général, j'essaie de ne pas poser la question plus de trois fois par jour. J'ai appris à le faire très jeune, en revanche. Quand ma mère se renfermait sur elle-même, dans ce monde infernal à l'intérieur de sa tête, c'était souvent le seul moyen de la pousser à communiquer. Même si sa réponse, à laquelle je ne croyais jamais, était invariablement la même : « Je vais bien, ma chérie. »

Le scénario habituel suit parfaitement son cours, ce qui me rassure, étrangement. Je m'attendais presque à ce qu'elle me sorte un truc du style : « Non, ça ne va pas, puisque ma fille m'a menti à propos de l'endroit où elle était hier soir, tout ça pour pouvoir perdre sa virginité avec Thomas Bolt à l'arrière d'une camionnette, mais merci de poser la question… »

Un journal est posé sur la table de la cuisine, la une tournée face au plateau. Je ne l'avais pas repéré, j'étais trop occupée à essayer de comprendre ce que ça me fait d'avoir perdu ma virginité.

La page des sports est en évidence : une équipe en a battu une autre et un certain gars a marqué plus de points au cours de la partie que de toute sa carrière. Et je suis certaine de ce que je trouverai à l'intérieur, si j'ouvre le canard. C'est pour ça que maman me jette ces petits coups d'œil bizarres et qu'elle a retourné la une à mon arrivée : elle ne veut pas que je la voie.

Dans un foyer normal – chez Martha ou Thomas, par exemple –, un journal est du papier avec des nouvelles imprimées : les guerres, la politique, la plus grosse courge du Salon de l'agriculture… Dans notre maison – cette baraque tout-sauf-normale –, un journal est une bombe prête à exploser.

Je ne dis pas que je m'en suis rendu compte. Maman se lève pour aller laver la vaisselle, les épaules lourdes sous le poids de l'insupportable fardeau qu'elle traîne partout, chaque jour. Je profite qu'elle a le dos tourné pour faire glisser le journal vers moi, puis sur mes genoux. Bombe sur le point d'exploser ou pas, il faut que je sache.

C'est généralement mauvais. Même lorsque ça paraît positif, ça ne l'est jamais. Au fond, c'est souvent pire : ça donne de l'espoir et, ensuite, ça le laisse retomber de toute sa hauteur et s'écraser contre le bitume. C'est surtout dur pour maman ; c'est ce que tout le monde affirme toujours. Et même si « tout le monde » a sans doute raison, c'est difficile pour papa aussi. Et ce n'est pas tout à fait une petite balade de santé pour moi non plus. Mais mon père a Michel et moi, Thomas ; ma mère n'a personne.

Je prie pour qu'elle ne se mette pas en mode tortue. La dernière fois, elle est restée enfermée dans sa chambre pendant une semaine entière. J'ai même dû lui apporter ses repas sur un plateau chaque jour, mais pour ce qu'elle avait mangé... Elle ne décrochait pas un mot et ne répondait pas au téléphone. Papa avait fini par passer la voir J'avais écouté à la porte.

— Tu dois te secouer, Olivia. Pour Faith. Elle a besoin de toi.

Là, il avait tort. Je gérais parfaitement la situation, même si le moment était vraiment mal choisi – pile pendant les partiels. Je n'ai pas *besoin* d'elle, ou du moins plus comme quand j'étais petite. Simplement, ça serait sympa qu'elle me parle de temps en temps. Qu'elle voie qu'il existe d'autres options que « tomber en dépression totale et très profonde », et sourire artificiellement, genre « tout va très bien ». Il y a un juste milieu, et elle ne l'a pas encore atteint.

Je retourne le journal. C'est effectivement mauvais.

« J'AI TUÉ LAUREL LOGAN ! »

Je grogne malgré moi. Ma mère se retourne aussitôt pour venir m'arracher le papier et le froisser en boule. Elle le fourre ensuite dans la poubelle, qui est pleine. Certaines lettres noires du gros titre pointent sous le couvercle qui ne se referme pas. Maman enfonce la boule plus profondément en jurant, lorsqu'elle me surprend à la fixer du regard.

Là-dessus, elle s'assoit par terre et me prend la main La sienne est froide – elle a toujours les mains gelées. Au point que je me demande parfois si elles ont été chaudes un jour. *Avant.*

— J'allais t'en parler. (Mensonge.) J'ai eu la police au téléphone. Ils m'ont assuré que ce n'est rien. Que ce n'est qu'un illuminé ! Qu'ils l'auraient bien coffré pour ça, mais il purge déjà deux condamnations à perpétuité. (Elle soupire.) C'est encore une de ces bafouilles de gratte-papier irresponsable. Il est même mentionné dans l'article que ce type n'aurait jamais pu faire le coup. Cependant, ce genre de gros titre est moins vendeur, non ?

Les larmes me montent aux yeux sans que je sache très bien pourquoi. Des histoires de ce style sortent souvent dans la presse écrite, à la télé, ou sur Internet. Étant donné que j'en ai toujours connu, on pourrait me croire immunisée. Et je le suis, en général, mais pour une raison qui m'échappe, j'ai décidé de donner dans le pathétique, aujourd'hui.

Maman déteste que je pleure. Je suis convaincue que n'importe quelle mère doit être pareille, pourtant, la façon dont la mienne gémit « Oh, chérie, *s'il te plaît*, ne pleure pas » me laisse penser qu'elle le dit plus pour elle que pour moi. Comme si ma tristesse rendait les choses plus difficiles pour elle. Du coup, j'essaie de ne pas pleurer quand elle est dans le coin, parce qu'il n'y a rien de pire que d'être contrarié, puis culpabilisé de l'être.

Une fois mes larmes sous contrôle, maman me parle de ce type qui raconte avoir tué ma sœur. Il aurait dégommé tous les membres de sa famille il y a dix ans, et serait enfermé dans une prison de haute sécurité. Ces derniers temps, son activité préférée consisterait à prétendre avoir assassiné des gens. Comme si ceux qu'il a effectivement exécutés ne suffisaient pas… Maman fait super bien semblant de s'en foutre, même si c'est du chiqué.

En admettant que je n'en aie pas l'expérience, je le devinerais à cause de l'interview qu'elle a donnée l'année passée. Elle oublie que je l'ai lue, ou qu'elle n'a pas arrêté de raconter partout que c'est vraiment horrible pour elle et qu'elle a la sensation que son cœur se brise lorsque ce genre d'histoire sort.

Papa ne lit jamais les interviews de maman. C'est difficile pour lui de voir des trucs sur leur mariage étalés dans des journaux qu'il méprise. Mais il ne cause pas de problème, parce qu'il n'ignore pas qu'on a besoin d'argent. En plus, quelqu'un pourrait vraiment avoir des informations sur Laurel, tomber sur l'un de ces articles pourris, et appeler la police. Chaque fois que quelqu'un interroge mon père sur les « activités médiatiques » de son ex-épouse, il donne la même réponse : « Espérons que la fin justifie les moyens. »

— À quelle heure Michel vient te chercher, déjà ?

Elle a toujours une drôle de façon de dire « Michel » – comme si elle plissait un peu le nez. C'est sans doute mon imagination…

Je jette un coup d'œil à mon téléphone.

— À dix heures.

— Mais tu n'es restée qu'une heure à la maison !

Le silence s'installe pendant une minute, jusqu'à ce que ma mère s'éclaircisse la voix. Elle va sortir un machin bizarre.

— J'ai pensé à quelque chose.

Ce n'est jamais très bon, quand les parents *pensent*…

— Ce serait chouette de se prendre un week-end entier ensemble, un jour, toutes les deux. On n'aurait qu'à faire ce que tu veux – on partirait quelque part. À Prague, par exemple. Ou à Paris.

— Heu…

L'écran de mon portable s'allume : un texto de Martha. Je me penche sur le côté pour que maman ne puisse pas le lire : Alors ? CRACHE LE MORCEAU. X

Je ne sais absolument pas quoi répondre à maman. Elle connaît l'accord que nous avons : je passe les week-ends avec papa et Michel. C'est ainsi depuis six ans. Il n'y a pas eu de décision de justice. Les parents se sont simplement arrangés entre eux. Ils ont fait une sorte de divorce amical, comme ils aiment le dire.

Je n'ai pas envie de me disputer ce matin. Impossible de lui avouer que je n'imagine rien de pire que d'errer en sa compagnie dans Prague, Paris ou n'importe quelle autre ville dont le nom commencerait par un « P ». Parce que nous savons très bien comment les choses tourneraient. Elle feindrait d'être super contente et me traînerait dans les lieux touristiques. Elle m'obligerait à sourire et à poser devant la tour Eiffel pour me prendre en photo, alors qu'elle ne m'autoriserait *jamais* à la photographier elle, histoire de ne pas laisser de preuves en images de son chagrin. Pour sourire, elle sourirait. On apercevrait même ses dents, ce qui ferait peut-être croire que ce rictus est sincère, réel. Mais son regard révélerait que quelque chose est mort en elle.

Un cliché de ma mère accompagne systématiquement les articles de presse, pourtant, jamais aucune ne la montre gaie. Elle veille à garder un air sinistre quand des photographes rôdent dans le coin. Elle prétend qu'on le lui reprocherait, et elle a sûrement raison. (*Pourquoi elle se marre, celle-là ? Comment une mère peut-elle aller aussi bien alors que sa fille n'a toujours pas été retrouvée ?*) Si bien qu'elle boude… Ce qui lui vaut des critiques quand même, la qualifiant de « froide », et de « dure ». Bref, un débat perdant-perdant.

Du coup, je réponds à maman que j'y réfléchirai. En ajoutant qu'on en parlera même à papa et à Michel dans un mois ou deux. Elle opine, mais je sais que ma réaction la déçoit Je me sens coupable. La culpabilité ne traîne jamais très loin, dans cette baraque. Elle se tapit sous les lattes du parquet et dans les cloisons. On peut l'entendre murmurer tard la nuit, en écoutant bien. J'avais l'espoir qu'on la laisse derrière nous dans notre ancienne maison, en déménageant. Cependant, maman a dû l'emballer soigneusement dans du papier bulle et la planquer dans une boîte, qu'elle a ensuite marquée au feutre indélébile noir avant de la ranger dans le camion avec le reste de nos affaires. La culpabilité nous talonnera partout où nous irons.

Je me lève pour serrer maman dans mes bras. Elle se raidit pendant une seconde, avant de se détendre et de me rendre mon accolade. Elle est tellement maigre. Si menue, anguleuse. Elle qui a toujours été rondouillette… Elle est beaucoup mieux, un peu plus ronde. Je n'ai aucun souvenir de cette version d'elle, mais j'ai des photos. Ma préférée est celle où on prépare un gâteau toutes les trois – Laurel, maman et moi. Elle a son tablier blanc. Elle rit – mais genre, vraiment. Ses pommettes sont toutes roses. Je suis debout sur une chaise pour atteindre le plan de travail. J'ai une raie de farine sur le nez et je tire la langue à la personne qui prend la photo. (Papa, sans doute ? Je ne m'en rappelle pas.) Laurel touille la mixture dans le bol, le front plissé de concentration. Pour une raison quelconque, ma sœur porte un boa en plumes, et moi un diadème – des attirails de cuisine évidemment parfaits pour des gamines de quatre et six ans…

Le téléphone sonne. Maman m'embrasse sur la joue avant d'aller répondre. Ses lèvres sont sèches et gercées.

— Allô ? Oui, c'est elle-même…

Elle cale le combiné entre son épaule et son oreille avant d'essuyer les miettes sur le comptoir de la cuisine. Je monte à vive allure préparer mon sac. Je n'ai pas besoin de grand-chose – j'ai des vêtements et des affaires de toilette à l'appartement de mon père. Ce qui se révèle assez embêtant, parfois, quand je laisse ma veste préférée chez maman, alors que je reste chez lui, et vice versa. Pourtant, ça vaut la peine de s'échapper de là deux jours par semaine. Je me sens différente, chez papa et Michel. C'est comme si je respirais mieux, d'une certaine manière. C'est sûrement à cause de l'air conditionné.

Ma mère est debout, le dos tourné, quand j'entre dans la cuisine. Elle ne repose pas le combiné à la fin de l'appel.

— Maman ?

Elle m'ignore.

— Maman ? Ça va ?

Le « Je vais bien, chérie » attendu ne vient pas. Elle déroge au scénario habituel.

Je contourne donc la table en traînant les pieds pour aller me planter devant elle. Elle est pâle. Une larme roule sur sa joue gauche. Je la regarde se frayer un chemin le long de sa mâchoire, puis dans son cou.

Au bout d'un moment, elle lève enfin les yeux sur moi. Ils ont quelque chose de différent. Impossible de savoir quoi exactement, sauf que ça m'inquiète.

Maman se racle la gorge. Elle commence à marmonner un truc quand elle s'interrompt. Je ne suis pas sûre d'avoir envie d'entendre ce qu'elle a à dire, mais il semble que je n'ai pas le choix.

— C'était la police.

Non. S'il vous plaît, mon Dieu, non ! Pas aujourd'hui. Pas le coup de fil qu'elle redoute tant depuis treize ans. Il ne peut pas tomber maintenant.

Ma mère chancelle légèrement, comme si elle était sur le point de s'évanouir. Je lui attrape le bras et l'aide à marcher jusqu'à la table. Elle s'effondre sur une chaise. Le téléphone rebondit bruyamment sur le plateau de bois. Elle prend mes mains dans les siennes. Je m'accroupis devant elle.

— Explique-moi ce qu'il se passe, maman. *S'il te plaît.*

Elle s'éclaircit de nouveau la voix.

— Ils ont trouvé une fille. À Stanley Street.

Stanley Street est la rue où nous vivions à l'époque où c'est arrivé.

— Ils pensent que… Ils pensent que c'est Laurel… (Elle serre mes doigts si fort que j'en ai mal.) Ils me demandent d'aller l'identifier au poste de police.

Mes jambes cèdent sous moi. Heureusement que je me tiens déjà au niveau du sol.

— Oh, maman, je suis tellement désolée ! Je ne peux pas… Oh, mon Dieu !

Ma mère me sourit alors.

— Oh, non, Faith ! Ce n'est pas ce que… Quelle imbécile, j'aurais dû réfléchir avant de parler !

Elle lâche mes mains et tend la sienne pour me caresser la joue.

— Ils pensent que c'est elle… Ils en sont quasi sûrs… Faith… Elle est en vie ! Laurel est vivante !

2.

Je n'en reviens pas. Je ne parviens pas à y croire. Maman essaie de garder son calme, elle aussi, mais je vois sur son visage, cette chose qu'elle ne s'autorise plus depuis des années : de l'espoir. Elle estime que c'est différent, cette fois, ce qui signifie que la police le pense également. Ils ne l'auraient pas contactée, autrement. Pas après ces centaines, voire ces milliers d'appels loufoques, faux signalements, ou autres revendications complètement délirantes certifiant que Laurel vivrait quelque part au milieu des chèvres dans les montagnes d'Ouzbékistan.

Cependant, ça n'a aucun sens… Réapparaître comme ça dans le jardin de notre ancienne maison, au bout de treize ans ! Je revois cette gamine de six ans aux cheveux blonds et brillants. Elle porte une nouvelle robe, blanche à pois multicolores. Il y a une tache de jus de fruits sur le devant, mais personne ne le remarquerait, parce qu'elle ressemble à un pois. La petite sourit. Il lui manque une dent. Elle tient un ours en peluche dans ses bras comme un bébé. La seule chose qui vienne légèrement gâter le cliché est cette vilaine croûte sur la joue droite de la fille. Le genre de croûte qu'une enfant se fait après avoir été poursuivie par sa petite sœur autour du salon et être tombée joue la première sur le coin de la table basse.

En découvrant cette enfant, vous vous diriez probablement qu'elle est la plus adorable que vous ayez jamais vue. Sauf que, pour le coup, vous l'avez sans doute vue. L'image de Laurel Logan, blonde avec une canine en moins, en robe à pois, berçant son ours, a dû être imprimée dans tous les journaux du monde (voire dans l'*Uzbekistan Times,* maintenant que j'y pense). Comme vous vous souviendriez du ruban à pois que les gens portaient, ou de ceux qu'ils nouaient autour des arbres le long de Stanley Street. Ça avait dû être une idée de maman, cette campagne « à pois ». Quoi qu'il en soit, deux heures après que ma mère avait pris ce cliché, Laurel disparaissait.

Je figurais également sur la photo : quatre ans, mignonne comme toutes les gamines de cet âge, sans plus, à la différence de ma sœur. J'avais des cheveux bruns bouclés, des petits yeux de fouine, et des vêtements de seconde main. Je jouais dans le bac à sable en toile de fond. On m'apercevait, moi aussi, mais un peu floue. Exactement à l'image de ma vie : en arrière-plan, légèrement trouble. On ne montre jamais cette version – celle sur laquelle j'apparais.

Laurel aurait dix-neuf ans, aujourd'hui. Elle serait une adulte. J'ai du mal à me la représenter. Bien sûr, nous avons vu les simulations photographiques de la police. La dernière remonte à quatre ans, soit Laurel Logan à quinze ans. Pourtant, ces croquis semblent toujours un peu bizarres. On comprend immédiatement qu'ils ont trafiqué un cliché avec un logiciel. On n'a pas l'impression de regarder une vraie personne.

Je dévisage maman. Elle est sous le choc. Elle n'arrive pas à croire qu'il s'agit de Laurel, que ce cauchemar est vraiment terminé. Ses espoirs ont été pulvérisés tellement souvent par le passé.

Je m'aperçois qu'elle tremble. Je lui prends la main pour l'aider à se calmer.

— Ils en sont sûrs ? Qu'est-ce qui leur permet de l'affirmer ?

— Il faut que je téléphone à ton père pour le prévenir. Natalie a proposé de le faire, mais ce serait mieux que ce soit moi. Tu penses qu'il est chez lui ou j'essaie son portable ?

Elle consulte sa montre, trop grande pour son poignet.

— Michel est probablement en chemin, de toute façon. Tu devrais y aller quand même… Il n'est pas question que je te laisse seule ici… Je vous contacterai dès que j'en saurai plus…

— Maman ! Arrête ! Tu veux bien te taire une seconde ? Comment ils peuvent être sûrs que c'est bien elle ?

Pour une raison ou pour une autre, je ne parviens pas à prononcer son nom.

— Rappelle-toi qu'elle s'est blessée le jour où… Natalie dit qu'elle a une cicatrice sur la joue ! Après toutes ces années…

Elle secoue la tête, incrédule, et me serre la main plus fort.

— Et il y a autre chose : elle a Barnaby.

Alors dans ce cas, c'est elle. Ma sœur est effectivement rentrée.

On a vu beaucoup de photos de Barnaby dans les journaux, au début. Je ne m'en souviens plus trop, mais j'ai fait assez de recherches sur cet ours pour être capable d'écrire un livre. Maman et papa l'avaient offert à Laurel pour Noël six mois avant qu'elle soit enlevée. J'en avais eu un, moi aussi, que j'ai perdu il y a plusieurs années.

Les parents nous avaient emmenées dans un magasin où il était possible de customiser ses jouets. Apparemment, Laurel avait mis des plombes à se décider. Elle voulait que son ours soit exactement comme elle le souhaitait. Parmi les différentes options proposées, on pouvait enregistrer un message vocal qui se déclenchait chaque fois qu'on appuyait sur le ventre de la peluche. Laurel était trop timide pour s'en occuper elle-même, de sorte que maman et papa s'en étaient chargés. Barnaby disait : « JOYEUX NOËL, LAUREL ! TA MAMAN ET TON PAPA QUI T'AIMENT ! »

J'avais enregistré mon propre message, ou plutôt bafouillé je ne sais quelle histoire à propos d'un pique-nique.

Barnaby était brun et super duveteux. Il portait une salopette bleue avec un T-shirt à rayures blanches et rouges, et un couvre-chef indigo avec son nom brodé dessus. Laurel n'avait pas réfléchi longtemps avant de choisir celui qu'elle lui donnerait : Barnaby.

Cette peluche est unique. Même si on découvrait l'existence d'un autre ours avec cette salopette, ce T-shirt et ce chapeau, il n'y en a qu'un avec un message enregistré par mes parents. Laurel jouait avec Barnaby, quand on l'a enlevée.

Je crois que ça les a un peu réconfortés de savoir que Laurel n'était pas complètement seule. Elle adorait son nounours. Elle l'emmenait partout et lui racontait chacun de ses secrets. Selon son humeur, elle insistait pour qu'il ait sa propre chaise à table. Je le revois, lorsque je ferme les yeux. Enfin, pas en détail. Comme tous mes souvenirs de Laurel, celui-là est de deuxième main. C'en est à peine un, en fait.

Parfois la nuit, lorsque je ne dors pas, je demeure allongée à essayer de me vider la tête. De tout – maman, papa, Michel, l'école, Thomas, Martha, le menu du dîner. Je laisse les choses se répandre par mes oreilles sur le traversin, jusqu'à ce que le calme soit complet. Et ensuite, je l'attends. Le vrai souvenir – celui qui sera à moi et seulement à moi, pas un truc que j'aurais lu dans les journaux, sur Internet, ou entendu de la bouche de mes grands-parents.

Et ça marche, par moments. Je la vois rire, et là, je sais que c'est vraiment elle, dans ces cas-là. Qu'il ne s'agit pas d'une image que j'aurais aperçue dans les trois vidéos qui ont circulé en boucle, ou d'une autre séquence que j'avais l'habitude de regarder seule à la maison, au point d'articuler les paroles que Laurel prononçait lors de son premier tour de poney et qu'elle avait si peur de tomber. Parce que ce rire est différent – il est pour moi. Une complicité entre sœurs... Elle porte dans les cheveux deux barrettes en forme d'étoile qui brillent dans la lumière du soleil.

Voilà. Voilà tout ce que j'ai gardé de Laurel pendant treize longues années : un rire, et deux barrettes.

Mais elle est revenue.

3.

Maman reparaît dans la cuisine. Elle a appelé papa, et beaucoup pleuré – son visage est tout rouge et marbré. Elle ne voulait visiblement pas que j'entende la conversation. Je me demande bien pourquoi.

Une idée me traverse soudain l'esprit.

— Elle est blessée ?

J'ignore pourquoi, je n'ai pas pensé à poser la question plus tôt.

— Quoi ? lance ma mère d'un ton distrait tandis qu'elle cherche les clés de la voiture.

Elles sont à leur place habituelle, sur l'étagère dans l'entrée.

— Est-ce qu'elle est blessée ? Est-ce que quelque chose… est-ce que quelque chose ne va pas chez elle ?

— Non ! La police assure qu'elle est en excellente santé, vu le…

J'attends, mais ma mère ne termine pas sa phrase. Elle est trop occupée à se remaquiller devant le miroir du couloir.

— Maman ? Je… j'ai peur.

Elle pivote aussitôt vers moi avec un air dérouté.

— Peur ? De quoi ? Il n'y a pas de quoi avoir *peur*, Faith. C'est… c'est un miracle !

Là-dessus, elle se retourne vers son reflet pour appliquer du rouge sur ses lèvres gercées.

— Et voilà !

Je la contemple s'observer.

— Tu crois qu'elle va me reconnaître ? m'interroge-t-elle d'une voix minuscule.

La sonnette de la porte d'entrée retentit. Il y a différentes réponses possibles à la question de maman, mais une seule vraiment correcte. Je me plante à côté d'elle et croise son regard dans le miroir avant de caler des mèches de cheveux derrière ses oreilles.

— Bien sûr que oui.

L'honnêteté n'est pas toujours la meilleure voie…

Son visage s'illumine. Elle se tourne vers moi pour me serrer fort dans ses bras.

— Mon bébé rentre à la maison…, susurre-t-elle.

La méchante petite voix dans ma tête – celle que je dois éteindre chaque jour – murmure des propos tellement pathétiques et égoïstes qu'elle me donne envie de ne plus relâcher ma mère. *Et moi ? Je suis ton bébé, moi aussi…*

Michel est déjà au courant. Papa l'a sans doute appelé alors qu'il était en route. Il répète « Je n'arrive pas à y croire » trois fois en trois minutes. Il n'arrête pas de me fixer pendant que maman lui raconte l'affaire par le menu.

Elle semble avoir oublié tout ressentiment à l'égard de Michel. Elle le serre même contre elle. Michel paraît aussi surpris que moi, lorsqu'elle s'élance vers lui. Elle jacasse sans arrêt et s'interrompt à peine pour respirer. Habituellement, elle est super polie, mais distante, avec lui. Je déteste ça, d'ailleurs. D'autant que lui ne dit jamais de mal d'elle. Il se contente de hausser les épaules comme si ça lui passait au-dessus. Par moments, j'aimerais lui ressembler davantage (être « plus française », comme il dit).

Michel explique à ma mère qu'on restera à l'appartement pour attendre son appel. On était censés aller voir une nouvelle expo, mais il assure qu'on s'y rendra la semaine prochaine, ou la suivante.

— Vous irez peut-être tous les trois, quand Laurel sera rentrée ? déclare maman comme si c'était complètement logique.

Michel opine légèrement, ce qu'elle prend aussitôt pour une approbation.

— Tu devrais partir maintenant, Olivia. John sera bientôt là-bas.

Pile-poil ce qu'il fallait lancer pour que maman quitte enfin la maison – elle ne supporterait pas que papa arrive au poste de police avant elle.

Les au revoir sont bizarres. Maman semble se souvenir qu'elle ne prend jamais Michel dans les bras normalement, et elle ne sait pas trop quoi me dire. Le moment est trop incroyable. Du coup, elle m'embrasse sur la joue et me dit qu'elle m'aime.

— Moi aussi, je t'aime, maman. J'espère que…

C'est à mon tour de ne pas terminer ma phrase. Maman se contente d'opiner comme si elle savait exactement ce que je voulais exprimer, sauf qu'elle l'ignore complètement.

J'espère que c'est vraiment Laurel, et qu'elle nous reconnaîtra, bien que j'en doute. Et que personne ne mourra dans un accident en se rendant au poste de police. Que les choses changeront, mais pas trop quand même. Qu'on n'oubliera pas que j'existe quand la fille parfaite sera revenue.

Je crois que j'ai trouvé la fin de ma phrase : j'espère…

Michel conduit prudemment. Ses deux mains sont bien écartées de part et d'autre du volant, et il jette des coups d'œil réguliers dans les rétroviseurs. Je me sens toujours plus en sécurité dans sa voiture que dans celle de mon père.

— Comment ça va, *ma petite chérie* ?

Michel sait que j'aime quand il me parle français.

Je ferme les paupières pour écouter le bruit de la circulation. Comment je vais ? Disons qu'il y a une heure et demie, j'avais une idée plutôt précise de la façon dont ce week-end se déroulerait : faire un tour à cette fameuse expo, Michel et moi, retrouver papa dans un pub pour déjeuner, puis prendre le soleil, et de la nourriture à emporter avec un film pour la soirée. La journée de dimanche démarrerait tôt. On irait au marché avec Michel, où il se transformerait, comme par miracle, en Français absolu, avec béret et accent, et ferait son numéro de charme à ces dames pour les pousser à acheter nos (certes merveilleux) macarons. Ensuite, ce serait retour chez maman le dimanche en fin d'après-midi, et vautrage devant la télé.

La routine du week-end me réconforte. L'appartement de Michel et mon père donne vraiment l'impression d'un foyer. J'aurais demandé à emménager avec eux à plein temps si j'avais su que ma mère n'en aurait pas eu le cœur complètement pulvérisé. En plus, je ne suis pas sûre que papa aimerait m'avoir sans cesse dans les pattes. Je pense que le statut de père intermittent lui convient à la perfection.

J'avais onze ans quand mes parents ont divorcé. Apparemment, les enfants vivent mal ce genre de séparation, en général. Moi pas. Je ne me souviens pas avoir pleuré. Même lorsque papa est parti avec sa voiture remplie d'affaires. Maman trouve vraiment bizarre que je n'aie pas réagi comme une gamine normale. On aurait pu croire qu'elle aurait été soulagée que je ne sois pas déprimée. Cela prouve seulement que j'étais remarquablement équilibrée pour mon âge. Que je comprenais et acceptais que mes parents ne soient plus capables d'être heureux ensemble après ce qui était arrivé à Laurel.

Mon père est bisexuel – il l'a toujours été, pour ce que je m'en rappelle. Maman savait qu'il était bi quand ils se sont rencontrés à l'université et qu'ils sont tombés « cul par-dessus tête » amoureux l'un de l'autre. Je le sais parce qu'elle l'a raconté dans une interview il y a quelques années. Ce qui n'avait pas *du tout* plu à papa. Mais ma mère était en mission « remettre les pendules à l'heure ». Tant de choses affreuses avaient été écrites à leur sujet, et au sujet de papa en particulier (« LE PÈRE DE LAUREL EST UNE TANTOUSE ! ») qu'elle avait tenu à donner sa version. Les journaux le présentent toujours comme un homo. Ils ne prennent jamais la peine de comprendre. À l'époque de l'article, ils ont même balancé qu'il avait fait semblant d'être hétéro et persuadé ma mère de l'épouser parce qu'il voulait des enfants. Pendant un temps, les médias ont été obsédés par le fait que Laurel avait été adoptée.

Je suis un bébé miracle. Papa aurait un nombre de spermatozoïdes très bas (beurk !) et les ovaires de maman un truc qui déconne. Les chances qu'ils procréent ensemble étaient vraiment infimes. Techniquement, je n'aurais pas dû voir le jour. Je me demande souvent ce que ça leur a *vraiment* fait. En général, maman s'en tient à la théorie du miracle, assurant combien elle et papa étaient heureux d'avoir deux filles magnifiques. Je ne l'ai jamais interrogée sur la vraie version, parce que je suis sûre qu'elle mentirait.

Pendant plusieurs années, les journaux ont donc présenté mon père tel un monstre lubrique et dépravé. Le gros titre « TANTOUSE » est apparu à cause d'un photographe qui l'avait surpris sortant de l'immeuble de Michel trois mois après le début de leur relation. Pas franchement l'info du siècle…

Je pense que ça a été dur pour Michel, et il n'aime pas en parler. J'ignore comment lui et mon père se sont rencontrés. Toute personne saine d'esprit fuirait à des milliers de kilomètres, devant une situation pareille. Mais Michel est Quelqu'un de Bien. La meilleure personne que je connaisse. Il est vétérinaire ; être gentil doit être un prérequis pour exercer ce métier. Pas évident de garder son calme lorsqu'un perroquet vous dégobille dessus…

Papa est chouette, lui aussi, pourtant, je ne comprends franchement pas ce que Michel lui trouve. Michel est très, *très* beau. Il a une magnifique peau, des cheveux noirs en bataille, et une barbe de trois jours. S'il avait mesuré quelques centimètres de plus et été plus futile, il aurait sans doute pu faire une carrière de mannequin professionnel. Non pas que mon père soit moche, mais il est juste très *anglais*. Il a la tête de M. Tout-le-monde. Des cheveux banals, des traits plutôt réguliers, le teint pâle, et les épaules légèrement voûtées.

— Faith ? Tu vas bien ? me redemande Michel.

Ne sachant quoi répondre, je décide de changer de sujet.

— J'ai couché avec Thomas, hier soir.

4.

J'ai ma place à moi sur le canapé, chez Michel et papa. Ils ont l'un de ces énormes machins en L. Je m'assois toujours dans l'angle, d'où je peux regarder le canal par la fenêtre. Je me mets systématiquement dans les angles, d'une manière générale, si je le peux. Je ne m'en étais jamais rendu compte jusqu'à ce que Michel m'en fasse la remarque. Mon père avait alors ri, confirmé cette assertion, et ajouté que j'avais déjà cette manie dans l'enfance. Il s'était beaucoup moins marré quand j'avais expliqué que j'évitais de tourner le dos aux pièces au cas où des photographes débarqueraient. Je déteste les voir surgir de nulle part comme ils savent si bien le faire.

Michel nous a préparé du thé. Je suis installée à ma place habituelle ; le soleil filtre par la fenêtre. Tonks la chatte est roulée en boule sur mes genoux. (Michel est un grand fan de Harry Potter ; papa sait à peine qui est Harry Potter.)

— Alors ?... Thomas et toi... ?

— Ouais. Thomas et moi.

— Waouh ! Sacrée nouvelle ! Comment tu vis ça ?

Je hausse les épaules.

— Je ne sais pas trop. Bien, je crois. C'était… bien.

— Ah… C'était nul à ce point ? Tu veux dire que la Terre ne s'est pas mise à trembler, qu'aucun ange n'a chanté et qu'il n'y a pas eu de feu d'artifice ? Bon, rassure-toi ! Tu as juste vécu une première fois totalement normale. Ou moyenne, en tout cas. Mon Dieu ! Je me rappelle la mienne…

Je fourre les doigts dans mes oreilles.

— Lalala ! Je n'écoute pas !

Une fois certaine que Michel se tait, je baisse les mains.

— Je n'ai aucune envie d'entendre parler de ta vie sexuelle parce que je pense forcément à celle de papa, et que je trouve ça…

J'en frémis et feins d'avoir envie de vomir.

Michel me jette un coup d'œil de côté en souriant.

— Oh, je vois ! Il faudrait que je reste assis là à boire tes paroles, alors que moi, je n'aurais pas le droit de te raconter la fois où Jean-Luc m'a attendu dans les vestiaires après l'entraînement, et où…

Je balance un coussin à la tête de Michel en riant si fort que Tonks bondit de mes genoux pour s'éloigner avec raideur, sans un regard. C'est tellement délicieux de rigoler avec Michel, même si je sais qu'il essaie simplement de me distraire pour m'éviter de songer à ce qu'il se passe au poste de police.

— À part ça, sérieusement. Tu le vis bien, quand même ?

— De quoi tu parles ? D'avoir perdu ma virginité ou de Laurel ?

Michel hausse les épaules avant de sourire.

— Des deux, je suppose.

— Ça va, dis-je en opinant comme pour me rassurer moi-même. Oui, vraiment. Je crois que je suis amoureuse de Thomas, et qu'il m'aime aussi. En plus, on est ensemble depuis des plombes, donc il n'y avait vraiment aucune raison de ne pas le faire. Et je pense que ça devrait me plaire. Le sexe… Il faut juste qu'on pratique encore un peu. Et qu'on dégote un endroit plus sympa que l'arrière de sa camionnette…

— Mmm, romantique ! déclare Michel d'un ton pince-sans-rire.

— Et en ce qui concerne Laurel… Heu, je suis contente, naturellement !

Michel vient s'asseoir à côté de moi.

— Tu n'as pas à faire semblant avec moi, Laurel. Tu le sais, n'est-ce pas ?

C'est le cas. J'ai toujours été honnête avec Michel. J'ignore pourquoi, mais je lui ai accordé ma confiance dès notre rencontre. Je pourrais lui raconter *n'importe quoi*, il n'envisagerait pas une seule seconde de le répéter à papa. Je ferme les yeux et inspire profondément.

— J'ai peur, Michel.

— De quoi, ma chérie ?

— Tu sais, ce qu'on dit… Qu'il faut faire attention à ce qu'on souhaite, dans la vie. Eh bien, toute ma vie, j'ai espéré que Laurel nous soit rendue. J'ai rêvé de ce jour, sans y croire vraiment cependant. À une époque, au début en tout cas, j'ai sincèrement pensé qu'on la retrouverait... Or là, maintenant, je comprends que j'étais en fait convaincue qu'elle avait disparu pour toujours. Tu vois ce que je veux dire ?

Il acquiesce.

— J'ai vécu dans son ombre depuis le jour de son enlèvement. Tu n'ignores pas à quel point j'ai souffert que tout tourne sans cesse autour d'elle. De ne pas avoir d'enfance normale. Mais maintenant qu'elle est revenue, çà va changer radicalement. Et peut-être que... Peut-être que je vais m'apercevoir que j'aimais ça, quelque part, de vivre dans son ombre.

Michel passe un bras autour de mes épaules. Je pose ma tête contre la sienne.

— Il n'y a pas de problème, t'inquiète pas. Quoi que tu ressentes, tu as le droit de l'exprimer. Parce qu'il n'y a pas de « bonne » manière de gérer cette situation. Ce que tu vis est tout sauf normal.

Normal... J'ai toujours rêvé de normalité. D'ennui, aussi. J'aurais adoré avoir une enfance banale et morne. Comme celle de Martha, par exemple. Rien d'exceptionnel n'est jamais arrivé à aucun des membres de sa famille. Et elle ignore quelle chance elle a.

Le téléphone de Michel se met à sonner. C'est papa. Il appelle du poste de police. Michel me regarde avec un air coupable. Il pense la même chose que moi : papa aurait dû me contacter d'abord. Michel termine la conversation d'un « oui », « OK », et « je vois » ; rien de très éclairant. Je sors du salon pour aller chercher Tonks, que je trouve planquée sous la couette dans ma chambre. Je lui gratte la tête jusqu'à ce qu'elle me pardonne de lui avoir fait peur.

Au bout d'un moment, Michel me rejoint et me tend le combiné. Puis il quitte aussitôt la pièce pour me laisser un peu d'intimité. J'aurais préféré qu'il reste…

— Faith ? C'est elle… C'est vraiment elle.

Papa pleure à l'autre bout du fil. Je ne l'ai jamais entendu sangloter comme ça.

— L'ours en peluche. Tu te souviens de Barnaby ? Ils ont réussi à faire marcher sa puce sonore. On a pu écouter l'enregistrement ! Tu imagines ? (Cette fois encore, il poursuit sans me donner le temps de répondre.) Elle est… oh, mon Dieu, Faith… C'est vraiment *elle* ! Laurel nous a été rendue !

— C'est super, papa.

Je me comporte comme s'il m'annonçait que son équipe de foot favorite avait remporté le championnat. Ma réaction est complètement à côté de la plaque. De sorte que je reprends :

— C'est incroyable !

Un peu mieux, sans être génial.

Mon père s'éclaircit la voix.

— Elle a demandé de tes nouvelles. Elle se souvient de toi. Est-ce que ce n'est pas merveilleux ? Attends de la voir, Faith. Elle est franchement ravissante… aussi jolie que toi.

Ce « aussi jolie que toi » lui est clairement venu après coup.

— Elle a vraiment parlé de moi ?

— Oui ! Elle voulait savoir si tu es toujours obsédée par les châteaux de sable ! m'explique-t-il en gloussant.

Je construisais un château dans le bac à sable quand on l'a enlevée.

— On lui a montré une photo de toi. Elle en croyait pas ses yeux que tu sois si grande !

C'est bien beau, tout ça, mais il me cache clairement quelque chose.

— Où est-ce qu'elle était pendant tout ce temps ? Qu'est-ce qu'il lui est arrivé ?

Des voix étouffées résonnent dans le combiné. Papa a dû mettre la main sur le téléphone pour ne pas que j'entende. Je me demande si ma mère a écouté notre conversation.

— On discutera de ça quand je serai à la maison, chérie. Ce qui compte, c'est que Laurel soit revenue – saine et sauve.

Papa m'explique qu'elle séjournera à l'hôtel pendant quelques jours et que maman restera avec elle. Lui rentre. La police doit interroger Laurel et elle est censée voir un médecin, un psychologue, et quelques autres personnes. Un psy spécialisé dans ce genre d'affaires serait même en route pour Londres.

Je n'ai pas le droit de l'annoncer à qui que ce soit pour le moment – sauf que je vais en parler à Thomas et à Martha direct, bien sûr. Apparemment, une conférence de presse aura lieu demain après-midi. J'ignore comment ils ont eu le temps de gérer tout ça.

— Tu pourras la voir demain, ma chérie. Qu'est-ce que ça te fait de retrouver ta grande sœur ?

Papa a sa voix enjôleuse. Celle qui me donne l'impression d'être toujours une enfant.

Qu'est-ce que ça me fait ? Ça me terrifie complètement !

— J'ai vraiment hâte.

5.

Michel arrive à me convaincre de préparer des macarons avec lui. Il dit que ça me changera les idées. Depuis deux ans, nous passons nos samedis après-midi dans la cuisine, lui et moi tandis que papa regarde le foot ou fait une virée à vélo.

Cette histoire de macarons a commencé un peu comme une blague. Mes tentatives se sont régulièrement retrouvées à la poubelle tandis que Michel emportait ses créations parfaites à la clinique vétérinaire pour les faire goûter à ses collègues (une fois qu'on en avait mangé à s'en dégoûter, bien sûr). C'est papa qui nous a suggéré qu'on les vende sur un marché local. Michel et moi n'étions pas sûrs que les gens suivraient, mais tout était parti en une heure, le premier jour. C'est là qu'on a découvert que l'accent français de Michel opérait un charme irrésistible. C'était mon idée, qu'il en fasse des tonnes côté français. Qui hésiterait à acheter d'authentiques macarons français fabriqués par un authentique Français extrêmement séduisant ?

Thomas m'envoie un texto au moment où Michel et moi prenons notre coutumière tasse de thé préatelier pâtisserie. Il aimerait savoir pourquoi je n'ai pas donné de nouvelles de la journée. Il se demande si je suis contrariée à cause d'hier. Je lui réponds aussitôt. Contrariée par tout ce sexe, tu veux dire ? Thomas a horreur de parler de sexe. Je n'ai pas à redouter qu'il aille raconter nos ébats torrides dans les vestiaires des garçons. Non pas qu'il les fréquente beaucoup – Thomas n'est pas exactement du genre sportif. Il préfère se considérer comme un artiste torturé. Il dessine, rédige des poèmes, et boit beaucoup plus de café que de raison.

J'en profite pour envoyer un message à Martha. Je suppose qu'elle a dû attendre impatiemment mon SMS, en essayant de ne pas regarder son téléphone toutes les deux minutes. Ça s'est super bien passé ! Merci encore de m'avoir couverte ! On se voit plus tard ? J'ai des nouvelles (pas sexuelles).

Martha réagit aussitôt : QUELLES NOUVELLES ?!!!!

Thomas : tu me manques.

Je lève malgré moi les yeux au ciel à la lecture de ce dernier texto. Thomas n'a vraiment aucun humour, à l'écrit, en dépit de toutes les perches que je lui tends.

Je leur raconterai pour Laurel ce soir. Ils ont le droit de savoir. Ils m'ont toujours soutenue lorsque des histoires à la con sortaient dans les journaux, quand des filles à l'école me harcelaient, ou que maman souffrait d'une mini-dépression.

Mes macarons du jour sont particulièrement ratés et ceux de Michel, parfaits. C'est déjà ça. Il en prépare donc deux autres fournées (une à la framboise et une au caramel au beurre salé, mes favoris). Il remarque que je ne suis pas dans mon « trip macarons » habituel et m'assure qu'on n'est pas obligés d'aller au marché demain. Qu'il peut tenir le stand tout seul, ou rester à la maison avec moi, comme je préfère. Je ne pourrais pas l'aimer plus que là et maintenant : c'est une crème ! Je lui dis que je l'accompagnerai, mais pas pour quelle raison – parce que c'est sans doute la dernière fois qu'on s'y rendra rien que nous deux. Que Laurel voudra peut-être venir, la semaine prochaine. Et qu'elle se révélera sûrement très douée pour les macarons, et que les siens seront sûrement bien lisses et brillants sur le dessus.

Mon père rentre en début de soirée. Il a l'air complètement claqué. Il serre Michel dans ses bras super longtemps, puis moi. Ils échangent quelques mots en français – en parlant vite pour que je ne cherche pas à les comprendre.

Nous allons nous asseoir tous les trois sur le canapé, après ça. Papa nous fait un point sur la situation ; Laurel est légèrement malnutrie, et a une sérieuse carence en vitamines à cause du manque de lumière. À part ça, elle se porte bien, physiquement. À première vue, elle est en bien meilleure forme psychologique qu'on aurait pu s'y attendre. Mais dans le même temps, elle est clairement traumatisée : elle s'est débattue comme une diablesse quand un policier a tenté de lui prélever un échantillon d'ADN dans la bouche. Il a fallu une heure pour que maman réussisse à la calmer. Apparemment, tout le monde s'est montré très compréhensif à ce propos. Après tout, dit papa, Laurel a traversé une terrible épreuve.

Il ne rentre pas dans les détails, sauf pour expliquer qu'elle a été kidnappée par un homme complètement malade qui l'a gardée enfermée dans une cave. Beaucoup de personnes avaient avancé cette hypothèse. Maman avait toujours maintenu qu'un couple qui voulait désespérément une petite fille avait pu l'enlever – voire qu'il l'élevait comme leur propre enfant en prenant le plus grand soin d'elle. Personne ne contredisait jamais ma mère, chaque fois qu'elle sortait cette théorie. Les gens se contentaient d'opiner et de sourire de façon bizarre.

— Elle s'est échappée ?

J'aime que Laurel se soit enfuie, qu'elle ait osé ce geste, qu'elle soit courageuse, battante.

Mon père secoue la tête.

— Il l'a laissée partir.

— Pourquoi ?

— On l'ignore.

— Pourquoi courir le risque de retenir un otage pendant tant de temps pour le relâcher ensuite soudainement ?

— Je n'en ai aucune idée, mais je suis heureux qu'il l'ait fait.

Moi aussi. Évidemment.

— Est-ce que la police a attrapé ce type ?

Une autre dénégation de la tête.

— Non. On ne sait même pas où il l'a gardée durant toutes ces années. Il lui a mis un bandeau sur les yeux, l'a conduite en voiture jusqu'à Stanley Street, et déposée là, dans le jardin. D'après ce qu'on nous a expliqué, le couple qui vit dans notre ancienne maison a eu un choc, quand elle a frappé à leur porte. La police met tout en œuvre pour retrouver le kidnappeur. Et Laurel fait son possible pour les aider, mais c'est difficile pour elle. Elle ignore combien de temps ils ont roulé. Et elle est incapable de nous donner des détails à propos de l'endroit où il la retenait – ce salopard est un malin.

Papa ne jure jamais devant moi, d'habitude.

— Alors ça signifie que ce taré traîne encore dans le coin ? Et si jamais il revenait ?

— La police pense qu'il va se tenir tranquille. Mais les flics jugent préférable de ne prendre aucun risque. Ils nous mettent sous surveillance. Tu comprends ce que ça signifie ? Nous n'avons donc aucune raison de nous inquiéter.

Je m'adosse contre le canapé pour essayer de digérer ces informations. La police n'a aucune idée de l'identité de ce type. Comment est-ce possible ? Et quel genre d'être humain serait capable de faire un truc pareil ?

— Il l'a violée, n'est-ce pas ?

Papa regarde Michel, qui acquiesce en retour. Ça m'énerve que mon père ne puisse pas, pour *une* fois, se décider seul.

— Oui. Et il la battait, aussi, ajoute mon père entre ses dents. Les maltraitances étaient… quotidiennes.

Je ferme les yeux pour chasser mes larmes.

— Je ne dis pas ça pour te bouleverser, Faith. Mais pour te préparer. Elle a traversé…

Il secoue la tête en expirant lentement, puis se rassoit le dos bien droit avant de me tapoter la jambe.

— Le plus important, c'est qu'elle est en sécurité, maintenant. On va redevenir une famille.

Il semble oublier qu'on ne sera jamais plus la même famille qu'il y a treize ans.

Papa explique que Laurel aura besoin de temps pour guérir, et qu'elle aura le meilleur soutien professionnel qu'on puisse trouver à l'heure actuelle. *Tout* ce qu'il lui faudra.

Maman et papa se sont débrouillés pour que je la rencontre demain matin. Je n'irai pas au marché avec Michel, apparemment. Ça ne servirait à rien de discuter – ils ne comprendraient pas.

Mes parents n'ont pas l'air de soupçonner que j'éprouve des sentiments contradictoires à l'idée de revoir ma sœur. Que je me sente nerveuse, par exemple – voire littéralement terrifiée.

6.

Michel suggère à papa d'aller s'allonger un petit moment. Papa me serre de nouveau contre lui.

— Je n'en reviens pas que ce soit fini. Je ne pensais pas…

Il secoue la tête et murmure un truc à propos d'un miracle avant de se traîner jusqu'à sa chambre.

Michel déclare qu'il sort chercher quelque chose à manger. Il me propose de l'accompagner, je réponds que je préférerais rester un peu seule.

— Ça fait beaucoup, tout ça, hein ?

Son regard brun est chaleureux, compréhensif.

J'opine.

— Tu n'es pas inquiet ?

— Inquiet de quoi ?

— Je ne sais pas… Que maman et papa retournent ensemble ? Je ne dis pas ça pour être méchante, vraiment pas.

Michel sourit.

— Qu'est-ce que tu essaies de faire ? De me rendre parano ? Je ne suis absolument pas inquiet. Pourquoi ? Tu crois que je devrais m'alarmer ?

— Non ! C'est juste que papa est bizarre.

— Évidemment qu'il est bizarre ! Cette journée a été complètement folle, tu ne trouves pas ?

— Est-ce qu'ils lui ont expliqué qu'ils sont séparés ? Est-ce qu'elle est au courant pour toi ?

Je n'en reviens pas de n'avoir pas pensé à poser la question plus tôt.

Michel attrape sa veste en cuir, qui doit être plus vieille que moi.

— Elle est au courant. Ta mère aurait voulu attendre quelques jours avant de le lui annoncer, mais John a insisté.

— Et ?

— Et… rien ! Ça n'a apparemment posé aucun problème. Ce n'est donc pas la peine de laisser ce genre d'idée germer dans cette jolie petite tête, jeune fille !

Il s'avance pour m'ébouriffer les cheveux, ce qu'il fait toujours quand il cherche à m'énerver.

J'essaie de me mettre à la place de ma sœur. Retrouver sa famille après si longtemps… On doit sûrement espérer que rien n'ait changé, non ? Or beaucoup de choses se modifient, en treize ans. Une mère peut devenir l'ombre d'elle-même, un père s'installer avec un charmant Français, et une petite sœur arrêter de construire des châteaux de sable pour élever un mur en béton armé autour d'elle.

Je me rends dans ma chambre sitôt Michel parti, et ferme la porte pour que papa n'entende pas. J'appelle

Thomas d'abord. Il m'en veut de lui avoir à peine fait signe de la journée, de sorte que je lui explique tout.

— Tu es sérieuse ? Tu déconnes, c'est ça ?

Il n'a jamais vraiment cerné mon sens de l'humour. Le fait qu'il envisage que je plaisante à ce sujet me sidère littéralement.

Je reste silencieuse.

— Oh, merde... Tu es sérieuse. Oh, mon Dieu ! Qu'est-ce qui est arrivé ? Pourquoi elle a... ? Est-ce qu'elle va... ?

Je lui raconte ce que je sais, et ça me rassure qu'il se pose les mêmes questions que moi. J'ai l'impression d'être moins bizarre. J'éprouve un élan d'amour infini quand il me demande comment je vis ça.

Soudain, je suis sûre d'avoir eu raison de coucher avec lui. J'en doutais un peu, en fait. Ou disons que j'avais peur de passer à l'acte. Ce que je ne lui avouerai jamais, ni à Martha, d'ailleurs. Heureusement, perdre ma virginité n'a pas été effrayant, plutôt doux et étrange, voire un peu rigolo aussi (pour moi en tout cas, quand Thomas a eu une crampe à la jambe). J'ignore pourquoi les gens font tant d'histoires pour ça.

Thomas a l'art d'écouter ses interlocuteurs. Il ne vous interrompt jamais, et se montre rarement en désaccord. Il est chouette, comme petit copain. Bon, à part pour les poèmes. Et il en écrit *beaucoup*...

J'explique à Thomas que je ne pourrai sans doute pas trop le voir en dehors du bahut les jours prochains. Je n'ai aucune idée de la façon dont les choses vont se dérouler. Est-ce que Laurel rentrera vite à la maison et intégrera sa chambre ? Parce qu'elle a la sienne –

maman y a tenu, quand on a déménagé. Au moins, elle n'a pas insisté pour qu'on la décore comme celle que Laurel avait à Stanley Street – toute rose et scintillante. Elle ressemble plutôt à une jolie chambre d'amis, avec des affaires de ma sœur parsemées çà et là. Maman a beaucoup culpabilisé à cause du déménagement. Elle détestait la perspective que Laurel ne retrouve pas les choses exactement comme avant, à son retour. Si on n'avait pas eu besoin d'argent pour continuer de la chercher, elle n'aurait jamais consenti au déménagement.

Thomas me conseille de prendre le temps qu'il me faut et me dit de ne pas hésiter à l'appeler si j'ai envie de parler. Il m'assure qu'il m'aime, et je réponds que je l'aime aussi avant de raccrocher avec la sensation d'être normale pour la première fois depuis des heures.

— J'hallucine complètement, répète Martha.

Je lui dresse un bref topo de la situation, qui se résume vraiment à peu de choses. Puis elle recommence à marmonner « J'en reviens pas » à plusieurs reprises avant de me demander quand je dois rencontrer ma sœur. Sauf que je ne vais pas exactement « rencontrer » Laurel, puisque je la connais déjà. Même si « rencontrer » colle plutôt bien au cas présent.

J'interromps la conversation après avoir promis à Martha de la rappeler le lendemain. Elle ne cherche pas à savoir comment je me sens. Pourquoi le ferait-elle ? L'enlèvement de Laurel m'a pourri la vie. Avec son retour, le cauchemar est donc fini…

Papa parle toujours de Laurel tandis que nous mangeons nos sushis. Nous prenons le café. J'ai le temps de dévorer six macarons quand enfin il se tait. Nous essayons de regarder un film, mais il se remet à évoquer ma sœur. Nous arrêtons donc le DVD au bout d'une demi-heure. Il s'excuse, ce qui ne l'empêche pas de parler encore d'elle. Il passe le reste de la soirée à téléphoner à des amis et à de la famille – sans doute ceux que maman n'a pas déjà appelés – pour leur apprendre l'excellente nouvelle, et leur faire jurer de garder le secret. Personne ne s'inquiète de savoir comment je me porte.

J'annonce que je vais me coucher tôt. Papa opine avec enthousiasme.

— Bonne idée, mon cœur. C'est un grand jour, demain !

Il me serre et m'avoue qu'il lui tarde de voir « ses deux filles enfin réunies ». Michel me prend à son tour dans les bras en me disant qu'il m'aime. Je me demande quand il rencontrera Laurel – personne n'a mentionné le fait qu'il nous accompagne.

Tandis que je ferme les volets de ma chambre, j'aperçois le néon bleu du « H » de Hilton pointer derrière une tour de bureaux. Laurel se trouve quelque part là-bas avec ma mère. *Notre* mère.

7.

Une sonnerie me tire du sommeil ; le téléphone de l'entrée. Vu la façon dont il insiste, il semblerait qu'on veuille vraiment, mais vraiment nous parler. Je me lève et traverse l'appartement en titubant pour voir papa raccrocher sans même écouter et Michel debout près de lui qui arbore un air inquiet. Avant même qu'on m'ait expliqué ce qu'il se passe, la sonnerie retentit de nouveau. Puis celle du portable de papa, qui charge sur le plan de travail de la cuisine.

— Des journalistes..., avance mon père. Il ne leur a pas fallu longtemps, hein ? C'est à se demander si ça vaut la peine de faire cette conférence de presse, du coup.

Il paraît plus résigné qu'énervé.

Je jette un coup d'œil à la pendule sur le mur de la cuisine. À peine huit heures. Michel verse de l'eau dans la machine à café en bâillant. Mon téléphone se met à claironner dans ma chambre. Je cours le chercher.

— Ils n'oseraient quand même pas..., marmonne mon père derrière moi.

Je ne reconnais pas le numéro.

— Faith, ne fais pas ça ! m'intime papa.

Je vais décrocher.

— Allô ?

— Est-ce que je parle bien à Faith Logan ?

— Qui est-ce ?

— C'est Jeanette Hayes. Est-ce que je peux savoir comment tu te sens ce matin, Faith ?

Jeanette Hayes… Cette femme est aussi célèbre que Satan, dans notre famille. Mes parents ont noué de chouettes relations avec certains journalistes, au fil des années – deux d'entre eux sont même devenus des amis –, mais Jeanette Hayes ne compte certainement pas parmi eux. Tout a commencé deux mois après l'enlèvement de Laurel. La campagne pour la retrouver battait son plein, et l'histoire était encore à la une d'au moins un canard chaque jour. À cette époque, Jeanette Hayes avait trouvé injustifié l'intérêt que le cas de ma sœur suscitait. Du coup, elle avait rédigé un long article à propos d'autres enfants récemment disparus – et il y en avait beaucoup plus que ce qu'on pourrait imaginer. Le titre de son pamphlet était : « Les enfants oubliés ». Hayes avait cette théorie selon laquelle Laurel attirait toute l'attention parce qu'elle était jolie, blonde, qu'elle appartenait à la classe moyenne, et que mes parents avaient des « relations » dans les médias. Elle avait été jusqu'à soutenir que des forces de police essentielles étaient mobilisées pour Laurel, alors qu'elles auraient été mille fois plus utiles ailleurs.

Ce qui aurait déjà suffi, pourtant, il avait fallu qu'elle sorte un deuxième article une semaine plus tard, assurant que Laurel était probablement décédée et que le pays tout entier devait « redescendre sur terre ». Ces deux interventions ne l'avaient pas rendue très populaire. Certains de ses confrères s'étaient empressés de la démentir, la qualifiant d'« insensible » et de « sans cœur », la soupçonnant de ne pas comprendre parce qu'elle n'était pas mère. Elle avait également reçu des menaces de mort. Ce qui n'avait pas paru beaucoup la gêner, puisqu'elle ne s'était pas laissé démonter, et avait même pondu un livre sur le sujet. J'y jetais parfois un coup d'œil, à la bibliothèque, quand maman avait le dos tourné.

Le bouquin était truffé de photos et de récits sur d'autres enfants disparus. Dans certains cas, Hayes avait interrogé les familles sur ce qu'elles éprouvaient à l'idée que la tragique perte de leur gamin se retrouve reléguée en page 12 quand Laurel Logan occupait toujours la une. (« Qu'est-ce qu'elle a de si spécial ? » questionnait même un père qui habitait à Londres.) Le reste de l'ouvrage était une sorte d'attaque en règle contre ma famille, alors que cette femme n'avait jamais cherché à rencontrer mon père ou ma mère pour entendre leur version des faits.

Il y avait une photo en noir et blanc de Jeanette Hayes, à la fin de l'ouvrage. Elle fixait l'objectif avec une certaine défiance. Elle donnait l'impression d'être une journaliste sérieuse. C'était sans doute à cause des lunettes perchées au bout de son nez. Je regardais souvent ce cliché en me demandant pourquoi elle nous détestait à ce point. Et pourquoi elle ne désirait pas que tout soit mis en œuvre pour qu'on retrouve Laurel.

Je m'éclaircis la voix. Hayes répète sa question. Comment je me sens ce matin… ?

— Ce qui m'intéresse plutôt, c'est de savoir comment *vous* vous sentez.

— Je suis désolée, je ne comprends pas. Je cherche une formule – quelque chose de court et de bien envoyé, mais sincère – tu vois de quoi je parle ?

— Moi aussi, j'attends une phrase de vous. Quelque chose qui expliquerait que vous avez eu tort à propos de Laurel et de tous ces trucs que vous avez écrits sur ma famille… Vous voyez de quoi je parle ?

Papa me fait signe de raccrocher. Les journalistes n'ont pas le droit de me contacter ni d'imprimer ma photo sans flouter mon visage. Les deux fois où ils ont tenté, ils se sont aussitôt retrouvés avec un procès sur le dos. Un autre sujet que Hayes critiquait concernant mes parents – leur nature « procédurière ».

— OK, je comprends où tu veux en venir, articule-t-elle avec calme. J'avais tort pour Laurel. Et je suis évidemment ravie de m'être trompée. (Je souris de triomphe.) En revanche, je ne retire rien de ce que j'ai dit à propos de la police et de tes parents.

Salope… Je souhaiterais trouver un truc intelligent – quelque chose qui l'atteindrait profondément. Elle doit savoir à quel point elle a causé de la souffrance à ma famille. Comme si la douleur de la perte de Laurel n'avait pas déjà suffi. Mais papa m'arrache le portable de la main et hurle des jurons avant de raccrocher et de le balancer de rage sur le lit.

— Voilà ! Voyons voir si elle imprime *ça*, maintenant !

Je n'ai jamais entendu mon père prononcer certains des mots qu'il a sortis. C'est assez cool.

— C'était elle, n'est-ce pas ? demande-t-il doucement.

J'acquiesce de la tête.

Il passe un bras autour de mes épaules.

— On ne va pas les laisser gâcher cette journée, d'accord ? C'est *notre* journée.

J'opine encore.

— Je vais me doucher…

Qu'est-ce qu'on met pour un rendez-vous avec une sœur qu'on croyait morte ? Ma garde-robe n'étant pas très fournie chez mon père et Michel, mes options sont plutôt limitées. Je me décide pour un jean gris, des Converse, et un T-shirt noir : je veux me ressembler.

Michel m'assure que j'ai l'air très bien, ce qui m'étonnerait vu que j'ai à peine dormi. Il bavarde joyeusement durant le petit déjeuner, ignorant le téléphone de papa qui sonne sans arrêt. J'aurais tellement envie qu'il vienne avec nous.

Dans l'ascenseur, mon père me déclare qu'il faudra garder la tête baissée, dans la voiture. Et en effet, à peine sortons-nous du parking que des flashs crépitent, des journalistes s'agglutinent autour de nous en criant et en se poussant les uns les autres, au risque qu'on leur roule dessus. Je fixe le tableau de bord sur lequel le chien en plastique que j'avais offert à mon père pour Noël bouge la gueule comme s'il approuvait cette folie.

Papa parvient à n'écraser les orteils de personne – il doit être d'humeur charitable. Puis nous arrivons à laisser cette horde derrière nous pour prendre le chemin de l'hôtel. Je jette des petits regards dans le rétroviseur au cas où des photographes nous suivraient en moto, mais la voie semble dégagée.

Papa tapote nerveusement le volant des doigts. Je finis par le supplier d'arrêter. Il s'excuse, je m'excuse à mon tour, puis il me questionne sur ce que je pourrais bien chercher à me faire pardonner. Là-dessus, nous rigolons tous les deux.

— Comment tu te sens, ma chérie ? Tu sembles un peu pâlotte.

Je lève les yeux vers le ciel, gris et bas ; je ne serais pas étonnée qu'il se mette à neiger.

— J'espère qu'elle va bien m'aimer.

Papa éclate de rire.

— Elle va t'ADORER, tu veux dire ! Tu es sa sœur !

Assez étrangement, cette phrase me calme un peu.

Aucun photographe n'attend à l'extérieur de l'hôtel. Parfait ! Une femme rousse vêtue d'un tailleur noir trop ajusté se précipite vers nous à notre arrivée. Son badge doré indique qu'elle s'appelle Gillian Crook, et qu'elle est directrice adjointe. Elle s'empresse de déclarer qu'elle est heureuse pour nous, et que c'est un honneur que la « Petite Laurel » réside dans son hôtel. Là-dessus, elle serre longuement la main de mon père, puis me donne une accolade, ce qui devient vite bizarre, puisque je ne fais aucun effort pour lui rendre son geste. Je n'ai franchement pas le temps de prendre des directrices adjointes d'hôtel dans les bras.

Gillian Crook se met ensuite à pleurer doucement parce que c'est vraiment *trop* pour elle de savoir que la Petite Laurel va enfin retrouver sa famille ici, dans son établissement (alors qu'il y en a plein d'autres !). Elle racontera cette histoire à ses petits-enfants un jour (non pas qu'elle soit déjà mariée !). Je compatis d'avance avec ces hypothétiques petits-enfants. Papa et moi opinons poliment et commençons à tourner les talons quand elle nous lance soudain que nous devons rencontrer quelqu'un avant de monter.

Gillian nous conduit jusqu'au bar, vide, hormis une femme qui tape nerveusement sur le clavier de son ordinateur. Elle se lève à notre approche. Une trentaine d'années, des cheveux bruns bouclés, tombant sur les épaules, et un visage parfaitement banal. Maggie Dimmock, la fameuse psy qui est arrivée de Londres hier soir. C'est une spécialiste des « réunifications familiales ». Apparemment, ce serait un vrai truc, pas un machin inventé hier pour gérer la situation.

Nous nous asseyons avec elle. Gillian Crook tarde à nous laisser. Maggie doit lui adresser trois regards très explicites pour qu'elle se décide enfin. La psy commence par nous exposer ses qualifications comme si elle essayait de prouver quelque chose. À l'écouter, elle se serait rendue en Suisse l'année dernière pour s'occuper d'un cas « remarquablement similaire ». Sauf qu'il n'était pas similaire à ce point, vu que la petite Suissesse avait disparu depuis seulement deux ans. Bien sûr, ça paraît complètement nase d'estimer que deux ans ne sont pas grand-chose quand une gamine a été enlevée…

Maggie Dimmock a déjà passé du temps avec Laurel, ce qui me semble injuste, étant donné que je ne l'ai pas encore vue. Maggie affirme que Laurel est franchement une jeune fille extraordinaire – mon père boit littéralement ses paroles – et qu'elle la rencontrera chaque jour de la semaine prochaine, ainsi que nous quatre ensemble, afin d'établir une « transition en douceur ». Elle déclare qu'il ne faut pas espérer que tout marche immédiatement comme sur des roulettes. On dirait un peu une présentatrice d'émission pour enfants, avec son enthousiasme et ses bonnes intentions. Elle me fait pitié.

J'arrête de l'écouter, au bout d'un moment. Je voudrais simplement rejoindre ma sœur. Cette attente est réellement trop pénible.

Papa et moi prenons l'ascenseur jusqu'au dernier étage. Apparemment, la direction de l'hôtel aurait insisté pour que Laurel loge dans la suite présidentielle. Pour en retirer une certaine publicité ?

Un ultime obstacle se dresse entre ma sœur et nous : le brigadier Dawkins, notre agent de liaison familiale. Elle est postée devant la porte. Je connais le brigadier Dawkins (Natalie) depuis des années. Je l'apprécie beaucoup, mais là, je désirerais juste entrer dans la chambre. Pourtant, je la laisse me serrer dans ses bras. Elle a vécu cette histoire avec nous depuis le début ; c'est un grand jour pour elle aussi.

— Il lui tarde de te voir, Faith.

J'aimerais tant que les gens arrêtent de m'asséner ça.

Dawkins entraîne papa sur le côté pour lui parler à voix basse. Il faut toujours qu'on me cache des choses – des choses que je serais incapable de gérer, apparemment. J'y suis tellement habituée que je ne m'en rends pratiquement plus compte, aujourd'hui.

Finalement, mon père frappe à la porte. Maman répond si vite qu'on croirait qu'elle est restée plantée derrière durant tout ce temps. Papa pose la main sur mon épaule, et me pousse presque dans la pièce. Et me voilà face à ma sœur.

J'ai vraiment une sœur, à présent.

8.

Elle fond en larmes, cette nouvelle sœur qui est la mienne. Elle s'éloigne aussitôt en courant de la fenêtre pour me prendre dans ses bras. Je recule d'un pas chancelant, mais elle ne me lâche pas. Papa et maman demeurent figés sur place, des sourires béats aux lèvres. Je ne me rappelle pas avoir déjà vu mes parents aussi heureux. Ils ne résistent pas longtemps avant de venir se joindre à nous. Je me retrouve au milieu de cette énorme accolade familiale hilare, larmoyante, et incrédule. J'éprouve soudain un sentiment de complétude, d'achèvement, une sorte d'équilibre qui me sidère littéralement.

Au bout d'un moment, nous finissons par nous démêler, avant de nous regarder sans prononcer un mot. Maman et papa nous observent tour à tour, moi et Laurel. Cette dernière me dévisage comme si elle avait du mal à croire que j'existe vraiment, et moi qu'elle soit aussi belle, même si j'ai toujours su qu'elle était franchement ravissante. Je m'étais fabriqué une image de ce à quoi elle ressemblerait, une représentation qui ne correspondait jamais vraiment aux simulations de la police. Beaucoup plus à la fille debout devant moi.

Elle doit mesurer cinq centimètres de plus que moi – un mètre soixante-treize, environ. Ses cheveux lui arrivent un peu plus bas qu'aux épaules. Je pense que c'est elle qui a dû se les couper. Ses yeux sont très bleus. Elle ne porte pas de maquillage, et sa peau est légèrement grasse et cireuse, ce qui ne l'empêche pas d'être superbe. La cicatrice sur sa joue ressemble un peu à une larme d'un blanc argenté.

Elle est maigre – le sweat à capuche et le jean qu'elle a mis pendent. Je m'aperçois alors que ces vêtements sont les miens. Mais impossible de parler. Je voudrais trouver une réplique drôle, un truc de sœur du style « Mamaaaaaan, elle a ENCORE pris mon jean sans me demander ! ». L'instant paraît cependant malvenu. Je me moque que Laurel emprunte mes fringues, mais j'aurais apprécié que maman me demande d'abord. La connaissant, elle a déjà dû prévoir une séance shopping avec Laurel. Elle a toujours rêvé d'avoir une fille avec qui faire du shopping, et je n'ai jamais été celle-là.

— Tu as tellement grandi ! déclare Laurel malgré les larmes.

Papa sort son téléphone de sa poche. Il aimerait nous prendre en photo. Laurel et moi nous plantons devant le canapé. Elle passe un bras autour de mes épaules, et nous sourions toutes les deux à l'objectif. Après avoir accidentellement commencé une vidéo, mon père réussit à prendre une photo et nous libère.

— Très bien, déclare maman. Nous partons boire un café. Vous serez un peu tranquilles, comme ça.

La panique s'empare de moi à l'idée de rester seule avec Laurel. D'un autre côté, je sais que ce sera plus facile pour nous deux sans parents en train de nous étudier scrupuleusement, d'enregistrer ce moment pour la postérité. Ils nous enlacent avant de sortir. Il semblerait que nous soyons une famille à accolades, désormais.

Laurel se pelotonne dans un coin du canapé, ses pieds nus glissés sous elle. Je m'assois sur le fauteuil juste à côté. Je n'ai pas encore eu l'occasion de jeter un coup d'œil à la suite présidentielle, mais elle est clairement plus grande que notre maison.

Laurel remarque mon regard.

— C'est trop grand.

— Quoi ?

Elle se met à jouer avec les manches de son (mon) sweat.

— J'aurais préféré un endroit plus petit. Je suis habituée à…

Oh, mon Dieu… Elle a vécu treize ans enfermée dans une cave. Pas étonnant que les lieux spacieux la fassent flipper.

— Tu devrais en parler. Explique-le à maman. Ils te dénicheront une chambre plus simple.

Laurel secoue la tête.

— Maman aime trop celle-là.

C'est vraiment super bizarre de l'entendre appeler ma mère « maman ». Je ne parviens pas à réaliser que je suis en train de discuter avec ma sœur dans une suite ridiculement somptueuse.

— C'est étrange, hein ?

Parfois, c'est mieux de ne pas se comporter comme si tout allait bien, d'exprimer les choses franchement avant que quelqu'un d'autre ne le fasse.

Laurel sourit.

— C'est *super* bizarre, tu veux dire.

Le silence retombe durant quelques secondes, après ça. Laurel fixe la porte. Elle a l'air de se demander quand papa et maman rentreront. Elle aurait sans doute préféré qu'ils restent. Ils semblent savoir gérer la situation ; moi pas, à l'évidence.

— Je suis contente que tu sois revenue.

Banal, mais fondamental. Surtout présenté ainsi, tout fort. Il fallait que Laurel l'entende de ma bouche. Elle recommence à sourire.

— Tes dents sont parfaites.

— Heu… Merci.

Elle m'observe comme si ma réflexion était étrange – sûrement parce qu'elle l'est.

— Excuse-moi… J'étais juste en train de penser que… Que tu n'as pas dû voir de dentiste souvent, alors que j'y vais à peu près tous les six mois, et que j'ai plein de plombages, un appareil et… OK, je me tais. Désolée…

Qu'est-ce qui ne tourne pas rond chez moi ?

Laurel ne me fixe pas comme si j'étais folle. Elle ne me regarde tout simplement pas.

— Je me suis toujours brossé les dents, cinq minutes, trois fois par jour. Je faisais des bains de bouche et j'utilisais du fil dentaire, aussi. C'était compris dans la liste des règles…

Oh. Mon. Dieu…

— Excuse-moi. Je ne voulais pas…

— C'est bon. Il va falloir m'habituer à aborder le sujet. Je ne me suis lavé les dents que deux minutes, hier soir. Pareil ce matin. Et je n'ai pas fait de bain de bouche.

Un vague sourire finit par se dessiner sur ses lèvres. Je respire enfin.

— Ce n'est pas la peine de t'inquiéter, tu sais. Je crois être capable d'en parler. De... de lui.

Si les choses qu'elle a vécues m'étaient arrivées, il me serait sûrement impossible de les évoquer.

— Je ne peux même pas imaginer ce que tu as traversé.

Super ! Encore une fournée de banalités.

— Tant mieux pour toi ! Par ailleurs, tu n'as pas à le faire.

Elle envisage de se ronger les ongles, mais se ravise, et remonte les mains dans les manches de son sweat. Je me demande si c'était une autre règle.

— Quoi qu'il en soit, j'ai envie de tout connaître de toi. Et j'ai pas mal de retard à rattraper ! Si tu me racontais tes treize dernières années ?

L'air inquiet qui se dessine sur mon visage provoque son rire.

— Je plaisante ! Enfin, si on peut dire.

— Heu... Tu veux que je commence par où ?

— Oh... Je ne sais pas. Par ce qui te fait plaisir.

Elle scrute de nouveau le vide. J'ignore où elle est partie, mais je m'estime heureuse de ne pas avoir à la suivre dans cet endroit.

— Même quand les choses se passaient vraiment mal, j'étais contente qu'il m'ait enlevée moi et pas toi.

Chaque fois que j'avais peur ou que je ne parvenais pas à dormir, je pensais à toi.

J'ai lu des articles qui posaient le débat en ces termes : pourquoi elle et pas moi ? La plupart des gens semblaient se dire que c'était une question d'âge et/ou de couleur de cheveux. J'avais quatre ans et des cheveux bruns ; Laurel en avait six et elle était blonde.

J'ai fait des cauchemars récurrents d'un homme debout au-dessus de nous deux, durant mon enfance. Il avait systématiquement le soleil dans le dos, de sorte qu'on ne distinguait pas son visage. Il prenait Laurel par la main et l'emmenait, tandis que je recommençais à jouer dans le sable. Parfois, je leur courais après pour leur réclamer une glace. Le type attrapait ma main, puis nous marchions ensemble tous les trois.

— Tu as toujours cette lampe que tu allumais la nuit ?

J'ignore totalement de quoi elle parle, ce qu'elle comprend aussitôt à mon expression.

— Celle en forme de pingouin ? Avec le chapeau rouge et l'écharpe ? Tu lui avais donné ce nom bizarre, mais je ne me…

Soudain, je la revois aussi nettement que si je l'avais sous le nez.

— Œuf !

Laurel opine avec vigueur, le regard pétillant. Nous rions toutes les deux à ce souvenir commun.

Comment ai-je pu oublier Œuf ? Durant des années, je n'ai pas pu trouver le sommeil sans que le ventre du pingouin brille dans l'angle de ma chambre. Œuf était le seul à me protéger du terrible monstre caché sous le lit et dans le placard. Ensuite, du monstre dans le jardin de devant – celui qui emmenait les petites filles par la main et qui rendait les familles très tristes.

Laurel m'avoue qu'elle pensait à Œuf lorsqu'elle ne parvenait pas à fermer l'œil, quand le noir lui donnait l'impression de suffoquer. Elle essayait de se le représenter dans les moindres détails.

— Parfois, je le voyais pour de bon, mais il fallait que je me concentre vraiment très fort, pour ça. Là, c'était génial, parce que j'arrivais à m'endormir. Mais à d'autres moments, le rouge de son chapeau ou la forme de son bec n'étaient pas exactement les mêmes.

J'acquiesce comme si je comprenais. Et c'est le cas, d'une certaine façon. Mais je ne saisirai jamais ce qu'elle a traversé. Même si elle me racontait sa vie par le menu, je ne *saurai* jamais vraiment ce que ça fait de se retrouver enfermée dans une cave sombre comme un puits, effrayée et seule – ou encore pire effrayée, mais *pas* seule.

9.

Laurel est déçue que j'ignore où la lampe est passée. Du coup, je lui assure qu'on la cherchera à son retour à la maison.

— La maison..., répète-t-elle. J'aime bien comment ça sonne.

Elle m'interroge sur les cours. Tout ce que je dis lui paraît incroyable et intéressant. Elle n'a pratiquement aucun souvenir de l'école. Je lui demande si elle sait lire, avant de m'excuser pour cette question parfaitement indélicate. Mais Laurel ne la prend pas mal. Elle sait lire et écrire. Elle aurait étudié quasiment les mêmes matières que moi. Je ne peux pas m'empêcher d'afficher mon scepticisme.

— Il m'a appris.

— Quoi ? Il te faisait cours ?

Elle opine.

— Il détestait l'ignorance. Il affirmait que rien ne la justifiait.

— Tu avais donc des livres scolaires et tout ?

— Quelques-uns. Surtout des fiches rédigées de sa main. Et un classeur de couleur différente pour chaque sujet.

C'est carrément trop bizarre. L'idée de ce monstre – de ce psychopathe – en train d'enseigner les maths, la grammaire, les sciences... Il lui prêtait des romans, aussi – mais seulement si elle était gentille. Elle ne prend pas la peine d'entrer dans les détails. Il y a environ deux ans, il lui a montré comment se servir d'un ordinateur, en déclarant que tout le monde devrait être capable de manier ce genre d'outil à notre époque. Il en aurait même installé un vieux dans la cave. Mais pas Internet – évidemment.

Nous n'arrêtons pas de parler. Petit à petit, je commence à me construire une image de ce qu'elle a vécu durant ces treize années, et elle à se représenter ma vie. Nous échangeons des informations, comblons les vides, posons des questions et y répondons. J'évite les sujets susceptibles de la contrarier ; ceux que j'aimerais vraiment aborder.

Laurel trouve fascinant que j'aie un petit ami. Elle m'interroge beaucoup sur Thomas, ce qui est compliqué, pour moi. Elle est même curieuse de savoir si j'ai couché avec lui. Un silence bizarre retombe durant quelques secondes avant que je m'exprime franchement. Elle souhaite savoir si ce moment m'a plu, ce à quoi je déclare que oui, plus ou moins. Elle garda le silence après ça. Je suggère alors de parler d'autre chose.

Elle secoue violemment la tête avant de reprendre la parole.

— Je *déteste* ça ! Je ne le ferai plus jamais ! C'est trop dégoûtant !

Elle semble si emportée et en colère que j'ai aussitôt envie d'étriper celui qui lui a inspiré cette répulsion. Non… J'aimerais lui faire du mal, lui faire subir les plus affreuses souffrances et *ensuite*, seulement, le tuer. Ce qu'il lui a infligé ne devrait pas être considéré comme du sexe. Il a attaqué et a agressé une petite fille de la pire manière qui soit. Il faut qu'elle comprenne la différence.

— Il était comment ? Lui… cet homme. Surtout, ne te force pas à répondre si tu ne désires pas en parler.

Laurel se penche en avant et attrape une feuille de papier posée à l'envers sur la table basse. Elle me la tend sans la commenter.

Le visage d'un homme y est esquissé. Difficile de lui donner un âge. Entre quarante et cinquante ans ? Ses yeux sont légèrement trop écartés, ce qui lui confère un air digne de confiance. Son visage est carrément banal, à part le nez, épais et crochu, et des narines étrangement dérangeantes. Ses cheveux sont courts et hérissés.

— C'est lui ?

Laurel acquiesce.

Je suis en train de contempler le croquis de celui qui a enlevé ma sœur.

— Le portrait n'est pas complètement terminé. Le dessinateur de la police doit revenir un peu plus tard pour qu'on continue de travailler dessus avant la conférence de presse.

Elle fixe l'image. J'éprouve soudain le besoin urgent de rouler cette feuille en boule, d'y mettre le feu, et de l'observer partir en fumée.

— Il s'appelle comment ?

Un petit sourire apparaît sur les lèvres de Laurel.

— Au début, il a prétendu que c'était Smith. Mais ce n'était pas vrai, bien sûr.

Smith. Un des noms les plus répandus du pays.

— Au début ?

Laurel penche la tête avec un air interrogateur.

— Tu as dit que tu l'appelais comme ça « au début ». Comment tu l'as appelé ensuite ?

Elle détourne le regard avant de m'annoncer quel nom il l'obligeait à utiliser.

— Papa…

Mes parents choisissent cet instant précis pour débarquer. Ils rapportent de quoi boire et manger. Je jette un coup d'œil à la pendule. Laurel et moi avons parlé durant plus de deux heures. Il neige à gros flocons de l'autre côté de la fenêtre.

Je réussis à me défaire de mon air consterné tandis que papa et maman retirent leurs écharpes et leurs manteaux mouillés. Même s'ils essaient de le cacher, je ne suis pas dupe : ils nous scrutent pour savoir comment les choses se sont passées. Laurel et moi sourions pour leur montrer que tout va très bien, merci beaucoup. J'imagine que maman aurait aimé revenir depuis longtemps, mais que papa l'a forcée à attendre pour nous laisser respirer.

Papa. L'idée qu'elle ait pu appeler cet homme papa me rend malade. J'espère qu'elle ne l'a pas confié à mes parents. À *nos* parents.

Papa commence à sortir des sandwichs d'un sac en plastique.

— Crevettes mayonnaise ? lance Laurel. Beurk !

Je feins aussitôt de vomir. Nous éclatons de rire toutes les deux. Papa nous fait les gros yeux.

— Bon, je crois que je vais être obligé de le manger, du coup, déclare-t-il, même si son ton trahit qu'il est absolument ravi de notre complicité.

De concert, Laurel et moi tendons la main vers le jambon-salade-tomate. Elle insiste pour que je le prenne, et moi pour qu'elle l'ait. Étant la plus têtue des deux, je finis par l'emporter. Et me voilà avec un jambon-beurre très sec difficile à mâcher. J'aimerais demander à Laurel comment il la nourrissait, parce que, quelle que soit sa réponse, elle n'a visiblement pas mangé à sa faim pendant ces dernières années. Elle avale son sandwich en deux temps, trois mouvements avant de dévorer ensuite un paquet de chips. Les parents et moi la regardons faire. Laurel ne semble pas s'en rendre compte, ou si c'est le cas, elle ne le relève pas.

Maman sort un truc bizarre au cours de ce repas : ce serait notre premier déjeuner en famille depuis treize ans. Là-dessus, elle s'excuse qu'il soit aussi banal, et propose de nous préparer bientôt un repas de famille digne de ce nom – un rôti ? Laurel déclare que ce serait vraiment chouette. Papa réclame du *roast beef* et des *Yorkshire puddings*. Maman rougit (sans que je comprenne très bien pourquoi).

— Michel sera là ?

Je ne peux pas m'en empêcher. Mais il est bon que quelqu'un leur rappelle que les choses ont changé.

Durant une seconde, seul le bruit du deuxième paquet de chips que Laurel est en train d'ouvrir trouble le silence.

— J'espère qu'il viendra ! Il me tarde de le rencontrer.

Un sourire reconnaissant se dessine sur le visage de papa : il sait, comme moi, que Laurel nous a évité une sacrée engueulade.

— Évidemment que Michel sera invité, dit maman comme si c'était prévu.

Comme si elle n'avait pas complètement oublié son existence pendant une minute, dans cette suite luxueuse. Elle est un peu plus mutique, après ça, ce qui me culpabilise. Mais je ne laisserai pas Michel être mis sur la touche. Il est autant un membre de cette famille recollée de toutes parts que chacun de nous. Et au contraire de nous quatre, lui a choisi d'en faire partie.

Différentes personnes se présentent, après le déjeuner. La situation devient aussitôt chaotique. Elles sont venues organiser la conférence de presse même si tout le monde est déjà au courant. L'événement a fait le tour d'Internet. #LaurelLogan est très à la mode sur Twitter. Beaucoup de gens m'ont envoyé des textos. Seuls quelques-uns sont de vrais amis. Martha et Thomas l'ont fait. Je leur réponds que ça va bien. Martha me renvoie direct un message : Alors, c'est comment d'avoir une grande sœur toute neuve ? Sans la connaître, on pourrait trouver cette question indélicate, mais nous communiquons toujours comme ça, Martha et moi. Je réfléchis une seconde tandis que j'observe Laurel, qui parle avec un policier d'un certain âge. J'ignore pourquoi il porte un uniforme s'il est aussi expérimenté.

Derrière lui se tient un autre policier beaucoup plus jeune. Il a un œil au beurre noir qui commence à poindre et je me demande si c'est lui qui a essayé de prélever l'ADN de Laurel hier. Il ne faut pas que j'oublie de vérifier ça auprès de papa.

Je ne sais pas de quoi ils sont en train de parler, mais Laurel tire la tronche. Elle secoue la tête à plusieurs reprises au cours de la conversation. Maman finit par lui passer un bras autour des épaules et la guider vers la salle de bains. À quoi tout cela rime-t-il ?

Quand finalement elles en ressortent, Laurel m'aperçoit qui les regarde et m'adresse un signe de main timide. Elle réussit même à me décocher un petit sourire.

Chacun lui a dit de ne pas assister à la conférence de presse. Que ce sera sans doute trop pour elle, mais elle insiste. Elle souhaite même lire une déclaration.

— Je ne le laisserai pas gagner, me murmure-t-elle avec une sorte de fierté.

Je réponds enfin à Martha : Je crois que ça devrait me plaire...

10.

Je suis la conférence de presse – seule – sur l'énorme télévision installée dans la suite de Laurel. Mes parents n'ont pas voulu que je m'y rende. Je ne tenais pas tellement à y assister, de toute façon.

C'est irréel, de voir ma famille (« toute neuve », améliorée, avec une Laurel en cadeau bonus !) pénétrer dans la salle de danse quinze étages plus bas. Laurel flanquée de maman et de papa, maman qui pleure déjà... Je ne peux m'empêcher de comparer cette scène à la conférence qu'ils ont donnée au moment de sa disparition ; j'ai dû la visionner des centaines de fois sur YouTube. Papa s'exprimait en regardant la caméra bien en face, comme s'il s'était adressé directement à celui ou celle qui avait kidnappé Laurel.

— Sa place est auprès de nous. Faith n'arrête pas de demander pourquoi sa grande sœur est partie. S'il vous plaît, si vous écoutez, faites ce qu'il faut. Rendez-nous notre fille. Ramenez Laurel chez elle.

À ce moment-là, papa craquait vraiment. Il avait réussi à prendre sur lui jusque-là, même si les larmes affleuraient sous la surface. Il s'était effondré sur une chaise, après ça. Maman lui avait serré la main pour lui transmettre un peu de sa force. Elle pleurait aussi.

Cette conférence de presse est très différente. D'abord, parce que ça chahute dans le public. Des journalistes se mettent à hurler leurs questions à peine ma famille pénètre-t-elle dans la salle. Les flashs des appareils crépitent tous azimuts. Le policier plus âgé commence à lire une déclaration après avoir extirpé lentement une paire de lunettes de la poche de sa chemise. Un de ses acolytes présente ensuite aux caméras une nouvelle image de « Smith ». Celle-là a été dessinée par ordinateur. Elle ne ressemble pas à celle que j'ai vue – le visage est plus étroit, les narines plus larges. Les deux policiers assurent qu'ils sont vraiment heureux que Laurel soit rentrée, et qu'ils n'arrêteront pas de traquer « l'auteur de ce crime écœurant » tant qu'il ne sera pas traduit en justice. La police avait déjà sorti cet argument à la première conférence de presse – pas ces policiers-là, mais d'autres exactement comme eux.

Flic Numéro Deux dit que des confrères sont, *à l'heure même où il parle*, en train de frapper aux portes et d'interroger les voisins. Ce ne serait qu'une affaire de temps avant qu'ils l'attrapent.

Les policiers souhaitent savoir s'il y aurait des questions. Naturellement, il y en a. La plupart s'adressent à Laurel, maman, et papa. Du coup, les flics les ignorent. Ils répondent à deux autres, en revanche.

— Comment pouvez-vous être sûrs que Laurel est en sécurité, aujourd'hui ? Et pourquoi l'a-t-il libérée ?

— Nous sommes absolument certains que le calvaire de Laurel est terminé. Nous ferons tout ce qui est en notre pouvoir pour préserver sa sécurité. Quant à savoir pourquoi elle a été relâchée, je crois que, particulièrement en ce jour, nous devrions simplement nous réjouir. Nous aurons tout le temps de considérer ces aspects de l'affaire dans les jours et les semaines à venir.

— Des témoins oculaires ont-ils vu le suspect déposer Laurel dans le jardin, hier ?

— Pas à notre connaissance, mais des officiers parlent actuellement aux habitants de Stanley Street.

— La police a-t-elle échoué, dans le cas de Laurel ?

Un soupir quasiment imperceptible échappe à Flic Numéro Un.

— Nous avons fait tout ce qui était possible pour retrouver Laurel Logan, en organisant la plus grande traque que ce pays ait jamais connue. Malheureusement, nos efforts n'ont pas suffi… Je vais maintenant passer la parole à Bernard Ness, qui voudrait déclarer quelques mots avant de laisser le micro aux Logan.

Bernard Ness est notre député. Dieu seul sait ce qu'il fabrique ici. Bien qu'il ne soit pas gros, il se déplace comme s'il était obèse. Il respire fort au moment où il se plante devant le micro. Son nez capte aussitôt mon attention. Il est bulbeux et rouge, ainsi que le reste de son visage. Ses pattes sont perlées de transpiration.

Il était également à la précédente conférence de presse, il y a treize ans. Légèrement moins rouge et bulbeux, en arrière-plan derrière l'estrade. Il est *sur* l'estrade, cette fois, avec ma famille. Il devient vite clair que Bernard Ness intervient pour deux raisons : parce qu'il aime le son de sa voix, et parce qu'il cherche à associer son nom à une bonne nouvelle (et soyons honnêtes, c'est la meilleure histoire qui finit bien que la ville ait connue depuis des plombes). Il pense peut-être que cela aidera à faire oublier le scandale financier dans lequel il a été impliqué le mois dernier. Bernard déclare que, voici treize ans, « notre communauté » avait été profondément choquée, dévastée même, et d'autres phrases du style. Puis que le crime perpétré à l'encontre de « la Petite Lauren Logan » avait menacé de déchirer « notre communauté », mais qu'au lieu de ça, il nous avait finalement rapprochés. « Nous » avions apparemment toujours gardé espoir.

Il parle trop longtemps, mais personne ne vient lui couper la parole. Ma famille écoute poliment derrière lui. Le visage de Laurel est parfaitement inexpressif. Enfin, Ness termine son vain discours en se tournant vers Laurel, s'interrompant pour l'effet théâtral, avant de conclure : « Bienvenue chez toi, Laurel. » Ma sœur opine, impassible.

Papa se lève alors.

— Je vais faire bref, commence-t-il par annoncer.

Je l'aime encore plus que d'habitude, à cet instant-là. Derrière lui, Bernard Ness acquiesce de la tête comme si cette pique ne lui était pas été destinée. Papa explique que nous sommes vraiment heureux que Laurel soit rentrée à la maison, et il remercie ceux qui n'ont jamais cessé de la chercher, d'espérer, de croire qu'elle pourrait revenir. Ensuite, il remercie la police et ajoute (avec une certaine emphase) qu'elle ne devrait pas être tenue pour responsable de ce que « cet homme » a infligé à sa fille. Puis il enchaîne en faisant un truc bizarre. Il s'adresse directement au ravisseur de Laurel.

— Qui que vous soyez, et où que vous soyez, sachez qu'on vous retrouvera, et que vous serez jugé pour vos crimes…

Il laisse cette phrase en suspens pendant quelques secondes avec d'inspirer pour se calmer. Ses mains agrippent les côtés du pupitre.

Aucun halètement ni aucun bruit ne monte de la foule, mais les gens sont visiblement choqués. Je le suis, pour ma part.

— Merci de nous avoir rendu notre fille.

Papa retourne s'asseoir. Tout le monde semble se demander ce qu'il va se passer, après ça. Les flics échangent des coups d'œil. Maman regarde papa, qui dévisage Laurel tandis que Bernard Ness observe les journalistes. Mais Laurel se lève alors et s'avance jusqu'au pupitre.

Elle contemple l'assemblée devant elle. C'est comme si elle scrutait chaque visage, chaque objectif. Le flot ininterrompu de flashs ne la fait pas ciller.

Elle s'éclaircit la voix, puis inspire timidement. Son courage me sidère.

— Bonsoir. Je m'appelle Laurel Logan, et j'aimerais profiter de ce moment pour remercier certaines personnes.

Elle reprend les propos de papa – merci à la police et au grand public –, mais cite la presse, également.

— Merci d'avoir continué à parler de moi, de ne m'avoir jamais oubliée.

C'est un peu étrange, mais les journalistes présents semblent boire du petit-lait. Papa doit désapprouver, pour sa part, vu ce que ces gens lui ont fait subir, mais Laurel a gagné le droit d'exprimer ce qu'elle désire.

Elle fixe l'objectif. J'ai un peu l'impression que c'est moi qu'elle regarde soudain. Ceux qui suivent la conférence de presse à la télé ont sans doute une sensation similaire – nos amis, et les membres de notre famille, aussi. Thomas et Martha, des inconnus partout dans le pays, à travers le monde. La caméra zoome sur son visage. Elle n'est pas coiffée ni maquillée – hormis un peu de poudre, peut-être. Elle a l'air d'une fille qui a vécu des trucs vraiment coton.

— Hier, mon cauchemar a pris fin. Je n'aurais jamais cru que ce jour arriverait. Je l'ai espéré, j'ai même prié toutes les nuits qu'il vienne. Et quand les choses se passaient vraiment mal pour moi – elle cligne des yeux pour retenir ses larmes –, j'espérais et je priais encore plus fort. Hier, mes prières ont été entendues.

Elle baisse la tête pendant un instant avant de fixer de nouveau l'objectif.

— Je serais incapable de trouver les mots pour exprimer ce que j'éprouve en ce moment. Savoir que j'ai toujours une mère, un père et une sœur, qu'ils n'ont jamais cessé de me chercher, de se battre pour moi. Ils m'ont expliqué que vous n'aviez jamais renoncé, vous non plus. Que des étrangers ont envoyé des lettres et des cartes postales d'un peu partout à travers la planète – et même de l'argent. Que la police a travaillé inlassablement pour essayer de me retrouver, et que mon histoire n'a jamais quitté les journaux. Pendant tout ce temps... Je ne peux pas vous dire à quel point cela compte pour moi, d'apprendre que vous ne m'aviez pas oubliée.

Elle baisse encore la tête. La moitié des personnes présentes dans la pièce doivent avoir les larmes aux yeux.

Laurel finit en remerciant tout le monde. Elle ne parle pas de Smith. Elle déclare simplement qu'il lui tarde de connaître sa famille – en particulier sa petite sœur, Faith. Elle sourit en prononçant mon prénom. Les flashs crépitent aussitôt de nouveau. Je souris, moi aussi.

À peine s'éloigne-t-elle du pupitre que les journalistes commencent à crier des questions. On aurait pu penser qu'ils se montreraient un peu plus respectueux – sensibles –, mais non. Les questions sont difficiles à distinguer les unes des autres, mais la plupart semblent commencer par diverses variations autour du thème « Qu'est-ce que tu éprouves… ? ».

Un homme vient prendre la place de Laurel. Il était parmi ceux qui faisaient les cent pas en arrière-plan. Il esquisse des gestes d'apaisement avec les mains. On a l'impression qu'il fait la circulation. Les clameurs tardent à retomber. Une voix de femme crie une dernière question.

— Laurel ? Laurel ! Est-ce que tu as eu le temps d'aller faire du shopping ?

Je pousse un juron devant le poste pendant que des rires s'élèvent au rez-de-chaussée. Maman et papa sourient, mais pas Laurel.

La conférence de presse est terminée. Un homme et une femme parfaitement coiffés commencent à commenter le courage de Laurel depuis un studio télé au décor futuriste. Ils utilisent beaucoup le terme « remarquable », et finissent leur petit laïus en souhaitant que leurs confrères laissent notre famille guérir en paix, ce qui est carrément ironique de leur part, puisque l'un de leurs correspondants a tenté hier de nous parler par la fente de notre boîte aux lettres.

En guise de morale à cette histoire, les présentateurs rutilants décrètent qu'on ne devrait jamais renoncer à l'espoir, peu importe combien la situation peut paraître dramatique. Ils semblent très contents d'avoir découvert un sens plus noble à l'aventure de Laurel.

Martha m'envoie un texto : C'était complètement surréaliste !!!

Ça l'était, en effet.

11.

Maman recule pour admirer son œuvre.

— Alors ? Qu'est-ce que tu en penses ?

La chambre est dix fois mieux qu'il y a une semaine. Elle a l'air cosy, confortable. Accueillante. Maman a demandé à Laurel quelles couleurs elle aimait et si elle avait envie de quelque chose en particulier. Laurel a répondu qu'elle souhaitait seulement que le lit soit face à la porte. Maman n'a pas demandé pourquoi.

Après plusieurs heures à fouiller les cartons du grenier (sans parler d'un incident « araignée-dans-les-cheveux » particulièrement traumatisant), j'ai fini par dénicher ce que je cherchais : Œuf le pingouin. Je le branche à la prise et l'allume. La chambre de Laurel est prête à recevoir son hôte. Ma sœur rentre chez elle. Quelqu'un (Maggie la psy, peut-être ?) a décidé que Laurel ne devrait pas revenir à la maison si tôt après sa libération. Elle aura besoin de temps pour s'adapter à la vie dans le monde extérieur, apparemment. Ce qui n'a évidemment pas fait très plaisir à maman, mais papa l'a convaincue de se montrer patiente.

— Ce n'est que pour une petite semaine, chérie.

Il avait raison : sept jours ne sont rien, comparés à treize ans.

Les parents se sont relayés dans la suite auprès de Laurel. Elle a rencontré la police pratiquement quotidiennement, répétant son histoire à différents officiers. Maman a dit que papa avait perdu son calme mercredi parce qu'ils n'arrêtaient pas de lui poser les mêmes questions en boucle, et parce que Laurel avait très mal réagi quand on lui avait demandé de faire un prélèvement d'ADN. Ils ont alors fait venir une femme policier. La réaction a été moins violente, mais le résultat n'a pas changé : Laurel s'est enfermée dans la salle de bains jusqu'à ce qu'elle s'en aille. Elle a ensuite refusé de dire à mes (nos) parents ce qui lui posait problème, mais j'imagine que ça a dû réveiller chez elle de mauvais souvenirs ou quelque chose dans ce goût-là. Papa n'arrête pas de répéter qu'il faut qu'ils la laissent tranquille maintenant. (« Elle a assez de trucs à gérer en ce moment pour que la police continue à la harceler comme ça ! Et de toute manière, pourquoi veulent-ils à tout prix faire un foutu test ADN ? »)

Laurel a aussi parlé à un psychologue. Des abus sexuels, j'imagine, mais je n'en sais pas plus. Nous avons eu deux séances de thérapie familiale avec Maggie Dimmock – une à l'hôtel et l'autre dans notre ancien restaurant italien préféré. Le deuxième rendez-vous a vraiment été quelque chose ; Laurel n'a pas l'habitude de sortir, même si elle sortait quand même un peu. Une fois par semaine, le soi-disant Smith lui bandait les yeux et la faisait grimper dans sa camionnette, puis il la conduisait dans une forêt. La police aimerait vraiment en apprendre davantage sur cet endroit. Au point qu'ils ont montré à Laurel des photos de différents types d'arbres au cas où ils les mettraient sur une piste. Cependant, ma sœur pense que les arbres étaient sans doute des pins. L'essence la plus répandue qui soit… Elle ignore complètement quelle distance séparait le bois de son lieu de détention. Elle aurait cherché à compter les minutes du trajet, mais Smith n'était pas idiot. Même si le parcours prenait d'une à trois heures, il finissait toujours au même endroit. Smith disait à Laurel de sortir faire de l'exercice. Elle avait tenté de s'enfuir une fois ; il avait veillé à ce qu'elle ne recommence jamais.

Voilà à quoi l'expérience du monde extérieur de Laurel se résumait. De sorte que se balader dans la rue représentait un sacré exploit, pour elle. On y a été doucement, en agissant comme si les journalistes et les photographes en train de traquer chacun de nos mouvements n'étaient pas là.

Je suis restée à côté de Laurel, derrière maman et papa. Maggie marchait juste derrière nous, les épaules voûtées pour se protéger du vent glacé. Laurel n'arrêtait pas de tout regarder – les voitures, les magasins, les gens. Elle a attrapé ma main quand une ambulance est passée près de nous, la sirène à fond. Je lui ai murmuré des paroles réconfortantes en lui serrant les doigts. J'ai essayé d'imaginer ce qu'elle vivait. Elle ne m'a pas lâchée avant qu'on soit en sécurité à l'intérieur du restaurant, qui était vide. Maggie avait téléphoné pour s'en assurer.

Laurel a été déconcertée devant le menu – par le fait qu'elle puisse choisir ce qu'elle allait manger.

— Commande tout ce que tu veux.

— *Tout*, avaient repris maman et papa à l'unisson.

Maman avait suggéré des spaghettis.

— C'était ton plat préféré.

Laurel a adoré. Elle s'est mis de la sauce partout. Du coup, je l'ai imitée pour qu'elle ne se sente pas gênée. On n'aurait pas dit une séance de thérapie, mais Maggie est peut-être une super bonne pro. Parfois, elle balançait une question qui nous rappelait ce qu'on faisait là. Elle a demandé si quelque chose nous inquiétait. J'ai secoué la tête, alors qu'un *tas* de trucs m'inquiétaient personnellement.

On a parlé de la façon dont les choses se passeraient quand Laurel rentrerait à la maison. Maman et papa avaient visiblement abordé le sujet avant. Ils avaient décidé que Laurel et moi irions chez papa les week-ends. Je ne sais pas si maman a tenté de s'y opposer. Laurel et moi devrions partager la chambre.

— Ça ne t'ennuie pas, chérie ? a questionné papa en rompant un gressin en deux.

J'ai aussitôt démenti.

Laurel s'est éclairci la voix.

— Je peux très bien dormir sur le canapé, a-t-elle proposé, les yeux baissés sur son assiette vide.

— Non, il n'y a aucun problème. Vraiment. Ce sera sympa, même.

J'ai souri à ma sœur. Je voulais qu'elle me croie.

Maggie a paru contente de la façon dont les choses se déroulaient, mais elle a prévenu que le chemin pourrait être chaotique, qu'il ne faudrait pas nous mettre trop la pression, que la situation ne redeviendrait pas normale sur-le-champ.

— Ce qui compte, c'est de parler – et de vous écouter – entre vous. La communication est la clé.

Elle a affirmé que nous pouvions l'appeler à n'importe quel moment pour discuter de n'importe quoi, et qu'on poursuivrait ces séances familiales avec un collègue à elle qui travaillait dans le coin.

Papa a commandé une bouteille de champagne (sans relever le regard désapprobateur de maman) et a rempli cinq verres. Laurel n'avait jamais bu d'alcool auparavant. Elle a grimacé à la première gorgée, mais a beaucoup plus apprécié la quatrième. Maman lui a dit d'y aller doucement.

Laurel a gloussé, avant de vider son verre.

J'ai dû retourner en cours le jeudi, alors que papa avait posé une semaine de congé. C'était carrément trop injuste. Maman et Laurel avaient prévu d'aller faire du shopping et de se rendre chez le coiffeur. Je pensais qu'on aurait pu faire ça toutes les trois ensemble – mis à part que je déteste le shopping.

Bien entendu, mon premier jour au bahut a été complètement fou. Mais au moins, j'avais Thomas et Martha avec moi. Je ne l'avais pas revue depuis la réapparition de Laurel – et Thomas depuis que j'avais couché avec lui dans sa camionnette On s'était quand même envoyé quelques textos. Il savait que je finirais par revenir en cours, quoi qu'il advienne.

Il m'attendait dans la salle commune à mon arrivée, soit une heure avant l'appel. Il était assis par terre, le dos appuyé contre un radiateur à la peinture écaillée. Il lisait un bouquin et mangeait une pomme. Thomas mange toujours les pommes tout entières – avec les pépins, le cœur… tout sauf la queue. La première fois qu'il l'a fait devant moi, je lui ai balancé que je trouvais ça dégoûtant. J'avais eu droit à un sermon sur le gaspillage de nourriture « vraiment effroyable » dont l'Homme se rendait responsable partout à travers le monde.

Je me suis installée par terre près de lui en glissant doucement le long du radiateur, et en retirant sans doute un peu plus de peinture au passage. Je m'apprêtais à dire quelque chose quand il a levé un doigt en l'air et m'a ordonné de me taire. Rien de très surprenant : Thomas n'arrête jamais de lire avant la fin d'un paragraphe. Au bout d'un petit moment, il a enfin laissé son livre et m'a embrassée. Ses lèvres avaient un goût de fruit.

Ensuite, il a passé un bras autour de mes épaules et j'ai posé ma tête contre la sienne.

— Tu as dû vivre une semaine complètement folle, non ? a-t-il murmuré.

— La plus tarée que j'aie jamais connue.

J'ai fermé les yeux. Pour la première fois depuis des jours, j'avais la sensation d'être de nouveau moi-même.

— Je suis là, si tu as besoin de parler, OK ? Mais il n'y a pas de problème si tu ne veux pas. Fais comme tu le sens.

Il a déposé un baiser sur mon front. Je me suis alors rappelé pourquoi je l'aimais bien – l'aimais tout court.

La porte de la salle commune s'est soudain ouverte sur une bande de filles hystériques qui sont entrées en trombe. Elles m'ont aussitôt repérée. Sachant ce qu'il allait se passer, je me suis levée en leur tournant le dos, histoire de faire semblant de chercher un truc dans mon sac.

— Thomas, on bouge…, ai-je murmuré.

Mais Thomas a trop tardé à rassembler ses affaires.

— Faith ! Oh, mon Dieu, Faith ! Mon ! Dieu !

J'aurais pu rester face au mur, mais ça n'aurait rien donné de bon. Laney Finch attendrait la journée entière, s'il le fallait. Et puis j'ai pivoté lentement sur moi-même, prête à affronter le peloton d'exécution.

Avant même que je comprenne quoi que ce soit, Laney Finch s'est jetée sur moi. Je me suis sentie projetée en arrière contre le radiateur, à me cogner le coude sur l'un des coins métalliques. Des bras m'ont ensuite entourée. Ils semblaient être plus de deux. Un calmar du nom de Laney me serrait avec ses tentacules. Je ne pouvais plus bouger.

Cette accolade a paru durer une éternité, ce qui n'est pas loin de la vérité. Par-delà l'épaule de Laney, ses copines discutaient à voix basse en me dévisageant. Au moins deux d'entre elles semblaient prêtes à me câliner, elles aussi. Elles avaient les larmes aux yeux et les mains contre leur poitrine comme si l'émotion les submergeait.

Laney a fini par reculer, mais sans me lâcher les bras. Elle pleurait, bien sûr.

— Je n'arrive pas à y croire, Faith. Les mots me manquent. C'est COMPLÈTEMENT dingue. C'est un vrai miracle… Oui, je pense qu'on peut vraiment parler de miracle, dans ce cas. J'ai prié, tu sais. Chaque soir. Je te l'avais dit, non ?

Laney m'avait effectivement confié qu'elle priait chaque jour pour ma sœur. Ça avait même été sa première réplique le jour où elle s'était adressée à moi pour la première fois. Elle avait visiblement décidé que nous allions devenir les meilleures amies du monde, elle et moi. C'était il y a cinq ans. Laney Finch est convaincue de mieux percevoir les choses que la moyenne des gens. Évidemment, ce sont des conneries. Elle n'a pas plus d'empathie que n'importe qui. Elle appartient à cette catégorie de personnes qui pleurent devant les images d'une catastrophe naturelle, aux infos (*Oh, ces pauvres gens... Je n'ose même pas imaginer ce qu'ils doivent vivre... Ça me fend le cœur*), et qu'on retrouve cinq minutes après pendues au téléphone avec une copine, à déblatérer sur ces méchants parents qui ne veulent pas offrir le tout dernier MacBook Air à leur adorable fille pour son anniversaire.

Depuis le jour où elle est arrivée au bahut, Laney Finch tente de se cramponner à moi. Pour ma part, je fais tout pour ne subir aucun cramponnement. Mais c'est comme si elle ne comprenait jamais le message. Chaque fois qu'il y a un article sur Laurel dans les journaux, Laney surgit comme par magie et me balance des regards pleins de compassion, ou des questions très intrusives en se plantant devant moi. Je ne me suis énervée qu'une fois, avec elle : le jour où elle m'a dit qu'elle savait exactement ce que j'éprouvais parce que son chat avait disparu depuis une semaine. Elle n'a pas eu droit à mon poing dans la figure, ce qu'elle méritait pourtant. Je lui ai juste dit qu'elle pouvait aller se faire foutre, ce qui a paru la choquer tout autant.

J'étais déterminée à me montrer sympa, cette fois-ci. J'ai marmonné un « merci » avant d'essayer de m'extraire de son étreinte. Thomas ne m'a été d'aucune aide – il était occupé à ranger ses livres dans son sac avec le plus grand soin pour ne pas en abîmer les couvertures.

Laney m'a lâché les bras avant de se tamponner délicatement les yeux. J'ai soudain pensé qu'elle devait mettre du mascara waterproof tous les jours, vu les attaques de larmes quotidiennes qu'elle subissait.

— Quelle merveilleuse nouvelle, Faith. Je n'arrête pas de sourire depuis que j'ai appris son retour. Je ne peux même pas imaginer ce que tu dois ressentir !

Elle a secoué la tête et souri, comme pour prouver qu'elle n'avait littéralement pas cessé de le faire depuis cinq jours. J'ai attendu. Comme elle faisait toujours une tête débile, j'ai fini par déclarer que je devais y aller, alors que les cours commençaient vingt minutes plus tard. J'ai pivoté pour prendre la main de Thomas, quand Laney s'est interposée entre nous.

— Alors… Comment se porte Laurel ? Je suppose qu'elle doit être vraiment… Mon Dieu, je ne sais pas comment…

Laney aime *SAVOIR*. Les ragots sont son oxygène – sa raison de vivre.

— Très bien. Merci.

J'ai balancé à Thomas un regard très « SORS-MOI DE LÀ ! » qu'il n'a manifestement pas compris.

Laney s'est penchée plus près, au point que je perçoive l'odeur mentholée de son dentifrice dans son haleine.

— Pourquoi il l'a laissée partir, d'après toi ? C'est bizarre, non ? a-t-elle murmuré, les yeux ronds comme des soucoupes.

— Oh, va te faire foutre, tu veux, Laney ?

Martha… Sa gestion du temps n'aurait pas pu être meilleure.

Laney a tressailli et s'est tournée vers elle.

— Excuse-moi, c'est une discussion *privée.*

Martha s'est plantée à côté de moi et s'est mise à sourire de manière absolument charmante.

— Je ne pense pas, non. Je ne crois pas qu'on puisse parler de conversation quand on monologue. Pourquoi tu ne foutrais pas un peu la paix à Faith, mmm ? Allez, va donc pleurer ailleurs sur de pauvres petits orphelins cambodgiens, ou sur des éléphants nains en voie d'extinction… Ou sur des éléphants nains cambodgiens orphelins, tiens ! Ça te fera du bien.

Laney était trop choquée pour répliquer quoi que ce soit. Sa bouche s'est simplement ouverte, puis refermée.

Martha était toujours là, l'air féroce d'un videur super baraqué. Martha est grande, énergique, voire intimidante, à sa façon.

— Dégage…

Laney m'a lancé un coup d'œil implorant.

— J'essayais juste de… Je me sens vraiment concernée, tu sais.

J'ai opiné.

Laney s'est enfuie avec autour d'elle son troupeau de copines agglutinées, qui nous ont asséné des regards assassins au passage.

Martha leur a adressé un signe de la main avant de se tourner vers moi.

— De rien…

— Merci ! ai-je répliqué en souriant.

Nous nous sommes tombées dans les bras. C'est plutôt sympa d'avoir son garde du corps personnel.

Martha et Thomas sont restés collés à moi comme de la Super glue toute la semaine. Quand l'un n'était pas avec moi, c'était l'autre. Laney n'était pas la seule à chercher à me parler ; les profs aussi. Au moins avais-je loupé la réunion spéciale qu'ils avaient organisée le lundi. C'était toujours ça…

J'aurais dû trouver ça chouette et ne pas me sentir gênée par ces attentions. Mais ce n'était pas chouette, et ça me gênait. Je souhaitais seulement qu'on me laisse tranquille. Ça suffisait déjà d'avoir des équipes de journalistes et de photographes plantées devant notre maison nuit et jour – et une voiture de police plus bas dans la rue – sans qu'on me mate à longueur de journée au bahut. Heureusement, les choses redeviendraient vite normales. Pour peu que ce terme veuille encore signifier quelque chose…

12.

— Laurel ! Laurel ! Qu'est-ce que ça te fait de rentrer chez toi ? Laurel ! Est-ce que tu peux nous dire… ?

La porte d'entrée se referme, étouffant les cris qui résonnent dans le jardin. Malgré les rideaux tirés, les flashs des appareils photo en train de crépiter illuminent le salon. Je ne sais pourquoi ils continuent de shooter comme ça tous azimuts – il n'y a rien à voir, maintenant que Laurel est à l'intérieur.

Papa s'adosse contre le battant de la porte.

— Ça les dérangerait de nous foutre un peu la paix, non ? lance-t-il.

Il est passé sur Sky News, hier soir – pour parler du retour de Laurel à la maison –, pour demander qu'on nous laisse un peu tranquilles, justement. Il semblerait pourtant que les médias en soient incapables.

Maman a les mains jointes et regarde nerveusement Laurel, qui demeure figée sur place devant le spectacle de sa nouvelle chambre. Elle la scrute dans les moindres détails. Elle tient son ours en peluche dans le creux du bras. Il est usé et ne sent pas très bon. Je perçois son odeur de là où je suis. Il lui manque un bras, également. Barnaby a vécu plus de choses qu'une peluche normale.

Je suppose que les photographes ont réussi à prendre Laurel en train de le serrer contre elle. Ce sera *L'IMAGE* – celle qui devrait se retrouver sur Internet dans quelques minutes, dans tous les journaux d'ici quelques heures, et en une demain matin. La vieille photo de Barnaby l'ours sera-t-elle imprimée à côté de la nouvelle ? Les journalistes utiliseront-ils beaucoup le mot « poignant » et dresseront-ils des parallèles ridicules entre l'ours et Laurel ?

Le bruit retombe à l'extérieur. Laurel et moi (et Barnaby) allons nous installer sur le canapé et papa sur la chaise près de la cheminée pendant que maman part dans la cuisine pour nous préparer du thé. Je remarque que Laurel fixe le manteau de cheminée – il y a un cliché d'elle à cinq ans posé au milieu, et un de moi au même âge sur le côté. Aucun de mes parents, par contre. Dans l'ancienne maison, il y avait une photo de leur mariage dans le salon. Ils étaient jeunes, et légèrement bourrés, et tendaient leur coupe de champagne vers l'objectif. Je me demande où elle a bien pu passer…

Maman souhaitait tendre une guirlande « Bienvenue à la maison ! », mais j'ai réussi à la convaincre que ce serait de mauvais goût. C'est le genre de truc que l'ont fait quand sa fille rentre d'une année sabbatique au Nicaragua, ou d'un séjour à l'hôpital, mais pas après qu'elle a été kidnappée et violée par un psychopathe pendant des années.

Laurel aime le thé. Smith lui en préparait quand elle se sentait triste. Il affirmait que le monde semblait plus gai, après une bonne tasse de thé. Maman a été horrifiée en entendant ça. Elle sort souvent la même chose ou presque. Lorsqu'elle était chez lui, Laurel buvait toujours son thé dans une tasse jaune vif avec un smiley dessus, jusqu'à ce qu'elle la laisse tomber. Elle s'était cassée sur le sol en béton. Smith avait giflé ma sœur si fort qu'elle s'était retrouvée par terre avec un des morceaux qui gisaient là, planté dans sa main. Il avait dû lui faire des points de suture, et plutôt réussis, d'ailleurs, vu la minuscule cicatrice qui court sur sa paume. La police s'est demandé si cela signifiait que Smith avait reçu une formation médicale, mais Laurel a soutenu qu'elle ne le pensait pas. Il consultait juste de gros bouquins de médecine chaque fois qu'elle était malade.

Maman revient avec le plateau et distribue les tasses. Celle de Laurel est rouge, avec son prénom inscrit dessus. Le visage de ma sœur s'illumine quand elle l'aperçoit. Elle dévisage ma mère, attendant une explication. Maman fait un signe de tête dans ma direction.

— Je… J'ai imaginé que ce serait sympa que tu aies ton mug. C'est le même que le mien.

Je lève ma tasse pour le prouver. C'est effectivement la même, sauf que la mienne a un éclat et que le « I » de Faith commence à s'effacer.

Laurel regarde la sienne comme un objet précieux et miraculeux. Elle tourne ensuite les yeux vers moi, pour me considérer de la même façon.

— Merci, Faith. C'est… (Sa voix se brise un peu.) C'est vraiment très gentil de ta part.

— Ce n'est pas grand-chose, réponds-je d'un haussement d'épaules.

Pourtant, je suis contente que ce cadeau lui plaise. Tout le monde devrait avoir son mug ; le thé a bien meilleur goût. Une fois le thé pris, nous montons à l'étage pour montrer sa chambre à Laurel. Maman se racle la gorge au moment où elle se recule pour la laisser entrer.

— Je suis désolée qu'on ait déménagé, Laurel... J'aurais vraiment préféré que tu puisses réintégrer ton ancienne chambre. C'était ce qui était prévu, d'ailleurs...

Maman et papa ne se regardent pas, Laurel ne semble pas remarquer l'étrangeté de cette petite scène.

— Il n'y a aucun problème. C'est *ici*, chez nous, maintenant. Parce que c'est là où *vous* êtes.

Elle n'aurait rien pu dire de mieux. Les yeux de ma mère brillent de larmes.

— Alors, qu'est-ce que tu en penses ?

J'aimerais que maman soit un peu moins en demande. Cette pièce n'est évidemment rien comparée à la suite présidentielle – déjà parce qu'il n'y a qu'un lit simple au lieu d'un super king size –, mais c'est mille fois mieux que l'endroit où Laurel vivait avant. Avec *lui*. Un lit de camp et un sac de couchage sale, une ampoule nue, des souris...

Laurel l'aperçoit presque aussitôt.

— Tu as mis la main dessus !

Je hausse de nouveau les épaules, ce que, apparemment, je fais beaucoup ces derniers temps.

— J'ai pensé que tu serais contente de l'avoir.

— Je n'en reviens pas ! Il ressemble à... Il est exactement pareil !

Elle secoue la tête et s'agenouille pour inspecter la lampe. Elle touche même le crâne du pingouin avec une certaine révérence. Elle lève sur moi des yeux brillants de larmes.

— Ça ne te gêne vraiment pas de me le prêter ? J'ai horreur du noir.

— Évidemment que ça ne me gêne pas !

Maman s'accroupit à côté de Laurel.

— Tu peux laisser ta porte ouverte la nuit, si tu préfères, tu sais. Comme ça, tu bénéficieras aussi de la lumière du palier.

— Pourquoi est-ce qu'on ne descendrait pas, histoire que les filles se retrouvent un peu entre elles, mmm ? propose papa. Faith peut très bien montrer la maison à Laurel et lui expliquer où sont rangées les choses dont elle a besoin. Je monterai les sacs plus tard.

Laurel s'assoit sur le lit et se met à caresser la couette du plat de la main. Elle tient toujours Barnaby dans l'autre.

— C'est très joli. Cette chambre...

Je m'installe près d'elle.

— Maman avait peur que tu détestes. Elle a proposé qu'on refasse la déco quand tu le souhaiteras.

— Pourquoi je la détesterais ? Elle est parfaite... Ma chambre à moi.

Elle pose Barnaby sur une chaise dans un angle. J'aimerais lui suggérer de lui donner un bain, mais l'instant paraît mal choisi.

Maman a réellement pensé à tout. Aux affaires de toilette, au pyjama, à la brosse à cheveux. Il y a même du maquillage encore emballé sur la coiffeuse. Laurel touche chaque objet comme si elle voulait s'assurer qu'ils étaient bien réels et que personne ne viendrait les lui prendre. Elle regarde le tube de fond de teint un long moment, quand je m'en rends soudain compte : elle ne sait pas comment ça s'utilise. Je lui explique à quoi ça sert et lui dis que je lui montrerai comment l'appliquer.

— Même si tu n'as pas besoin de maquillage. Tu es vraiment magnifique, comme ça, toute naturelle.

Je me sens rougir.

— Je ne suis pas magnifique, me contredit Laurel d'un ton impassible.

— Si, tu l'es.

Laurel secoue la tête avant de s'éloigner de la coiffeuse pour aller inspecter la table de nuit. Un portable – un vieux à moi, mais avec une nouvelle carte SIM – est posé dessus.

— C'est pour moi ?

J'acquiesce. Elle l'attrape. Je lui explique la manière dont il fonctionne, et fais défiler les numéros que j'ai déjà entrés dans sa liste de contacts : le mien, celui de maman, et de papa. J'aurais sans doute pu ajouter celui de Maggie Dimmock, également.

— Tu comprends comment ça marche ? Tu peux m'appeler n'importe quand, maintenant.

Laurel appuie sur le bouton. Mon téléphone se met à sonner dans la poche de mon jean. Je le sors et dis bonjour. Laurel répond bonjour en retour, ce qui nous amuse.

— Où est ta chambre ? interroge-t-elle.

— Juste à côté. Tu veux la voir ?

Ma chambre est bourrée d'affaires. Beaucoup plus que ce qu'une pièce de cette taille devrait normalement contenir. Ma mère essaie régulièrement de me pousser à jeter des choses, ou à en donner à une œuvre de bienfaisance, mais je l'aime bien comme ça. Elle me rassure. Et j'ai horreur de balancer des souvenirs.

— Ouah ! commente Laurel.

— Désolée, c'est le bordel.

Elle secoue la tête et pivote sur elle-même pour tout inspecter. Il y a des posters partout sur les murs, des photos que j'ai prises, et des images découpées dans des magazines. C'est à peine si l'on aperçoit la cloison en dessous. Il n'y en a aucune de Laurel. J'aurais dû y penser avant son retour à la maison.

Trois rangées de petits jouets de menus Happy Meal et d'œufs Kinder bien alignés trônent sur mon bureau comme des soldats de plomb. Un tas de boîtes à chaussures traîne par terre à côté. Laurel ne touche à rien, elle ne ferait du reste pas grand-chose de sucre en sachets et en morceaux. Durant un moment, ça a été une obsession chez moi. Laurel m'interroge à propos de certaines affiches placardées. De sorte que je lui parle de mes films et de mes groupes préférés. C'est facile d'oublier qu'elle ne sait rien sur ces différents sujets. Mes digressions n'ont pas l'air de l'énerver, ni le fait que je doive sans arrêt lui réexpliquer où je voulais en venir au départ. Elle boit littéralement mes paroles. Elle m'écoute attentivement – j'aime bien ça.

Laurel a visionné quelques films. À l'occasion, Smith descendait une vieille télé et un magnétoscope et les installait dans la cave. (Qui possède encore des VHS à notre époque ?) Laurel pense que ça arrivait une fois par mois, environ, voire moins. Il n'y avait apparemment aucune raison particulière à ça. Ça ne récompensait rien de spécial. Laurel n'a vu que des films anciens – *Mary Poppins*, *La Comédie du bonheur*, et un autre qui s'appelait *Mon dinosaure a disparu*, et qu'elle apprécie particulièrement.

— C'est ton petit copain ?

Laurel désigne une photo près de mon lit. C'est toujours ce que je regarde en dernier avant d'éteindre la lumière, le soir.

— Ouais, c'est Thomas.

— Il est très beau.

Thomas est beau, mais pas de façon flagrante. Il a vraiment la tête d'un type qui écrit des poèmes. Il a les cheveux longs, et un visage pâle et intéressant plutôt que bronzé et buriné. Ses traits sont assez doux. Une douceur que j'apprécie beaucoup, d'ailleurs. Aucun des autres garçons n'a dû se sentir menacé le jour où Thomas a débarqué au bahut parce qu'il n'a franchement rien d'un mâle alpha. Mais un truc étrange s'est alors produit : des filles l'ont jugé attirant. Certaines nanas « populaires » ont même commencé à le draguer, en lui proposant de lui faire faire le tour du lycée pour l'aider à trouver ses « marques ». Il a aussitôt vu clair dans leur jeu, et poliment décliné leurs avances en disant qu'il préférait passer du temps tout seul. Jusqu'au jour où il s'est mis à me courir après.

Je n'ai rien remarqué, au début ; Thomas est très fort pour rôder furtivement. Soudain, pourtant, je me suis aperçue que je le croisais sans arrêt – dans les couloirs, à la bibliothèque, dans la cour. J'en ai informé Martha, qui a juste levé les yeux au ciel en m'entendant, genre

« Enfin ! Je me demandais vraiment si tu t'en rendrais compte un jour ! ». C'est elle qui m'a encouragée à aller lui parler, même si « Je peux savoir pourquoi tu me suis partout ? » n'est sans doute pas le style de prise de contact qu'elle avait en tête.

Thomas avait été super surpris que je le confronte à la bibliothèque, mais il n'avait pas démenti.

— Tu me parais intéressante, s'était-il contenté de sortir.

— Écoute, si tu veux me demander un truc à propos de ma sœur, vas-y direct, pose ta question.

Cela arrivait sans cesse – que des gens me matent en discutant à voix basse. Au point où je préférais presque ceux qui avaient le cran de venir m'interroger franchement sur Laurel. Comme Laney Finch, par exemple.

Thomas était seulement resté planté là à me regarder.

— Bon, j'ai mieux à faire que de passer toute la journée ici à poireauter, je me tire.

Je n'étais jamais aussi grossière, d'habitude, mais quelque chose dans son visage m'agaçait.

— Pourquoi je te parlerais de ta sœur ?

J'avais croisé les bras et attendu qu'il poursuive comme si sa question était la plus bête du monde.

Il avait refermé son carnet de notes et avait lui aussi croisé les bras avec un air saoulé. Il nous a finalement libérés de l'impasse en posant LA question qu'on ne m'avait jamais balancée auparavant.

— C'est qui, ta sœur ?

Je crois que ces quatre mots ont renversé la situation. Je ne dirais pas que je suis tombée raide dingue amoureuse de lui à ce moment-là, mais ils ont déverrouillé quelque chose : ils ont permis que je ne déteste pas d'emblée Thomas, que je commence même à l'apprécier, à l'apprécier carrément au bout de quelques mois, voire que je me mette presque à l'aimer. Rien de tout ça n'aurait été possible sans cette question.

Thomas a vécu dans plus de pays différents que la plupart des gens n'en ont visité pendant leurs vacances. Ses parents sont militaires. Il a emménagé ici quand ils ont pris leur retraite, il y a deux ans. Il n'aime pas aborder le sujet. Il ne cadre absolument pas avec ses opinions pacifistes.

Lorsque j'ai compris que Thomas ne plaisantait pas, je lui ai expliqué qui était ma sœur.

— Oh, ouais, je crois que j'ai entendu parler d'elle…

Il avait déclaré ça comme moi quand je fais semblant de connaître tel ou tel poème, alors que je ne vois pas du tout ceux auxquels il se réfère.

J'avais discuté avec lui jusqu'à ce que la cloche sonne. Deux semaines après, il m'invitait à sortir avec lui. Je l'avais embrassé pour la première fois huit jours plus tard. Je ne lui ai jamais avoué que je n'aurais jamais accepté s'il m'avait interrogée sur Laurel.

Laurel s'assoit sur mon lit et me pose d'autres questions à propos de Thomas. Elle cherche à savoir pourquoi je l'apprécie (pas pourquoi je « l'aime »). Pourquoi, parmi tous les garçons du bahut, Thomas est celui que j'ai choisi comme petit copain. Sa façon de présenter les choses me fait sourire. Comme si les mecs se battaient pour sortir avec moi… Je ne dis pas la vérité à Laurel, que je l'ai choisi lui parce qu'il a été le seul à ne pas – à ne jamais – me parler d'elle.

13.

Maman n'a pas vérifié auprès de Laurel si ça lui posait problème. Elle a juste foncé tête baissée et tout organisé avant de lui annoncer la nouvelle ce matin. Je me demande ce que Laurel aurait répondu, si elle l'avait consultée. C'est déjà trop pour moi, alors pour elle…

Je n'ai jamais vu autant de membres de ma famille regroupés dans la même pièce auparavant. Laurel est assise au milieu du canapé. Tous forment un cercle autour d'elle. Beaucoup de larmes ont été versées, et pas mal de champagne aussi. (Que ces deux faits soient liés ou non.)

La seule personne absente est ma grand-mère. La mère de papa habite dans le sud de la France ; elle est très fragile. Son mari est mort quand j'avais cinq ans, pratiquement un an jour pour jour après l'enlèvement de Laurel. Je n'ai aucun souvenir de lui. Les parents de maman sont là, eux, en revanche ; mamie n'arrête pas de papillonner autour de Laurel, balayant des peluches imaginaires de son T-shirt, histoire d'avoir une excuse pour la toucher.

La sœur de maman, Eleanor, a descendu six coupes de champagne (j'ai compté). Maman et Eleanor se ressemblent beaucoup, même si on voit que l'une d'entre elles a vécu des trucs carrément affreux, quand elles sont côte à côte. Et que le pire drame que l'autre ait jamais eu à subir est de louper un manteau Marc Jacobs pendant les soldes de janvier. Mais bon, je me montre sans doute un peu injuste. Maman explique toujours qu'elle n'aurait jamais été capable de traverser sans sa sœur les premiers jours, semaines et mois qui avaient suivi la disparition de Laurel. Eleanor avait tout lâché pour emménager chez nous et s'occuper de moi pour soulager un peu mes parents.

À un moment, au cours de l'après-midi, le frère de papa, Hugh, trouve pertinent d'interroger Laurel sur les propositions qu'elle a reçues.

— Autant retirer quelque chose de tout ça, non ?

Il opine de façon exagérée sans paraître remarquer l'ambiance soudain pesante. Sally, sa femme, est obligée de lui flanquer un petit coup de coude.

— Hugh !

— Quoi ? Qu'est-ce que j'ai dit ? répond tonton Hugh.

Papa dévisage son frère jusqu'à ce qu'il se tourne vers les crudités, et hésite entre bâtonnets de carotte et radis. Personne ne l'informe sur les demandes qui ne cessent d'affluer : des interviews pour la télé et la presse écrite, des portraits dans des magazines, des séances photos. (Un créateur de mode au nom ridicule dont je ne me souviens jamais aurait vu Laurel à la conférence de presse et serait convaincu qu'elle est sa nouvelle muse. Il voudrait dessiner une collection intitulée « Perdue & Retrouvée » inspirée d'elle. Tout cela déconcerte beaucoup Laurel.)

— Pourquoi est-ce que ces gens s'intéressent à moi ?

Naturellement, ils ne s'intéressent pas à *elle*, mais à l'argent, comme tout le monde. Parce que tout le monde aimerait avoir un morceau de la Petite Laurel Logan.

Elle devrait finir par accepter une proposition, à un moment ou un autre. Papa lui a dit de se montrer très prudente, de prendre conseil et de parler avec sa psychologue avant d'accepter quoi que ce soit. Il a peur des répercussions, l'estime encore trop fragile. Mais j'ai surpris une conversation entre mes parents dans la cuisine, ce matin.

— C'est difficile, tu sais... Il y aurait pas mal d'argent à la clé. Qu'est-ce que tu veux qu'elle fasse ? Suivre des cours à la fac ? Chercher un boulot ? Elle a besoin d'une sécurité financière, John, expliquait maman.

Papa a répondu à voix si basse que je n'ai rien entendu.

Il a dormi à la maison. Il tenait à être présent pour la première nuit de Laurel.

— Et Michel ? ai-je questionné mon père tandis qu'il fourrait sa petite valise dans un coin du salon, hier matin.

Il en est resté abasourdi.

— Quoi, Michel ?

— Il ne devrait pas être avec nous ? Il est de la famille, lui aussi.

— Je le sais, merci beaucoup.

Je l'ai dévisagé.

— Ta mère a pensé que ce serait sympa qu'on se retrouve seulement tous les quatre, ce soir.

— Tu m'étonnes ! Elle le déteste.

Maman était au supermarché, pendant ce temps-là, en train de faire des courses pour la fête dont elle n'avait pas pris la peine de nous parler.

— Elle ne le déteste pas. C'est plus compliqué que ça.

Les parents racontent toujours ce genre de trucs quand ils cherchent à nous convaincre – et eux-mêmes au passage – qu'on ne pourra jamais comprendre la complexité de leurs relations.

— Il devrait être avec nous.

Il n'était pas question que je lâche le morceau.

— Ce n'est pas moi qui décide. C'est chez ta mère, ici. Sa maison, ses règles.

Cette dernière remarque donnait au moins l'impression qu'il aurait voulu que Michel soit là. Que ma mère se montrait déraisonnable en essayant de recréer la parfaite petite famille qui n'existait plus depuis treize ans. C'était déjà ça.

— J'espère qu'il se porte bien.

— Pourquoi ce ne serait pas le cas ?

J'ai haussé les épaules.

— Parce que ça ne doit pas être facile pour lui, tout ça…

Devant l'air sincèrement troublé de papa, j'ai poursuivi.

— Peut-être qu'il a peur que tu le quittes, et que tu retournes vivre avec maman ?

Voilà, c'était dit. L'idée m'avait trotté dans la tête toute la semaine. La plupart des gamins de ma connaissance seraient ravis que leurs parents se remettent ensemble. Moi pas.

Papa a éclaté de rire.

— Quoi ? Est-ce que tu... ? Tu es vraiment sérieuse, là ? Oh, Faith... (Il m'a prise dans les bras pour me serrer contre lui.) Ce n'est pas près d'arriver. Michel le sait. C'est lui que j'aime.

Je me suis sentie un peu mal à l'aise en entendant ça, mais rassurée aussi.

J'ai envoyé un texto à Michel, hier soir, pour prendre de ses nouvelles. Il m'a expliqué qu'il regardait les *Alien* les uns à la suite des autres, et qu'il profitait à fond d'avoir l'appartement pour lui seul. Il m'a interrogée sur la façon dont ça se déroulait avec Laurel, ce à quoi j'ai répondu *super bien*.

Maman a préparé un rôti. Elle a vraiment mis les petits plats dans les grands – on se croirait à Noël. Ça nous a permis d'apprendre que Laurel adore les petits pois mais pas les choux de Bruxelles. Elle s'est servi des patates sautées deux fois. Elle reprend lentement du poids. La différence devient notable ; elle paraît un peu plus en forme chaque jour.

Personne ne sait trop à quoi s'occuper après dîner. Du coup, on va boire le thé au salon. Laurel s'installe à ma place habituelle sur le canapé. C'est moi qui suggère qu'on mette la télé. C'est ce que les familles normales font le samedi soir, après tout. Papa passe la télécommande à Laurel, qui commence aussitôt à faire défiler les chaînes. J'imagine qu'elle l'a sans doute fait à l'hôtel, pourtant, elle a encore l'air sidérée devant le choix proposé. Elle hésite entre un film sur un requin blanc géant et un documentaire sur les tremblements de terre. Elle me dévisage pour que je l'aide. J'articule le mot « requin » en silence, mais en hochant la tête très fort. Elle acquiesce en retour. Pour la première fois, j'ai la sensation que nous sommes sœurs. Nous avons un lien. Il est nouveau et fragile comme une toile d'araignée malmenée par le vent, cependant, il est là, brillant dans la lumière du soleil lorsqu'on le regarde sous le bon angle.

C'est là que je reconnais Laurel à la télé. Elle a zappé sans comprendre ce qu'elle voyait avant de revenir en arrière. Maman essaie de la convaincre de changer de chaîne, mais en vain. Je ne le ferais pas, moi non plus. C'est humain, non ? Si vous passez devant une porte ouverte et que vous entendez quelqu'un prononcer votre prénom, vous vous arrêtez pour écouter ce qui se raconte.

L'émission, tournée en studio, montre une photo de Laurel sur un écran géant en guise de décor. Un cliché visiblement pris pendant la conférence de presse. Au moment où elle m'a citée en souriant, il me semble. Le titre sous la photo est : *Laurel Logan – et après ?* Deux types en costume sont assis là, à parler de ma sœur. L'un d'eux serait un psychologue expert en stress post-traumatique. Il porte le genre de lunettes de geek qu'on exhibe seulement quand on est sûr de ne pas en être un. Il n'arrête pas d'employer le terme « préjudice ». La deuxième fois, maman intervient d'un « Je crois que ça suffit », mais Laurel assure qu'elle veut l'écouter.

— La terrible vérité est que Laurel aura beaucoup de mal à reprendre une vie normale. Les détails de ce qu'elle a enduré commencent à nous parvenir, et…

Il secoue la tête d'incrédulité, comme s'il essayait de communiquer qu'ils sont tout simplement affreux sans avoir à en préciser aucun.

Le présentateur (des cheveux noirs brillants, un menton saillant) s'avance sur sa chaise.

— C'est quand même le résultat qu'on attendait tous, non ?

Ce type parle du retour de ma sœur comme d'un match de foot. En fait, je pense même l'avoir déjà remarqué dans une émission sportive. Qu'est-ce qu'il peut bien fabriquer là, assis derrière ce bureau sérieux pour gens sérieux, à poser des questions sur ma sœur ?

— On croirait un peu un conte de fées : « et elle vivra heureuse jusqu'à la fin de ses jours »… vous ne trouvez pas ?

Il se rassoit alors au fond de son fauteuil, l'air très content de lui.

— Évidemment ! Que Laurel ait retrouvé les siens est une merveilleuse nouvelle. Personne n'ira dire le contraire. Ce que j'essaie d'expliquer, c'est que les choses ne sont pas simples. Une fille qui a subi des mauvais traitements réguliers durant tant d'années est incapable de réintégrer le foyer familial comme si de rien n'était.

Dr Lunettes-de-Geek remonte ses binocles. Je parie qu'elles sont neuves, qu'il les a spécialement achetées pour son intervention dans cette émission sans intérêt.

M. Cheveux-Brillants-Expert-en-Foot remercie Dr Lunettes-de-Geek avant de pivoter vers la caméra.

— Eh bien, voilà une perspective extrêmement passionnante sur une affaire qui captive la nation entière.

L'écran devient noir. Laurel éteint la télé. Maman pose une main sur le genou de ma sœur.

— Ne fais pas attention, chérie. Ils ne savent pas de quoi ils parlent. Ils ne te connaissent pas.

Mes parents et moi avons l'habitude de ce genre de choses. Vous vous levez, vous commencez la matinée en écoutant la radio, en feuilletant un magazine chez le marchand de journaux, ou en regardant un programme à la télé et là, *bam* ! Vous entendez son nom ou voyez son visage, et votre journée est foutue. Mais Laurel, elle, le découvre. Elle est vraiment super contrariée.

Elle se met à pleurer.

— Tout va bien se passer, hein ? Je vais aller bien, n'est-ce pas ? Parce que je suis rentrée à la maison, maintenant. Je ne crains plus rien…

Papa a visiblement le cœur brisé, et maman les larmes aux yeux.

— Mais oui, ma chérie. Tu es en sécurité, ici. Ça va aller, je te le promets.

Là-dessus, elle serre Laurel dans ses bras et la berce comme quand elle était bébé.

Je pars refaire du thé.

14.

La fête traîne trop en longueur. Je me rends soudain compte que je n'ai plus vu Michel depuis quelque temps. Il s'est senti mal à l'aise à la seconde où il a mis un pied dans cette maison. C'était flagrant. Il n'avait jamais rencontré la famille de ma mère auparavant. Et la perspective de rencontrer Laurel le rendait nerveux. Elle a été super, elle, par contre ; elle l'a serré très fort dans ses bras en murmurant qu'il lui tardait de le connaître. Elle lui a même dit qu'elle aimerait apprendre quelques mots de français.

Tante Eleanor se montre un peu trop accueillante. À vrai dire, elle essaie carrément de flirter avec lui chaque fois que maman et papa ont le dos tourné.

Je trouve Michel dans la cuisine, en train de casser des œufs dans un bol.

— Qu'est-ce que tu fais, caché là ?

— Je ne me cache pas ! (Cette réponse lui vaut aussitôt un regard sceptique.) OK, je me planque, mais tu as goûté cette sauce que ta mère a achetée ? Elle est vraiment *immonde* ! Du coup, elle m'a demandé de préparer un aïoli.

Il semblerait qu'elle ait dégoté un moyen de l'envoyer voir ailleurs s'il y est pour pouvoir jouer les mères de famille heureuses. Je suis presque certaine que Michel le soupçonne également, et qu'il est mieux dans la cuisine.

Je vérifie que la porte est bien fermée.

— Alors… qu'est-ce que tu penses de Laurel ?

Michel commence à battre les œufs.

— Elle est adorable. Je ne comprends pas pourquoi j'étais aussi nerveux !

— Parce que tu veux qu'elle t'apprécie. J'étais pareille.

— Tu crois que ce sera le cas ? Qu'elle m'appréciera ?

Ses yeux sont rivés sur les œufs. Il évite mon contact.

— *Tout le monde* t'aime, Michel.

— Tout le monde, sauf tes grands-parents.

Il n'a pas tort. Je les ai vus le dévisager à deux reprises. Dieu sait ce que maman sera allée leur raconter à son propos.

Je lui flanque un petit coup de coude.

— Mais tante Eleanor t'aime bien, elle… vraiment *beaucoup*, en fait.

— Arrête ! Elle m'angoisse carrément, murmure Michel.

— Attention à ne pas te retrouver seul avec elle. Tu as de la chance que je t'aie débusqué la première.

Nous plaisantons sur Eleanor, l'imaginant en train de grimper par-dessus le comptoir de la cuisine pour attraper Michel par le col. Là-dessus, il me demande comment je vais tandis qu'il verse un filet d'huile d'olive.

— Ça doit être un sacré changement, tout ça, pour toi, non ? Comment ça a été, au lycée ?

Maman et papa n'ont même pas pris la peine de me poser la question. Je grimace.

— Pas trop mal... enfin, à peu près. Rien de spécial à signaler à part les curieux et les hypocrites habituels. Mais rien d'ingérable.

— Sois patiente. Ils finiront par se lasser.

Je hausse les épaules.

— Martha les pulvérise sur place, de toute manière.

Michel éclate de rire.

— Ça ne m'étonne pas ! Cette fille peut carrément faire peur, quand elle y met du sien. (Il n'a pas tort.) Tu sais, il me tarde vraiment d'être samedi prochain.

Nous sommes censées, Laurel et moi, passer le week-end qui arrive chez Michel et papa. Ma mère a bien tenté d'expliquer que c'était trop tôt, mais papa a répliqué : « Trop tôt pour *quoi* ? Notre appartement est aussi leur foyer, je te rappelle. » Je me suis sentie très fière de lui en l'entendant tenir tête à maman comme ça. De toute façon, Laurel en a envie. Elle a demandé si on pourrait organiser un festin de minuit. Elle a lu des trucs là-dessus dans les livres d'Enid Blyton. Je n'ai pas dit que les festins de minuit étaient pour les petits enfants, mais qu'*évidemment,* on en ferait un – avec du soda au gingembre et tout.

Papa entre dans la cuisine et attrape Michel par la taille.

— Qu'est-ce que vous fabriquez, tous les deux ?

Michel lui tend une cuillerée d'aïoli pour lui faire goûter.

— Ça manque de sel…

Michel hausse les yeux au ciel.

— Il n'y en a jamais assez, avec toi ! Alors que tu n'es pas censé en consommer !

Papa lui tire la langue.

— Mais ça rend tout tellement meilleur ! D'ailleurs, Faith est d'accord, n'est-ce pas, Faith ?

Je lève les mains en signe de reddition.

— Pas la peine de me regarder ! Il n'est pas question que je me laisse embarquer dans votre scène de ménage.

Papa rit et secoue la tête.

— OK, Michel, tu as gagné ! Va servir ton aïoli insipide aux invités et qu'on en parle plus.

Michel recommence à soupirer, mais il attrape la salière.

— Laurel se demandait où tu avais disparu, Faith. Je crois qu'elle a besoin de soutien. C'est un peu trop pour elle, tout ça – il y a un peu trop de gens.

J'explique à papa que c'était une mauvaise initiative de lui faire rencontrer toute la famille en même temps. Il hausse les épaules.

— Je sais, chérie. Mais quand ta mère a une idée en tête, elle ne l'a pas dans le pied. D'un autre côté, Laurel aura fait d'une pierre deux coups. Elle sera tranquille, comme ça.

Maman passe alors la tête par la porte.

— C'est l'heure des photos !

Oh. Mon. Dieu…

Laurel pose avec *tout le monde.* Aucune combinaison ou presque ne lui est épargnée. Laurel avec mamie, Laurel avec papi, Laurel avec mamie *et* papi. Ça dure vraiment un temps fou. En plus, chacun veut sa photo avec *son* propre appareil ou *son* téléphone. Michel observe la scène depuis le seuil du salon pendant que chacun immortalise l'instant. Heureusement, mes parents ne se tiennent pas côte à côte. Laurel et moi formons une sorte de zone tampon entre eux deux.

Maman insiste pour qu'on nous prenne toutes les deux seules, Laurel et moi. Nous nous mettons devant la cheminée à cinq centimètres de distance. Maman a encore les larmes aux yeux…

Je déteste qu'on me photographie. Ça ne date pas d'aujourd'hui, et je crois que ça ne changera jamais. Je comprends cependant que mes parents aient besoin d'un souvenir, et leurs besoins comptent plus que mes bizarreries. Tout le monde observe la scène (à part Eleanor, qui verse les dernières gouttes de champagne dans son verre).

Je passe le bras autour des épaules de Laurel pour l'attirer plus près. Elle m'attrape par la taille, puis nous collons nos têtes l'une contre l'autre. Sincère et rayonnante, je souris franchement malgré mes dents du bonheur.

Moi et ma sœur, enfin réunies.

15.

Laurel s'avère naturellement douée pour les macarons. Et elle adore les préparer, aussi. J'avais peur que sa présence gâche tout. J'ai toujours considéré ce moment avec Michel comme sacré. Mais, en fait, c'est sympa de l'avoir avec nous. Michel monte le son sur le support de l'iPod – on écoute systématiquement de la pop française ringarde des années 1990, quand on cuisine. Je connais même certaines paroles de chansons par cœur, bien que je ne sache pas forcément ce qu'elles signifient. Nous avons mis en place une chaîne de production au bout de laquelle Michel verse la mixture sur les plateaux de cuisson.

Papa n'a pas eu envie de sortir, ce qui aurait probablement dû me vexer. Ça ne le gêne jamais d'habitude, lorsqu'il n'y a que Michel et moi. Mais je ne peux pas vraiment le lui reprocher. Il a raté treize années de la vie de Laurel ; il a beaucoup de choses à rattraper. C'est naturel qu'il veuille rester avec elle. Maman est exactement pareille, même si elle fait tout pour ne pas l'étouffer. Elle n'arrête pas de répéter que Laurel a besoin d'espace, comme si elle se le rappelait à elle-même.

Trois semaines se sont écoulées depuis que Laurel a réintégré le foyer familial. Quatre depuis qu'elle a réapparu. Le temps file vraiment vite…

La situation est redevenue un peu plus normale, les photographes ayant ramassé leurs appareils et les journalistes leurs micros, avant de débarrasser le plancher. Ils n'avaient plus de raison de camper là ; ils ont eu leur compte de séquences montrant Laurel en train de sortir de chez nous. Maman détestait qu'ils traînent ici, quasiment dans notre jardin. Laurel, pour sa part, ne semblait absolument pas gênée. Je l'ai même surprise un soir à leur adresser un signe de la main depuis la fenêtre de ma chambre. Je lui ai conseillé de ne pas faire ce genre de trucs, de les ignorer. Je ne l'ai plus vue le faire, après ça, mais je sais qu'elle a continué, parce que je l'ai aperçue à la télé un jour.

La voiture de police, en revanche, est toujours garée quelques maisons plus bas, en face, dans la rue. Ses occupants doivent s'ennuyer ferme. En tout cas, ils en ont l'air chaque fois que je passe devant eux.

Laurel découvre peu à peu le monde. Par instants, on pourrait facilement croire qu'elle est une jeune fille comme les autres et qu'elle mène une existence banale, voire *barbante.* Il lui arrive d'agir exactement comme une nana de dix-neuf ans, d'ailleurs. Mais alors, elle fait ou dit quelque chose de bizarre qui nous rappelle que ce n'est pas le cas. Comme le jour où elle a insisté pour que Barnaby, l'ours en peluche, ait une chaise à table afin qu'il dîne avec nous. Maman s'était comportée comme si c'était parfaitement normal. Heureusement, Barnaby sentait meilleur : Laurel lui avait donné un bain dans l'évier.

J'essaie de lui apprendre le plus de trucs possible, parce que je déteste la savoir là-dehors – dans le « vaste monde » – et se demander comment gérer les choses que la vie lui balance quotidiennement. Les séances de thérapie l'aident, elles aussi. Elle rencontre toujours le psychologue deux fois par semaine, et sa nouvelle thérapeute, Penny. Elle l'aime bien. Penny l'emmène en balade ; Laurel a adoré le zoo. La sortie au cinéma, beaucoup moins. Elle a fait une crise de panique dix minutes après le début du film. On ignore ce qui l'a déclenchée. Elles n'avaient pourtant pas été voir un film avec des scènes de torture ni un thriller psychologique ou un machin du genre, mais le dernier Pixar. Ça semblait un bon choix. Laurel n'a pas voulu parler de cet incident. Et quand elle refuse d'aborder un sujet, elle ferme très fort la bouche en pinçant les lèvres et en crispant le menton. Comme une enfant. Penny nous a conseillé de ne pas insister, dans ces moments-là, et nous a avertis qu'il y aurait encore certainement plein de choses que Laurel ne serait pas capable de gérer Qu'elle aurait besoin de temps.

J'imagine que ça n'aide pas beaucoup non plus que la police continue de nous harceler. Ils ont toujours de nouvelles questions à poser, ou un machin à clarifier. Chaque fois qu'ils viennent, c'est un peu comme si on revenait en arrière. C'est difficile pour nous de vivre telle une famille normale quand on nous rappelle sans cesse que ce n'est pas le cas.

L'autre jour, maman a complètement pété les plombs avec le brigadier Dawkins et un autre policier lorsqu'ils se sont pointés à la maison comme des fleurs. Dawkins a vraiment insisté pour qu'ils fassent ce prélèvement ADN une bonne fois pour toutes. Elle a assuré à ma sœur qu'elle ne sentirait rien et que ça ne prendrait qu'une seconde, mais Laurel n'a rien voulu entendre. Elle s'est écartée d'eux comme s'ils allaient se jeter sur elle. Maman leur a alors demandé si c'était vraiment nécessaire, et le brigadier Dawkins lui a dit que ça l'était. C'est à ce moment-là que Laurel s'est mise dans tous ses états : elle a commencé à pleurer tout en se tirant les cheveux, marmonnant « non, non, non, non, non, non » en secouant violemment la tête.

Maman a essayé de la calmer, lui assurant que tout allait bien se passer, mais en vain. Elle m'a immédiatement ordonné d'emmener Laurel à l'étage. À peine entrée dans sa chambre, elle a rampé sous la coiffeuse. C'est à cette occasion que j'ai découvert sa tanière. On ne le voyait pas à cause du tabouret, mais il y avait deux coussins et une couverture, là-dessous. Sous la coiffeuse. L'espace était minuscule, à peine assez grand pour un enfant, alors pour une jeune femme…

Cependant, Laurel a d'une façon ou d'une autre réussi à se replier sur elle-même avant de remonter la couverture sur elle jusqu'au menton. Cette couverture est à moi ; je ne m'étais même pas rendu compte qu'elle avait disparu. Je me suis agenouillée devant Laurel et j'ai voulu savoir si ça allait, mais elle n'a pas répondu. Ni à aucune des questions suivantes. Elle avait l'air complètement perdue. De sorte que j'ai fini par m'asseoir en tailleur en face d'elle.

— Tout va bien, Laurel. Tu n'as plus à avoir peur. Tu es en sécurité, maintenant. Je reste là, avec toi.

J'ai poursuivi mon radotage en lui parlant du menu du dîner (des patates cuites au four), de la dissertation que je devais rendre (sur *La Nuit des rois* de Shakespeare), bref, de tout et n'importe quoi pour la sortir de cet état. Après un moment, elle a glissé une main par-dessus la couverture pour prendre la mienne.

— Je ne te laisserai pas, Laurel.

Elle m'a serré les doigts et enfin regardée. Ses yeux brillaient de larmes.

— Merci, a-t-elle murmuré.

Ce soir-là, Laurel mangeait des patates cuites au four pour la première fois. J'avais veillé à ce que les choses soient parfaites – une tonne de sel, de beurre, et beaucoup trop de fromage. Elle a adoré. Maman continuait de pester après la police (*Comment osent-ils ? Ils ne peuvent pas lui foutre la paix après ce qu'elle a traversé, non ? Pourquoi ils ne s'occupent pas plutôt de coincer ce monstre, hein ?*), mais Laurel semblait beaucoup mieux se porter. J'avais réussi à l'amadouer et la faire sortir de sa tanière. Elle s'était enroulée dans la couverture et avait replacé le tabouret devant la coiffeuse. Elle allait à peu près bien lorsque maman était montée voir comment elle se sentait. Je n'ai pas parlé de la cachette à notre mère ; ça n'aurait fait que la bouleverser davantage.

Papa arrive à la maison, alors que nous fourrons les deux derniers macarons. Il s'est arrangé pour rentrer le plus vite possible. Laurel lui tend une petite assiette avec trois macarons posés dessus. Elle déclare qu'elle lui a mis les meilleurs de côté. (C'est un mensonge. Elle a essayé de les filer à Tonks, mais Michel lui a expliqué que minette mangeait seulement de la nourriture pour chat à cause d'un problème aux reins.) Tout sourire, papa dévore les gâteaux avant de s'exclamer qu'ils sont excellents.

— Prends garde à toi, Faith ! Tu as de la concurrence ! L'art du macaron est visiblement un talent héréditaire, dans cette famille ! déclare-t-il fièrement en m'adressant un clin d'œil.

Nous rions. Personne ne dit que nos dons de cuisinière ne peuvent pas être génétiques, puisque Laurel a été adoptée. Ni que papa déteste les macarons. Il n'a jamais goûté les miens, par exemple.

Laurel et moi restons debout tard à parler. Elle prend le lit, et moi le matelas gonflable. Nous en avons décidé à pile ou face. Il y a à peine assez de place par terre pour glisser le matelas entre la penderie et le sommier. J'ai trouvé ça bizarre, au début, de dormir aussi près de quelqu'un que je ne connais pas très bien, dans le fond. On me donne toujours la chambre d'amis quand je passe la nuit chez Martha. Elle n'a jamais dormi à la maison, en revanche. Je ne sais pas exactement pourquoi, d'ailleurs.

Laurel est allongée sur le flanc gauche et m'observe de sous le duvet. Je suis étendue sur le côté droit, à tenter de me convaincre que ce couchage n'est pas moins confortable que le lit (*mon* lit). Ma sœur aime papoter une fois la lumière éteinte. Il ne fait pas complètement noir ; papa a acheté une autre veilleuse pour que Laurel n'ait pas à transporter Œuf chaque week-end. Elle adore que je lui raconte des histoires – seulement si elles sont vraies. Elle ne se lasse jamais de m'entendre parler de mon enfance, de l'école, ou de Thomas.

Elle était super nerveuse à l'idée de le rencontrer. Elle n'a rien avoué, mais ça se voyait. Elle n'arrêtait pas de se recoiffer devant le miroir et de gigoter en tous sens. J'ai invité Martha et Thomas à venir manger des pizzas et à regarder un film. Ça me paraît un bon moyen de régler ça. Je veux seulement que les personnes qui comptent le plus pour moi apprennent à se connaître et à s'apprécier. J'ai même convaincu maman de nous laisser seuls ; elle s'est arrangée pour aller siroter des cocktails en ville avec une amie. Une première… pour ce que j'en sais. Si ça fait partie des activités qu'elle considère comme normales pour un adulte, alors cette normalité était sortie de sa vie depuis treize ans.

Martha et Thomas sont arrivés en même temps. Les présentations ont été un peu bizarres, mais rigolotes, du coup. Comme Thomas conduisait, il a déclaré qu'il ne boirait pas d'alcool. Martha, Laurel et moi avons débouché une bouteille de vin. Maman m'a demandé de n'en ouvrir qu'une, avant de s'en aller. Évidemment, on en a descendu deux. Laurel a ingurgité son premier verre à la vitesse de l'éclair, mais elle a ralenti le rythme après. Martha était vraiment intimidée, au début, ce qui ne lui ressemble pas. Thomas est le seul à avoir paru immédiatement à l'aise. Il s'est montré bien élevé et charmant, et a même proposé de payer les pizzas. Je m'apprêtais à accepter son offre, mais ma sœur a sorti de sa poche deux billets de vingt livres que notre mère lui avait filés avant son départ. J'ai écarté l'impression, pourtant tenaillante, que je ne trouvais pas normal que maman ne m'ait pas confié cet argent. Les choses se passeraient-elles ainsi, dorénavant ? Laurel est l'aînée, après tout.

Elle a insisté pour appeler le livreur elle-même. Il y a eu un silence, et ensuite elle a donné son nom. J'ai grimacé avant de regarder Martha, qui a compris ma réaction sur-le-champ, vu sa tête. Thomas était trop occupé à faire défiler les différentes chaînes pour remarquer quoi que ce soit. Laurel a acquiescé à une question sans doute du genre « Laurel Logan ? *La* Laurel Logan ? ». Là-dessus, j'ai essayé de m'emparer du téléphone, mais elle m'a chassée de la main. Son visage s'est illuminé.

— Merci, c'est vraiment très gentil. Oui… Oui, c'est vraiment merveilleux d'être rentrée. J'apprécie beaucoup. (Il y a eu un autre blanc, puis elle s'est mise à rire.) Merci ! Bonne soirée à vous, Phil. Au revoir… Oui… Je vais faire ça. Au revoir !

Puis elle a interrompu la communication et s'est tournée vers nous, l'air triomphant.

— Il nous offre du pain à l'ail et une bouteille de Sprite !

— Pourquoi ? ai-je questionné.

Laurel m'a regardée en haussant les épaules avant de répondre :

— Je ne sais pas. Il m'a vue à la télé. Il a dit que j'étais jolie.

Ce n'était pas le moment de sermonner Laurel à propos du caractère très discutable de cadeaux généreusement offerts par des inconnus qui vous ont vue à la télé et qui « ont l'impression d'avoir un lien avec vous ». (C'est ce que ces gens qui nous arrêtaient dans la rue ou qui envoyaient des cartes, des lettres, des cadeaux déclaraient toujours. Ils éprouvaient tous cet étrange « lien ».) Quoi qu'il en soit, Thomas était ravi pour le Sprite.

— Santé, Laurel !

Ma sœur lui a souri. J'ai essayé d'ignorer le regard lourd de sous-entendus que Martha m'a lancé alors. Laurel a insisté pour aller ouvrir, lorsque le livreur a sonné à l'entrée. Je ne crois pourtant pas que « donner de l'argent au livreur de pizzas » fasse partie des compétences personnelles essentielles à développer dont son conseiller lui parle sans cesse. Il y a eu deux moments bizarres, pendant le choix du film. Thomas a commencé à faire défiler tous ceux de Netflix pour que Laurel décide, bien qu'elle n'ait aucune idée de leur contenu. Vous seriez surpris de constater combien traitent d'enlèvements, de sombres psychopathes, d'abus sexuels, ou de traumatismes familiaux. J'ai dû dire non à chacune des suggestions de Laurel. J'avais vraiment le mauvais rôle, d'autant que Thomas semblait visiblement s'énerver. Il a même fini par me tendre la télécommande.

— Tiens ! Tu n'as qu'à nous dégoter quelque chose.

Ce que j'ai fait : une comédie romantique qu'aucun de nous n'avait vue. Thomas méprise les comédies romantiques. Il méprise la plupart des films, en fait. Sauf s'ils durent quatre heures et s'ils sont sous-titrés. Il n'a pas arrêté de se moquer de celui qu'on regardait, mais il faut reconnaître qu'il était complètement nul. Heureusement, Laurel a adoré. Elle a pleuré à la fin, et elle en a rougi.

Laurel m'a remerciée quand Martha et Thomas sont repartis.

— De quoi ? ai-je interrogé en grignotant un morceau de croûte de pizza.

Là, elle a pris une mine sérieuse.

— De m'avoir laissée entrer dans ton monde.

Je n'ai pas compris l'image, au début.

— Ce que j'essaie d'expliquer, c'est que j'apprécie vraiment que tu me permettes de passer du temps avec tes amis et toi. Ça ne doit pas être facile pour toi de… d'avoir une toute nouvelle sœur qui chamboule ta vie.

Elle a eu l'air intimidée, soudain, gênée par ses propos.

J'ai reposé le bout de pâte en secouant la tête.

— Tu te trompes complètement.

— Qu'est-ce que tu veux dire ?

— Ma vie *était* bouleversée. Avant. Tu as…

Allais-je vraiment le formuler à voix haute ? C'était tellement ringard qu'on aurait cru une réplique du film qu'on venait de voir. J'ai observé Laurel : son expression était ouverte, honnête, pleine d'attente.

— Tu as remis ma vie à l'endroit.

Le sourire de Laurel m'a récompensée.

Comme quoi, c'est parfois bien, d'être ringard.

16.

Ça commence quasiment dès notre arrivée au marché. C'est la première fois que Laurel se joint à nous. Elle est restée à la maison avec papa les deux dimanches précédents. Maureen tient le stand à côté du nôtre. Elle vend des vinaigres de luxe – le balsamique à la fraise est sa toute dernière obsession. Elle est vraiment sympathique, et toujours joyeuse, peu importe qu'il fasse mauvais temps ou qu'il y ait peu de clients.

— Alors ? On a embauché une autre petite aide, aujourd'hui, Michael ?

Elle ne l'appelle jamais Michel, et il ne la corrige jamais.

Michel opine avant de la saluer. Il a oublié son béret. Il fait donc un peu moins français que d'habitude. Maureen arrête d'aligner les bouteilles de vinaigre pour rejoindre notre stand, sur lequel Laurel met la toile cirée (à carreaux rouges et blancs, bien sûr).

— Salut ! Moi, c'est Maureen, mais tu peux m'appeler Mo. Enchantée de te rencontrer… Oh, mon Dieu ! (Elle se tourne vers Michel.) Est-ce que c'est… ? (Elle pivote alors vers Laurel.) Est-ce que tu es… ?

Michel cesse de décharger la voiture pour s'avancer vers Maureen.

— Oui, mais est-ce que tu pourrais rester discrète ?

— Rester discrète ? ronchonne Maureen. Tu me fais rire… Elle appartient juste à la catégorie des personnes les plus célèbres de ce satané pays, je te rappelle…

Laurel suit ce bref échange, mais sans un mot. Parfois, j'aimerais lire dans ses pensées.

Maureen demande à Laurel si elle peut la prendre dans ses bras. J'aurais répondu non, mais ma sœur accepte.

— Ma pauvre chérie…, murmure Maureen en la serrant fort.

Je me tourne pour aller chercher mon béret posé sur le tableau de bord.

La matinée est un vrai désastre. Le premier client reconnaît Laurel direct, alors qu'elle se tient au fond du stand avec mon couvre-chef bien enfoncé sur le crâne et une écharpe qui lui cache la moitié du visage. Personne ne savait qui on était. On était juste Faith et Michel, les fournisseurs des meilleurs macarons de ce côté-ci de la Manche. Je n'étais pas la petite sœur de la Petite Laurel Logan, et il n'était pas le pour-ainsi-dire-beau-père de la Petite Laurel Logan. Maureen continue de secouer régulièrement la tête d'incrédulité, même si elle sert ses clients. Elle a sermonné Michel pour ne lui avoir jamais parlé de Laurel.

Vers dix heures et demie, une foule plutôt dense est amassée autour de notre stand. Personne n'achète de macarons. Une femme se fraie un chemin jusqu'au premier rang. Elle voudrait prendre une photo de Laurel avec sa fille. La petite (qui doit avoir dix ans, et la bouche pleine de crackers au fromage) paraît peu concernée par les préoccupations de sa maman. Laurel retire son béret avant de me le tendre, puis elle va se poster devant le stand en se plantant aux côtés de la gamine. Son sourire semble sincère. La mère ne la remercie même pas.

De plus en plus de gens souhaitent être photographiés avec ma sœur, comme si elle participait à une émission de nouveaux talents. Peu importe qu'elle ait vécu un enfer : elle est *connue*. Ils pourront rentrer chez eux et en parler au déjeuner. Ils expliqueront qu'elle est plus maigre qu'à la télé, mais encore plus jolie, grande, sympa… Ils diront qu'on ne penserait jamais qu'elle a traversé un truc pareil, que sa frangine est assez antipathique, beaucoup moins jolie, et qu'on se demande bien pourquoi elle est à ce point grognon – elle n'est pas contente d'avoir retrouvée sa sœur, celle-là, ou quoi ?

Michel tente au mieux de gérer la situation, mais lorsque la foule atteint une trentaine de personnes, il sait que la bataille est perdue.

— Je crois que je devrais ramener Laurel à la maison…

J'acquiesce avant de lui assurer qu'il n'a pas à s'inquiéter, que je surveillerai le stand jusqu'à son retour quand une voix sonore pose une question à Laurel.

— Laurel ! Est-ce que le fait que cet homme soit encore là-dehors, quelque part, t'angoisse ?

Là-dessus, quelqu'un d'autre – une femme plus âgée, sans doute – réagit aussitôt.

— Oh, mon Dieu, elle a raison ! Il est peut-être même en train de nous observer !

Soudain, une sorte de folie s'empare de tous ces gens. Ils étaient sûrement normaux ce matin, en partant de chez eux – des personnes sensées, sachant quel discours tenir dans ce genre de situation –, mais là, ils sont juste mal élevés et odieux, et complètement indifférents aux peurs d'une jeune fille dont ils ne savent rien.

J'entraîne Laurel loin d'eux. Elle est en train de s'excuser.

— Je suis vraiment désolée, mais je dois partir.

Certains continuent de prendre des photos au moment où j'ouvre la portière de la voiture pour pousser ma sœur à l'intérieur. Ces images vont sans aucun doute être postées sur Instagram et sur Twitter d'ici quelques minutes. Michel me demande si ça ira avant de me promettre de revenir le plus vite possible. Il met un temps fou à faire demi-tour dans la foule à cause des curieux attroupés pour observer ce qu'il se passe.

À peine la voiture partie, l'assemblée se disperse aussitôt. Une jeune femme trop bronzée d'environ vingt ans s'avance vers le stand pour me poser une question.

— Je ne parlerai pas de Laurel, alors tu peux aller voir ailleurs si j'y suis, OK ?

Elle désirait simplement savoir quel parfum je lui conseillerais pour les macarons : plutôt caramel au beurre salé ou chocolat et fruit de la passion ? Je m'excuse platement et finis par lui en offrir un de chaque pour qu'elle goûte.

Maureen m'apporte une tasse de thé avant de me proposer de veiller sur notre stand quelques minutes – au cas où j'aurais envie d'aller prendre un peu l'air. Elle est vraiment super, cette Maureen… Il y a quelque chose à propos de Laurel – à propos de son histoire – qui semble transformer les gens en de parfaits crétins. Mais je ne devrais pas le leur reprocher : ce n'est pas leur faute.

Je pars m'asseoir sur les marches devant l'église, et commence à boire à petites gorgées mon thé pourtant trop chaud. J'espère que Laurel va bien ; cette expérience n'a pas particulièrement paru la traumatiser. Mon cœur, en revanche, bat encore à tout rompre à cause du stress. D'une certaine façon, et malgré le fait qu'elle a vécu enfermée dans une cave durant la majorité de sa vie, ma sœur est plus à l'aise que moi en société. Je trouve ça presque injuste.

Papa est furieux quand il apprend ce qu'il s'est produit. Laurel se met aussitôt à pleurer parce qu'elle pense qu'elle a fait quelque chose de mal. Papa la rassure en lui expliquant que c'est à cause des autres qu'il est en colère, que ça n'a rien à voir avec elle. Il les appelle les parasites.

Laurel se sent très coupable. Elle se reproche la façon dont la situation a tourné.

— Ce n'est pas ta faute, Michel et moi lui promettons-nous en chœur.

Laurel baisse la tête. Ses cheveux tombent devant son visage.

— Mais ça l'est, pourtant. C'est arrivé à cause de moi. J'aurais dû… Je ne sais pas. J'aurais dû leur dire de déguerpir au lieu de poser pour leurs photos.

Je m'agenouille devant elle pour l'obliger à me regarder.

— Hé… écoute-moi. Tu as fait ce qu'il fallait. C'est très important que tu sois gentille et patiente avec les gens. Imagine un peu les gros titres si tu ne l'étais pas : « LAUREL LOGAN A INSULTÉ MA MÈRE ! »

Un sourire se dessine sur les lèvres de ma sœur.

— Mais tu sais ce qui est surtout super ? C'est que *je* n'ai pas besoin d'être sympa avec eux. Je peux leur balancer ce que je veux parce que personne n'ira jamais écrire un article sur moi. Donc si jamais ce genre de scène se reproduit un jour, je m'en occuperai, OK ?

Laurel lève les yeux.

— C'était flippant, tous ces gens.

Sa réaction me surprend. Elle paraît accepter ma proposition. Peut-être Laurel cache-t-elle mieux ses sentiments que je ne le pense. Sans doute apprend-on à le faire quand on vit avec un psychopathe au quotidien durant si longtemps…

— Comment ont-ils osé ?

Papa recommence à s'énerver, radotant des trucs à propos du respect de la vie privée. Michel l'entraîne dans la cuisine en lui assurant qu'une tasse de thé le réconfortera.

Je me relève et m'installe à côté de Laurel sur le canapé. Elle me remercie.

— Il va falloir arrêter de me remercier, tu sais.

— Pourquoi ?

Elle semble soucieuse, comme si elle venait de commettre un impair.

Je souris pour qu'elle comprenne qu'elle n'a pas à s'inquiéter.

— Tu n'as pas besoin de me remercier pour un oui, pour un non. On est sœurs. On veille l'une sur l'autre. C'est normal.

— Ça me paraît parfait.

Elle se mord la lèvre et cale des mèches de cheveux derrière ses oreilles. Je commence doucement – trop ? – à reconnaître certains signes. Certains petits tics bien à elle ; comme cette manie qu'elle a de se mordiller les lèvres et de caler des cheveux derrière ses oreilles quand elle n'est pas sûre de quelque chose. (À moins que ça signifie simplement qu'elle a les lèvres gercées et qu'elle en a marre que ses cheveux lui tombent devant le nez.) Elle jette un coup d'œil pour vérifier si papa et Michel écoutent, avant de me murmurer quelque chose.

— Je suis désolée. Je n'ai pas été là pour veiller sur toi.

Un nœud se forme au fond de ma gorge.

— C'est ce que les grandes sœurs sont censées faire, pourtant. Et je n'étais pas présente pour toi.

— Tu es là, maintenant. C'est la seule chose qui compte.

C'est un mensonge. Tout compte. Chaque petit bout d'histoire. Mais nous ne pouvons pas changer le passé. Je me surprends à formuler en silence le vœu d'être la meilleure sœur qui soit – d'agir du mieux possible pour rattraper les années perdues. C'est le moins que je puisse faire.

17.

Les vœux silencieux sont complètement nuls. Rien ne nous oblige à honorer une promesse qu'on a faite dans sa tête. Elle ne devrait pas compter, tant qu'on ne l'exprime pas à voix haute. Mais pour une raison quelconque, j'ai la sensation d'avoir à tenir celle que j'ai faite à Laurel. Ce qui explique pourquoi je suis installée dans un studio de télévision, devant un public composé de nanas écervelées plutôt âgées, sur un canapé trop petit, en compagnie de papa et maman. Laurel est là, elle aussi. Elle a droit à son propre fauteuil, qui est situé juste à côté de celui de Cynthia Day. Je vis mon pire cauchemar.

Papa ne souhaitait aucunement participer au *Cynthia Day Show,* lui non plus, même si ça s'est déjà produit, il y a douze ans. À l'époque, c'était pour qu'on parle du cas de Laurel, dont la couverture médiatique baissait à l'approche du premier anniversaire de sa disparition.

Nous agissons pour Laurel. Je me le rappelle chaque fois que Cynthia pose une question plus débile que la précédente afin de nous tirer des larmes. C'est sa spécialité : donner envie aux gens de pleurer et montrer ensuite combien elle les comprend en versant une larmichette avec eux. Pour une raison étrange (et qui m'est complètement passée sous le nez, parce que je serais intervenue là-dessus, autrement), Laurel suit cette émission. Un producteur a contacté maman juste après le retour de Laurel à la maison pour demander si elle accepterait d'y venir. Elle avait répondu non, mais avait dû en toucher un mot à Laurel, ce qui expliquerait pourquoi elle avait commencé à s'intéresser à ce programme. Du coup, lorsque le producteur avait retéléphoné un mois plus tard, pour nous proposer une somme d'argent parfaitement obscène, Laurel était à fond. On en a discuté en famille, histoire de peser le pour et le contre, ce qui a été une vraie perte de temps, puisque le seul avis qui importait clairement pour nous tous était celui de Laurel. Elle avait les yeux brillants, le regard débordant d'excitation quand elle nous a annoncé qu'elle rêvait de voir un studio de télé, et de rencontrer Cynthia. (*Elle est tellement gentille !*) La décision était prise. L'argent irait directement sur un compte ouvert pour Laurel.

Thomas a été horrifié lorsqu'il l'a appris. Il ne comprenait pas que je puisse accepter de participer à une émission aussi pourrie. Il a finalement arrêté de ressasser le sujet quand je lui ai dit d'un ton sec qu'il n'avait aucune idée de ce que je vivais. Il l'a enfin bouclée, et n'a pratiquement plus parlé durant tout le reste de la journée. Martha s'est montrée d'un plus grand soutien, ce qui m'a rassurée, étant donné qu'on s'est à peine croisées, ces derniers temps. On s'est vues au bahut, mais je suis tellement obnubilée par Laurel que Martha se retrouve un peu reléguée au second plan. Je n'ai pas été chez elle depuis le retour de Laurel, alors qu'elle m'a invitée au bas mot quatre fois. Mais Martha comprend. Et elle est venue à deux reprises à la maison, donc ce n'est pas vraiment comme si je la négligeais.

Il fait trop chaud sous ces spots. Si chaud que j'en transpire. Personne à part moi n'en paraît gêné. Maman et papa sont déjà passés à la télé, et à différentes occasions. Cette situation n'est donc pas nouvelle pour eux. Ils n'ont même pas l'air nerveux. Quant à Laurel, elle est tout simplement super excitée d'être là. À notre arrivée sur le plateau, tout à l'heure, elle a pointé du doigt un dessin qu'un enfant a exécuté la semaine dernière.

— C'était incroyable ! Si tu avais vu ça, Faith. Il était vraiment jeune… Il devait avoir, quoi… cinq, six ans, peut-être ? Il s'est assis par terre et il a dessiné le portrait de Cynthia pendant qu'elle interviewait ses parents. Ça ne lui a pris que quelques minutes. Cynthia a pleuré quand elle l'a découvert. Elle a dit qu'elle le garderait pour toujours. Le petit a haussé les épaules avant de lui balancer qu'elle devrait plutôt le vendre. Oh, mon Dieu, ce que c'était drôle ! Les gens dans le public n'en pouvaient plus de rire !

Laurel s'est rendu compte que je ne réagissais pas à cette histoire avec l'enthousiasme prévu. De sorte qu'elle m'a demandé si tout allait bien. Je lui ai expliqué que je me sentais nerveuse. J'avais juste répondu oui, quand papa et maman m'avaient posé la question. Pour une raison inexplicable, ça ne me fait rien de reconnaître mes faiblesses devant Laurel. Elle passe un bras autour de mes épaules et m'assure qu'il ne faut pas que je m'inquiète.

— Cynthia est tellement sympa. Elle a reçu cette femme, hier, pendant l'émission, tu sais, celle qui a fondé cette œuvre de charité ?

Je débranche.

La styliste de Cynthia, qui s'avance vers nous, soupire à ma vue.

— Non, non, et non. Ça ne va pas du tout !

Les vêtements des parents et de Laurel étaient apparemment parfaits, mais pas les miens. J'avais pourtant mis mon pull préféré – le noir avec un col en V. Il est très bien, mais l'habilleuse a expliqué « qu'il ne serait pas particulièrement flatteur à l'écran ». Je lui ai demandé ce qu'elle sous-entendait par là, mais elle n'a pas daigné me répondre. Et c'est comme ça qu'on m'a affublée d'un haut orange avec des rayures violettes sur les manches. Étant donné que Laurel avait assuré qu'il m'allait bien, je n'ai pas protesté.

Cynthia Day nous a rejoints dans notre loge une demi-heure avant le début de l'émission. La première chose que j'ai remarquée, c'est l'odeur qui l'accompagnait – le plus écœurant des parfums, lourd et insupportablement floral. La seconde, sa coiffure : un vrai défi à la gravité. Bouffante, pour la décrire sobrement. Elle ne bougeait pas d'une mèche, quand Cynthia bougeait la tête – pas même d'un cheveu.

— Oh, mon Dieu, c'est vraiment elle ! a murmuré Laurel à voix basse tandis que Cynthia disait bonjour à mes parents.

— C'est bon, c'est seulement une personne comme une autre.

— Peut-être, mais elle est *célèbre.*

— Toi aussi, ai-je rappelé à ma sœur.

Cynthia a alors reporté son attention sur nous avant de frapper dans ses mains.

— Laurel ! Tu ne peux pas savoir quel honneur c'est pour moi de te recevoir dans ma petite émission.

Elle a embrassé Laurel sur les joues avant de pivoter vers moi.

— Tu dois être Faith… Merci beaucoup d'être venue.

Je n'ai pas eu droit à un baiser, ce qui me convenait parfaitement, parce que son parfum suffocant était encore plus affreux de près. Cynthia s'est assise au bord d'une table et a commencé à nous expliquer comment l'émission se déroulerait. Elle a dit de ne pas nous inquiéter, que les questions qu'elle poserait seraient les mêmes que celles auxquelles on avait déjà répondu des millions de fois.

— Racontez simplement votre histoire. C'est ce que mon public désire entendre.

Là-dessus, elle est repartie, en laissant l'odeur immonde de son parfum derrière elle.

Le public se compose à quatre-vingt-quinze pour cent de femmes. Elles se tiennent penchées en avant sur leur siège, le cou tendu pour voir Laurel de plus près. Elles acquiescent lorsqu'elle parle et se tournent les unes vers les autres pour s'adresser des petits sourires tristes, mais pleins de compassion. Laurel s'en tire brillamment. Elle ne se presse pas pour répondre à Cynthia. Elle nous regarde très souvent maman, papa et moi pour vérifier si elle s'en sort ; nos parents opinent chaque fois pour l'encourager.

Cynthia diffuse des séquences sur un grand écran derrière elle.

— Comme vous le savez tous, j'ai déjà eu la chance de recevoir les Logan dans le cadre de cette émission. J'aimerais juste prendre une minute pour vous rappeler ce qu'ils ont traversé. Il y a douze ans, Olivia et John étaient assis sur ce même canapé… (Elle rit, avant de rectifier.) Bon, pas *ce* canapé-ci. Il est tout neuf – je l'ai choisi moi-même… il vous plaît ?

Le public applaudit en signe d'approbation.

— Bien. Où en étais-je ?

C'est l'un des tours préférés de Cynthia – jouer les écervelées. Elle doit penser que ça met les gens à l'aise.

La séquence montre mes parents sur un canapé très similaire à celui sur lequel nous sommes installés. Les goûts de Cynthia en matière de décoration intérieure n'ont pas changé en dix ans. J'ai déjà visionné cette interview auparavant, au cours de l'une de mes incursions sur YouTube. Mais plus jamais ensuite, parce qu'elle n'était pas très intéressante. Mes parents semblaient épuisés et tristes. L'affaire ne connaissait aucun nouveau développement. Ils avaient simplement décrit la vie sans Laurel depuis un an. Maman avait déclaré qu'elle serait même incapable de l'exprimer avec des mots. Cynthia avait opiné, alors qu'elle aurait visiblement voulu que ma mère tente au moins de le faire, vu sa tête.

Le court extrait se termine par un cadrage sur maman, qui s'adresse alors directement à la caméra.

— Laurel, si tu nous regardes… Sache que tes parents t'aiment très fort, ma chérie.

C'était juste bizarre – l'idée que Laurel puisse voir l'émission. Je pense que maman avait dû sortir ça sous le coup de l'émotion, à la différence du reste, si bien orchestré. Ça lui donnait l'air bête.

L'écran devient blanc. Cynthia demeure silencieuse pendant un moment, laissant chacun contempler mes parents et s'émerveiller de leurs changements physiques. Puis elle fait une plaisanterie à propos du léger surpoids qu'elle avait à l'époque. Ces dames du public se mettent à rire. Mais elle a raison. Elle était pratiquement deux fois plus grosse. Sa coiffure n'a pas bougé d'une mèche, en revanche.

— Alors, Laurel, qu'est-ce que ça te fait d'avoir retrouvé ta famille ?

Le visage de Laurel s'illumine soudain.

— J'ai l'impression de vivre un vrai miracle.

L'assistance adore cette réponse. Elle applaudit à tout rompre, pousse des cris, l'acclame. Chacun d'entre nous aime les histoires qui finissent bien…

Cynthia sourit et attend que Laurel poursuive. Cette dernière inspire profondément avant de diriger les yeux vers nous.

— Je rêvais très souvent que je retrouvais ma famille. Ces rêves étaient *tellement* réels. Mais ensuite, je me réveillais dans le noir total, dans cette cave, et chaque fois, j'avais la sensation de sentir mon cœur se briser. Ça m'arrivait sans arrêt, au début. Pourtant, au fil des années, ces rêves sont devenus plus rares, jusqu'à ce qu'ils disparaissent totalement.

Elle baisse la tête. Le silence règne dans le studio. Mais quelqu'un dans le public éternue alors et gâche la scène. Laurel regarde de nouveau Cynthia.

— Ce que je sais, c'est que les revoir après toutes ces années, c'est encore mieux que les rêves que je faisais. Découvrir qu'ils ne m'ont jamais oubliée, qu'ils n'ont jamais renoncé, c'est… (Elle hausse les épaules et lève les mains.) C'est un miracle ! Pardonnez-moi. Je me répète. Je ne suis pas très douée avec les mots. Excusez-moi.

Elle rougit peut-être, mais son maquillage le masque, dans ce cas.

Cynthia tapote le genou de Laurel. Elle porte du vernis à ongles bordeaux et une bague à chaque doigt. Un énorme diamant brille à son annulaire gauche. (Elle vient juste de se fiancer avec un mec moitié plus jeune qu'elle ; il sera son troisième mari.)

— Je crois que nous pensons tous que tu t'en sors très bien, Laurel.

Ma sœur sourit.

— Merci. Est-ce que je peux ajouter quelque chose ? Je… je suis vraiment une grande fan de votre émission. Je la regarde chaque jour. Voire deux fois dans la même journée !

Une exclamation sonore s'élève du public, comme si chacun de ses membres était programmé pour réagir de façon exactement similaire.

— Eh bien ! Voilà qui fait vraiment grand plaisir entendre ! À mon tour de t'avouer quelque chose, Laurel… Je suis très fan de toi !

Cynthia rit et tourne la tête vers l'assistance, qui boit littéralement ses paroles.

Cynthia pose encore quelques questions, tantôt sérieuses, tantôt légères ; une sur la tenue de ma sœur (*J'adore ton haut. Ça doit te plaire d'aller faire du shopping comme n'importe quelle fille de ton âge, non ?*), aussitôt suivie par une autre sur son ravisseur (*Si tu pouvais lui dire quelque chose, là, maintenant, n'importe quoi... Qu'est-ce que ce serait ?*). Je sens maman se crisper à mes côtés. J'imagine que la police n'apprécie pas tellement, elle non plus : et si la réponse de Laurel provoquait cet homme ? S'il décidait de venir nous la reprendre ? J'ai fait plusieurs cauchemars à ce propos. Je n'en ai parlé à personne. Je rêve que ma sœur et moi nous sommes dans le jardin, à Stanley Street, mais nous sommes adultes, cette fois. Nous sommes assises sur une couverture de pique-nique à pois, et mangeons un sandwich bacon-tomate-laitue. Un type ouvre la barrière de devant. Les gonds grincent. Il se plante au-dessus de nous et tend la main à Laurel. Elle le regarde sans paraître effrayée. Je l'observe moi aussi, mais pour une raison ou une autre, son visage est flou, comme si je l'apercevais derrière une vitre enduite de gras. Laurel lui prend la main, se lève, et s'éloigne. La barrière grince de nouveau. Je me mets à pleurer sans trop savoir pourquoi. J'ai l'impression d'avoir perdu quelque chose. En général, je me réveille lorsque je comprends ce qu'il vient de se passer – quand l'horreur m'engloutit.

Laurel gère très bien la question débile de Cynthia, au final.

— Je n'ai rien à lui dire.

Son expression et son ton sont neutres. Parfaitement mesurés.

Cynthia opine comme si c'était la réponse à laquelle elle s'attendait.

— J'imagine que tu n'as rien à lui dire…

Le silence retombe dans la salle. Cynthia secoue lentement la tête pour signifier sa sympathie à Laurel et son dégoût du ravisseur.

— Oui… J'imagine parfaitement que tu n'as rien à dire à cet homme.

Là-dessus, Cynthia pivote vers la caméra.

— Nous allons faire une courte pause, mais ne partez pas. À notre retour, nous parlerons avec John et Olivia de leur épreuve, sans oublier Faith, qui a enfin récupéré sa grande sœur ! Je vous retrouve dans trois minutes !

18.

Cynthia nous assure qu'on s'en sort très bien.

— C'est de l'or ! déclare-t-elle.

J'imagine que quelqu'un a dû couper son micro, vu le rot qu'elle laisse échapper. Pas un gros. Un petit rot assez féminin. Elle sourit en s'excusant, avant de se pencher pour se confier.

— Le chou-fleur me flanque des gaz, mais je l'oublie chaque fois ! Quelle idiote…

Je trouve ça trop drôle. Je suis complètement morte de rire. Mais il semblerait que participer à une émission de télé en direct me donne l'humour d'un garçon de huit ans. Cynthia me dévisage comme si j'étais celle qui était bizarre et pas elle.

Papa me demande comment je me sens. Je lui réponds que ça va, alors que ce n'est absolument pas le cas. Je suis super nerveuse. C'est à mon tour d'être interviewée par Cynthia. On va attendre de moi que j'emploie des mots sensés, et que j'en sorte plusieurs à la suite pour former des phrases. Et tout ça quand j'ai vraiment, mais vraiment besoin de me rendre aux toilettes. Malheureusement, je suis bloquée là pour le moment.

Je n'arrête pas de penser à Martha, assise chez elle en train de me regarder m'humilier toute seule. Et à Thomas, qui ne me regarde pas. Je n'en reviens pas qu'il ait osé me balancer qu'il ne materait pas l'émission. Une partie de moi est soulagée, contente même, qu'il ne me voie pas porter ce haut trop nase, à minauder, en souriant. Mais je me sens vexée, également. Ce n'est pas tous les jours que sa petite amie participe au troisième talk-show du pays. Il aurait dû sortir qu'il avait l'intention de le faire, et j'aurais pu lui répondre de s'éviter ça. Voilà comment les choses auraient dû se passer.

Je me demande si Penny la regarde, elle aussi. Nous en avons parlé pendant notre dernière séance de thérapie familiale. Laurel a parlé non-stop de cette émission à la con alors qu'il y aurait tellement d'autres sujets à aborder. Mais quoi qu'il en soit, et même si Penny ne l'a pas exprimé de but en blanc, je suis sûre qu'elle désapprouve. Elle était simplement trop occupée à écouter, opiner, exhaler de l'empathie par tous les pores de la peau pour dire ce qu'elle pensait réellement.

Une fille en noir se précipite soudain sur le plateau – un ninja maquilleur ! Elle me poudre le visage, puis se sauve juste avant la fin du compte à rebours des pubs. Personne n'a droit à une retouche à part moi…

Cynthia parle avec maman et papa, après la reprise. Elle s'adresse à eux comme s'ils étaient toujours ensemble, sans mentionner que papa ne vit plus avec nous. Personne n'évoque Michel ni le « mode de vie » de mon père, ainsi que les journaux y font référence.

Elle veut savoir ce que ça leur fait que Laurel soit rentrée à la maison, question à laquelle ils répondent que c'est merveilleux. À un moment, maman se met à pleurer. Papa lui tend un mouchoir en papier.

Une image surgit sur l'écran derrière Cynthia, qui se tourne pour la contempler. C'est la dernière simulation de l'évolution physique de Laurel ; celle qui était censée montrer à quoi elle ressemblerait à quinze ans. L'ensemble du public fixe l'image, puis Laurel et son portrait tour à tour. Je l'imite malgré moi. Le dessin n'est pas si horrible, en fait. Mais la fille en 3D a un visage un peu trop lisse et régulier. Du genre facilement oubliable, alors que celui de Laurel ne laisse pas indifférent. Au contraire même ; il a ce petit quelque chose qui donne envie de le regarder. Bien sûr, le fait que cette projection soit en noir et blanc n'aide pas. Sans parler de la 3D.

Cynthia la commente en affirmant qu'elle ne rend pas justice à Laurel, bien que la police ait fait de son mieux. Puis elle interroge papa sur ce qu'il pense du travail de la police, sachant qu'elle a été incapable de retrouver sa fille, et qu'elle semble tout aussi incapable de débusquer son ravisseur, malgré « les centaines d'appels de citoyens bienveillants prêts à aider ».

Heureusement, mon père est à son meilleur niveau diplomatique.

— Olivia et moi sommes très reconnaissants des efforts considérables que les forces de police ont fournis – et qu'elles continuent de fournir – tous les jours.

Cynthia essaie de lui soutirer un truc croustillant du genre « incompétence de la police », mais mon père est devenu pro à ce petit jeu.

Cynthia finit pas s'adresser à moi. J'ignore ce qu'il se passerait si je me mettais à vomir, là, maintenant. Est-ce que ce serait mieux de le faire par terre devant moi, ou de me tourner pour dégobiller par-dessus le dossier du canapé ? Lancerait-on une pause pub ?

Je me concentre si fort sur mon estomac que je n'écoute pas la question de Cynthia, qui n'en est pas une.

— … un prénom *tellement* approprié. La foi… C'est à ça que nous nous sommes tous raccrochés, n'est-ce pas ? *Faith ?*

Je dois vraiment prendre sur moi pour ne pas hausser les yeux au ciel. Elle n'est pas la première à parler de mon nom de cette façon. Les gens le trouvent si poétique. Quelle bande de débiles…

— Alors, raconte-moi un peu, Faith. Comment ça se passe pour toi ?

Elle sourit pour m'encourager.

Tous les regards sont rivés sur moi – je préférais lorsqu'ils étaient braqués sur Laurel.

— Bien… Ça se passe très bien.

Oh, mon Dieu… Je pourrais difficilement paraître plus tarte.

Cynthia rit, mais pas méchamment. Elle se tourne vers le public.

— Bon, je crois que tout est dit ! Mais, à part ça, Faith… J'ai une grande sœur, moi aussi – Diane, si tu nous regardes ! – et s'il y a un truc que je sais, c'est que je ne pourrais pas vivre sans elle. Et toi, qu'est-ce que ça te fait d'avoir retrouvé ta grande sœur au bout de tant d'années ?

J'avise discrètement Laurel, qui est assise dans son fauteuil, l'air parfaitement à l'aise. Elle m'adresse un clin d'œil que personne à part moi ne remarque. Ce petit geste de soutien m'aide à me calmer ; c'est un peu comme s'il signifiait : « Tout ça, c'est des conneries, mais jouons le jeu jusqu'au bout. » Je commence à me détendre.

— C'est la meilleure chose qui me soit jamais arrivée !

— C'est vraiment adorable ! s'écrie Cynthia tandis que le public s'exclame et que papa me tapote la jambe.

Pour ma part, j'étudie cette déclaration sous tous les angles, comme si je l'avais attrapée avec des pincettes pour l'observer au microscope. J'aboutis à la conclusion que c'est la vérité. Ce constat me surprend plus qu'il le devrait.

Je croise le regard de ma sœur. Nous nous sourions. Cynthia me demande ce que ça provoque en moi d'avoir « grandi dans l'ombre de ce terrible crime ». Elle dit que ça n'a pas dû être facile pour moi. Deux mois plus tôt, j'aurais saisi l'opportunité de raconter – POUR UNE FOIS – ma version des faits, de me plaindre, et de jurer que personne ne pourrait comprendre ce que j'ai traversé. Je me contente de hausser les épaules, aujourd'hui.

— Ce n'etait rien comparé à ce que ma sœur a vécu. Maman et papa ont mis tout en œuvre pour me protéger, pour m'offrir une enfance normale.

Cynthia rebondit aussitôt.

— Et ça a été le cas ? Tu as eu une enfance normale ?

Je jette un coup d'œil à maman, puis à papa.

— Oui, vraiment.

Je ne serais presque pas surprise si ma mère me traitait de menteuse, ce qui donnerait sûrement une séquence intéressante. Au lieu de ça, elle commence à sangloter discrètement. Cynthia ne laissera pas passer une occasion de ce genre.

— Vous allez bien, Olivia ? Est-ce que vous pouvez nous expliquer ce qui vous bouleverse tellement ?

Maman inspire profondément pour se ressaisir.

— C'est... ça représente beaucoup, pour moi, d'entendre ça. Nous avons vraiment tout fait pour que Faith ait une enfance normale. Mais ça a été dur, vous savez. Et parfois, je me dis même que... je me dis que nous avons échoué.

Je la dévisage et lui prends la main.

— Mais non. Au contraire, maman.

Soudain, ma mère et moi nous levons pour nous prendre dans les bras, un geste vraiment super bizarre devant le public d'un studio télé, alors que des millions de gens vous regardent à travers le pays. Et encore plus étrange quand on ne s'en sent pas gêné.

Cynthia essuie une larme. Elle adore ce genre de moments. Elle me pose quelques questions supplémentaires. Ce n'est finalement pas si terrible que ça, si on se concentre sur ce qu'elle raconte en oubliant le reste. Je finis même par m'amuser. Parce que c'est plutôt sympa que quelqu'un s'intéresse ainsi à vous, vous interroge sur vos sentiments et vos opinions. Ça donne l'impression d'exister.

Cynthia s'adresse alors à Laurel.

— Et qu'est-ce que ça te fait à toi, Laurel, de découvrir ta petite sœur ? Est-elle différente de ce à quoi tu t'attendais ?

Laurel prend un instant pour réfléchir. J'aurais probablement dû soupeser davantage ce que j'allais dire au lieu de balancer le premier truc qui me passait par la tête.

— D'une certaine façon, Faith est exactement comme je l'imaginais. Je pensais souvent à elle, la nuit, quand je ne parvenais pas à dormir. Je me représentais ce qu'elle était en train de faire, à quoi elle devait ressembler. Et même si c'est devenu plus difficile au fil des années, elle était toujours là. (Laurel se tapote la tempe.) Je l'ai toujours eue en tête. (Un silence absolument parfait retombe. Cynthia acquiesce.) Mais Faith est également différente. Parce que je n'aurais jamais pu rêver qu'elle me soutiendrait autant, qu'elle se montrerait aussi adorable et aimante vis-à-vis de quelqu'un dont elle se souvient à peine. Avoir une sœur comme elle, c'est… J'ai juste l'impression d'être la fille la plus chanceuse de la terre !

Des acclamations et des applaudissements s'élèvent du public.

— Elle m'apprend tellement de choses. C'est comme si elle était la grande sœur et moi la petite.

Laurel me regarde alors.

— Je souhaite à tout le monde d'avoir une sœur comme elle.

19.

Mme Truss – ma prof d'anglais – me demande de rester après les cours. Je suis sûre qu'elle va râler à cause de la disserte que j'ai rendue la semaine dernière – celle que j'ai bâclée pour pouvoir montrer à Laurel la recette des spaghettis à la carbonara. Au lieu de ça, elle m'interroge sur Cynthia Day. Elle voudrait savoir à quoi elle ressemble *vraiment.* Elle doit s'identifier à elle, vu qu'elle se marie également pour la troisième fois. Mme Truss lance ensuite d'un ton blagueur que la troisième est certainement la bonne pour elle comme pour Cynthia.

Laney Finch me tombe dessus au déjeuner ; il faut toujours qu'elle me harcèle à ce moment-là. Elle est seule, ce coup-ci. Elle me dit qu'elle trouve ma sœur absolument magnifique, et courageuse d'avoir participé à cette émission.

— Si j'avais vécu un truc pareil, je crois que je resterais terrée quelque part.

J'opine au lieu de lui balancer qu'elle me choque, mais genre vraiment. Elle poursuit :

— Tu as été très bien, toi aussi… C'était chouette de te voir heureuse comme ça. Et j'ai adoré ton haut, au fait. Il vient d'où ?

Martha s'est montrée moins gentille. Elle m'a appelée, alors qu'on rentrait du studio.

— C'était quoi, ce bordel ? Tu as fait une greffe de personnalité, ou quoi ? Ils t'ont filé des pilules du bonheur, c'est ça ? C'est un tour de Cynthia ? Et c'était quoi, ce haut, sans dèc' ? La vache ! Ces couleurs ! Tu sais que j'ai l'impression que ma vue a baissé depuis que je l'ai maté…

Ça ne me gênait pas que Martha se moque de moi ; vu la folie des heures précédentes, c'était d'une normalité rafraîchissante. Le seul truc, c'est que je ne pouvais pas trop discuter parce qu'on était en voiture. Maman et papa étaient tout contents de la façon dont l'émission s'était déroulée. « Ça s'est mieux passé que ce que j'aurais cru », avait commenté mon père lorsqu'on lui avait retiré son micro. Laurel se taisait. Les parents ne semblaient rien remarquer, mais je lui ai donné un petit coup de coude en articulant un « tu vas bien ? » muet pendant que maman continuait de parler de Cynthia. Laurel a opiné avant de murmurer qu'elle se sentait seulement fatiguée. Elle a passé le reste du trajet à regarder par la vitre.

On a pris du thaï, en chemin. On avait téléphoné pour commander à une demi-heure de la maison. J'ai demandé à Laurel si elle voulait appeler, mais elle a secoué la tête. Je n'étais pas exactement inquiète. Cela faisait beaucoup à gérer, cette attention, ces nanas hystériques dans le public avec leurs yeux humides et leurs mouchoirs roulés en boule.

À peine papa parti, je suis montée dans ma chambre pour téléphoner à Michel. Je suis incapable d'imaginer ce que ça doit faire que votre existence soit passée sous silence par votre conjoint sur une chaîne nationale. Il semblait exténué. Je sens toujours quand Michel est fatigué parce qu'il fait plus français. C'est le seul moment où il cherche ses mots, ce qui l'énerve carrément. Il est très fier de son anglais parfait.

Je lui ai demandé son avis sur l'émission. Il avait posé une demi-journée de congé pour la regarder. Mais il avait eu une urgence chirurgicale, et avait dû retourner à la clinique. Il l'avait donc ratée, ce qui était mieux ainsi. Il a voulu savoir ce que j'en avais pensé, comment ça s'était passé, avant de sortir qu'il était fier de moi.

— Fier de quoi ?

— D'abord que tu aies participé à cette émission affreuse. Tu n'étais vraiment pas obligée. Personne ne te l'aurait reproché, si tu avais refusé.

Il se trompait sur ce point. Maman ne s'en serait pas privée.

Nous avons continué de discuter encore un peu, à propos du chien de Rhodésie (il allait bien et était sur le point de se remettre complètement) et de l'émission culinaire que nous suivons tous les deux (qui était un peu moins bien dans sa nouvelle formule). C'était agréable de ne pas parler de Laurel. À un moment, Michel a dit bonjour à papa, mais a raccroché seulement lorsqu'il a été sûr que je n'avais plus rien à raconter. Il m'a demandé s'il devait télécharger notre intervention chez Cynthia Day, mais je lui ai suggéré de ne pas perdre son temps avec ça. J'espérais sincèrement que sa curiosité ne l'emporterait pas.

La curiosité m'a emportée *moi*, en revanche. J'ai regardé le DVD de l'émission deux jours plus tard. C'était étrange de constater à quel point elle était différente du souvenir que j'en avais. Tout était un peu trouble, pour commencer. Cynthia insiste sans doute pour que ses rides soient floutées. J'ai trouvé ça terriblement gênant, de me voir – pire encore de m'entendre parler. Au moins, grâce à la super maquilleuse ninja je ne brillais pas comme une ado à la peau grasse. Laurel passait vraiment très bien, même si elle fixait beaucoup la caméra au lieu de Cynthia. On aurait presque cru qu'elle interpellait directement le spectateur, par moments. Pas étonnant que les gens aient l'impression de la connaître.

Ils sont beaucoup à lui avoir envoyé des mails, des cartes, des cadeaux, depuis son retour à la maison. Maman avait créé une boîte postale spéciale, il y a plusieurs années. Heureusement pour nous, la plupart de ces plis atterrissent toujours là. Mais certains débusquent notre adresse. Il faut dire qu'elle n'est pas difficile à dénicher, vu le nombre de séquences tournées sur le pas de notre porte. Google Street View est le meilleur ami du harceleur. Non pas qu'on nous harcèle, mais certaines personnes osent parfois venir jusqu'ici. Laurel a reçu sept demandes en mariage. Quel genre de taré envoie une carte ou un mail pour demander la main d'une fille qu'il n'a jamais rencontrée auparavant ? Trois de ces types ont également transmis une photo. L'un d'eux était torse nu.

Maman ne parle pas de ces fous à Laurel. Elle parcourt les courriers avant de les lui donner. Beaucoup lui offrent encore des ours en peluche, comme s'ils oubliaient que Laurel est désormais une adulte. Au moins, Barnaby a-t-il des copains…

La plupart des lettres expriment exactement la même chose : « J'ai l'impression de te connaître. » Je n'aurais jamais l'idée de contacter une inconnue pour lui balancer un truc pareil. Laurel n'a pas l'air de trouver ça aussi bizarre que moi. Elle estime sympa que les gens se montrent attentionnés. Maman prétend que ceux qui écrivent à ma sœur ont une bonne raison de le faire – un malheur ou un drame, qui les pousse à projeter leurs émotions sur Laurel. Je n'en suis pas convaincue.

Ma sœur a répondu à certaines d'entre elles – un simple petit mot pour remercier leurs auteurs. Maman lui a acheté une centaine de cartes. Elle en a déjà envoyé une trentaine. Ça va lui prendre un temps monstre, à ce rythme. Du coup, hier soir, on a sorti l'ordi pour mettre au point un modèle basique de lettre qu'elle pourra modifier, imprimer, et signer. Elle n'était pas très chaude, au début.

— Mais les gens préfèrent recevoir des réponses manuscrites, non ? C'est plus… personnel.

Mon point de vue a paru l'emporter quand je lui ai rappelé le nombre de lettres qu'elle devait gérer, et qu'elle pourrait copier et coller ce gabarit dans un mail. Nous avons créé deux comptes : un pour traiter les mails qui arrivent chaque jour, et un autre pour les sujets privés. Maman commencera à lui transférer ceux qui ne sont pas louches, agressifs, déstabilisants ou pervers, et elle continuera d'intercepter le courrier de la boîte postale. Heureusement, le déluge se tarira bientôt. L'intérêt baissera, comme toujours.

J'aime l'aider. C'est bon de se sentir utile. Laurel a besoin de moi ; personne n'a jamais eu besoin de moi auparavant. Thomas ne dit jamais qu'il a besoin de moi. Il ne dit jamais *Je ne peux pas vivre sans toi*, ou *Je mourrais si tu me quittais*, ou des trucs irrésistiblement romantiques/trop bizarres que les amoureux sont censés déclarer. Mais je ne lui sors jamais ce genre de choses, moi non plus.

Laurel ne sait pas quoi faire avec son mail perso. Elle n'a personne à qui envoyer des messages.

— Ça viendra, lui ai-je assuré.

Elle a souri, mais j'ai bien vu qu'elle ne me croyait pas. Je me brossais les dents hier soir quand je l'ai surprise plantée sur le seuil de la porte, à me regarder.

— Comment on se fait des amis ?

J'ai craché le dentifrice dans le lavabo et l'ai observé disparaître dans le trou.

— Comment ça ? Je ne comprends pas ta question...

Elle portait son pyjama – un vieux T-shirt à moi sur lequel elle avait flashé, et un bas de pyjama rouge à carreaux. Son visage était démaquillé et ses cheveux remontés en une queue-de-cheval un peu lâche. Elle est plus jolie sans maquillage. Ça la durcit, quand elle en met. Elle a vraiment meilleure mine. Elle était pâle comme un fantôme, à son retour. Elle bronzera sûrement à fond, cet été. Elle ajuste les serviettes suspendues sur le radiateur séchant ; on dirait maman. Telle mère, telle fille, comme on dit...

— Comment on devient ami avec quelqu'un ? Comment est-ce qu'on rencontre des gens avec qui être ami ?

Je m'asperge les joues d'eau froide pour me laisser le temps de la réflexion. Laurel s'interroge sur bien des sujets. J'y réponds toujours du mieux que je le peux. J'ai perdu mon calme seulement une fois, avec elle, alors que j'avais vraiment besoin d'aller aux toilettes et qu'elle insistait pour que je lui explique un truc à propos d'Internet et des moteurs de recherche. Je l'ai rembarrée – rien de méchant ; je lui ai juste demandé s'il était possible qu'elle arrête de poser des questions *toutes les cinq minutes.* Elle a reculé d'un pas et s'est cognée contre la rampe. Pendant une minute affreusement longue, je l'ai imaginée en train de basculer de l'autre côté et se briser la nuque dans l'escalier. Je me suis aussitôt excusée, mais son air affligé a eu du mal à se dissiper. J'ai foncé dans la salle de bains en lui ordonnant de m'attendre à l'extérieur. Mais elle avait disparu, au moment où j'en suis ressortie. Je l'ai trouvée assise par terre derrière la porte de sa chambre. J'ai recommencé à m'excuser, pourtant, elle n'a rien dit. Elle a seulement récupéré l'usage de la parole quand j'ai affirmé que Thomas serait plus à même que moi de parler informatique avec elle. Je pense qu'il était un vrai geek avant de se transformer en poète philosophe. Elle m'a demandé si je pourrais appeler Thomas, et s'est de nouveau excusée de me cribler de questions. Alors je me suis à mon tour excusée, puis nous avons fini par rire, et décidé de ne plus culpabiliser pour tout et n'importe quoi. Maintenant, j'essaie toujours de répondre à chacune de ses interrogations, que ma vessie soit sur le point d'éclater ou non.

Comment devient-on ami avec quelqu'un ? Ce n'est pas un sujet à propos duquel je suis particulièrement douée. Ça allait quand j'étais petite, avant que je me rende compte que les enfants m'adressaient la parole seulement à cause de Laurel. J'ai eu plein de copains jusqu'à l'âge de neuf ans, mais ensuite, les choses ont commencé à changer. Les filles se sont mises à parler dans mon dos et les garçons à m'embêter. Des élèves de ma classe avaient même inventé un jeu où l'une d'elles faisait semblant d'être Laurel qui jouait innocemment dans le jardin devant chez nous (soit un carré d'herbe dans la cour bien éloigné des profs), pendant qu'une autre faisait l'« Ombre » et devait l'approcher en esquivant celles qui jouaient les « Policiers ». Elles m'avaient demandé de participer, une fois – j'avais décliné.

Martha a été ma vraie première amie. Laurel était le cadet de ses soucis, ce qui suffisait pour que je m'intéresse à elle. Elle me faisait rire. Je ne m'étais pas rendu compte à quel point il est important de rire jusqu'à ce que je connaisse Martha. Mon enfance n'avait pas été très rigolarde.

Laurel attendait une réponse.

— Je crois qu'en général, on se fait des amis à l'école. On rencontre quelqu'un qui aime les mêmes choses que soi et on en parle.

Laurel avait seulement passé un an à l'école avant qu'on l'arrache à sa famille.

— Je suppose que c'est pareil quand on quitte le lycée. On se met à fréquenter des gens qui ont les mêmes hobbys que nous, par exemple. Ou sur Internet. Une nana du bahut a rencontré sa meilleure amie *et* son mec grâce à un forum sur son groupe préféré.

Là-dessus, j'ai évidemment dû expliquer ce qu'étaient les forums sur Internet. Je n'ai pas mentionné qu'il en existait un grand nombre sur elle. Ils ont d'abord été tous dédiés à son enlèvement et à la résolution du « crime qui avait choqué la nation tout entière ». Mais ils se sont diversifiés lorsqu'elle est rentrée à la maison. J'en ai découvert un l'autre jour entièrement consacré à ses vêtements. Des personnes avaient posté des photos d'elle en les accompagnant de commentaires du genre « Les différents styles de la ravissante Laurel Logan ». N'ont-elles vraiment rien de mieux à faire dans leur vie ?

— J'aimerais avoir des amis.

Laurel n'a pas dit ça pour s'apitoyer sur elle-même. Elle a prononcé ces paroles comme j'aurais déclaré que je prendrais bien un biscuit avec mon thé.

— Tu as des amis. Tu m'as moi…

Elle a secoué la tête.

— Ce n'est pas pareil.

— Tu as Thomas et Martha.

— Ce sont *tes* amis.

— Et les tiens aussi, maintenant.

Laurel n'en était pas convaincue : elle se demandait s'ils l'appréciaient. Évidemment qu'ils l'appréciaient, lui ai-je répondu. J'ai promis à Laurel qu'elle aurait plein d'amis. Qu'il fallait juste qu'elle se montre patiente. Et qu'elle devrait faire attention avant d'accorder sa confiance parce qu'elle était Laurel Logan, la Fille Qui Était Rentrée Chez Elle. Que ça lui réclamerait du temps de repérer ceux qui s'intéresseraient à elle pour de mauvaises raisons. Mais je serai là pour veiller sur elle. Je ne laisserai personne profiter d'elle.

20.

Thomas et Laurel sont assis côte à côte à la table de la cuisine. Leurs épaules se touchent presque. Il lui explique un truc super chiant à propos d'Internet pendant qu'il tape sur le clavier de mon ordi portable. Laurel boit ses paroles. Elle approuve et pose des questions. Thomas adore ça ; les garçons aiment *étaler leurs connaissances.*

Je leur ai préparé du thé et j'ai même mis des biscuits sur une assiette. Depuis, j'ai eu le temps de lire la partie magazine du journal du dimanche, deux chapitres du nouveau Stephen King, et un article sur Laurel que j'ai téléchargé sur mon téléphone. Le journaliste s'extasie sur sa « performance » au *Cynthia Day Show.* Je déteste qu'il emploie le terme « performance ». Je parlerais plutôt de « prestation ».

C'est comme si je n'arrivais pas à me détendre. Ça me paraît bizarre de ne pas être chez Michel et papa. Ils sont partis quelques jours en France. Ils ont prévu de rester pour le week-end à Paris avant d'aller voir ma grand-mère à Nice. Je pense que c'est bon pour eux de prendre l'air. Avec de la chance, papa s'occupera un peu plus de Michel qu'il ne l'a fait récemment. Il est sans arrêt fourré à la maison. Chaque fois que je lui demande où est son compagnon, il me répond qu'il est au boulot ou qu'il est sorti avec des amis. Selon papa, Michel se porte comme un charme. Il aurait seulement un emploi du temps super chargé. Et d'après Michel lui-même, c'est effectivement le cas. Il prétend que ça ne le gêne pas, qu'il comprend que mon père privilégie Laurel.

Martha m'envoie un texto pour savoir si ça me dirait de la rejoindre en ville. Je m'apprête à écrire que je ne peux pas avant de me raviser, et de lui proposer de m'attendre au Caffè Nero dans une demi-heure. Thomas paraît paniquer quand j'annonce que je sors.

— Mais... mais... je croyais qu'on allait...

Il ne termine pas sa phrase, parce qu'il ne peut pas balancer qu'il pensait qu'on aurait un moment « rien que tous les deux » après.

Nous n'avons pas recouché ensemble depuis la veille du retour de Laurel à Stanley Street. Nous n'avons même pas eu de rendez-vous en face à face. Il est franchement patient – il comprend que Laurel soit ma priorité. Mais je sais parfaitement que sa patience a ses limites. Nous aurons vraiment besoin de nous retrouver tout seuls bientôt. Avant son anniversaire, c'est clair. Et pas dans sa camionnette.

J'attrape mon manteau suspendu dans le couloir de l'entrée quand je me rends compte que Laurel n'a peut-être pas envie d'un tête-à-tête avec Thomas. Elle l'a seulement vu deux fois. Elle le connaît à peine. Je me gifle intérieurement de ne pas y avoir pensé.

— Laurel ? Tu peux venir une seconde ?

Elle s'avance sur le seuil de la porte du salon.

— Est-ce que… Je peux rester, si tu préfères. Je ne suis pas obligée d'y aller. Je n'ai pas réfléchi au fait que…

Elle semble confuse durant un instant, jusqu'à ce qu'elle comprenne.

— Non, vas-y. C'est bon. Sûr. C'est bon. (Je la scrute de plus près pour cerner si elle ment.) Je ne suis pas en sucre, tu sais ! ajoute-t-elle en souriant.

— Bien sûr. Excuse-moi. Je pensais juste que… Tu ne t'es pas retrouvée seule avec un…

— *Ne fais pas ça.*

Son ton est implacable. Elle pose la main sur mon bras pour essayer de me rassurer.

— Faith, ça roule. Sincèrement, OK ? (Elle jette un regard par-dessus son épaule, puis se retourne vers moi avant de murmurer :) Je l'aime bien. Je lui fais confiance.

— Pourquoi ?

Elle se met à rire comme si cette question était stupide.

— Parce que tu lui fais confiance !

J'ai dit à Laurel de m'envoyer un SMS si jamais elle avait envie que je rentre. Elle a haussé les yeux au ciel en lançant un « Oui, *maman* ! » avant de me prendre dans ses bras et de me souhaiter de passer du bon temps avec Martha.

Sauf que je ne m'amuse pas du tout. Les choses démarrent aussitôt mal, lorsque Martha m'explique que la serveuse m'a reconnue et qu'elle voudrait un autographe.

— N'importe quoi ! Tu mens.

J'ose un petit coup d'œil à la fameuse nana. Elle aligne des muffins sur l'étagère en haut de la vitrine.

— Ne la mate pas ! Elle va comprendre qu'on parle d'elle !

J'ignore Martha. La fille ne regarde pas vers nous – pas une seule fois.

— Trop drôle, Martha ! Non, vraiment.

— Je ne mens pas ! Elle m'a même demandé si j'avais rencontré Laurel. Je lui ai répondu de s'occuper de ses affaires… mais seulement après qu'elle m'a apporté mon café, bien sûr. Je ne voulais pas retrouver de la bave dans mon *latte.* Écoute, tu vas devoir accepter la réalité : tu es célèbre, maintenant.

Elle a beau boire son fameux *latte* à petites gorgées, son sourire narquois ne m'échappe pas. En général, je me fiche que Martha se paie ma tête, sauf que je ne suis pas d'humeur, aujourd'hui.

La situation empire un peu plus lorsque je lui annonce que j'ai laissé Thomas et Laurel seuls à la maison. Elle ne commente pas, mais hausse les sourcils et écarquille les yeux.

— *Quoi ?* fais-je.

Martha découpe un morceau de muffin à la myrtille qu'elle engloutit, et esquisse un geste de la main pour signifier qu'elle ne peut pas parler, parce qu'elle a la bouche pleine. J'attends, avec une certaine impatience, qu'elle sorte ce qu'elle a sur le cœur avant de répéter ma question.

— Rien ! répond-elle avec un air parfaitement innocent. Rien du tout… Vraiment. C'est juste que si j'avais un mec comme Thomas – et une sœur comme Laurel –, je ne…

Martha n'a jamais eu de petit ami.

— Quoi ? Tu veux bien arrêter ton charabia !

Elle hausse les épaules avant de reprendre une gorgée de café. Elle ignore à quel point elle me tape sur les nerfs.

— … je n'aurais sûrement pas envie de les laisser seuls tous les deux.

J'étais sûre qu'elle dirait ça, même si ça reste difficile à entendre. Ce ne sont pas ses propos en eux-mêmes qui me gênent, mais le fait qu'ils viennent d'elle. Exactement le genre de truc crétin que Laney Finch pourrait balancer.

— *Quoi ?*

— C'est toi qui m'as demandé ! J'essayais seulement de répondre honnêtement.

Elle me dévisage comme si j'étais celle qui avait débordé. Elle décide d'atténuer ses paroles.

— C'était débile de ma part de t'asséner ça. Excuse-moi. Je suis désolée. Je n'ai pas réfléchi avant de parler. Bien sûr que c'est normal de…

— Qu'est-ce qui ne va pas chez toi ? Tu crois vraiment que Thomas pourrait sauter sur ma sœur après tout ce qu'elle a vécu ? Putain, Martha !

Je m'aperçois, mais trop tard, que je parle trop fort. Les gens nous regardent – dont la fille derrière le comptoir.

Martha semble sidérée par ma réaction.

— Ce n'est pas ce que je… Écoute, changeons de sujet. C'est vraiment trop con.

— C'est toi qui as commencé.

D'habitude, elle aurait balancé un machin sarcastique – que j'ai le talent d'argumentation d'un gamin de cinq ans –, mais aujourd'hui, elle se contente de me présenter ses excuses. Je les accepte, puis nous essayons de passer à autre chose.

Sauf que je n'ai rien à dire, bizarrement. Je suis toujours furieuse après elle. L'idée qu'il y ait quelque chose entre Thomas et Laurel est tellement ridicule qu'elle n'aurait pas dû me blesser. J'aurais dû en rire. Mais pour une raison quelconque, elle s'est plantée dans un coin de mon cerveau comme une petite écharde bien énervante. Je lève la tête pour jeter un coup d'œil à Martha, qui m'observe en retour, dans l'expectative. De quoi parlons-nous, habituellement ? Je l'ignore. Je ne parviens plus à choisir un sujet de conversation qui ne tourne pas autour de Laurel.

— Heu… Comment ça se passe pour ta mère, son nouveau boulot ?

Un rapide examen du visage de Martha me suffit à me rendre compte que je n'ai pas opté pour la bonne question. Elle repose sa tasse.

— Elle a été licenciée pour problèmes économiques le mois dernier.

— Le mois *dernier* ? Pourquoi tu ne m'as pas prévenue ?

— J'en sais rien. Je pensais le faire, mais tu étais super occupée avec Laurel, tout ça. Je t'avais dit qu'elle avait rendez-vous avec son patron, tu te rappelles ?

— Non, absolument pas.

Est-ce qu'elle l'a fait ? Peut-être. La veille du retour de Laurel… Par texto…

— Écoute, je n'ai pas envie de m'engueuler avec toi, Faith. Tu as eu beaucoup de choses à gérer récemment, et je le comprends. Je ne t'en veux pas.

Pourquoi le fait que Martha assure qu'elle ne m'en veut pas me donne la sensation inverse ?

— Je suis désolée.

M'excuser semble le meilleur moyen de désamorcer la situation.

Martha termine son *latte.*

— C'est bon. Thomas a vraiment été super sympa.

J'ai l'impression de me prendre une vraie douche froide. Les gens disent toujours que la colère brûle, mais pour moi, elle est plutôt glaçante.

— Tu en as discuté avec Thomas ?

Ces mots ont eu terriblement de mal à sortir. C'est comme si ma mâchoire était bloquée.

Martha hausse les épaules. Elle cherche à me mettre en rogne ou quoi ?

— Ben ouais. Il fallait bien que je le raconte à quelqu'un.

— Et il fallait forcément que ce soit à mon mec…

Un autre haussement d'épaules. Martha scrute alors le mur à côté de nous, visiblement captivant.

J'attrape mon téléphone et le fourre dans mon sac.

— Écoute, je vais rentrer.

Martha m'observe. Je crois qu'elle aimerait s'excuser, pendant une seconde, mais non.

— Depuis quand ça te gêne que je parle avec Thomas ? Tu es vraiment bizarre, Faith…

Je me lève avant de contempler Martha. Ses cheveux sont complètement emmêlés. Elle pourrait franchement se passer un coup de brosse de temps en temps. Et peut-être qu'elle devrait se dégoter un copain au lieu de m'emprunter le mien. J'ai envie de lui dire d'aller se faire foutre. Qu'elle n'a pas la moindre idée de ce que je traverse, et que oui, sa vie m'intéresse et que ça me préoccupe que sa mère ait perdu son boulot.

— On se voit au bahut.

Je n'ai rien d'autre à ajouter.

— Parfait.

Elle attrape son téléphone et commence à faire semblant de regarder quelque chose.

Je sors du café le plus dignement possible. Ce n'était pas vraiment une engueulade. Il n'y a pas eu de larmes, pas de vrais jurons, pas d'insultes à proprement parler, mais c'était quand même ma première dispute avec Martha. Pourquoi a-t-il fallu qu'elle ait lieu maintenant ? Alors que les choses se passent tellement bien avec Laurel ?

21.

Je ne suis pas jalouse que Martha discute avec Thomas. Absolument pas. J'ai toujours été contente qu'ils s'entendent bien, parce que ça me facilite l'existence. Mais l'idée qu'elle se confie à lui me paraît étrange. Ce n'est pas tout à fait normal. Ils peuvent parler de bouquins, de films, des gens du bahut, mais pas de trucs qui *comptent* vraiment.

Je comprends vite que j'éprouve davantage de culpabilité que de jalousie. J'ai consacré très peu de temps à Martha depuis que Laurel a réapparu. C'est comme si j'avais oublié que les autres ont une vie, eux aussi – que le monde entier ne tourne pas autour de Laurel et de moi. Bien sûr, j'aurais dû penser à prendre des nouvelles de la mère de Martha. Je savais à quel point elle s'inquiétait pour elle.

Mais peut-être que Martha n'avait pas à me sortir cette phrase débile, que je n'aurais pas dû laisser Thomas et Laurel seuls ensemble. Même si elle a juste balancé ça comme ça. Il n'aurait pas fallu relever. C'est ainsi qu'on se comporte entre meilleures amies, non ? On se pardonne nos erreurs respectives. Depuis quand l'ai-je oublié ?

Une réflexion troublante pointe au fond de mon esprit. Je sens aussitôt qu'elle m'asticotera, même si je fais le maximum pour l'ignorer. Tout dans ma conversation avec Martha s'est mal passé. C'est comme si je ne savais plus être une amie. Pareil avec Thomas ; j'ai l'impression de ne plus savoir comment être sa copine.

Il n'y a plus qu'une chose que je sache être : une sœur.

J'envoie un texto à Martha dans le bus : Je suis désolée d'avoir été nulle ces derniers temps. Essayons de ne pas nous engueuler. On n'est vraiment pas douées pour ça.

Elle ne se manifeste pas immédiatement. Je ne lui en veux pas de me laisser mariner. Je ferais la même chose, à sa place. Je descends du bus quand elle répond enfin : Je suis désolée aussi. J'aurais dû te prévenir pour ma mère. Meilleures amies ?

Je souris. Martha ne dirait jamais, mais vraiment jamais « meilleures amies » habituellement – à part pour se moquer de quelqu'un.

Je renvoie un Toujours. Son Tip top !!! met un terme à notre échange.

Son *Tip top !* était certes sarcastique, mais les sentiments demeurent. C'est l'essentiel.

Les camions de presse sont partis depuis plusieurs semaines. Cette histoire est terminée, pour ce qui les concerne. Une histoire bien emballée, avec un joli nœud à pois sur le dessus. Naturellement, je sais qu'ils pourraient revenir, qu'ils rappliqueraient direct au premier rebondissement. Quand la police coincera ce monstre, par exemple. Parce qu'elle finira par le faire ; il ne pourra pas se cacher éternellement.

En attendant, les voisins sont contents d'avoir récupéré leurs places de stationnement, et je suis ravie de pouvoir me balader dans ma propre rue sans avoir à me soucier de ma coiffure ou du haut que je porte.

Des rires fusent dans le salon. Je pensais trouver Thomas et Laurel là où je les ai laissés – installés dans la salle à manger –, mais ils sont affalés sur le canapé. L'ordinateur et les tasses de thé ont été délaissés, ainsi que les biscuits qui reposent, intacts, sur leur assiette. Quatre bouteilles de bière sont alignées sur la table basse, à côté d'un sachet de chips. Un film passe à la télé. Je ne le resitue pas instantanément, mais un acteur sort soudain quelque chose en français, et je le remets alors : c'est *Trois Couleurs : Rouge.* Le préféré de Thomas.

Je reste plantée sur le seuil de la porte durant quelques secondes lorsque Thomas pivote vers moi.

— Salut ! Tu rentres tôt…

Il se redresse comme si je lui avais ordonné de se tenir mieux, alors que je n'ai pas ouvert la bouche.

Laurel tapote de la main l'espace à côté d'elle sur le canapé – celui entre Thomas et elle – en disant que je devrais venir m'asseoir. Elle me demande si j'ai passé un chouette moment avec Martha, si j'aimerais boire une bière, et si je connais ce film. Il semblerait que Thomas ait oublié de lui expliquer qu'on avait été le voir au début de notre relation.

— J'ai envie d'une tasse de thé. Vous voulez quelque chose ?

Laurel prend une grande gorgée de bière.

— Non, merci. C'est bon pour moi.

Thomas fait non de la tête. Il me scrute comme s'il essayait de déterminer ce que je ressens. Je lui tourne le dos et vais dans la cuisine. Il me rejoint une minute plus tard, pile au moment où j'allume la bouilloire. Il ferme la porte derrière lui.

— Hé…, lance-t-il en s'appuyant contre le bar.

— Hé.

— Tu m'en veux ?

— Pourquoi je t'en voudrais ?

J'attrape ma tasse dans le placard, puis ouvre le pot en céramique dans lequel on range les sachets de thé. Thomas hausse les épaules. Les miennes se raidissent aussitôt. Si quelqu'un hausse une autre fois les épaules à mon attention, je ne sais vraiment pas de quoi je serai capable.

— Je n'en sais rien. C'est juste que tu sembles… contrariée.

— Tu te trompes.

— Très bien, répond-il d'un ton si-tu-le-dis carrément sarcastique. Comment va Martha ?

Je m'éloigne pour aller chercher du lait dans le frigo. La brique est quasiment vide. On avait toujours plein de lait, avant, mais maman a encore du mal à gérer les courses, maintenant qu'on est trois à la maison. Je verse les dernières gouttes dans ma tasse, même s'il n'y en aura jamais assez.

— Faith ? Je t'ai posé une question.

Thomas déteste qu'on l'ignore. Il estime que tout ce qu'il dit est important et qu'on devrait l'écouter avec le plus grand sérieux.

— Et moi j'aimerais savoir quelque chose. Pourquoi tu ne m'as pas dit que la mère de Martha avait perdu son boulot ?

Il ne s'attendait visiblement pas à ça.

— De quoi tu parles ?

— Ma question est très claire, il me semble.

Je prends une cuillère à thé dans le tiroir – celle qui ne fait pas partie du service. Je l'utilisais toujours pour manger mes œufs à la coque, avant, parce que j'étais désolée pour elle. J'avais peur qu'elle se sente seule. L'étrangère parmi les autres couverts…

— Martha te l'a dit, pour sa mère, et tu n'as même pas pensé à me prévenir. Je te demande pourquoi.

— Je n'en sais rien. Je croyais que tu étais au courant.

— Eh bien, ce n'est pas le cas.

L'eau bout. J'en verse dans ma tasse, mais trop vite. Une partie se renverse sur le bar. Thomas attrape aussitôt un torchon pour essuyer. Je mets le sachet à infuser quelques secondes en m'assurant que sa couleur soit parfaite malgré les circonstances.

Le thé est enfin prêt. Je n'ai plus de quoi m'occuper.

— Faith ? Qu'est-ce qui se passe ? (Le ton de Thomas est doux, apaisant.) Ça t'embête que je regarde *Rouge* avec Laurel, c'est ça ?

Oui, ça m'embête. Ce film a toujours été notre truc à nous. On a dû le voir huit fois.

— Non, je ne suis pas énervée à cause de ça. Par contre, je trouve que tu ne devrais pas la laisser boire.

Thomas vient poser sa main sur ma nuque. Comme toujours, la magie de ses doigts opère aussitôt. J'ai presque oublié ce que ça faisait quand il me touche.

— Elle a dix-neuf ans, Faith. En plus, c'était son idée.

Je m'écarte.

— Tu lui as montré les trucs informatiques qu'elle voulait savoir, au moins ?

Thomas opine.

— Ouais. Elle a pigé super vite. Elle est douée.

Thomas tourne la tête vers la porte close comme si elle avait pu devenir transparente en deux minutes.

— Je peux avoir un baiser ?

Je n'ai vraiment aucune envie de l'embrasser. J'aimerais aller me mettre dans une pièce au calme avec ma tasse de thé et ne plus parler à un être humain jusqu'à demain. Au plus tôt.

— OK.

Il sourit. Il est soulagé, ça se voit. Il n'y a pas de problème, puisque je lui rends son baiser. Il se penche vers moi. L'odeur des Doritos au fromage m'agresse les narines. Je compte jusqu'à dix – lentement – pendant que nous nous embrassons. Je ne voudrais pas m'écarter trop vite. Après tout, c'est le seul truc intime auquel il a eu droit depuis des semaines.

Nous regardons la fin du film. Je suis assise sur le canapé entre Laurel et Thomas – Laurel a vraiment insisté. Elle a dit qu'elle prendrait bien une autre bière, mais je lui ai conseillé d'éviter, du coup, elle s'est abstenue.

Soudain, le canapé paraît beaucoup trop petit.

22.

Ce n'était qu'une perturbation passagère. Un mauvais jour. J'avais dû me lever du pied gauche ou un truc du genre. Tout se déroule bien au bahut, le lendemain. Martha, Thomas et moi déjeunons ensemble. Thomas monopolise la conversation. Il nous parle d'un poète péruvien qui vient de mourir. Par moments, j'en arrive à penser qu'il fouille Internet de fond en comble, histoire d'y trouver les auteurs les plus obscurs juste pour étaler sa culture. Sauf que, cette fois, Martha le connaît, elle aussi. Soulagée de voir les choses rentrer dans l'ordre, et que personne n'évoque l'étrange journée de la veille, je me mets à discuter avec eux.

Je ne parviens pas à me débarrasser de l'idée que Martha et Thomas ont dû s'appeler hier soir, pour confronter leurs points de vue. Si tel est le cas, il n'y a pas grand-chose que je puisse faire. Je devrais être ravie que mon mec et ma meilleure amie s'entendent bien. Et je le *suis.* La situation redevient peu à peu normale, maintenant que Laurel commence à s'adapter. Bientôt, elle aura moins besoin de moi, et même plus du tout d'ici quelque temps. Et ce sera parfait. Parce que c'est notre objectif à tous : la normalité. Nous sommes sur la bonne voie, lentement, mais sûrement. L'autre nuit, Laurel et moi avons eu un désaccord à propos de ce que nous voulions regarder à la télé. Rien de sérieux. Je l'ai laissée gagner, à la fin. Mais maman nous a observées attentivement pendant ce temps-là. Elle ne semblait pas embêtée comme on aurait pu s'y attendre, et elle ne m'a pas ordonné non plus de passer la télécommande à Laurel et d'arrêter ça. Elle souriait juste.

— On peut savoir ce qui te fait marrer ? ai-je asséné d'un ton cassant.

Ma question l'a fait sourire un peu plus.

— Rien, a-t-elle répondu, tâchant de camoufler son amusement en se concentrant sur le programme.

— Allez, explique-nous ! a lancé Laurel.

Là-dessus, nous avons dévisagé notre mère jusqu'à ce qu'elle cède.

— Rien ! Ça me fait super plaisir de vous voir vous chamailler comme ça. On dirait moi et votre tante Eleanor au même âge.

— Et… ? ai-je demandé.

Le sourire de maman s'est effacé, après ça.

— Eh bien, je n'aurais jamais cru que… Ce que je veux dire, c'est que j'ai toujours espéré que… C'est juste tellement agréable de vous voir vous comporter comme deux sœurs ! J'en ai rêvé toute ma vie.

Là, elle a fondu en larmes en certifiant que tout allait bien. Laurel et moi nous sommes regardées en souriant. Je lui ai tendu la télécommande. Elle a éteint la télé, puis je me suis assise à côté de maman pour la prendre dans mes bras. Laurel m'a imitée. Ensuite, notre mère nous a serrées contre elle. On est restées comme ça un long moment. Le canapé faisait de nouveau la bonne taille.

Je sais qu'il se passe quelque chose à la seconde où je pénètre dans la maison. Les parents et Laurel sont installés autour de la table de la salle à manger. Papa était censé venir plus tard. Maman les a invités à dîner Michel et lui (c'est seulement parce que je lui ai tellement cassé les pieds qu'elle a cédé). De mon point de vue, ce sera notre premier *vrai* repas en famille.

Je contemple les visages autour de la table, à la recherche de réponses. Maman et Laurel ont l'air d'aller ; papa beaucoup moins. Je balance mon sac sur le canapé avant de me laisser tomber sur la chaise libre. Il n'y en a que quatre. Il faudra aller en chercher une dans la cuisine pour Michel, tout à l'heure.

Je demande ce qu'il se passe quand un curieux flashback me traverse soudain l'esprit : le moment où mon père et ma mère m'ont annoncé qu'ils se séparaient. Ils m'avaient fait asseoir à cette même table, dans une maison différente, et chacun d'eux m'avait parlé sur un ton sympathique et doux. (On tient encore beaucoup l'un à l'autre, oui beaucoup. Et on t'aime toujours autant. Il ne faut vraiment pas t'inquiéter.)

Maman déclare que rien de grave n'est arrivé, mais papa hausse les sourcils comme s'il ne partageait pas complètement son point de vue. Laurel m'adresse un clin d'œil, ce qui me rassure mille fois plus que l'intervention de ma mère. J'attends que quelqu'un veuille bien m'expliquer le problème.

Maman regarde papa, qui secoue la tête, les mains levées en signe de reddition.

— Je n'ai rien à voir là-dedans.

Maman esquisse une moue avant de se tourner vers moi.

— Laurel et moi avons eu un rendez-vous ce matin. (Personne ne m'a parlé de ça.) Avec un éditeur. On nous a fait une proposition.

— Ah oui ? Quel genre ? fais-je, même s'il n'y a pas dix mille possibilités.

— Un projet de livre. Ils sont prêts à mettre beaucoup d'argent sur la table.

— Ils te proposent d'écrire un bouquin ? dis-je à Laurel.

Ma sœur ouvre la bouche pour répondre, mais maman ne lui en laisse pas le temps.

— Ils aimeraient qu'on écrive un livre tous les quatre. (Elle pose une main sur la mienne.) En famille.

— Ouais, eh ben, c'est louche, leur truc.

— L'éditrice assure que ce sera le premier de ce style. Révolutionnaire, pour reprendre ses termes.

Je remarque que maman a dit « sera » et pas « serait », comme si l'accord était déjà conclu. Vu la mine déconfite de papa, il comprend visiblement la même chose que moi.

— Bien sûr, l'essentiel du texte sera sur Laurel, mais ils souhaitent publier l'histoire dans son ensemble – comment ça s'est déroulé pour chacun d'entre nous. Ils auraient l'auteur idéal pour le projet. Ils voudraient sortir le livre pour Noël.

— Et qu'est-ce qui leur fait croire que quelqu'un achètera un bouquin sur nous – pardon, sur Laurel – à Noël ? Ne le prends surtout pas mal, Laurel.

Ma sœur reste assise là en silence.

— Je partage complètement ce point de vue ! lance papa avec un air triomphant.

Maman soupire de lassitude.

— Vous êtes trop cyniques, vous deux. C'est le livre parfait pour les fêtes. Il parlera d'espérance !

— De toute façon, poursuit papa, c'est une décision familiale. J'ai déjà donné mon avis sur la question. Je suis sûr que les gens doivent en avoir plus qu'assez de nous. Il est temps de passer à autre chose. (Il jette un coup d'œil à Laurel, dont le visage est étrangement inexpressif.) Mais j'ai accepté de me plier à votre décision, ajoute-t-il avant de nous observer tour à tour Laurel et moi.

C'est vraiment le style de mon père, de choisir la voie la plus facile pour s'en tirer.

— Alors, Faith ? Qu'est-ce que tu en dis ?

Maman a les yeux écarquillés d'espoir, alors qu'elle sait très bien ce que je vais sortir.

— C'est une très mauvaise idée…

J'ai pratiquement l'impression de lire dans les pensées de papa : *Ça, c'est ma fille !*

Maman balance un petit regard à ma sœur avant de s'adresser à moi.

— Pourquoi ? Tu ne crois pas que ce serait important de raconter notre version de l'histoire ?

— Heu… Mais il y a des années que tu le fais.

Ces propos semblent pires exprimés à voix haute que dans ma tête. De sorte que je les reformule.

— C'est juste que je ne saisis pas l'intérêt de ressasser tout ça. De continuer d'en parler. C'est du passé.

Le silence retombe autour de la table. Je fixe la tasse vide devant Laurel – celle avec mon nom dessus. Je ne sais pas pourquoi elle la préfère à celle que je lui ai achetée.

— Faith n'a pas tort, Olivia.

— Oui, je sais qu'elle n'a pas tort. Merci beaucoup pour cet éclairant constat, John…

Papa lève les mains comme si quelqu'un pointait une arme sur lui.

— Waouh ! Ce n'est pas la peine de le prendre sur ce ton !

Maman soupire avant de se laisser retomber contre le dossier de sa chaise.

— Nous devons penser à l'avenir de Laurel. La somme d'argent qu'ils ont avancée pourrait réellement l'aider à s'installer dans la vie.

J'aimerais vraiment qu'ils évitent de parler de Laurel comme si elle n'était pas là. Sauf que c'est un peu comme si elle n'était pas là. Elle ne réagit à aucun de nos propos. Elle ne semble pas non plus ennuyée que les parents se disputent, ce qui me fait accroire qu'ils devaient déjà s'engueuler avant mon arrivée.

— Et tu recevrais de l'argent, toi aussi, Faith.

Je n'avais pas réfléchi à ça. J'ignore pourquoi, mais j'imaginais que Laurel toucherait l'intégralité du montant. Je me demande combien… non. Rien ne mérite ce genre d'intrusion dans notre intimité. Je me lève. Maman m'ordonne de me rasseoir, mais je l'ignore.

— J'aimerais juste vivre une vie normale sans que la terre entière vienne mettre le nez dans nos affaires.

Faites comme vous le sentez, tous les trois, mais il n'est pas question que je me retrouve embarquée là-dedans.

J'attrape mon sac sur le canapé et quitte la pièce. Maman et papa me somment aussitôt de revenir, pourtant, je ne cède pas. Une fois à l'étage, je claque la porte de ma chambre avant de m'effondrer sur le lit.

Est-ce qu'il en sera toujours ainsi ? Pourquoi est-ce que les gens ne nous laissent pas tranquilles ? C'est comme si chacun voulait sa part de gibier, et que maman soit ravie de le leur servir légèrement sauté, et accompagné d'une béarnaise maison, par-dessus le marché…

Je m'attends à ce qu'on frappe à la porte d'un instant à l'autre ; papa, peut-être, pour me dire à quel point il est fier que je m'oppose à ce merdier. Maman, qui viendrait s'excuser et m'annoncer qu'elle s'est ravisée, que cette histoire de livre est vraiment trop nulle. Ou bien Laurel. Je n'ai aucune idée de ce qu'elle pourrait débiter. Sauf que personne ne monte. Du coup, je finis par prendre un bouquin, et commence à lire. Le temps s'écoule. Lentement.

23.

Je m'éclaircis la voix.

— Tu peux me passer le sel, s'il te plaît ?

Maman ne bouge pas, alors que la salière est juste à côté d'elle. Michel tend le bras par-dessus la table malgré la flamme brûlante de la bougie. Il l'attrape et la pose devant moi.

— *Merci*, dis-je à voix basse.

Pauvre Michel. Il ne sait pas dans quoi il s'est fourré. À moins que papa l'ait appelé pour le prévenir. Personne n'a plus parlé de la proposition de bouquin depuis que j'ai brutalement mis un terme à la conversation. Ce n'est pas comme si un éléphant traversait la pièce, mais une baleine bleue en proie à des difficultés respiratoires.

Il y a plein de silences maladroits. Michel fait de son mieux pour y remédier, mais la bataille semble perdue d'avance. Il a déjà complimenté ma mère cinq fois à propos du repas – une épaule d'agneau rôtie.

Papa en est à son troisième verre de vin. Maman déclare que ce serait sympa d'en laisser pour les autres, mais il l'ignore et se ressert. Le verre est tellement rempli qu'il doit le porter très lentement à sa bouche pour ne pas en répandre sur la nappe immaculée.

Laurel a à peine grignoté. Maman l'a remarqué ; elle lui jette sans arrêt des coups d'œil de biais. Laurel déplace les aliments avec son couteau et sa fourchette comme si elle pouvait tromper son monde.

— Tout va bien, chérie ? Tu n'as pas faim ? Je peux te préparer autre chose, si tu préfères.

Maman n'arrête pas de s'inquiéter pour Laurel. Elle ne peut pas lui foutre la paix une seconde ?

— Non, c'est très bon, merci, assure Laurel.

Laurel mange un bout de pomme de terre. Notre mère cesse aussitôt de la surveiller comme le faucon un lapin pour se concentrer sur son assiette.

Michel commence à nous expliquer qu'un type est venu à la clinique avec des bébés tortues dans les poches de son manteau. Laurel sourit poliment, et rit même un peu. Papa boit une autre gorgée de vin.

Nous en sommes au dessert – de la mousse au chocolat servie dans de petites tasses à café… quand maman craque.

— Écoutez, nous devons régler ça. Zara – c'est l'éditrice, une femme vraiment charmante, d'ailleurs – aimerait notre réponse pour demain.

Michel ne demande pas de quoi elle parle. Mon père a dû le mettre au parfum. Tous m'observent.

— Quoi ? Qu'est-ce qu'il y a ? J'ai dit ce que j'en pensais. Écrivez le livre sans moi – les gens se foutent complètement de ce que je pourrais bien avoir à raconter, de toute manière.

Maman s'essuie les commissures des lèvres avec sa serviette.

— Tu te comportes vraiment de façon très égoïste.

Papa se penche en avant.

— Hé, attends une minute, Olivia. Ce n'est pas juste. Faith a le droit d'avoir son opinion à ce sujet. Certaines personnes sont simplement plus… pudiques que d'autres.

— Oui, eh bien, c'est sûrement parce que *certaines personnes* ont des raisons de l'être, lui assène maman d'un ton cassant en jetant sa serviette sur la table.

— Qu'est-ce que ça signifie ?

Le visage de papa est écarlate. J'ignore si c'est parce qu'il est en colère, saoul, ou les deux.

— Tu sais parfaitement ce que ça signifie.

— Comment oses-tu ? Après tout ce que j'ai subi avec la presse…

Il secoue la tête de dégoût.

La discussion est complètement en train de déraper. Il faudrait que quelqu'un se lève et balance quelque chose. Michel serait sans doute l'homme de la situation, mais il se montre toujours extrêmement prudent en présence de ma mère.

J'essaie d'inventer quelque chose pour désamorcer la crise.

— Est-ce que l'un de vous deux a au moins pris la peine de demander à Laurel ce qu'elle souhaite ?

Un petit sourire monte aussitôt aux lèvres de maman ; je comprends soudain que je viens de commettre une grosse erreur. Elle veut le faire ; Laurel désire qu'on écrive ce satané bouquin…

— Laurel ? Pourquoi tu ne répètes pas à Faith ce que tu nous as expliqué tout à l'heure ?

Laurel boit une gorgée d'eau. Elle n'a pas touché son verre de vin ; ça me surprend que papa n'en ait pas versé le contenu dans le sien (désormais vide). Laurel a les mains posées sur les genoux. On pourrait croire qu'elle prie, si elle n'avait pas les yeux ouverts. La mousse au chocolat devant elle est intacte hormis une minuscule cuillerée. Les lèvres de ma sœur sont parfaitement serrées comme si elle avait peur que quelqu'un la force à manger.

— Laurel ?

— Laisse-la tranquille, Olivia.

— Est-ce que vous pourriez arrêter de vous disputer, s'il vous plaît ? supplie Laurel à voix basse.

Tout le monde l'a entendue, pourtant.

Les parents s'excusent, et Michel me lance un coup d'œil indéchiffrable. Laurel me regarde, elle aussi.

— C'est bon. Tu peux me dire la vérité.

— Je souhaite accepter ce projet. Et j'aimerais qu'on écrive ce livre ensemble.

Je m'attends presque à ce que maman lui en tape cinq et qu'elle se lève pour faire une petite danse de la victoire autour de la table. Mais ma mère n'a jamais dû taper dans la main de qui que ce soit. Et elle ne danse jamais non plus.

— Pourquoi ?

C'est une question simple, que notre mère n'a pas dû prendre la peine de poser, j'en suis certaine.

Laurel se met à fixer la lampe au-dessus de nous – celle qui ressemble à une soucoupe volante tout droit sortie d'un film des années 1970 et que maman parle de changer depuis qu'on a emménagé ici. La dernière fois qu'on en a discuté, elle a dit que « l'idée faisait son chemin ». Comme un champignon qui pousserait... Beurk !

Le silence s'éternise ; c'est à se demander si Laurel ne serait pas dans une sorte de transe, à force de fixer cette horrible lumière.

— Laurel ?

Je tends le bras par-dessus la table pour lui attraper la main. Une expression lui traverse le visage au moment où je la touche. Je l'aurais manquée si j'avais cligné des yeux. Michel et les parents ont-ils cligné des yeux tous au même instant et l'ont-ils ratée ? Je retire mes doigts des siens, doutant déjà de ce que j'ai vu parce que rien n'aurait pu justifier une telle expression de sa part. Je n'ai fait que la toucher. Ça ne méritait quand même pas une réaction pareille.

Un flash-back. C'est la seule explication. La psy de Laurel, Penny, nous a indiqué que des flash-back surviendraient inévitablement. Qu'ils pouvaient se produire à n'importe quel moment, sans prévenir. Elle a précisé qu'il y avait forcément des choses que Laurel avait refoulées au fond de son esprit pour se protéger. Qu'elles pourraient parfaitement rester enfouies sa vie entière, ou pointer la tête sans crier gare.

— Alors ? lance ma mère en me flanquant un petit coup de pied sous la table.

— Désolée... pardon ?

— Tu pourrais écouter ce que Laurel a à dire, quand même.

Maman ne se rend pas compte qu'elle se comporte comme une vraie salope.

Je glisse les yeux vers Laurel et attends qu'elle veuille bien sortir quelque chose. Il n'y a plus la moindre trace d'écœurement sur son visage. Difficile d'imaginer qu'elle a (sûrement) fait cette grimace de dégoût tout à l'heure. Son expression est chaleureuse, gentille, ouverte, à présent.

— Je crois… je crois que ça nous aiderait à guérir. En tant que famille.

Je reste silencieuse.

Laurel tend la main pour prendre la mienne, cette fois.

— Ça nous permettrait de tourner la page.

Tourner la page… Voilà ce qu'on récolte à force de mater l'émission de Cynthia Day. C'est exactement le genre de conneries psy que Cynthia balance à longueur de temps ; les gens dans le public l'applaudissent toujours comme de vrais petits singes, dans ces cas-là.

Laurel met sa main sur la mienne.

— C'est un projet qu'on mènerait ensemble. En famille.

Elle pivote alors la tête vers maman, puis elles s'adressent un sourire triste comme si elles pensaient à tout ce que nous avons raté *en tant que famille.*

Mais pourquoi un *livre* ? Est-ce qu'on ne pourrait pas faire des trucs normaux, comme aller aux Alton Towers ou chez Ikea ?

Martha serait horrifiée si j'acceptais. Thomas aussi. Laney Finch serait ravie – pour le formuler sobrement. Pas besoin de regarder Michel pour savoir qu'il trouve l'idée mauvaise. Cependant, il ne fera rien qui risquerait de mettre papa dans une situation impossible. Mon père serait capable de tout pour Laurel – vraiment tout. Il a vécu tellement d'années sans pouvoir faire quoi que ce soit pour elle.

Laurel me lâche la main.

— Je comprendrais que tu dises non, Faith. Nous le comprendrions *tous.*

Maman acquiesce, mais pour soutenir Laurel.

— C'est à toi de voir.

J'ose une dernière tentative.

— Mais pourquoi vous ne pouvez pas l'écrire sans moi ?

Laurel secoue la tête.

— Parce que je n'en ai pas envie. Tu peux refuser, Faith. On n'est pas obligés. On peut également oublier cette histoire.

Je la crois. Maman m'en voudra sans doute jusqu'à la fin des temps, pas Laurel.

Au bout du compte, tout tourne autour d'une seule question : l'avenir de ma sœur. Son avenir avec un compte en banque garni de plusieurs milliers de livres sterling, ou sans ces milliers de livres. Et si ce n'était pas la question ? Si elle arrivait à trouver un boulot régulier comme n'importe qui, si elle allait à l'université pour y étudier le droit et qu'elle devienne ensuite une avocate géniale dans un grand cabinet londonien ? Peut-être qu'elle mènera une vie normale, qu'elle parviendra à mettre sous clé les souvenirs de son terrible passé. À les laisser là, à jamais, dans un recoin de son cerveau. Mais peut-être que non. Et dans ce cas, il lui faudra de l'argent. Beaucoup d'argent.

— Faisons-le, alors. Écrivons ce bouquin.

Maman paraît la seule sincèrement surprise de ma réaction. Laurel, elle, bondit de sa chaise pour venir me prendre dans ses bras.

— Merci..., murmure-t-elle.

Papa ne semble pas étonné, lui, en revanche. Il sait que je pense la même chose que lui : Laurel est notre priorité, à présent. Ses besoins passent avant les nôtres.

24.

Michel propose de laver la vaisselle et me réquisitionne pour l'essuyer. Les autres sont au salon.

— Tu n'étais pas obligée d'accepter, tu sais, articule-t-il à voix basse en me tendant le verre à vin qu'il vient de rincer.

— Si.

Je le frotte précautionneusement avec un torchon en effaçant chaque goutte l'une après l'autre, puis le pose sur le plan de travail.

— Non, vraiment pas. C'est ta vie, à toi aussi. (Je voudrais qu'il arrête de parler.) Ils n'auraient pas dû te mettre la pression comme ça.

— Personne ne m'a mis la pression. J'avais déjà décidé d'accepter.

Je me demande bien pourquoi je lui mens, d'autant plus qu'il sait que c'est le cas.

Il cesse de frotter une casserole pour me regarder. Je garde la tête baissée.

— Je m'inquiète pour toi, Faith.

— Pourquoi ? Qu'est-ce qu'il y a, Michel ?

Il ne répond rien pendant quelques secondes. Soit il réfléchit aux mots justes, soit il cherche les termes anglais susceptibles d'exprimer précisément ce qu'il pense.

— Tu n'es pas toi-même.

Je serre très fort le pied du verre. Éclaterait-il si je continuais de serrer ?

— Je ne comprends pas de quoi tu parles.

— Je sais, affirme Michel.

Il semble fatigué.

Je suis sur le point de le questionner sur ce qu'il sous-entend quand maman arrive dans la cuisine à la recherche des délicieux biscuits qu'elle a achetés chez Waitrose la semaine dernière, qu'elle ne trouve pas.

— Non, je ne les ai pas vus. (Laurel et moi les avons tous dévorés mardi soir.) Hé, maman… J'ai un peu mal au crâne. Je crois que je vais monter me coucher, si ça ne te gêne pas. Je rangerai le reste de la vaisselle demain matin.

Maman s'avance vers moi pour venir poser le dos de sa main sur mon front, et me recommande ensuite un grand verre d'eau avec deux ibuprofènes.

Michel me souhaite de me remettre vite. Je le remercie, mais ne le prends pas dans les bras comme j'en ai l'habitude. Je les laisse juste là tous les deux.

Papa et Laurel sont assis sur le canapé. Ils discutent à voix basse. Je leur explique que je ne me sens pas très bien avant de leur souhaiter bonne nuit. Laurel s'inquiète aussitôt. Elle me demande si elle peut m'apporter quelque chose, puis interroge papa : doit-on appeler un médecin ? Il se met à rire en balançant qu'elle est bête, ce qu'elle n'apprécie visiblement pas trop, même si elle se tait. Je la réconforte en lui assurant que je suis simplement fatiguée. Elle ne semble pas vraiment le croire, mais me dit malgré tout bonne nuit, et ajoute qu'elle passera me voir dans un petit moment.

Ce qu'elle ne fait pas, curieusement. Je reste allongée dans mon lit. Papa et Michel partent environ une demi-heure après. J'entends leurs pas s'éloigner sur le gravier à l'extérieur. Michel va conduire – il conduit toujours après ce genre de soirée. Il prétend que ça lui est égal de ne pas boire, ce qui est parfait parce que papa, pour sa part, ne clamerait jamais la même chose.

Je m'excuserai auprès de Michel demain, même si je ne sais pas véritablement de quoi. Il s'inquiétait juste pour moi, lorsqu'il a expliqué que je n'étais pas obligée de m'impliquer dans ce projet de bouquin. Mais qu'est-ce que c'était que ces conneries, que je ne serais pas moi-même ou je ne sais quoi ? D'où il sort *ça* ?

Ce n'est pas vrai. Je suis moi-même. Je suis *toujours* moi-même. Comment se comporter autrement ? Le truc le plus étrange dans cette histoire est que je ne me suis jamais autant sentie « moi-même » que depuis ces dernières semaines. Non pas que je passe mes journées à me dire que je suis vraiment trop « moi ». Mais depuis que Laurel est revenue à la maison, j'ai l'impression d'être plus posée, malgré les changements. C'est comme si j'arrivais de nouveau à respirer par grandes bouffées après avoir vécu toute ma vie en suffoquant.

Moins d'une demi-heure après le départ de papa et de Michel, j'entends un bruit dans l'escalier. Maman...

Je suis sûre que c'est elle parce qu'elle enjambe toujours la marche qui craque, la troisième en partant du haut, quand elle croit que je dors. Les pas se rapprochent et s'arrêtent de l'autre côté de la porte Je serre ma couette contre moi, mon corps tout entier tendu. Je trouve légèrement flippant que quelqu'un écoute de l'autre côté d'une porte close, même s'il s'agit de votre mère.

Elle souhaite peut-être s'excuser ? Ça me plairait de savoir qu'elle se sent mal de m'avoir mis la pression comme ça avec ce bouquin. Mais je la soupçonne de ne pas y avoir pensé. Je ne considère pas franchement qu'elle fasse passer les besoins de Laurel avant les miens, dans le cas présent. Davantage qu'elle privilégie les siens par rapport aux miens – et à ceux de papa. Elle a toujours été plus à l'aise que lui avec l'aspect publicitaire de la situation. Et proclamé que c'était parce qu'elle ferait tout ce qui était en son pouvoir pour retrouver Laurel. Puisqu'elle ne pouvait pas frapper à toutes les portes du pays, ni fouiller tous les entrepôts abandonnés, ni faire le tour de la planète, sa seule et unique option était de s'assurer que le plus de gens possible entendent parler de Laurel Logan, et qu'ils ne l'oublient jamais. C'était sa mission, son obsession.

Mais les jours de moins grande bienveillance – et il y en a eu beaucoup –, il m'arrivait de me demander si ma mère n'appréciait pas cette attention. Elle semblait tellement à l'aise, sous les projecteurs de l'actualité – participer à des talk-shows et prendre la parole devant des foules impressionnantes – qu'il était parfois difficile de ne pas l'envisager. Papa se rendait à ces émissions, lui aussi, mais on sentait chaque fois une certaine résistance de sa part. Il souriait de toutes ses dents et faisait ce qu'il fallait, mais il détestait ce cirque. Et, comme moi, il a dû à un moment se dire que ces jours étaient derrière lui. Que nous pourrions redevenir une famille normale. Sans doute pas tout à fait aussi normale que celle d'il y a treize ans, mais une version revue et corrigée, avec Michel.

Le *Cynthia Day Show* était une chose, mais cette histoire de livre carrément une autre. Ce serait un sacré événement. Les spots demeureraient braqués sur les Logan pendant des mois – voire des années, même. Qu'est-ce que j'en *pensais* ?

Une partie de la presse en ferait ses choux gras. Ce ne serait pas la première fois qu'on nous accuserait de monopoliser l'attention, pourtant, là, ce serait différent. À l'époque, il y avait toujours une bonne raison. Personne ne pouvait s'insurger contre nous sans s'attirer les foudres de la diffamation – comme Jeanette Hayes. Mes parents voulaient désespérément récupérer leur fille. Qui le leur aurait reproché ? À présent, la petite Laurel Logan a réintégré son foyer. Bien sûr, son cas intéresse encore, ne serait-ce que pour savoir comment elle s'en sort. Les gens aiment les histoires qui finissent bien. Cependant, le danger est qu'ils se lassent vite, ou qu'ils considèrent que nous exploitons la situation. Alors, et avant même qu'on s'en rende compte, des journalistes se mettront en chasse de trucs ignobles sur maman, papa, Laurel… ou moi.

Les gens achèteront ce livre – je n'en doute pas une seconde. Cependant, ça ne signifie pas qu'on doive l'écrire, si ? Nous n'avons pas l'obligation de satisfaire la curiosité de qui que ce soit, et encore moins lorsque celle-ci est morbide. Mais j'ai accepté de participer : il n'y a plus moyen de faire machine arrière, maintenant. Il faut simplement que je me concentre sur le fait que Laurel sera installée dans la vie (ou durant les prochaines années, plus exactement), et qu'elle aura l'opportunité de donner sa propre version de l'histoire avec ses mots à elle (OK, ceux d'un nègre littéraire, mais bon). Si ça la réconforte de raconter ce que ce monstre lui a infligé, alors qu'elle soit entendue. Je ne ferais pas ce choix, à sa place. Mais Maggie et Penny ont toutes les deux dit que c'était bien pour Laurel de parler de ce qu'elle a vécu, que le véritable danger était qu'elle enfouisse ce passé en elle.

Je demeure allongée dans mon lit en attendant que Laurel monte prendre de mes nouvelles comme elle l'a promis. Je fixe les chiffres lumineux de mon réveil en comptant les secondes entre chaque minute pour surprendre le moment précis où ils changent, sans y arriver véritablement. Les soixante secondes qui défilent dans mon esprit sont toujours plus rapides que les vraies.

Laurel doit regarder la télé. Peu m'importe qu'elle ait oublié de venir me voir. Je n'ai pas besoin qu'elle me borde pour m'endormir. Je ne sais pas pourquoi, mais je ne trouve pas le sommeil. Mes pensées ne cessent de tourbillonner dans ma tête, comme des mouches hyperactives. Je redoute de parler du livre à Thomas et Martha. Martha se foutra de moi, mais j'ai des années de pratique en la matière. Thomas me stresse davantage, étant donné que son insulte favorite est « vendus ! », et qu'il l'emploie à toutes les sauces. Il n'a plus aimé son groupe préféré à partir du moment où il est devenu célèbre. (*Leurs nouveaux morceaux sont vraiment trop commerciaux.*) Nous nous disputons souvent à ce sujet, ou nous chamaillons, plutôt. Je maintiens qu'il s'intéresse exclusivement à des groupes inconnus parce qu'il adore passer pour celui qui les a « découverts », même si ce sont des conneries. Il kiffe sortir qu'il les a vus jouer dans des petites salles toutes moites au fond de tel ou tel club bien avant qu'ils soient populaires et donnent des concerts dans de gigantesques stades. Ceux qu'il promeut finissent toujours sur le devant de la scène, ce qui, d'un point de vue purement musical, signifie sûrement que ce qu'il écoute n'est pas aussi rare et original que ça.

Thomas sera contrarié par mon comportement. Même s'il ne le dit pas (et il le fera probablement), je le saurai. Je ne pourrai pas le lui reprocher, puisque je suis moi-même déçue. Mais je vais devoir dépasser cette déconvenue parce que je préfère me décevoir – et Thomas au passage – que laisser tomber Laurel. S'il ne le comprend pas, alors peut-être qu'il n'est pas la personne qu'il me faut. À peine cette hypothèse a-t-elle traversé mon esprit qu'une boule d'angoisse se loge dans ma poitrine. Rien de neuf sous le soleil ; elle est apparue comme par magie chaque fois que j'ai réfléchi à ma relation avec Thomas, ces derniers jours. Pour être honnête, j'avais déjà des doutes avant le retour de Laurel. Mais je les écartais systématiquement, voire les foulais aux pieds.

Coucher avec lui était un moyen de me convaincre qu'on devait rester ensemble. La logique de cette pensée est sans doute nase, pourtant, elle avait du sens pour moi, à ce moment-là. Je n'en ai pas parlé à Martha. Pas parce qu'elle n'aurait pas compris, mais parce que je n'arriverais pas forcément à mettre des mots sur ce que j'éprouve. Je ne sais pas s'il est complètement normal d'aimer une personne un jour et de la détester le lendemain. Même si ce n'est pas vraiment ça. J'ai plus l'impression que mes ressentis sont susceptibles de changer en un claquement de doigts. Thomas peut être tout ce qu'il y a de plus gentil et délicat. Et je l'adore quand on rit à cause d'un truc débile – jamais des gens. Mais il faut toujours qu'il balance une remarque tellement prétentieuse que j'ai envie de le gifler. Je me vois le faire, d'ailleurs, parfois. Bien sûr, je n'oserais jamais une chose pareille, mais c'est assez marrant d'imaginer son regard dans ces cas-là.

Ce n'est pas logique d'éprouver ce genre de sentiment à l'égard de quelqu'un qu'on est censé aimer. Ou alors ça l'est, et dans ce cas, l'amour n'est qu'une vaste conspiration à laquelle nous participons sans oser s'avouer à quel point c'est pourri.

Je ne sais pas ce qu'il se serait réellement passé entre nous si Laurel n'était pas revenue. Thomas et moi serions-nous toujours ensemble ? Est-ce qu'avoir un petit copain dont on doute vaut mieux que de ne pas en avoir du tout ?

25.

Une heure trente-deux du matin… Je suis certaine que je ne dormirai pas. Un bon chocolat chaud m'aiderait sûrement à plonger dans le sommeil. Si Laurel ne s'est pas assoupie sur le canapé, je lui en préparerai un à elle aussi. Je passe ma robe de chambre et descends discrètement en enjambant soigneusement la marche qui craque. Le salon est éteint ; la télé également. Laurel n'est pas sur le sofa. Un rai de lumière filtre sous la porte de la cuisine. Laurel… Peut-être a-t-elle lu dans mes pensées et déjà mis du lait à chauffer ? J'aime assez l'idée qu'on puisse être connectées, elle et moi.

Je pénètre dans la pièce. Ma sœur est assise sur une chaise. Elle sursaute et renverse au passage le verre posé près d'elle. L'eau se répand partout sur la table.

— Eh merde, Faith ! J'étais en train…

Je me précipite vers l'évier pour attraper l'essuie-tout.

— Désolée, je ne voulais pas te faire flipper !

C'est là que je vois l'album photo. Heureusement que les photos sont plastifiées.

— Pourquoi tu es entrée sans bruit, comme ça ?

Laurel m'arrache un morceau de Sopalin des mains et se met à tamponner l'album pendant que je m'occupe d'éponger le plateau en bois.

— Je ne cherchais pas à t'effrayer ! Je suis simplement descendue me préparer un chocolat chaud.

Laurel respire très fort, son visage est encore plus pâle que d'habitude. Quelque chose ne va pas.

— Laurel ? Ça va ?

Elle secoue la tête et ferme les yeux pendant une seconde, essayant visiblement de prendre sur elle avant de s'exprimer.

— Excuse-moi. Je ne voulais pas péter les plombs comme ça. C'est juste que… Ça m'a rappelé cet homme. (Oh, mon Dieu !) Je… je ne savais jamais quand il débarquait.

— Oh, Laurel… Je suis absolument désolée.

Je n'aime pas du tout quand elle parle de lui. Je fais de mon mieux pour oublier que ce monstre rôde toujours là-dehors, parce que l'idée me terrifie. Il pourrait être n'importe où. La police nous a assurés qu'il y avait peu de chances qu'il habite à moins de cent kilomètres de chez nous et que vu qu'il est le suspect le plus recherché de tout le pays, il fera forcément profil bas. Ça semble réconforter les parents et Laurel, pas moi. Pas du tout, même. Les deux flics garés en bas de la rue ne l'arrêteraient jamais s'il décidait vraiment de récupérer Laurel. J'ai fait des cauchemars dans lesquels il se glisse furtivement et la kidnappe de nouveau.

Laurel va se planter près de la fenêtre de la cuisine, toute tremblante. Maman a dû oublier de fermer les volets roulants parce que j'aperçois le reflet de ma sœur sur la vitre. Elle a les mains plaquées sur le visage comme si on jouait à cache-cache. Je déteste quand c'est sombre dehors et que c'est allumé à l'intérieur, car on ne voit pas si quelqu'un nous épie dans le noir. Il y a bien une lumière de sécurité au-dessus de la porte de derrière, mais elle est cassée depuis un an.

Je rejoins Laurel et pose la main sur son épaule. Elle tressaille légèrement. Mon cœur se brise presque, à cette résistance. Je commence à lui masser le dos en lui affirmant que tout ira bien. Laurel s'excuse d'avoir surréagi entre deux sanglots, mais je lui assure que son attitude n'était pas excessive, vu ce qu'elle a traversé. Elle se tourne alors vers moi. Je m'apprête à essuyer ses larmes quand je m'aperçois que ses yeux sont secs. Elle renifle et se frotte le nez avec sa manche avant d'inspirer en hoquetant.

— Tu as envie d'un chocolat chaud ? Ça m'aide à me sentir mieux, en général.

C'est la vérité. Ça a toujours été ma boisson de réconfort. J'en avalais trois tasses par jour, quand j'étais petite, jusqu'à ce que maman décrète que je prenais du poids. Elle ne l'a pas dit ainsi, mais elle le pensait parce qu'elle n'a plus acheté de chips et de Coca, mais suggéré que je me dégote un nouveau passe-temps. (« Du sport, peut-être ? ») J'avais dix ans. Elle doit être contente d'avoir retrouvé sa fille mince, même si cette dernière doit uniquement sa sveltesse au fait qu'on l'a affamée durant treize ans.

— Non, merci. Je crois que je préfère monter me coucher. Est-ce que tu pourrais… ? Oh, mon Dieu. Ça va te paraître complètement débile… (Laurel secoue la tête.) Non, c'est bon, en fait. Je vais juste…

— Qu'est-ce qu'il y a, Laurel ? fais-je doucement.

Elle fixe un point sur le mur pour éviter le contact visuel.

— Ça te dérangerait de rester avec moi jusqu'à ce que je m'endorme ?

Elle a prononcé cette phrase à toute allure, en mitraillant ses paroles.

— Non, absolument pas.

Laurel n'accorde pas un regard à la table en passant à côté ; moi, oui. L'album présente deux photos par page. Quatre images, prises à Noël. Une de moi à huit ans en pyjama et complètement ensommeillée, debout à côté d'un sapin. Moi en train d'ouvrir mes cadeaux, assise jambes croisées au milieu d'une adorable mer de papier d'emballage. Mon père découpant la dinde, la mine fière, alors qu'il n'avait rien préparé. Une étrange photo de famille sur laquelle nous posons, maman, papa, moi (avec un chapeau orange), mamie et papi, et tante Eleanor.

— Qu'est-ce que tu fabriquais avec ça ? Tu voulais des tuyaux sur les pires coiffures de l'histoire de l'univers, ou quoi ?

Laurel ne rit pas.

— Ta coupe de cheveux est très mignonne, là-dessus.

— Qu'est-ce que tu faisais avec ?

Ça me rend triste de l'imaginer dans la cuisine, seule, absorbée par des images d'événements qu'elle a ratés. En plus, elles tordent la réalité. Nous avons tous l'air heureux (même moi, avec ma coiffure catastrophique).

C'est uniquement parce que personne n'a pris notre mère en train de sangloter dans un coin, ou notre père avec le regard perdu dans le vide devant le film de Noël que je leur imposais chaque année. Laurel ne peut rien savoir de ça, avec ces photos. À les contempler, on pourrait croire qu'elle ne nous manquait pas, que nous poursuivions notre vie et nous moquions éperdument d'elle.

— Maman me les a montrées tout à l'heure.

J'opine et referme l'album, puis nous montons à l'étage. J'attends dans la chambre de Laurel pendant qu'elle se change dans la salle de bains. J'entends l'eau couler tandis qu'elle se lave les dents. Elle ne s'est jamais déshabillée devant moi. Maman est la seule à avoir vu les marques que le monstre a laissées sur son corps.

Laurel se met au lit. Je me perche sur le tabouret devant sa coiffeuse. Nous parlons pendant un petit moment jusqu'à ce que j'éteigne la lampe, et qu'elle s'endorme. Un quart d'heure passe avant que le rythme de sa respiration se modifie. J'en profite pour rejoindre discrètement ma chambre.

Le sommeil tarde à venir. Je n'arrête pas de repenser à la scène de la cuisine. Laurel m'a menti. Elle m'a regardée droit dans les yeux et elle m'a menti. Maman ne lui a pas montré cet album, parce qu'elle ne savait pas où il était.

Deux jours avant le retour de Laurel, je l'avais découvert sur l'étagère à côté de la cheminée. Je m'étais mise au lit et j'avais commencé à mater les photos, pour essayer de comprendre ce que je ressentais. Pour réfléchir au passé et m'interroger sur l'avenir. Je n'avais pas redescendu l'album le matin suivant. J'avais éprouvé le besoin de le garder près de moi. De sorte qu'il avait atterri dans le tiroir de ma table de nuit – celui du haut – sur de vieux diplômes de natation, une paire d'oreilles de Mickey, et un « livre » que j'avais écrit (et illustré) à l'âge de huit ans.

Maman ne range plus ma chambre depuis longtemps. Et elle n'aurait jamais osé fouiller dans mes affaires. Il n'y a donc qu'une seule explication : Laurel est venue fureter. Je le sais. Ce dont elle se doute forcément. Pourquoi n'a-t-elle pas simplement dit qu'elle était tombée sur ces photos alors qu'elle cherchait autre chose ? Je l'aurais sans doute crue. Et dans le cas contraire, ça ne m'aurait pas gênée. Il y a bien deux, trois trucs que je n'aimerais pas que ma mère trouve, mais je n'ai rien à cacher à Laurel.

Des sœurs n'ont pas à avoir de secrets l'une pour l'autre.

26.

Je m'attends à ce que maman résiste, lorsque Laurel en parle, mais non. Penny a sans doute préparé le terrain.

— C'est une excellente idée. Faith et moi pourrions venir te retrouver pour déjeuner, et nous pourrions ensuite faire un peu de shopping, toutes les trois entre filles.

Maman est de super bonne humeur depuis qu'on a signé le contrat pour le livre. L'éditeur a versé le premier acompte il y a deux jours : nous sommes donc officiellement pleins aux as.

Laurel va se rendre en ville seule pour la première fois aujourd'hui. Elle est déjà douchée et habillée lorsque je descends. C'est le premier lundi des vacances. Je dors toujours super tard quand je n'ai pas cours, mais aujourd'hui, je me suis réveillée à sept heures et demie – soit l'heure à laquelle mon portable sonne habituellement. Laurel me prépare une tasse de thé, puis nous nous installons à la table de la cuisine.

— C'est pas la bonne tasse..., fais-je en réprimant un bâillement.

— Quoi ?

Laurel semble tendue, distraite, ce matin.

Je lève ma tasse pour lui montrer son nom.

— Oh ! Tu veux changer ?

— Nan, ça va. Alors, comment tu te sens ? Prête pour ta première sortie en solitaire ?

— Oui, oui, répond-elle en tapotant nerveusement le plateau en bois du bout des doigts.

— Tu n'es pas obligée de le faire si tu ne le sens pas, tu sais. Je peux aussi venir avec toi.

J'avale une gorgée de thé. Il est parfaitement infusé. Laurel écarquille les yeux.

— Non ! lance-t-elle d'une voix trop forte, trop contrainte.

J'essayais seulement d'être sympa.

— Non, reprend-elle plus doucement. Merci, mais je suis prête. J'aurais déjà dû le faire depuis longtemps, d'ailleurs. Maman et toi devez en avoir plus que marre de m'avoir en permanence sous le nez.

— N'importe quoi !

Laurel hausse les épaules.

— Je dois apprendre à être plus indépendante.

J'imagine qu'elle a raison. Et sans doute qu'elle étouffe, à force d'être toujours entourée de gens. Je n'ai jamais pensé qu'elle pouvait le vivre mal. Elle passait au moins quatre heures par jour seule, du temps de Smith – parfois même des journées entières. Elle a l'habitude de sa tranquillité. Et la préfère, peut-être.

— N'oublie pas de prendre ton téléphone.

On dirait ma mère. Je me sens toute bête, soudain.

— Envoie-moi un texto si jamais tu as besoin de quelque chose ou si tu veux que je te rejoigne.

Laurel boit deux grandes gorgées de thé, avant de grimacer parce qu'il est trop chaud.

— Merci, mais tout va bien. Vraiment.

— Et tu es sûre que tu sauras aller au resto japonais ?

Elle ne répond pas. Elle se contente de se lever et de sortir quelque chose de la poche de son jean : la carte que j'ai dessinée hier soir, au bout de quatre tentatives.

— Désolée. Je sais que tu es parfaitement capable de trouver ton chemin.

— Ah oui ! C'est pour ça que tu as marqué de quel côté de la route je devais marcher ? répond-elle en riant.

— Mais non ! C'est juste parce qu'il y a un chantier en ce moment et que le trottoir est bloqué… Je ne voudrais pas que tu te fasses écraser.

J'ai l'air ridicule. Je *suis* ridicule. Laurel a dix-neuf ans.

— Excuse-moi…

— Arrête de t'excuser sans arrêt ! C'est chouette que tu sois aussi attentionnée.

— Mouais. Bref… Bon alors, qu'est-ce que tu as prévu pour ce matin ?

Laurel met sa tasse dans l'évier et tourne le robinet, mais si fort qu'elle s'asperge.

— Merde, merde, merde !

Elle balance la tasse sur le plan de travail. J'ai peur qu'elle l'ait cassée, pourtant, je ne dis rien. Au lieu de ça, je me lève pour l'aider à tamponner sa chemise avec un torchon propre.

— T'inquiète. Ce sera sec d'ici quelques minutes.

— Tu crois ? Je devrais monter chercher un autre haut, non ?

Elle jette un coup d'œil à sa montre ; maman lui a offert la même que la mienne. On jurerait qu'elle nous prend pour des jumelles, Laurel et moi, parfois.

— Ouais, je vais aller me changer.

Je lui explique que ce n'est pas nécessaire. Qu'elle n'aura qu'à garder sa veste boutonnée jusqu'à ce que le tissu ne soit plus mouillé. Mes arguments finissent par la convaincre. Je lui demande de vérifier qu'elle a assez de monnaie pour le bus, puis elle s'en va.

Maman descend deux minutes après. Elle m'engueule direct pour Laurel.

— Mais tout est fermé à cette heure-ci ! Tu ne l'en as pas informée ?

J'aurais dû savoir que d'une façon ou d'une autre, cette histoire me retomberait dessus, même si Laurel est une adulte. Ce que je rappelle à ma mère, qui s'excuse aussitôt. Sa réaction me surprend ; normalement, le ton aurait déjà dû monter.

— Elle va très bien se débrouiller, assure maman distraitement tandis qu'elle ouvre le frigo. Tout va très bien se passer.

— Mais oui, évidemment.

— Il n'y a vraiment pas de quoi s'inquiéter.

— Non, vraiment pas

— OK ! Petit-déjeunons, dans ce cas ! Tu as encore fini le lait !

Là, on risque de s'engueuler. *Tu es tellement égoïste, tu ne penses jamais aux autres, tu pourrais quand même faire un peu plus attention.* Je ne prends pas la peine de masquer le sourire qui se dessine sur mes lèvres. Il y a quelque chose d'extrêmement rassurant dans le fait d'entendre la même litanie qu'autrefois. Ça ne servirait à rien de lui expliquer que Laurel a fini le lait avec ses céréales tout à l'heure. Je préfère qu'elle m'accuse moi, pour que la dispute se termine avant d'avoir commencé.

Tandis qu'elle attend que son toast grille, maman déclare fièrement qu'elle a une surprise pour nous. Je lui demande de quoi il s'agit, mais elle répond que je vais devoir patienter. Je lui rétorque qu'elle est trop énervante et que je ne comprends pas l'intérêt d'annoncer à quelqu'un qu'on lui a préparé une surprise pour laisser cette personne dans l'ignorance après ça. Qu'elle aurait dû tourner sa langue sept fois dans sa bouche avant de parler. Du coup, elle crache le morceau : elle nous offre une enveloppe shopping à chacune. Mille livres par tête de fille, à dépenser en une demi-journée, qu'elle prend sur sa part de l'argent du contrat d'édition.

Maman a l'air tellement aux anges que je ne lui dis pas que c'est une somme complètement folle à claquer en un seul après-midi. Elle a même pris rendez-vous avec une vendeuse rien que pour nous dans le plus chouette magasin de la ville – celui où il faut courir très vite si on veut éviter ces hordes de nanas terrifiantes armées de pinceaux à maquillage, ou de vaporisateurs de parfums si dégueu qu'ils feraient passer celui de Cynthia Day pour un nectar divin. Elle me demande si je pense que ça fera plaisir à Laurel. Je lui assure que ma sœur sera absolument ravie.

— C'est le rêve de toutes les jeunes filles, non ? interroge-t-elle d'un ton plein d'espoir.

J'imagine qu'elle n'en a pas parlé à papa, parce que je sais qu'il désapprouverait. Il considérerait aussitôt, à la façon dont les journaux présenteraient cette histoire, que nous profitons de la tragédie de Laurel. Un cliché de Laurel sortant du magasin, chargée de sacs avec les logos de créateurs, accompagnerait sûrement ces divers articles. Jeanette Hayes s'en donnerait à cœur joie.

Nous n'avons plus qu'à compter sur le fait que la presse se tiendra à distance et que personne ne signalera la présence de Laurel. Et aussi qu'aucun des vendeurs ou des autres clients n'aura le mauvais goût de photographier ma sœur avec un téléphone. Mais la chance sera peut-être avec nous, pour une fois ?

Je ne veux pas gâcher ce moment : maman a l'air tellement heureuse. Ses changements physiques sont presque aussi notables que ceux de Laurel. Avant le retour de sa fille, elle avait toujours quelque chose de tendu, d'anguleux, dans le visage. Son regard avait une sorte d'absence, un égarement. Les angles sont encore là, mais adoucis, comme si quelqu'un les avait atténués, arrondis. Ses yeux commencent à ressembler à ceux d'une personne qui mènerait une vie normale. Je ne suis pas la seule à l'avoir remarqué. Le *Daily Mail* a imprimé deux photos d'elle côte à côte, la semaine dernière – AVANT, et APRÈS –, accompagnées d'un commentaire de trois experts beauté. L'un d'eux était certain que maman « avait fait quelque chose », et avait suggéré qu'elle change de fard à joues…

Je reste la matinée entière dans ma chambre pour éviter de lui balancer un truc méchant. J'en profite pour faire le tour des « suspects » habituels – les sites web qui parlent de Laurel. Je suis passée pro à ce petit jeu. Ça ne me prend pas plus de vingt minutes, à présent. Il n'y a rien d'intéressant aujourd'hui. Ça fait quinze jours que c'est calme. Je me rends compte que je devrais arrêter de vérifier, que c'est légèrement obsessionnel, mais impossible de m'y résoudre. En plus, personne ne se doute de ce que je trafique. Maman a décidé de ne plus lire la presse, raison pour laquelle elle ne sait rien de cet article débile du *Daily Mail*.

Je fais toujours très attention à vider l'historique de mes recherches internet pour les cacher à Laurel. D'une certaine façon, j'ai un peu l'impression de la trahir, en jetant un œil à ce que des gens disent sur elle sans lui en parler. Mais ça ne m'empêche pas de continuer.

Laurel ne lâche plus mon ordi, depuis son cours avec Thomas. Ça ne me dérange pas, mais elle n'a pas l'air de se rendre compte que j'en ai besoin pour faire mes devoirs. Elle ne prend jamais celui de maman, bien que cette dernière ne s'en serve pratiquement jamais. Une idée géniale me vient à l'esprit. Je vais vérifier sur Google si le grand magasin où nous avons rendez-vous cet après-midi vend des produits informatiques. Avec un budget de mille livres sterling, Laurel pourrait s'offrir un bien meilleur ordi que le mien. Ou alors, je pourrais m'en acheter un neuf et lui donner l'ancien. Ce n'est pas comme si je risquais de trouver là-bas des vêtements que j'aimerais porter. Il faudrait convaincre notre mère, parce que ce n'est sans doute pas ce qu'elle avait en tête en organisant cette virée shopping.

Maman m'appelle soudain. Mince ! Je n'ai pas vu l'heure passer… Je n'ai même pas le temps de prendre une douche avant de partir. Quelques pulvérisations de déodorant feront l'affaire.

— Faith ! On y va. MAINTENANT !

— C'est bon, c'est bon, *je descends* !

— Je ne veux pas que ta sœur arrive au restaurant avant nous. Je t'avais dit d'être prête pour midi et demi !

Je l'ignore et fourre mon téléphone dans mon sac, puis un parapluie après avoir jeté un petit coup d'œil par la fenêtre. Je me dirige vers la porte quand je me rends compte que je n'ai pas vidé l'historique de mes recherches. Autant m'y mettre immédiatement, au cas où j'oublierais plus tard. Tant pis pour maman.

J'efface l'adresse du premier site que j'ai consulté ce matin. Je ne me rappelle pas avoir cliqué sur le lien suivant, en revanche. Je ne sais pas exactement pourquoi je prends le temps de le faire alors que ma mère paraît à deux doigts d'imploser de colère.

C'est une carte de Blaxford, une ville située à une heure de distance de chez nous. Je n'y ai jamais été, mais je la connais de nom. Un ancien mec de tante Eleanor vivait là-bas. Elle nous avait décrit l'endroit comme un bled tout droit sorti d'un film de Ken Loach. N'ayant rien vu de ce réalisateur, je n'ai pas compris de quoi elle parlait, jusqu'à ce que ma mère la traite d'insupportable snob.

Maman n'emprunte jamais mon ordinateur. Il doit donc s'agir de Laurel. Mais pourquoi Laurel consulterait-elle une carte de Blaxford ? Je clique sur le lien suivant. Un autre plan, du centre-ville, cette fois. Ça paraît plus cohérent. Pourtant, je ne me serais pas embêtée à dessiner une carte si ma sœur m'avait dit qu'elle en avait déjà regardé une.

Je vide l'historique, ferme mon ordinateur, puis le fourre sous mon oreiller. Laurel devra me demander si elle peut l'utiliser, à partir de maintenant. Ça ne m'ennuie pas de partager, mais le temps semble venu d'arrêter de tout lui passer. Elle doit apprendre qu'elle ne peut pas faire tout ce qu'elle veut, que les gens ne se plieront pas toujours en quatre pour lui faciliter la vie. Plus vite elle le comprendra, mieux ce sera.

27.

Laurel se plante devant le miroir et se met à s'examiner sous toutes les coutures. Ma mère a les larmes aux yeux ; des symboles livres sterling brillent dans ceux de la vendeuse. Cette petite scène ne serait pas moins ridicule si ma sœur essayait sa tenue de mariée, vu les têtes qu'elles font. La robe est jolie, c'est clair. Elle est rouge et courte, mais pas trop, et le tissu tombe avec classe. Pourtant, elle ne vaut pas les cinq cents livres affichées. Aucune robe ne devrait coûter ce genre de somme.

— Est-ce qu'elle n'est pas superbe, Faith ?

Je souris et opine. Elle *est* vraiment magnifique. Maman conseille alors à Laurel de lâcher ses cheveux. Ma sœur s'exécute, retirant son élastique et agitant la tête au ralenti comme dans une pub.

— Oh, oui, c'est vraiment mieux comme ça ! s'exclame la vendeuse.

Laurel glousse et se tourne dans tous les sens.

— C'est trop…, déclare Laurel en arrêtant enfin de bouger. Je ne peux pas…

— Tu peux, et tu le dois ! lance maman avec emphase, comme si elle parlait d'une affaire super importante.

Ma suggestion que Laurel s'offre un ordinateur avec ses sous n'est pas très bien passée. J'aurais dû m'y attendre. Maman m'a répondu que le but de la journée était d'acheter des trucs qui nous font plaisir – rien d'utilitaire. Elle a dit qu'on aurait tout le temps, et l'argent, pour des machines ennuyeuses un autre jour.

Notre vendeuse attitrée (qui a l'air de trouver Laurel super belle quoi qu'elle porte, même quand ça ne lui va pas) prétend avoir refourgué durant le week-end exactement la même robe – dans la même taille ! – à la fiancée d'un footballeur. Lorsque ma mère lui demande lequel, la fille sort un nom que maman feint de connaître.

La tenue rouge se retrouve emballée dans du papier de soie, puis dans un sac noir brillant avec des rubans en guise de poignées. Laurel serre notre mère contre elle et la remercie.

— À ton tour, Faith ! m'assène-t-on ensuite

Cette perspective réjouit visiblement autant la vendeuse que moi. Laurel fait un bien meilleur mannequin.

Nous dépensons une petite fortune en sushis après ça ; Laurel était un peu sceptique à l'idée de manger du poisson cru au début, mais elle a vite oublié sa délicatesse. Elle a adoré le tapis roulant, exactement comme je l'avais présumé. C'était la principale raison pour laquelle j'avais suggéré de déjeuner dans cet endroit. Elle n'arrête pas de regarder les plats circuler.

— Et on peut choisir ce qu'on veut ? demande-t-elle en penchant la tête d'incrédulité.

J'attends que maman pose la question, mais comme elle ne le fait pas, je finis par me lancer.

— Alors... Laurel... Qu'est-ce que tu as fait ce matin ?

— Pas grand-chose. J'ai juste traîné dans le coin.

Elle prend la dernière part d'aubergine au miso – celle que je convoitais.

— Pendant quatre heures ?

Ma sœur hausse les épaules.

— J'ai passé du temps dans un café, aussi.

— Lequel ?

Ma mère m'adresse une œillade sévère, que je feins de ne pas voir.

— Je ne m'en souviens plus. Starbucks ? Ou Costa, peut-être ?

— Ils se ressemblent tous, hein ? intervient maman à la rescousse.

— Tu n'es pas allée à Blaxford, si je comprends bien ? fais-je soudain.

— Qu'est-ce que tu voudrais que Laurel aille fabriquer là-bas ? articule notre mère en riant comme si c'était la remarque la plus débile du monde.

Laurel fronce les sourcils de confusion.

— Où ça ?

Maman lui raconte alors que l'ancien amoureux d'Eleanor (un *très* bel homme) avait essayé de la convaincre d'emménager avec lui et ses trois gamins dans son petit appartement. Mais que notre tante avait refusé, et très vite rompu avec lui après ça.

— Elle a simplement expliqué qu'elle ne se sentait pas de vivre dans un endroit pareil, moi, je pense surtout qu'elle ne s'imaginait pas habiter avec ses trois enfants, en fait. Trois bambins de moins de dix ans ? Ce n'est pas franchement la tasse de thé de ma sœur, et c'est peu dire. Ce n'est pas qu'elle n'aime pas les enfants. Elle n'en a juste jamais voulu. (Elle s'interrompt pour adresser un long regard mélancolique à Laurel, mais à peine un coup d'œil dans ma direction.) Elle ne sait pas ce qu'elle rate. Je crois que ça l'a profondément choquée – ta disparition. (Elle prend la main de Laurel.) Elle a vu comme ça m'a détruite, de te perdre comme ça.

Laurel passe un bras autour des épaules de maman. Ce spectacle me fait aussitôt regretter de ne pas être celle à côté de notre mère.

Laurel était arrivée exactement au même moment que nous, au final. Maman s'était vraiment inquiétée pour rien. Il y avait un box libre près du tapis roulant. Je m'étais glissée d'un côté (le dos tourné vers la porte d'entrée, puisque Laurel voudrait se mettre en face), Laurel de l'autre, ce qui avait laissé le choix à maman. À côté de laquelle de ses filles s'assoirait-elle ? Elle n'a pas hésité une seule seconde.

Maman insiste pour que j'achète au moins un truc. En retour, j'exige qu'on aille ailleurs, malgré les (discrets) efforts de la vendeuse pour nous retenir.

— Je suis sûre qu'on devrait dénicher quelque chose qui te plaise…

Maman la remercie, avant d'ajouter assez théâtralement à voix basse :

— Oh, vous savez comment les filles sont à cet âge ! Elles ignorent encore ce qu'il y a de mieux dans la vie.

Je m'en moque complètement. Ma mère finit par accepter qu'on parte enfin de cet endroit bourré de bonnes femmes affreuses en train d'essayer des vêtements immondes.

Nous nous rendons chez Gap. D'accord, les fringues sont assez banales, mais normales. J'achète la même paire de jean gris que celle que je porte sans regarder d'autres couleurs malgré les recommandations de ma mère. Laurel décide de s'offrir le modèle similaire.

— On ne peut pas se tromper en prenant du gris. C'est classique, soutient alors maman.

La vendeuse reconnaît visiblement ma sœur, mais fait comme si de rien n'était. C'est ce qu'on avait fait Martha et moi quand on était tombées sur un participant de *X Factor*, chez Pizza Express l'été dernier.

Nous nous arrêtons boire un café vers quatre heures et demie – dans un café indépendant, insiste maman. Nous nous retrouvons dans un box différent, où elle s'assoit de nouveau à côté de Laurel. Elles parlent chiffons, ce qui me gonfle prodigieusement. Laurel essaie de convaincre notre mère de s'acheter quelque chose, un nouveau manteau ou un sac…

— Je n'ai besoin de rien…

— Mais tu as le droit de te faire plaisir, toi aussi, tu sais ! argumente Laurel en lui donnant un petit coup de coude. Tu passes tellement de temps à t'occuper de nous que tu t'oublies. Qu'est-ce que tu en penses, Faith ?

Elle me regarde de cette façon complice et conspiratrice qui me réjouit toujours, d'habitude.

— J'imagine que oui.

Je n'ai pas l'énergie de feindre l'enthousiasme. J'ai super mal à la tête, aux pieds, et la vague sensation de me sentir une étrangère dans ma propre famille.

— J'ai comme l'impression que quelqu'un s'est levé du pied gauche, ce matin…, assène ma mère.

— De quoi tu parles ?

— De rien ! Pas la peine de le prendre sur ce ton ! (Elle rit avant d'avaler une gorgée de café.) Bon, où est-ce qu'on file, maintenant ? Je n'ai presque plus d'après-shampoing… On pourrait passer chez Boots, du coup, si ça vous tente ? Tu y dégoteras sûrement du vernis à ongles assorti à ta nouvelle robe, Laurel.

— A voté !

Laurel réagit toujours comme il faut. Elle n'a jamais l'air grognon ou fatiguée.

Maman ne trouve pas ce qu'elle cherche. Elle m'envoie me renseigner auprès d'un vendeur pour savoir si on le distribue encore. J'ignore pourquoi elle ne va pas demander elle-même. Peut-être qu'elle me teste, qu'elle m'asticote pour voir si je la rembarre. J'interromps deux filles à peine plus âgées que moi en pleine conversation. L'une me lance un regard assassin avant de retourner ranger des rayons, mais l'autre me propose de la suivre. Je m'exécute docilement, même si elle a beaucoup trop de choses à m'expliquer sur les produits coiffants à mon goût. Tout ce que je veux, c'est des infos sur le démêlant de maman, mais mon interlocutrice est trop obnubilée par les éditions limitées et l'huile d'argan.

Tandis que la commerciale continue de jacasser pour ne rien dire, j'aperçois soudain Laurel près d'un stand de maquillage. La femme au visage orange derrière le comptoir est occupée à peinturlurer une vieille dame. J'observe Laurel lorsqu'un discret mouvement attire mon attention. Ma sœur étend le bras au-dessus des boîtes et des tubes brillants. L'un de ses doigts s'enroule autour d'un objet cylindrique – un mascara ou un eye-liner, peut-être –, qu'elle fourre direct dans le sac du magasin. Elle recommence l'opération aussitôt ensuite sans quitter les deux femmes des yeux.

La vendeuse termine son baratin en me suggérant d'essayer une marque différente. Je la remercie, mais au lieu de faire demi-tour, je reste plantée là à regarder Laurel. Elle prend un nouveau produit, mais ne le met pas dans le sac, cette fois. Elle en dévisse le bouchon et tend la main pour en tester la couleur sur sa peau. Elle est en train de s'éloigner du stand lorsqu'elle m'aperçoit. Elle me sourit, et m'adresse un signe discret.

Je lui tourne le dos pour aller annoncer à maman la mauvaise nouvelle à propos de son démêlant.

— Retour à la case départ…, commente-t-elle en soupirant.

Je suis tentée de lui parler de ce que j'ai vu. Que penserait-elle de sa petite fille adorée si elle apprenait qu'elle vole à l'étalage ? Elle ne le croirait sûrement pas, sauf que la preuve gît dans le sac de Laurel.

Je dois lui dire.

— Maman ?

— Oui, chérie ? répond-elle distraitement.

J'essaie d'adopter le ton adéquat – choqué ? sympathique ? les deux ? – quand je me rends compte qu'il est trop tard. On le sent quand quelqu'un vient se planter juste derrière soi.

— Maman ? Tu pourrais m'aider à choisir un vernis ? J'en ai trouvé deux qui ne me paraissent pas trop mal. Il y en a un dont la couleur a l'air assez approchante, même, mais l'autre tiendrait sept jours.

La voix de Laurel est toute joyeuse.

Notre mère lève la tête. Un énorme sourire illumine son visage.

— Oh, là, là ! Ces bêtises qu'ils peuvent raconter ! Tu verras qu'un jour, ils en commercialiseront un qui ne s'effritera pas au bout d'une heure. Mais en attendant ce miracle, il faut se contenter de ceux-là.

Maman et Laurel s'éloignent bras dessus, bras dessous. Je me traîne à leur suite. Elles passent au moins dix minutes à choisir entre des rouges absolument identiques. Elles me demandent mon avis de temps en temps, et je réponds chaque fois exactement ce qu'elles veulent entendre. Laurel finit par se décider, puis notre mère et elle se dirigent vers les guichets pour aller régler. C'est Laurel qui paie. Je la regarde prendre un billet de vingt livres de son porte-monnaie et le tendre au caissier.

Je retiens mon souffle au moment où nous sortons du magasin. L'alarme va sûrement sonner… Mais non.

28.

Laurel nous prépare des toasts au fromage. Maman la complimente en lui disant qu'ils sont parfaitement grillés.

Après le dîner, elle monte appeler Eleanor. Laurel et moi nous installons devant la télé. Laurel a enregistré l'émission de Cynthia Day. Aujourd'hui, elle reçoit une dame qui a été gravement brûlée dans un incendie. Son mari aurait mis le feu exprès. Cynthia Day vient juste d'annoncer qu'elle offre un séjour à Disney World à cette femme et ses enfants. Tout le monde pleure dans le studio. Je jette un petit coup d'œil à Laurel ; elle ne verse pas la moindre larme.

— Je t'ai vue.

— Tu m'as vue ?

Elle ne prend pas la peine de se tourner vers moi.

— Voler.

Elle le fait, cette fois.

— De quoi tu parles ? demande-t-elle avec un air sincèrement déconcerté.

— Je t'ai vue voler du maquillage chez Boots.

Elle rit. J'ai envie de la gifler. Comment ose-t-elle se moquer de moi ?

— Pourquoi je ferais une chose pareille ?

— J'allais te poser la même question. Tu pouvais très bien acheter ces produits si tu les voulais vraiment.

— Je n'ai rien volé du tout.

Elle croise les bras sur la poitrine et détourne la tête vers la télé.

Maman redescend alors. Nous passons le reste de la soirée à regarder des conneries – des choix de Laurel, bien sûr.

Alors que je me prépare à me mettre au lit, je me rejoue ma conversation avec Laurel. Elle s'est vraiment montrée convaincante – pas la moindre pointe de culpabilité ni de gêne. Se pourrait-il que je me sois trompée ? Peut-être Laurel a-t-elle pris le maquillage et l'a-t-elle directement rangé ensuite, et que, à l'affût de chaque détail susceptible de ternir l'image de l'enfant chérie, mes yeux m'ont fait croire qu'elle l'avait emporté.

Le fait que je doute me paraît révélateur. Je n'ai pas halluciné. Je sais parfaitement ce que j'ai vu. Je ne comprends simplement pas, c'est tout.

Mon téléphone vibre : un texto. Sans doute de Martha. J'étais censée lui en écrire un pour lui donner des nouvelles de la grande excursion shopping. Elle a trouvé ça ridicule, elle aussi, de gâcher tout cet argent dans des fringues. Elle s'est montrée plutôt ouverte à propos du contrat d'édition, quand je lui en ai parlé. Thomas a réagi comme un vrai con, en revanche – rien d'étonnant.

Le SMS n'est ni de lui ni de Martha – les deux seules personnes au monde qui m'envoient des SMS. Il est de Laurel : Tu peux venir dans ma chambre ?

C'est bizarre. Pourquoi elle ne frappe pas simplement contre la cloison comme elle en a l'habitude ? Je prends le temps de me changer et de me brosser les cheveux avant de me rendre à côté.

La chambre de Laurel n'est pas éclairée, à part la lumière d'Œuf le pingouin. Je trouve l'interrupteur à côté de la porte. J'imagine que Laurel doit être dans la salle de bains lorsque j'aperçois le sommet de son crâne. Elle est assise par terre derrière le lit, coincée dans le petit espace entre le sommier et le mur. Je croyais qu'elle ne faisait plus ce genre de chose. J'ai vérifié régulièrement sous la coiffeuse si elle s'en servait toujours de cachette.

— Laurel ? Tu vas bien ?

— Ils sont sur la couette.

Sa voix est sourde, son ton mécanique.

Un tube d'eye-liner liquide et un autre de rouge à lèvres… Je grimpe sur le matelas et m'agenouille face à Laurel. Elle ne me regarde pas. Ses cheveux qui pendent devant son visage m'empêchent de discerner sa tête.

— Laurel ? Tu peux me parler, tu sais. Je ne dirai rien à personne.

Je me sens plus charitable maintenant qu'elle a avoué.

— Je ne comprends pas pourquoi j'ai fait ça.

J'attends qu'elle avance un argument plus convaincant. Elle finit par lever les yeux. Je repousse ses cheveux derrière ses oreilles.

— Vraiment ! C'est la *vérité* !

Ça n'a aucun sens. Personne ne vole sans raison. En général, les gens le font parce qu'ils n'ont pas les moyens d'acheter ce dont ils ont besoin.

— Je ne crois pas que ces couleurs iront avec ta nouvelle robe.

En cas de doute, mieux vaut essayer d'alléger l'ambiance.

Un sourire monte aux lèvres de ma sœur.

— Je ne peux pas l'expliquer... C'était... Je ne sais pas. Je voulais me tester. Je ne pensais pas m'en tirer. Pour voir ce qui se passerait dans ce cas-là. Tu me suis ?

Je hausse les épaules, parce que je ne comprends absolument rien.

— Tu as bien conscience que si tu t'étais fait attraper, tous les journaux en auraient parlé, n'est-ce pas ?

Elle opine.

— C'est peut-être ce que je cherchais ?

— Pourquoi ?

Je commence à me rendre compte que Laurel est moins simple qu'il n'y paraît.

Son regard se perd dans le vide.

— Parce que comme ça, les gens s'apercevraient que je suis... normale. Et que je peux commettre des erreurs, moi aussi. Comme tout le monde. Je ne suis pas quelqu'un d'admirable. Les enfants ne devraient pas me réclamer des autographes et rêver d'être pris en photo avec moi. Ce n'est pas bien.

Je croyais qu'elle adorait ça... Mais elle se débrouille magnifiquement pour ce qui est de sourire et d'*avoir l'air* de s'amuser.

— Tu n'es pas obligée de te plier à ça, Laurel. Personne ne te le demande.

— Je vais le rapporter. Le maquillage. J'irai demain.

— Non ! Tu ne peux pas ! Si jamais on te voit en train de remettre les produits en rayon, on pensera que tu les voles !

— Eh bien, j'avouerai, dans ce cas. Je parlerai à une vendeuse.

On dirait une petite fille déterminée, avec sa mâchoire serrée et son regard provocateur.

— Non. Il n'est pas question que tu fasses une chose pareille. Écoute, oublions ça, tu veux ? Agissons comme si ça n'était jamais arrivé. Je comprends pourquoi tu l'as fait, mais ce n'est pas la peine que quelqu'un d'autre le sache.

Je mens malgré moi. Je ne saisis toujours pas les raisons de son acte – pas vraiment.

— En plus, ça contrarierait beaucoup maman, si elle l'apprenait.

C'est la vérité.

— Je pourrais lui expliquer…

— Non. Elle ne comprendrait pas. Crois-moi.

Laurel demande si j'en suis certaine, si elle ne peut vraiment rien faire pour s'amender. Je lui confirme que malheureusement pas. De toute façon, Boots ne sera pas en faillite parce qu'elle a volé pour vingt livres de maquillage. Elle a peur que je sois en colère après elle. Elle a une vraie voix de gamine.

— Bien sûr que non.

— Tu es sûre ? Parce que ces derniers jours, j'ai eu la sensation que… (elle hausse les épaules. Je préférerais qu'elle ne finisse pas sa phrase) de t'énerver un peu.

Je m'apprête à la contredire, mais ma gorge se serre malgré moi.

— Tu as raison, fais-je au bout d'un moment.

L'expression désolée de Laurel est à fendre le cœur. De sorte que j'enchaîne.

— Tu n'y es pour rien ! Honnêtement. C'est mon problème, pas le tien. Je pense que j'ai du mal à me familiariser avec tous ces changements. J'avais l'habitude de faire ce que je voulais, quand tu n'étais pas là. J'ai besoin d'un peu de temps.

Elle acquiesce lentement.

— Ça ne doit pas être facile pour toi.

Je culpabilise aussitôt, en entendant ces paroles, devant la sympathie de son regard. Difficile pour *moi* ? Comparé à tout ce qu'elle a traversé ? Je fonds en larmes. Elle me réconforte, ce qui me met encore plus mal à l'aise. Je suis vraiment la pire personne de la Terre.

29.

C'était une idée de Laurel, de se lever tôt pour préparer le petit déjeuner à maman : des œufs au bacon, servis avec des toasts coupés en triangle disposés sur le porte-toasts. En vérité, elle préférerait sûrement quelque chose d'un peu plus sain, mais trois pommes fadasses et une banane toute marron sont les seuls fruits que nous ayons.

Je montre à Laurel comment faire frire un œuf et du bacon et rendre ce dernier bien croustillant. Elle sort un plateau, et l'une des serviettes qu'on utilise à Noël. Nous mettons le thé à infuser et pressons deux oranges, puis Laurel monte avec le tout. Je frappe à la porte de la chambre de notre mère avant d'entrer. Elle est étalée en travers du lit en mode étoile de mer. Chaque fois que je la surprends ainsi, je me demande comment elle faisait du temps de papa. Il lui faut quelques secondes pour se réveiller, et elle s'assoit ensuite en calant un coussin dans son dos. Son sourire endormi me réchauffe le cœur.

— Qu'est-ce que c'est que tout ça ? bâille-t-elle tandis que Laurel pose le plateau sur ses genoux.

— On t'a préparé le petit dèj' ! lance Laurel fièrement.

— Mais oui, je vois ça ! Qu'est-ce que j'ai fait pour mériter ça ?

Ma sœur me regarde, à la recherche d'une réponse. Rien ne me vient.

— On a juste pensé que ce serait gentil.

Notre mère attrape une tranche de toast avant d'attaquer le reste. Nous discutons pendant qu'elle mange. Elle nous dit qu'elle n'a jamais eu de meilleur petit déjeuner, en comptant celui auquel papa et elle avaient eu droit le lendemain de leur nuit de noces, dans cet hôtel très chic où ils résidaient.

— Mes deux filles chéries…

L'amour débordant dans ses yeux me fait presque mal. La honte que j'ai éprouvée hier soir me remonte dans la gorge.

Laurel se met à poser des questions sur leur mariage. J'apprends moi-même des choses que j'ignorais. Papa était tellement nerveux qu'il aurait vomi dans les buissons devant l'église ; il avait dû demander un chewing-gum pour que son haleine ne sente pas trop mauvais au moment du « vous pouvez embrasser la mariée ». Maman avait eu une violente dispute avec grand-mère la veille de la cérémonie, mais elle ne se rappelle plus à quel propos. Ils avaient passé une horrible chanson des années 1980 pour la première danse, un tube que maman adorait, mais que papa détestait.

Elle ne semble pas gênée d'évoquer ces souvenirs, ce qui me surprend. J'aurais cru qu'elle préférerait effacer de sa mémoire son mariage. Elle secoue aussitôt la tête quand je lui fais part de mon étonnement.

— Je n'ai jamais regretté d'avoir épousé votre père.

— Pourquoi ? ose Laurel.

Elle est allongée sur le lit à côté de maman, qui lui adresse un regard entendu, alors que sa réponse est tout sauf claire.

— À cause de vous deux, bien sûr !

Tandis que nous nous sourions toutes les trois, je me demande si moi seule envisage que notre famille se serait épargné treize années de chagrin, sans cette union – le genre de tristesse que peu de gens endurent au cours d'une vie. J'en arrive très vite à la conclusion que c'est effectivement le cas.

La patience de Thomas a fini par atteindre ses limites. Rien de très étonnant. Il ne m'a pas balancé qu'on devait recoucher ensemble, ou que, sinon, il arrêterait de sortir avec moi, mais j'imagine qu'il y a pensé. Pour être honnête, ça me surprend qu'il ait attendu si longtemps. Il n'est pas comme les autres mecs de notre âge – ou disons qu'il l'*est*, mais qu'il préférerait mourir plutôt que de le reconnaître. J'ai envie de le refaire, moi aussi. Juste pour voir. La vérité est qu'il ne m'a pas beaucoup manqué. Ça m'a parfaitement convenu de ne pas le croiser en dehors du bahut. Je suis sûre que ce n'est pas normal. Je sais qu'il devrait me manquer, que je devrais me languir, désirer qu'il me touche. Donc, il s'agira d'une expérience – de tester mes sentiments pour lui une bonne fois pour toutes.

Quand maman annonce qu'elle part pour la journée (et la nuit) avec Eleanor, le plan surgit aussitôt dans ma tête comme s'il avait attendu que les circonstances adéquates se présentent d'elles-mêmes. Nous ferons l'amour dans un endroit adapté, cette fois – dans un lit ! –, pour voir s'il y aura une différence. Laurel et moi regarderons une nouvelle série dont Martha lui a parlé, et, au bout d'un moment, j'expliquerai que je suis fatiguée et que je vais me coucher. Je m'assurerai que Laurel y aille en même temps que moi, ce qui ne devrait pas poser problème. Les choses se passent vraiment bien, depuis deux jours. Mais il faut dire que nous mettons tout en œuvre pour.

Lorsque je serai dans ma chambre, j'écrirai un SMS à Thomas pour lui indiquer que la voie est libre. À moins que je le fasse poireauter un peu. Genre une demi-heure. Voire une heure, pour que Laurel dorme bien. Une fois devant la maison, il m'enverra un texto. Je descendrai sans bruit pour lui ouvrir, puis nous monterons nous occuper de nos petites affaires à l'étage. Il ne sera pas question de rire, cette fois. Dès que la partie sexe sera terminée, Thomas devra partir. Je ne peux pas prendre le risque que Laurel tombe sur lui demain matin.

Bien sûr, je pourrais mettre ma sœur au courant. Cela ne lui poserait sûrement aucun problème. En plus, ce secret nous rapprocherait peut-être – organiser un plan d'action, cacher cette histoire à notre mère. Mais ça me gêne d'imaginer qu'elle puisse être dans la pièce d'à côté pendant que Thomas et moi on le fera. Même si elle acceptait de dormir dans la chambre de maman pour ne pas nous entendre par accident, la situation resterait quand même bizarre.

Je n'en ai pas parlé à Martha non plus, mais j'ai une très bonne excuse pour ça : elle est à Londres chez des amis de ses parents. Mais ce n'est pas la raison pour laquelle je ne lui ai rien dit. C'est surtout parce qu'elle aurait posé dix mille questions, et que j'aurais fini par lui confier mes doutes sur Thomas. Il y a quelques mois, cela ne m'aurait pas dérangée. Nous en aurions discuté, et Martha aurait compris. Mais elle apprécie véritablement Thomas, aujourd'hui, elle ne le considère plus du tout comme un petit con prétentieux. Je suppose qu'elle continuerait de le voir, si on se séparait, lui et moi. Je pense que je le vivrais moins bien qu'il y paraîtrait.

30.

Je finis de mettre au point ma petite tactique pour éviter que Laurel se couche tard : j'ouvre une bouteille de vin, dont je m'assure qu'elle boive la plus grande partie. Elle ne tient toujours pas très bien l'alcool – elle s'est endormie à la moitié du troisième épisode de la série.

Mon plan se déroule à la perfection. J'envoie le texto attendu un peu après onze heures. Thomas me répond à la vitesse de l'éclair : il a clairement très envie de venir.

Je pensais passer mon pyjama, mais il gâcherait sûrement l'ambiance. En même temps, ce n'est pas comme si je cachais de la lingerie sexy au fond d'un tiroir de ma commode. Je décide donc de garder mes vêtements – pour le moment.

Thomas se penche pour m'embrasser à peine ai-je ouvert la porte d'entrée. Son baiser est salé, mais pas désagréable. Il prouve néanmoins qu'il ne s'est pas lavé les dents depuis plusieurs heures. En revanche, j'ai brossé les miennes à m'en faire saigner les gencives. Thomas sourit.

— Elle dort ?

J'opine. J'ai écouté à la porte de Laurel jusqu'à ce que j'entende cette respiration légèrement oppressée qu'elle a dans son sommeil. Thomas et moi montons discrètement à l'étage. Il commence à marmonner que le plan camionnette serait quand même beaucoup plus simple, mais je lui dis de se taire. Je le laisse se glisser dans ma chambre avant de refermer la porte.

La lumière est faible – j'ai posé ma lampe de chevet par terre au cas où Thomas n'aurait pas envie de faire l'amour dans le noir. Je n'ai pas pris la peine de changer les draps parce que maman l'a fait il y a deux jours, et qu'en plus, il n'est pas très tatillon côté hygiène.

C'est seulement la troisième fois qu'il vient dans ma chambre. Ma mère exige qu'on reste en bas quand elle est dans les parages – et jusque très récemment, elle était *toujours* dans le coin. Thomas ne perd pas de temps. Il s'allonge sur moi et m'embrasse avidement. Trop, même ; nos dents se cognent si fort que je me demande si je n'en aurais pas une de fêlée. Je lui murmure de se calmer un peu, que nous ne sommes pas pressés.

— C'est facile pour toi de me sortir ça, susurre-t-il entre deux baisers.

Je me dégage.

— Qu'est-ce que ça veut dire ? fais-je à voix haute, alors que nous sommes censés ne pas faire de bruit.

Thomas ne répondant pas, je répète ma question à voix basse.

— Rien, chuchote-t-il en m'attirant dans ses bras. C'est juste que… que j'ai vraiment attendu ce moment.

Il a l'air tellement innocent que je souris. Thomas sait trouver les mots quand il s'agit de renverser la situation. Sans doute pas au début, mais au final, c'est lui qui a le dernier mot.

Nous connaissons un petit instant de stress quand il pense avoir oublié d'apporter des préservatifs ; je commence à me demander si Dieu (je ne crois pas en Dieu) ne ferait pas tout pour qu'on ne couche pas ensemble. Il plante beaucoup trop d'obstacles sur notre route. Soudain, Thomas se souvient qu'il les a fourrés dans la poche de sa veste, puisque son jean était à la machine.

Il ôte son T-shirt et dévoile son torse glabre et maigre. Il n'est pas complexé physiquement, contrairement à moi. Il enlève son pantalon, puis se dresse devant moi, en chaussettes et en caleçon. Il me dévisage impatient.

— Heu… tu ne vas pas… ? fait-il en montrant mes vêtements du doigt.

Presque à contrecœur, je retire lentement mon haut. Je me mets à douter. Ça ne me paraît pas bien de faire l'amour avec Thomas quand je ne sais plus ce que j'éprouve pour lui. Mais il s'approche et me murmure qu'il me trouve magnifique. Et je le crois, vu son regard. Je suis sûre de ses sentiments, à cet instant.

Je m'allonge contre lui et glisse ma tête dans le creux de son épaule – un espace dont j'ai toujours pensé qu'il avait été conçu sur mesure pour moi. Il me serre fort et m'assure qu'on n'est pas obligés de faire quoi que ce soit si je n'en ai pas envie.

— On a qu'à rester comme ça, dans les bras l'un de l'autre.

Je ne vois pas son visage pour vérifier, mais je n'ai pas l'impression qu'il ment. Ça ne lui ferait sincèrement rien. Et là, je me rends compte que je tiens à lui. Et que je veux le faire.

Je l'embrasse farouchement pour qu'il comprenne avant de le plaquer sur le lit.

J'ai plus mal, ce coup-ci, ce que je trouve injuste, d'une certaine façon. Je ferme les yeux pour essayer d'écarter la douleur en attendant que ce soit fini. Je me demande si maman et Eleanor passent un bon moment au spa. Si je connais bien ma tante, il devrait y avoir plus de champagne et de massages que de jus de blé germé et de yoga Bikram au programme. Je ne sais pas s'il est normal de penser à sa mère pendant qu'on couche avec son mec. Sans doute pas.

La respiration de Thomas devient plus rapide et plus sonore. Heureusement, ça ne devrait plus durer très longtemps. Je n'émets aucun bruit, à la différence de la dernière fois. Je fais courir mes doigts le long de sa colonne, qui m'évoque aussitôt le squelette de dinosaure tout bosselé que j'ai vu au Muséum d'histoire naturelle de Londres lors d'un voyage scolaire. Quel âge avais-je, à l'époque ? Onze, douze ans ? Non, onze.

J'ignore pourquoi j'ouvre les yeux. Je n'ai rien entendu de spécial. Mais quand j'ose un coup d'œil vers la porte, elle est entrebâillée. Je suis sûre de l'avoir fermée derrière nous, pourtant.

Elle est là, à nous observer. Un cri me monte à la gorge, mais reste bloqué sans pouvoir s'échapper de ma bouche. Mon corps tressaute sous le choc. Je suffoque, mais Thomas est trop occupé pour le remarquer.

Mon regard croise le sien. Laurel ne cille même pas. Je m'attends à ce qu'elle sorte en trombe en faisant claquer la porte derrière elle, mais rien. Je ne sais pas quoi faire. Je voudrais tourner la tête, mais j'en suis incapable.

Thomas met des plombes à jouir. Ensuite, il s'écroule sur moi, parfaitement immobile, m'écrasant alors qu'il ne pèse pratiquement rien – moins que moi, en tout cas.

Il finit par se soulever sur les avant-bras pour m'embrasser. Son visage luit légèrement de sueur, et deux taches rouges marbrent ses joues. J'avise la porte, qui est de nouveau fermée. Laurel est partie.

Thomas et moi restons collés l'un à l'autre dans mon lit quelques minutes. Il me demande à quoi je pense, et si je suis contente. Je lui assure que oui. Il s'habille et me dit qu'il m'aime. Puis il me quitte.

Je reste étendue là, nue. J'attrape la couette et la remonte jusqu'à mon menton. Je perçois sa présence par-delà la cloison, et elle sans doute la mienne. Je me sens brûlante de gêne, glacée de confusion. Pourquoi n'ai-je pas écarté Thomas de moi à la seconde où j'ai remarqué son intrusion ? Pourquoi ne lui ai-je rien dit ensuite ?

Et qu'est-ce qui lui a pris de m'espionner comme ça ? Qu'est-ce que je vais lui dire ? Est-ce que je devrais lui parler maintenant ?

Je ne bouge pas. Je regarde simplement la porte en espérant – en priant ! – qu'elle ne se rouvre pas.

31.

Je me lève tôt après une nuit agitée sans savoir si j'ai dormi. J'enfile discrètement un jean et un sweat à capuche. J'ouvre la porte de ma chambre et me plante sur le seuil pour écouter. Des voitures passent dans la rue, le radiateur du palier gargouille, un chien aboie. Aucun bruit ne monte de chez Laurel.

Je ne prends pas le risque de me laver les dents pour éviter que les trépidations des canalisations ne la réveillent. Je descends, et sors par l'entrée principale. Je pénètre dans un café et me précipite aux toilettes avant de rejoindre la queue au comptoir.

Je m'assois dans un coin face à la porte et bois une tasse de thé affreusement dilué en vérifiant l'heure toutes les deux minutes. Puis une deuxième. Je ne pourrai pas rester là éternellement. En plus, maman devrait revenir pour le déjeuner.

Un peu avant neuf heures, je reçois un texto de Martha qui me demande si je veux faire un truc cet après-midi. Comme elle ne propose rien de précis, j'imagine qu'elle n'a rien prévu de particulier. Nous allons simplement traîner ensemble. Je lui réponds que je serai chez elle vers trois heures. Tout me convient du moment que je fuis la maison.

Un autre message arrive, de Laurel cette fois. Elle veut savoir où je suis ; elle a préparé le petit déjeuner. Je lui dis que je rentre, que je suis juste sortie chercher du lait. OK, je mets l'eau à chauffer ! xxx, réplique-t-elle.

J'ai oublié le lait. Mais Laurel ne fait aucun commentaire lorsque j'entre dans la cuisine les mains vides. Il y en a dans le frigo, de toute manière – maman a refait le plein avant de partir. Elle a carrément acheté de quoi tenir un siège de trois mois, même.

Laurel s'essaie aux œufs brouillés, aujourd'hui.

— Je me suis dit que ce serait plus facile qu'une omelette.

Elle me sourit chaleureusement. Ses cheveux sont remontés en queue-de-cheval. Elle ne s'est pas encore douchée, elle non plus.

Je jette un coup d'œil à la poêle devant elle ; les œufs sont effectivement brouillés. Les toasts bondissent du toasteur. Laurel me demande de les beurrer. Nos tasses assorties trônent déjà sur le plan de travail. Je touche la bouilloire. L'eau est chaude.

Je me concentre à fond sur ce que je fais. Le crissement de la lame du couteau sur le pain grillé me fout les nerfs en pelote. J'ignore laquelle de nous deux craquera la première. Mais il faudra bien aborder le sujet, et je ne pense pas que ce soit à moi de le faire. Laurel remplit les tasses et finit de préparer le thé.

Nous nous asseyons à table – elle a mis les couverts, et même deux morceaux d'essuie-tout en guise de serviettes. Les œufs sont caoutchouteux et étrangement croustillants par endroits. Je n'ai aucune envie de les manger, mais de vexer Laurel non plus. Elle adore cuisiner. Soudain, j'en veux à Michel ; il n'arrête pas de lui répéter qu'elle est douée et qu'elle devrait se renseigner sur les métiers envisageables. Papa l'interrompt toujours, dans ces cas-là. Il ne croit pas que Laurel serait capable d'accéder à ce genre de boulot « normal ».

Je grignote un coin de toast avec le moins d'œuf possible. Laurel me dévisage. Elle a les sourcils haussés. Elle attend mon commentaire.

— Délicieux ! fais-je la bouche pleine, maman n'étant pas là pour me sermonner.

— Menteuse… Mais ce n'est pas grave, je les réussirai mieux la prochaine fois.

Le petit déjeuner se poursuit en silence pendant une minute.

— Alors… Bien reposée ? interroge-t-elle.

Je comprends soudain comment nous allons jouer le coup : à la Logan. En enterrant le sujet en espérant que la bétonneuse versera ce qu'il faut par-dessus pour l'enfouir à jamais, sans parler de rien, bien sûr.

— Très bien, merci, réponds-je en souriant. Et toi ?

— Comme un bébé. C'est vraiment bizarre, de sortir ça, tu ne trouves pas ? Dormir comme un bébé… Les bébés pleurent tout le temps !

Je souris de nouveau avant de lui confirmer que je considère cette expression étrange, moi aussi. Ensuite, je questionne Laurel sur son programme de la journée.

Tandis que nous parlons, je me demande à quoi elle pense vraiment. Elle sait que je l'ai surprise. Nous avons eu un contact visuel, et prolongé, même. Elle doit avoir peur que je dise quelque chose, du coup – que je l'accuse de nous avoir espionnés Thomas et moi. Mais je réentends soudain ce que Martha avait expliqué un jour à propos de sa mère, qu'elle ne distinguait rien à plus de quelques centimètres sans ses lunettes. Je me creuse les méninges pour vérifier si Laurel a eu un test de vision depuis son retour. Se retrouver enfermée dans une cave obscure pendant des années doit affecter la vue, non ? Comment pourrait-il en être autrement ? Laurel ne se serait peut-être pas rendu compte que je l'avais attrapée en train de nous regarder, dans ce cas ? Peut-être qu'elle est myope comme une taupe, mais que personne n'a pris la peine de le contrôler. Que sa vue est si mauvaise qu'elle n'a pas compris ce que Thomas et moi faisions. (Bien tenté ! *Bien sûr* qu'elle savait ce qu'on faisait.)

C'est un soulagement, d'une certaine façon, de ne pas devoir en parler. De ne pas avoir à ânonner tandis que je lui expliquerais pourquoi je lui avais caché que Thomas venait. Sans compter qu'il faudrait la supplier de ne pas me balancer à maman, aussi. Elle ne serait pas ravie d'apprendre que Thomas et moi couchons ensemble. Peu importe que ce soit légal, que nous vivions une relation sérieuse, qu'on se protège et tout. Tout ce qui compterait à ses yeux, c'est qu'elle n'aime pas Thomas et qu'elle ne l'aimera jamais. Et si elle découvrait qu'il a passé une partie de la nuit à la maison, elle ne nous laisserait plus jamais seules Laurel et moi. Je suis sûre que ma sœur accepterait de garder le secret, mais il est trop tard pour le lui demander. Elle ne dira rien, j'en suis pratiquement certaine. Parce que si elle le faisait, elle serait obligée d'avouer qu'elle nous a matés, ce qui serait vraiment trop étrange.

Mieux vaut tout mettre sous le tapis, faire comme si rien d'étrange – de très, très bizarre et d'extrêmement gênant – n'était survenu. Il va falloir effacer ce souvenir de ma mémoire. Si seulement c'était aussi facile… J'ai le sentiment que je n'oublierai jamais le choc que j'ai eu en la voyant là, plantée dans le couloir à nous regarder. À nous juger.

Maman arrive. Elle porte une paire de lunettes de soleil, et traîne une vague odeur de vin avec elle.

— C'est la dernière fois ! On ne m'y reprendra plus… Elle a vraiment une trop mauvaise influence sur moi…

Laurel propose de préparer un sandwich à maman, qui grimace à l'idée de manger quoi que ce soit.

— Non, merci, ma chérie. Plus tard, peut-être. Je vais d'abord monter m'allonger un peu. Mais à part ça, et vous, les filles ? Avez-vous passé une bonne soirée ?

— Oui oui, nous avons passé une excellente soirée entre sœurs…, assure Laurel.

Je suis presque sûre – pas assez pour parier un billet de cinquante, mais de dix sans problème – qu'elle a légèrement insisté sur le mot « sœurs ». Si j'ai raison, alors Laurel me manipule. Ça doit l'amuser de me mettre au supplice.

Maman se traîne vers l'escalier avec son sac, et commence à grimper les marches en se cramponnant à la rampe comme si elle se trouvait à bord d'un bateau en pleine tempête. Laurel croise mon regard avant de secouer la tête en souriant, pour signifier « ah, les parents ! », ou « elle est dans un de ces états ! ». Je suis censée lui retourner son coup d'œil, voire de hausser les épaules en rigolant. Mais je l'ignore. Je me détourne même carrément.

Maman s'arrête au niveau de la troisième marche.

— Oh, j'allais oublier ! Comment j'ai pu oublier une nouvelle pareille ? (Je me retiens, mais de justesse, de faire une remarque sur la corrélation évidente entre consommation d'alcool et perte de mémoire.) Vous ne devinerez jamais qui m'a téléphoné hier soir ! Bon, disons qu'elle a appelé, mais que je n'ai pas répondu parce que j'étais... Bref, en tout cas, elle a laissé un message sur ma boîte vocale. J'étais sidérée, quand je l'ai entendu ce matin. Tu parles d'un coup de vieux !

— C'était qui ?

J'ai horreur de jouer aux devinettes.

— Dana Fairlie !

Maman me regarde avec l'air d'attendre quelque chose. Je ne sais pas du tout qui est cette Dana Fairlie, ce qui doit transparaître à ma mine perplexe.

— Les Fairlie ? Au numéro 24 ?

Non, vraiment pas...

Ma mère soupire d'exaspération comme si je le faisais exprès. Elle redescend les marches.

— Et toi, Laurel ? Tu te souviens de la petite Bryony, quand même, non ? Vous étiez sans arrêt fourrées ensemble. Toujours en train de faire des bêtises.

Laurel acquiesce d'abord vaguement, mais plus fermement ensuite.

— Oui… Oui, je me souviens d'elle !

Les Fairlie habitaient à deux maisons de la nôtre à Stanley Street. Ils avaient deux gamines du même âge que Laurel et moi. Eux et les parents s'étaient donc liés d'amitié. Ils étaient partis vivre en Australie un mois avant l'enlèvement de Laurel. Ça me revient en mémoire, à présent, ou plutôt cette vieille photo. Laurel et une autre petite. Deux blondinettes, qui se ressemblent comme des sœurs (de *vraies* sœurs). Leurs cheveux sont attachés en queue-de-cheval, leurs têtes collées, et leur visage incliné tout souriant. Je me rappelle ce que j'avais pensé en voyant ce cliché. Pourquoi est-ce que le monstre n'avait pas kidnappé cette fillette au lieu de ma sœur ? Mais je comprends pourquoi, maintenant : parce qu'elle vivait à des milliers de kilomètres de là. En sécurité, au fin fond du monde.

— Bref, quoi qu'il en soit, ils rentrent ! Bon, pas définitivement, mais pour un mois, voire plus. Kirsty voudrait s'inscrire à l'université ici – non, mais je n'en reviens pas. La petite Kirsty, à la fac ! C'est incroyable…

Comme maman sait si bien le faire, elle s'est arrangée pour que nous déjeunions tous ensemble le lendemain sans prendre la peine de nous en parler au préalable. C'est une chose, qu'elle le fasse avec Laurel – elle n'a jamais rien de prévu –, mais j'ai une vie, moi. Cependant, curieuse de rencontrer ces gens qui auraient si facilement pu se retrouver à notre place, j'accepte malgré tout. Si les démarches administratives n'avaient pas été aussi rapides, ou si M. ou Mme Fairlie avaient dû rester dans le pays un mois de plus pour boucler un gros projet de boulot, ils auraient encore habité Stanley Street, ce jour-là. Ce fameux jour où nos existences avaient été complètement pulvérisées. Bryony et Kirsty auraient pu jouer dans le jardin de leur maison pendant que Laurel et moi aurions été à l'intérieur parce que l'une d'entre nous ne se serait pas sentie bien. On aurait regardé un Walt Disney blotties l'une contre l'autre au moment où l'ombre serait passée devant chez nous. Le visage de Bryony Fairlie se serait retrouvé en une des journaux. Mes parents auraient fait tout ce qu'ils auraient pu pour aider les Fairlie dans cette épreuve, s'occupant de Kirsty et préparant des lasagnes que Mme Fairlie n'aurait eu qu'à réchauffer en rentrant d'une énième conférence de presse. Mes parents auraient participé aux recherches, et placardé des affiches « AVEZ-VOUS VU CETTE PETITE FILLE ? », et ils se seraient creusé la tête pour vérifier s'ils n'avaient pas vu ou entendu quelque chose ce jour-là ; une voiture garée dans la rue qu'ils auraient remarquée pour la première fois, un type au comportement bizarre… De temps en temps, maman aurait pris Mme Fairlie dans ses bras en lui murmurant que cela finirait par s'arranger pendant que papa aurait échangé des regards sinistres avec M. Fairlie, tout en se disant à quel point il était heureux que ce ne soit pas arrivé à l'une de ses filles.

32.

Tous les plans de travail sont recouverts de bocaux. Deux énormes casseroles chauffent à petit feu sur la gazinière. La mère de Martha tient un thermomètre en métal enfoncé dans l'une d'elles. Elle semble plus heureuse que la dernière fois que je l'ai vue. Le chômage lui convient apparemment parfaitement.

Martha m'entraîne hors de la cuisine, puis à l'étage dans sa chambre.

— La confiture… C'est son nouveau délire. Elle parle même de monter son affaire ! Je n'arrête pas de lui répéter que c'est franchement une idée à la con, mais madame ne veut rien entendre !

Je hausse les épaules. Ce projet ne me paraît pas si nul. Les clients du marché paient bien 4,95 livres un pot de confiture artisanale sans le moindre problème. Pourtant, je laisse Martha râler parce que c'est ce que les meilleures amies font.

Je suis tentée de lui raconter pour hier soir, mais ce serait beaucoup trop compliqué. En plus, je n'aimerais pas que Martha me trouve bizarre. Elle ne comprendrait pas que je ne reparle pas à ma sœur. Je ne lui décris pas non plus l'incident pendant notre petite sortie shopping, mais je lui parle de Laurel, en revanche. Ou de sa robe. Martha convient comme moi que c'est une somme d'argent folle pour un simple morceau de tissu. Je ronchonne à propos du contrat d'édition et de ma future séance de travail avec le nègre littéraire la semaine prochaine. Apparemment, on juge logique que je passe à la moulinette la première. Sans doute parce que je n'ai pas grand-chose à dire comparé aux autres. J'ai quand même eu le droit de choisir le lieu du rendez-vous : l'éditrice (Zara Nom-à-Rallonges) a expliqué à ma mère que ce serait bien de le fixer dans un endroit où je me sente à l'aise. Maman a suggéré que ce serait mieux à la maison, pensant sûrement que j'aurais besoin de son indispensable présence. J'ai préféré un café près du canal, où je ne devrais croiser personne de ma connaissance.

Je parle de la robe et de la négociation du contrat pour le bouquin quand je me mets soudain à dresser la liste de tous (ou presque) les trucs énervants que Laurel a faits ces deux dernières semaines.

— C'est juste qu'elle est *tout le temps* là, tu comprends ? Parce que c'est vraiment ça, le problème : je l'ai en permanence dans les pattes. Bon, sauf si on compte ses deux séances hebdomadaires chez le psy, et celles avec Penny. Mais en dehors de ça, pas moyen d'y couper.

— Eh ben, dis-moi… Ça n'a pas l'air aussi génial que ça d'avoir une grande sœur en fin de compte, mmm ? lance Martha avec un petit sourire narquois.

À peine Martha a-t-elle prononcé ces paroles que la culpabilité me tombe dessus. La culpabilité… Toujours présente, tapie dans l'ombre. Comme Laurel ! C'est comme si j'avais à me sentir éternellement reconnaissante, comme si le moindre sentiment négatif m'était interdit. Parfois, tard la nuit, quand le sommeil ne vient pas, j'ai peur que quelque chose d'affreux arrive à ma sœur. Qu'une voiture la renverse, qu'une arête de poisson l'étouffe… à cause de moi, parce que je ne serais pas assez contente de l'avoir retrouvée. Je m'inquiète qu'on nous reprenne Laurel pour me punir.

J'explique à Martha que je ne voulais pas dire ça, que j'aime vraiment avoir une grande sœur. Elle rit.

— C'est bon, tu sais. Ce n'est pas la peine de faire semblant avec moi. (Elle se penche pour me tapoter le genou.) Tes secrets seront bien gardés, promet-elle avec une expression faussement indulgente.

Je comprends qu'elle se fout de moi, mais je lui suis tellement reconnaissante que je pourrais pleurer. Le seul fait qu'elle m'écoute me plaindre et qu'elle ne me trouve pas horrible m'aide à me sentir beaucoup mieux.

Je lui raconte pour les Fairlie, en commentant la bizarrerie de la situation. Elle me rassure avant d'ajouter que si ce moment sera spécial pour moi, il le sera encore plus pour Laurel. Que toute l'attention sera focalisée sur elle – comme d'habitude.

— Comment tu vas t'habiller pour la fête ?

Martha est assise à son bureau, le dos tourné. Elle se tient toujours très droite, tel un personnage d'un autre temps en costume d'époque. Les gens aussi grands qu'elle se voûtent, en général.

— Quelle fête ?

Je suis installée par terre, appuyée contre le lit, à vider de vieux messages de mon téléphone. C'est vraiment la glande, cet après-midi. On aurait au moins pu sortir au cinéma, mais Martha a dit qu'aucun film ne la tentait. Ça me fait quand même du bien de fuir la maison quelques heures. Je me demande vraiment comment je vais traverser la semaine qui arrive sans devenir complètement folle.

— Ben, l'anniversaire de Thomas...

Elle ne pivote pas pour me regarder. Peut-être parce qu'elle s'inquiète de ma réaction ou alors, parce qu'elle ne se doute pas de mon ignorance.

— Je répète : Quelle. Fête.

Elle se tourne, cette fois. Mon air glacial la laisse perplexe.

— Sa fête surprise ? Pour ses dix-huit ans ? Tu ne peux pas... Sa mère ne t'a pas... ? Elle devait te téléphoner, mais ça remonte un peu, maintenant...

Beaucoup d'éléments me déplaisent dans ce que Martha vient de balancer. Trop, même. D'abord, Thomas déteste les fêtes *et* les surprises, une fête surprise représentant son pire cauchemar. Ensuite, comment Martha peut-elle être au courant avant moi ? Enfin, et pas le moindre des problèmes : pourquoi a-t-elle parlé avec la mère de Thomas ?

Martha se lance aussitôt dans une explication.

— Oh... Waouh ! OK, j'étais sûre qu'elle t'aurait appelée, à l'heure qu'il est. Bref. En tout cas, elle organise une fête surprise la semaine prochaine. Elle a déjà invité tous les membres de leur famille. Elle sait que

Thomas n'aime pas trop ce genre de choses, mais elle prétend qu'elle ne pourra plus jamais faire ça pour son « bébé ». Qu'il ne l'a pas laissée faire ces deux dernières années, mais que, cette fois, elle tente le coup. Je lui ai expliqué que ce n'était pas une très bonne idée, cependant, elle pense que l'attention lui fera super plaisir, même s'il ne le dira pas. Qu'il a beau se la jouer cool et intello, tout ça, en dessous, il n'est qu'un tout petit garçon dont les aliments favoris restent la confiture et la glace. Tu le savais ? Il me semblait que c'était les sashimis, sa bouffe préférée…

Elle finit par s'interrompre pour vérifier comment elle s'en sort. Mon expression est-elle toujours aussi implacable, ou plus amicale ?

Vu la tête de Martha, elle ne doit pas s'être beaucoup réchauffée.

— Quand est-ce que tu as parlé à sa mère ?

Martha hausse les épaules.

— La semaine dernière, je crois ? Ou celle d'avant… Je ne me rappelle plus exactement.

Elle va devoir trouver mieux, et elle s'en doute.

— J'avais besoin d'un bouquin pour les cours. Thomas est monté le chercher dans sa chambre, et elle en a profité pour me coincer dans la cuisine.

Thomas n'habite pas vraiment près de chez Martha. Pour se rendre chez lui, elle doit prendre un bus qui passe juste en bas de ma rue. Et tous les livres de cours que Thomas pourrait lui prêter sont les mêmes que les miens.

— Tu n'étais pas chez toi, explique-t-elle en répondant à la question que je n'ai pas posée.

— Il ne m'en a pas parlé.

— Pourquoi il l'aurait fait ? Bref, qu'est-ce qu'on va mettre ? Mme Bolt a dit « chic-décontracté ». Quelle indication… Super ! Tu crois qu'on peut se ramener en jean ?

Elle s'efforce de me distraire ou disons qu'elle me distrairait si nous étions du style à discuter de fringues. Le fait que ce ne soit pas le cas me laisse entendre qu'elle n'a pas trouvé de meilleure façon d'aborder le sujet de la soirée, et qu'elle savait parfaitement que je n'étais pas au courant. Une légère migraine commence à pointer…

Je parviens plutôt bien, du moins d'après moi, à faire comme si ça ne me gênait pas que Martha papote avec Mme Bolt – même si Mme Bolt ne cherche jamais à « papoter » avec moi. Martha me scrute pour vérifier si je suis énervée, mais vu ma première réaction, je suis obligée de prendre énormément sur moi.

Une fête surprise pour les dix-huit ans de Thomas est une très, très mauvaise idée. Il va tout détester : les cadeaux que les gens lui offriront – qui prouveront seulement à quel point ils le connaissent mal –, la musique, la séance photos, souffler les bougies de son gâteau (en forme de livres, m'informe Martha). Ce devrait être assez marrant de le voir se débattre. Dans un sens, je suis contente que sa mère ne m'en ait pas parlé, parce que j'aurais peut-être réussi à la convaincre de renoncer. Alors que je ne manquerais ça pour tout l'or du monde…

Je demande à Martha qui est invité. Thomas a quelques copains au bahut, mais aucun de vraiment proche. Mme Bolt les contactera dans les deux jours qui viennent. Elle préfère les prévenir à la dernière minute pour qu'ils ne « gâchent pas la surprise ». Ils risquent surtout de ne pas être libres en étant conviés aussi tard. Ce n'est pas comme si les gens avaient annulé tous leurs rendez-vous au cas où ils seraient éventuellement les bienvenus à la fête d'anniversaire de Thomas Edwin Bolt. (Je me fous très souvent du deuxième prénom de Thomas. Non pas que j'aime beaucoup plus le premier. Pourquoi il ne se fait pas simplement appeler Tom comme tout le monde ?)

Tandis que nous discutons, je reçois un texto d'un numéro que je ne connais pas. En parlant du diable… La mère de Thomas m'informe enfin de la fête imminente. Elle ne s'excuse même pas de me prévenir si tard. Le message répond à la question que je m'apprêtais à poser à Martha : le lieu. Les Bolt ont loué une salle au-dessus d'un pub à côté de chez eux. Un autre SMS arrive avant que j'aie fini de lire le premier : N'oublie pas d'inviter ta sœur !

— Elle veut que je vienne avec Laurel…

— Et donc ?

Je soupire. Si je dois expliquer *ça* à Martha, alors elle ne comprendra pas.

— Je suis seulement surprise, c'est tout.

Martha hausse les épaules.

— Ce sera peut-être une bonne chose, que Laurel se rende à une fête. C'est l'occasion parfaite de se faire des amis, tu ne penses pas ?

Elle a peut-être raison. Les gens présents devraient être potables. Laurel se fera sans doute des copains. Je crois que Thomas m'a parlé d'une cousine à lui qui étudie à Oxford : ce serait un début. C'est dans des moments comme celui-là que je sais que j'ai vraiment de la chance d'avoir Martha – quelqu'un qui voit la vie différemment. Je souris.

— Tu es un génie...

Elle soupire ostensiblement avant de se laisser tomber sur le lit à côté de moi.

— Eh oui ! Mais c'est une sacrée responsabilité, d'avoir un cerveau comme le mien, ma petite. T'as même pas idée !

33.

Laurel est vraiment super contente d'être conviée à la fête, et je vois au visage de maman qu'elle l'est aussi. Notre mère doit probablement considérer cette invitation comme une sorte de commencement. Laurel pourra peut-être mener une vie un peu plus normale, en fin de compte… Je l'oblige à jurer de ne rien dire, expliquant que Thomas ignore tout.

Laurel me regarde avec des yeux écarquillés.

— Je ne sais pas comment tu fais pour ne pas gaffer ! Je ne pourrais jamais garder un secret pareil !

Je ne leur avoue pas que je viens juste d'être informée, et que comme je n'ai pratiquement pas parlé à Thomas, me taire n'a donc pas été si difficile jusqu'à présent. Je devrais être au courant depuis des jours, et complètement impliquée dans l'organisation. C'est ce à quoi les gens s'attendraient. Maman et Laurel également, à l'évidence.

— Thomas ne paraît pas du style à aimer les fêtes surprises, commente ma mère d'un ton dégagé tout en sirotant son vin.

Elle a visiblement décidé de soigner le mal par le mal.

— Il ne l'est pas, en effet. (Elles me fixent toutes les deux, suspendues à mes lèvres.) C'est pour ça que c'est tellement génial !

Je ris, et maman aussi, avant d'ajouter que je suis vraiment une peste.

Laurel n'intervient pas. Ce genre d'interaction entre êtres humains la déconcerte toujours un peu. Elle ne comprend pas que je jubile à cause d'une chose que Thomas haïra. J'essaie de lui expliquer, mais ça ne donne rien. Elle plisse les yeux, la mine pensive.

— Est-ce que tu veux dire… qu'il sera en fait content au fond de lui ? Qu'il fera juste semblant de détester ?

Je jette un petit regard à maman, qui approuve discrètement.

— Oui, c'est exactement ça.

Laurel paraît nerveuse à l'idée de rencontrer les Fairlie. Elle se lève sans arrêt pour se planter devant le miroir au-dessus de la cheminée pendant que nous attendons dans le salon que maman termine de se préparer. Pour des raisons qui m'échappent, ma sœur a décidé de remonter ses cheveux en queue-de-cheval, aujourd'hui. Maman a eu l'air un peu stupéfaite, en l'apercevant, mais elle n'a pas commenté.

Je demande à Laurel si elle va bien. Elle m'assure que oui en souriant. Je ne la crois pas. C'est normal qu'elle soit inquiète. Je suis un peu stressée, moi aussi. Maman est trop contente, elle. La gueule de bois d'hier semble un lointain souvenir que le projet de déjeuner dehors avec « ses filles » a bel et bien chassé. Elle descend enfin, beaucoup trop maquillée. Mieux vaut ne pas commenter, ça ne ferait que la contrarier. Je peux comprendre qu'elle veuille se montrer sous son meilleur jour à une amie qu'elle n'a pas revue depuis des années. J'aimerais juste qu'elle admette qu'elle n'a plus besoin de se maquiller autant. Maintenant que le traumatisme de la disparition de Laurel s'estompe doucement de son visage, ce genre de masque est inutile.

Je les observe depuis l'entrée du restaurant. Elles sont installées dans un grand box incurvé en forme de palourde. J'aurais préféré déjeuner à une table plus normale.

Aucun de nous n'a jamais testé cette adresse auparavant. J'ignore pourquoi maman l'a choisie. Je profite du court trajet jusqu'au box pour zieuter les autres clients, et constate qu'ils sont bien habillés, et que de nombreuses femmes ont même des sacs de marque. Voilà pourquoi ma mère a opté pour cet endroit : elle veut impressionner son monde.

Les Fairlie se lèvent à notre approche. Mme Fairlie se précipite vers maman.

— Olivia ! Quel bonheur de te voir !

Elle me serre ensuite dans ses bras, ce qui me surprend. Tout le monde s'intéresse d'abord à Laurel, en général.

— Ma petite Faith ! Oh, mon Dieu… Non, mais regarde-toi !

Je n'ai jamais compris ce que ça signifie, *regarde-toi*… C'est le genre de chose qu'on sort à quelqu'un qui vient de chez le coiffeur. Ce n'est ni positif ni négatif, même si les gens ont toujours tendance à le prendre bien. Pourtant, ils entendent uniquement ce qu'ils veulent au lieu de ce qui se dit vraiment.

J'aperçois deux filles par-delà l'épaule de Mme Fairlie : Bryony et Kirsty. Elles sourient toutes les deux timidement et ont l'air aussi gênées que moi. Maman les serre l'une après l'autre contre elle pour les saluer.

Mme Fairlie enlace Laurel plus longtemps que nous. Normal, j'imagine. Bryony me gratifie ensuite d'une espèce d'accolade un peu molle. Kirsty et moi nous adressons un signe de la main à distance pendant que Bryony marche vers Laurel.

Au bout d'un moment, nous finissons par nous asseoir. Maman et Mme Fairlie installent Bryony et Laurel à côté l'une de l'autre.

— Eh bien, commente Mme Fairlie, ça fait un sacré bail !

Son accent est étrange – plutôt anglais, avec une petite inflexion plus aiguë à la fin des phrases. Ses filles ont carrément l'accent australien. Ce qui leur va bien. Et carrément l'air australien, aussi : bronzées, blondes, magnifiques.

Le serveur vient nous voir. Maman lui commande une bouteille de champagne sans laisser le temps à quiconque de réagir.

— Kirsty peut boire, n'est-ce pas, Dana ?

Mme Fairlie paraît un peu décontenancée – elle doit se demander qui paiera le champagne –, mais elle confirme que Kirsty a effectivement droit à un peu de vin de temps en temps.

À peine le champagne servi, maman lève son verre. Après une seconde d'hésitation, nous l'imitons tous.

— Aux vieux amis !

Puis nous trinquons avant d'avaler une gorgée. Un petit silence retombe, puis ma mère se met à balancer une flopée de questions à Mme Fairlie sur la façon dont ça se passe pour eux « là-bas en bas ». Je vois clair dans son jeu : elle tente de détourner l'attention de Laurel en faisant comme s'il s'agissait d'un simple déjeuner entre anciens voisins.

Maman et Mme Fairlie se retrouvent très vite embarquées dans une discussion sur les mérites de la vie au grand air en Australie (« On mange dehors huit mois de l'année ! »). Laurel et Bryony papotent à voix basse de l'autre côté du box. Je n'entends pas ce qu'elles se disent, vu le boucan que font ma mère et la leur.

Kirsty ne cesse de regarder Laurel, comme si elle n'arrivait pas à croire qu'elle est réelle. Je me concentre surtout sur mon assiette – une salade de betteraves de différentes sortes. La nourriture est vraiment excellente.

— Alors..., lance Kirsty, la bouche pleine, ce qui ne l'empêche visiblement pas de parler, qu'est-ce que ça fait, de l'avoir de nouveau avec vous ? Ça doit être un peu bizarre, non ?

Je voudrais reprocher sa brutalité à Kirsty, mais je ne le peux pas. Elle est la seule à reconnaître l'étrangeté de la situation. J'aimerais seulement qu'elle l'ait articulé plus fort pour que maman se rende compte qu'il existe diverses façons de considérer le retour de Laurel – que tout n'est pas forcément grands sourires, accolades, et arcs-en-ciel.

— Ouais, ça l'est. Mais c'est super aussi.

Elle lâche un petit rire un peu trop sonore, ce qui attire l'attention de Mme Fairlie. Elle paraît désapprobatrice, mais Kirsty l'ignore.

— Tu n'as pas l'air convaincue !

— Si, je le suis… mais tu sais comment c'est d'avoir une sœur.

Kirsty observe Bryony de l'autre côté de la table, et moi, Laurel. Leurs têtes sont proches, comme si elles se confiaient des secrets. Kirsty avale une gorgée de champagne, vérifie que sa mère ne la regarde pas, et attrape alors la bouteille pour remplir son verre à ras bord.

— Est-ce que ça m'arrive ? J'ai toujours rêvé d'avoir un frère. Quelqu'un qui me collerait une baffe si on s'engueulait au lieu de me faire la tronche pendant trois jours.

— Bryony a l'air plutôt sympa, non ? fais-je à voix basse et en imitant les inflexions de Kirsty malgré moi.

— Ouais. C'est ce que tout le monde pense. Ils n'ont aucune idée de la pétasse qu'elle peut être – surtout quand elle a ses règles. Un vrai cauchemar !

Maman a dû surprendre ce juron, parce qu'elle se tourne vers nous.

— De quoi vous parlez, toutes les deux ?

— J'étais juste en train de raconter à Kirsty qu'on avait participé au *Cynthia Day Show*, dis-je en mentant malgré moi.

— Oh, mon Dieu ! Cette femme n'est toujours pas morte ? commente Mme Fairlie. Je suivais déjà son émission quand j'étais à l'université. Je n'en reviens pas qu'ils la diffusent encore… Qui peut bien regarder ces conneries ?

Heureusement, Laurel ne semble pas avoir entendu Mme Fairlie critiquer son émission préférée. Maman n'a pas l'air vexée, alors que Mme Fairlie vient quasiment de nous mettre dans le même sac que ses fans débiles. Ma mère lui explique qu'elle s'est beaucoup améliorée.

— Elle parle moins de problèmes de grossesse et de tests de paternité et plus de cas intéressants sur le plan humain.

Elle peut se raconter toutes les histoires qu'elle veut, ce n'est pas la vérité. Ma sœur m'a dit que l'invitée d'hier était une jeune femme qui doutait de l'identité du père du bébé qu'elle portait, mais qu'elle était « à quatre-vingt-dix pour cent sûre que le père était soit son fiancé, soit le frère jumeau de son fiancé ».

Kirsty n'arrête pas de m'interroger sur Laurel, mais ça ne me gêne pas, parce que ses questions sont différentes de celles que les gens posent habituellement. Elle s'intéresse surtout à la façon dont ça se passe pour moi, dont ce retour change ma vie. À un moment, elle m'avoue avoir à une époque rêvé que sa sœur se fasse kidnapper, mais s'excuse devant mon expression – ou plutôt l'absence de celle qu'elle pensait y voir. Je me surprends à constater que j'aime bien Kirsty. Si sa famille n'avait pas déménagé en Australie, on serait sûrement devenues amies.

Le serveur apporte la carte des desserts. Ma mère et Mme Fairlie lui répondent toutes les deux en chœur d'un : « Oh non, je ne devrais vraiment pas ! », avant de commander respectivement une part de pudding au caramel, et une crème brûlée à la framboise. Je ne prends rien. Je ne relève pas le coup d'œil approbateur de maman. Kirsty commande la même chose que sa mère. Toutes les têtes se tournent ensuite vers Laurel et Bryony.

Laurel explique qu'elle n'a plus faim. Son sourire est une pâle imitation d'un vrai. Il est indistinct, comme flou. Ce n'est pas si simple de juger au regard d'une personne si elle est sincèrement gaie. Mais Laurel est plus douée que la moyenne. Il y a quand même une légère différence. Les muscles de son visage sont tellement crispés qu'ils donnent l'impression de pouvoir claquer à n'importe quel moment. Sa voix aussi – un peu trop forte, et enjouée. Elle est contrariée. Personne à part moi ne paraît le remarquer. Les Fairlie ne la connaissent pas assez, et maman ne comprend toujours que ce qu'elle veut.

Bryony ne semble pas très contente, elle non plus. Elle dit ne pas avoir envie de dessert. Sa mère a beau essayer de la motiver en lui rappelant que le pudding au caramel est son préféré, elle se renfrogne.

— J'ai dit que je ne voulais rien.

Là-dessus, elle lève les yeux sur le serveur (remarquablement patient) et lui demande de lui indiquer les toilettes.

— Je t'accompagne ! s'exclame Laurel aussitôt.

Bryony ne rétorque pas, mais on voit qu'elle n'est pas ravie.

Elles partent dans la direction que le garçon leur a montrée. Maman et Mme Fairlie échangent un regard en souriant.

— De vraies jumelles, ces deux-là ! déclare maman.

— Qui font même pipi ensemble ! ajoute Mme Fairlie hilare à sa blague nase.

— Oh non… Trop la honte ! lance Kirsty.

34.

— C'était très agréable. Tu ne trouves pas que c'était vraiment très agréable ? questionne maman en se tournant vers moi.

Le bus est bondé de banlieusards qui rentrent chez eux avec des sacs de courses. Il y a deux places côte à côte de libres – pour ma mère et Laurel, bien sûr. Du coup, je m'assois derrière elles, près d'un type super maigre en jean, chemise en jean *et* veste en jean. Il n'arrête pas de me mater du coin de l'œil.

— Ouais, c'était sympa.

J'aimerais que maman cesse de se retourner. Je ne voudrais pas que Triple Jean écoute notre conversation et qu'il devine l'identité de ma sœur.

Maman pivote ensuite vers Laurel.

— Quelle chouette famille… Qu'est-ce que ça m'a contrariée, quand ils ont déménagé !

Laurel dit exactement ce qu'il faut : elle a adoré le repas, et c'était super de revoir Bryony. Je n'aperçois que son profil, tandis qu'elle s'adresse à notre mère, mais sa voix la trahit – trop lisse, trop brillante.

Au moment où Bryony et Laurel sont revenues des toilettes, les autres avaient une discussion débile à propos de la vie sexuelle d'un acteur d'un certain âge que maman a toujours beaucoup apprécié. Personne à part moi n'a remarqué ce truc étrange entre elles ni le fait que, au lieu de se parler, elles ont passé le reste du repas concentrées sur ce que leurs mères respectives racontaient. Bryony était même assise le plus loin possible de Laurel sur la banquette, juste au bord. Mais maman et sa copine étaient sûrement trop distraites par leur dessert, vu les cris d'extase qu'elles avaient poussés à chaque bouchée.

J'avais croisé le regard de Laurel, et plissé le front pour lui demander silencieusement si tout allait bien.

Elle m'avait répondu d'un discret haussement de menton – *tout va bien.*

Les séparations avaient été moins bizarres que les retrouvailles. Kirsty m'avait proposé d'échanger nos numéros, étant donné qu'elle irait à l'université ici l'année suivante. Sa mère avait les larmes aux yeux.

— C'est incroyable, ça... Je suis tellement contente que tout se soit arrangé.

Elle fixait Laurel, qui était trop occupée à regarder par la fenêtre. Maman et Mme Fairlie s'étaient promis de garder le contact. Ma mère avait même suggéré qu'on viendrait peut-être en vacances en Australie d'ici deux ans. Elle a oublié de préciser qui ce « on » englobait. Elle n'avait pas évoqué papa de tout le repas, j'en étais pratiquement certaine.

J'avais été la seule à remarquer que les deux aînées ne s'étaient pas vraiment saluées en partant.

Dès que nous arrivons à la maison, Laurel annonce qu'elle a mal à la tête.

— Trop de champagne ? demande maman en riant doucement.

— Je n'ai bu qu'un verre ! rétorque ma sœur d'une voix tendue.

— Je sais, je sais ! Je disais juste ça pour te taquiner. Pourquoi tu ne montes pas t'allonger ? Il y a du paracétamol dans l'armoire de la salle de bains, si jamais tu en as besoin.

Laurel est déjà dans l'escalier quand je l'interpelle.

— Je t'apporte une bouteille d'eau si tu veux ?

Cette proposition me vaut un regard approbateur de la part de maman.

Laurel assure que ce n'est pas la peine, qu'elle peut avaler le comprimé sans rien, mais j'insiste.

Elle est assise sur son lit quand j'entre dans sa chambre. Je lui demande si elle souhaite que j'aille lui chercher un cachet. Elle me remercie, mais décline mon offre.

— Tu n'as pas vraiment mal à la tête, si ?

— Non.

Je m'installe près d elle.

— Qu'est-ce qui se passe ?

Je ne sors pas que j'ai remarqué certains trucs étranges au déjeuner – c'est toujours mieux de ne pas montrer aux gens qu'on lit facilement en eux.

— Rien. Je suis juste fatiguée.

Je m'apprête à la questionner sur Bryony, quand elle contrecarre mes plans.

— J'ai beaucoup cauchemardé, ces dernières nuits.

— Je suis désolée d'entendre ça.

Il n'y a pas grand-chose à dire. Je fais des rêves horribles, moi aussi. Mais ils s'estompent à mon réveil. Visiblement, ceux de Laurel procèdent différemment. Elle a vécu un vrai calvaire durant la plus grande partie de sa vie. Je ne suis pas sûre qu'elle parvienne vraiment à l'oublier un jour.

Je donnerais tout pour savoir ce qu'il s'est passé avec Bryony, mais je ne peux pas l'interroger alors qu'elle fait une tête pareille.

J'ai commencé à remarquer un certain schéma de répétition, si on peut employer cette expression quand une même situation se produit trois ou quatre fois. Par moments, quelqu'un – généralement moi – pose une question à Laurel, et alors, comme sorti de nulle part, elle mentionne Smith ou quelque chose qui lui est arrivé dans la cave. C'est presque comme si elle éprouvait le besoin de nous rappeler (de ME rappeler) ce qu'elle a subi. Comme s'il y avait des choses dont elle ne voulait pas parler, dont elle ne *devrait* pas avoir à discuter, à cause de ce que cet homme lui a infligé. Le truc étrange est que les interrogations qui suscitent cette réaction sont rarement en rapport direct avec son passé. Je m'efforce de ne pas oublier qu'un détail est susceptible de provoquer un événement traumatisant chez elle. Mais je ne peux me défaire du sentiment que, parfois, elle se sert de son malheur comme d'un joker pour couper court à une conversation.

35.

Le nègre littéraire est en retard. Et moi, j'ai vingt minutes d'avance. Je choisis deux canapés en angle près d'une fenêtre, et mets mon sac et mon manteau à côté de moi pour que la femme s'assoie en face. Maman s'est arrangée pour déjeuner avec une amie en ville, histoire de me déposer. Elle a invité Laurel, mais elle a répondu qu'elle préférait rester là.

— Tu ne vas pas passer tout ton temps devant la télé, hein ?

C'est la première fois que je la surprenais à lui dire un truc aussi « maman ». C'était lourd, purement et simplement, et ça m'a beaucoup, mais vraiment beaucoup plu de l'entendre. Laurel n'a pas paru spécialement contrariée. Elle a promis de regarder un seul épisode, et de préparer ensuite le repas. Elle aimerait essayer de réaliser des pâtes maison. C'est devenu une obsession depuis qu'elle a vu un faux chef le faire à la télé dans son faux appartement.

— Tu es sûre que ça va aller ? On peut te laisser seule ? Et n'ouvre pas la porte à des inconnus.

— C'est bon ! Arrête de te prendre la tête et sors t'amuser un peu ! avait répliqué Laurel en serrant notre mère contre elle avant de pivoter vers moi : merci de faire ça.

— De faire quoi ?

Je savais très bien ce qu'elle cherchait à exprimer. Évidemment…

— Le livre. Ça représente beaucoup pour moi… (J'opine.) J'espère que ça ne sera pas trop dur de parler avec cet auteur. Évoquer tous ces souvenirs…

— T'inquiète… Et du moment qu'un petit dîner m'attend à mon retour, aucun problème ! Au fait, il y a des pâtes ordinaires dans le placard, si jamais les choses tournaient mal.

Maman s'est assurée que Laurel avait fermé la porte à clé derrière elle pour monter dans la voiture.

Je me porte plutôt bien, d'une manière générale. Ces deux derniers jours ont été assez cool. J'ai passé presque tout mon temps avec Laurel et maman, et les choses se sont déroulées normalement, même si c'est une nouvelle normalité. Une première ! Thomas et moi nous sommes baladés hier, et c'était bien agréable malgré la météo pourrie. Nous nous sommes serrés sous son parapluie et avons parlé. Nous avons vraiment parlé pour la première fois depuis des lustres. Nous avons discuté de choses qui n'avaient rien à voir avec ma sœur.

J'aurais cru être plus stressée à l'idée de rencontrer ce nègre littéraire. Je *suis* quand même nerveuse. Ce genre de truc n'arrive pas tous les jours. Mais je suis contente de le faire, au final. Laurel est tellement reconnaissante ; j'aime ça. Et le fric qui devrait tomber me rendra bien service, même si les parents disent que je ne pourrai pas y toucher avant mes dix-huit ans. Ma mère a bloqué ma part sur un compte spécial, mais elle a augmenté mon argent de poche. Laurel a reçu une somme beaucoup (BEAUCOUP) plus conséquente, et elle y a accès dès maintenant. Je trouve ça complètement normal ; c'est son histoire, après tout. Martha m'a demandé si ça m'embêtait que ma sœur soit nettement mieux payée que moi. J'ai répondu non. Elle m'a traitée de menteuse, mais je savais qu'elle ne comprendrait pas. Laurel a besoin de cet argent. Moi pas.

Une femme entre dans le café et tend aussitôt le cou pour jeter un regard alentour. Je ne lui fais pas signe, au cas où ce ne serait pas mon rendez-vous. Dans mon imagination, un nègre littéraire est une créature petite, maigre, effacée, avec des épaules voûtées et des lunettes rondes au bout du nez. Le genre de personne à se fondre dans le décor. Je me rends compte de mon erreur au moment où elle s'avance vers moi. Elle couvre la distance qui nous sépare en quelques pas.

— Tu dois être Faith. Kay Doherty. Ravie de te rencontrer !

Elle présente une main, que je serre. Elle doit mesurer un mètre quatre-vingts. En tout cas, elle est plus grande que Martha. Des cheveux blond platine coupés au carré et une frange sévère… Elle porte plusieurs couches superposées de vêtements de différentes nuances de gris, et une paire de Converse en cuir noir pour compléter le tout.

— Je suis ravie, moi aussi, fais-je tandis qu'elle commence à désenrouler sa très longue écharpe.

Elle regarde mes affaires avant de les soulever et de les balancer sur le second canapé à côté de son propre manteau et de sa propre écharpe. Sans me demander au préalable si ça me gêne, bien sûr. Là-dessus, elle sort un carnet de notes, un stylo, et un petit appareil enregistreur, qu'elle dispose sur la table, puis s'assoit en attrapant la carte des cocktails. Elle la repose au bout de deux secondes et appelle la serveuse.

— Un Bombay Sapphire Tonic, trois glaçons, et une tranche de citron, s'il vous plaît.

La fille n'a pas l'air de trouver cette commande inhabituelle. Je suis tentée de prendre la même chose, bien que je n'aie jamais bu de gin tonic de ma vie. Mais on risquerait de me réclamer mes papiers d'identité. J'opte donc pour un Coca. Un peu d'alcool m'aurait sans doute permis de me détendre, mais je ne voudrais pas que cette femme le mentionne dans le bouquin – le calvaire de Laurel m'a conduite à tomber dans l'alcool, blablabla…

Je me tourne sur mon siège vers Kay, qui m'imite. Elle met le dictaphone entre nous, l'allume, et me demande de l'oublier. Plus facile à dire qu'à faire… Elle m'explique brièvement comment l'entretien va se dérouler, que je n'aurai qu'à donner ma version de l'histoire avec mes propres mots, mais qu'elle pourra me poser des questions pour m'aider. Qu'il nous faudra sûrement deux rendez-vous de ce genre, selon ce que j'aurai à raconter. Après ça, elle fera la transcription des enregistrements, qu'elle réécrira ensuite, et m'enverra pour approbation.

— Donc vous allez écrire comme si vous étiez moi, si je comprends bien, c'est ça ?

Il me semble que cette façon de procéder est malhonnête. Que les gens puissent lire ce livre en pensant que ce sont bien *nos* propos...

— D'une certaine façon. Mais je préfère le voir comme une transmission d'esprit à esprit.

Elle rit devant mon air sceptique.

— OK, ça doit te paraître n'importe quoi, mais ce n'est pas si loin de la vérité. L'année dernière, j'ai travaillé avec un footballeur très célèbre – eh non, je ne te dirai pas lequel, ce n'est même pas la peine d'essayer ! C'était vraiment passionnant, de chercher comment il aurait raconté sa vie, de retrouver sa voix à lui... Mon boulot consiste à capturer l'essence d'une personne ou l'essence de son parcours, plutôt. Bref... De toute façon, tu n'as pas à t'inquiéter de ça pour l'instant.

— Vous ne préféreriez pas écrire votre propre histoire ?

La serveuse revient avec nos boissons, qu'elle pose sur de petites serviettes en papier. Mon Coca a trois glaçons et une tranche de citron, comme le cocktail de Kay. La fille jette un coup d'œil au dictaphone, puis à Kay, et de nouveau à l'appareil, comme si elle tentait de comprendre ce qu'il se passe. Elle pense peut-être que Kay est célèbre et que j'ai gagné un concours qui me donne l'occasion de l'interviewer pour le journal de l'école... La serveuse veut savoir si nous souhaitons autre chose avant de lister les différents snacks disponibles. Elle cherche clairement un prétexte pour voir si elle surprendra quelque chose, mais nous déclinons sa proposition. Elle repart s'occuper d'autres clients, du coup.

— Ma propre histoire ? Tu sais, depuis toutes ces années que j'exerce ce métier, personne ne m'a jamais posé cette question. Ou aucune des personnes sur qui j'ai bossé, en fait. (Elle ne peut pas faire ce job depuis aussi longtemps ! Elle semble plutôt jeune.) Mon histoire ne se vendrait pas beaucoup, j'en ai peur… Il n'y aurait pas grand-chose à en tirer.

Pour une raison qui m'échappe, cette Kay Doherty titille ma curiosité. Je lui demande si elle a déjà écrit des romans, et elle prétend ne pas avoir l'imagination pour ça.

— Non. Ce sont les vies réelles qui m'intéressent.

— Mais ce n'est pas énervant de faire tout le boulot et que quelqu'un d'autre en retire ensuite tout le mérite ? Je détesterais…

Elle hausse les épaules en secouant la tête.

— Absolument pas. C'est… gratifiant d'aider les gens à se raconter. En plus, on gagne un argent fou ! (Elle se recule et se met à rire, avant de m'observer en plissant le nez.) Bon. Bien tenté, Faith.

Elle sourit comme si elle avait compris ma tactique.

— Qu'est-ce que vous voulez dire ? fais-je avant d'avaler une gorgée de Coca.

— Me poser toutes ces questions, essayer de me distraire… Nous sommes là pour parler de *toi*, je te rappelle… Donc ! Et si on commençait par le début ? Quels souvenirs gardes-tu, si tu en as, de ta vie avant l'enlèvement de Laurel ?

Elle s'avance plus près, la tête penchée sur le côté.

Je regarde l'appareil enregistreur, puis Kay de nouveau. Elle cligne doucement des yeux pour m'encourager. Je me lance.

Je suis plutôt hésitante, au départ. Je cherche mes mots, oublie des faits, ne les présente pas de la bonne façon, au point que je suis obligée de me reprendre sans arrêt. Kay se montre patiente et me dit de ne pas m'inquiéter, que ce n'est pas la peine de m'excuser si je ne me remémore pas certains événements. Elle m'interroge sur la relation entre maman et papa, que j'élude rapidement. Ils lui en parleront tout seuls comme des grands. Kay me questionne ensuite sur le jour de la disparition de Laurel, pour savoir si je me souviens de son ravisseur. Elle est curieuse de mes ressentis, insiste pour que je lui décrive mes émotions le plus en détail possible.

Je finis par me détendre. Kay me commande un autre Coca, après avoir vérifié que je n'ai pas envie de quelque chose de plus fort. Elle commande également des petits pois au wasabi. C'est la première fois que j'en mange. Je trouve ça vraiment ignoble, mais pour une raison étonnante, je ne peux m'empêcher d'en fourrer dans ma bouche toutes les deux minutes.

Je m'amuse carrément, au bout d'une heure, même si les thèmes que j'aborde ne sont franchement pas des plus joyeux. Mais Kay est vraiment sympa. Ça ne la dérange pas que je fasse des digressions pour parler de sujets avec ou sans liens avec Laurel. On dirait presque une conversation normale, comme des amies qui rattraperaient le temps perdu.

Kay manifeste de l'empathie à l'égard de tout ce que j'ai vécu. Elle me demande si je ne me suis jamais sentie négligée, ou ignorée par mes parents, suite à la disparition de Laurel. Je réponds la vérité : si, en permanence.

Je ne mens sur rien, ce qui me surprend. Je modifie mes pensées et mes sentiments, en général, quand je discute avec des gens – particulièrement des inconnus. C'est presque thérapeutique.

J'évite de réfléchir au fait que mes parents regretteront peut-être mon honnêteté à propos de certains événements. Mais je pourrai toujours imposer à Kay de retirer ces parties quand elle m'enverra le premier jet. En plus, ce n'est pas comme si j'avais tenu des propos particulièrement choquants. Laurel est celle à qui ces trucs dingues sont arrivés. Les lecteurs sauteront les chapitres qui me concerneront pour consulter directement les siens ; c'est ce que je ferais, à leur place.

Je profite d'attraper un pois au wasabi pour lancer un petit coup d'œil à ma montre. Maman doit m'attendre dehors.

Je ne me suis visiblement pas montrée assez discrète, vu la réaction de Kay.

— Bon, je crois que ça ira pour aujourd'hui. Je sais comme c'est fatigant de déterrer des souvenirs, assure-t-elle en vidant son verre. Tu t'en es très bien sortie. J'ai vraiment de quoi faire, ajoute-t-elle en éteignant l'appareil enregistreur. Je pense qu'une autre séance de travail devrait suffire. Tu n'auras qu'à m'informer de tes disponibilités. Il n'y a pas d'urgence.

Elle me donne sa carte en me proposant de lui téléphoner pour fixer un prochain rendez-vous. Puis elle se lève et s'éloigne vers le bar pour payer la note – c'est l'éditeur qui invite, apparemment.

Nous mettons nos manteaux, puis Kay m'envoie un baiser à la volée avant de me remercier de nouveau. J'éprouve soudain l'étrange besoin de lui demander qu'on poursuive l'interview. J'aimerais appeler maman pour lui suggérer de rentrer directement à la maison. Au lieu de ça, j'explique à Kay que j'étais contre ce projet de livre au début, et assez nerveuse de la rencontrer, ignorant à quelle sauce je serais mangée.

— Tu es une raconteuse d'histoires née, tu sais, me confie Kay tandis que nous nous dirigeons vers l'entrée.

Je ris. Mes joues sont en feu.

— Non, pas du tout. C'est juste que vous posez les bonnes questions.

Kay secoue la tête. Elle me tient la porte en attendant que je sorte.

— D'accord, mais vous avez un don, jeune fille. Croyez-moi…

Une conteuse née ? Ces mots m'obsèdent toujours tandis que maman me questionne sur le déroulement de l'entretien. Qu'est-ce que Kay voulait dire par là ? Était-ce un compliment, ou une façon détournée de me traiter de menteuse ? Je ne parviens pas à trancher. Je l'interrogerai à ce sujet la prochaine fois.

Je devrais être soulagée qu'il n'y ait qu'une seule autre entrevue. Mais je ne peux m'empêcher de me sentir vexée. Kay pense faire le tour de la question en quelques heures. Qu'en me parlant pendant quoi… une demi-journée ?, elle aura pris ma vraie mesure. Tout compris de Faith Logan, dix-sept ans et demi.

Évidemment, Kay passera des jours et des jours avec Laurel. Pour tout savoir de ses conditions de détention, et de ce qu'elle éprouve maintenant qu'elle est rentrée. C'est le Laurel Show. Mon intervention n'en représente qu'une infime partie.

— Tu es bien silencieuse, chérie, déclare ma mère en me jetant un petit coup d'œil en biais.

Nous sommes bloquées dans les bouchons. Je me sens toujours un peu claustrophobe en voiture avec maman, parce qu'il n'y a aucun moyen de lui échapper si une dispute s'engage.

— Je suis juste fatiguée. Je n'ai jamais autant parlé de ma vie !

C'est la vérité. Je suis plutôt du genre à m'asseoir dans un coin, à regarder et à écouter, en général. Même si je commence à en douter. Peut-être que mon vrai moi – le moi que j'aurais été si mon existence n'avait pas été complètement éclipsée par l'enlèvement de Laurel – aime être au centre de l'attention. Voire adore que les gens boivent ses paroles.

— Je me demande comment ta sœur s'en sort avec les pâtes.

J'avais complètement oublié cette histoire. Et totalement oublié Laurel. Alors que j'ai passé l'après-midi à parler d'elle.

36.

Des rires nous parviennent à peine la porte d'entrée déverrouillée. Celle de la cuisine est fermée. Maman et moi échangeons un regard. Laurel s'esclaffe ; l'autre rire est plus calme, et plus profond. Je le reconnais immédiatement.

Maman enlève son manteau et le suspend tranquillement à l'une des patères du hall. Je fonce directement dans la cuisine et pousse la porte si fort qu'elle va buter contre la cloison.

La scène que je découvre se résume en un mot : le chaos. Il y a de la farine partout et des coquilles d'œufs disséminées sur le plan de travail. Laurel pétrit une grosse boule de pâte ; Thomas se tient debout à côté d'elle, un bol en verre entre les mains. Il a une traînée blanche sur le nez. Il se fige au moment où je fais irruption. Laurel ne cille pas, elle, en revanche.

— Vous êtes là ! Alors, comment ça s'est passé ?

Elle continue de malaxer comme si la situation était parfaitement normale.

— Très bien, merci, réponds-je d'un ton froid.

Laurel me sourit.

— Je suis tellement contente ! Tu peux me passer la farine, s'il te plaît ?

J'attrape le sac ouvert sur la table. Elle soulève le pâton tandis que j'étale de la poudre immaculée sur le plan de travail. Je ne l'informe pas qu'elle ne devrait pas en rajouter, que le chef qu'elle aime tant rappelle toujours de ne pas en abuser.

Thomas semble très mal à l'aise. Il serre le bol très fort, ce qui est parfait, parce que je le lui enverrais bien en pleine tête, là, tout de suite.

— Salut, lance-t-il. On était en train de...

— Bonjour, Thomas. Je ne savais pas que tu devais venir, lance maman en pénétrant dans la pièce avant de se planter près de moi.

— Oh, mon...

Ma mère est assez « maniaque de la propreté », quand il s'agit de la cuisine. Mais Laurel devance sa réaction.

— C'est bon, tout va bien ! Je rangerai ça dans une minute ! Je dois juste mettre la pâte à lever. . ou à reposer, bref, peu importe.

— Je n'ai rien dit ! poursuit ma mère en souriant.

— Mais tu allais le faire ! rétorque Laurel du tac au tac en riant.

Elle commence à nous expliquer que les *fettuccine* maison sont moins faciles à réussir qu'il y paraît. Pendant ce temps, notre mère sort un torchon du placard sous l'évier et se lance dans l'opération de nettoyage, alors que Laurel lui a assuré qu'elle s'en occuperait. Thomas pose enfin le bol. Il a l'air de ne pas savoir s'il doit m'embrasser ou me prendre dans les bras. Au lieu de ça, il nous propose de préparer du thé. Maman et Laurel répondent oui, avec plaisir, et moi, non.

Maman n'arrête pas de me jeter des petits coups d'œil. Elle sent que la situation ne m'enchante pas, mais elle ne fera jamais de remarque devant Laurel. Thomas me dévisage comme on observerait un serpent venimeux échappé de sa cage qui s'avancerait discrètement vers un groupe d'enfants peu méfiants. C'est fou que Laurel ne se rende pas compte de l'ambiance qui règne dans la pièce. Tellement incroyable que je commence à me demander si ce n'est pas volontaire de sa part, en fait.

Elle pose la pâte dans le bol, qu'elle couvre de film étirable.

— Thomas était en train de m'expliquer qu'il nous a trouvés vraiment super à l'émission de Cynthia Day. C'est gentil de sa part de dire ça, non ?

De mieux en mieux ! Soit il m'a menti en prétendant qu'il ne la regarderait pas, soit il vient de mentir à Laurel. La réponse est claire, étant donné son expression et l'attention qu'il porte au sachet de thé en train d'infuser. Pourquoi n'a-t-il pas reconnu qu'il l'avait regardée ? C'est franchement trop bizarre.

— Je vais aux toilettes, fais-je avant de quitter la pièce sans leur laisser le temps de m'énerver davantage.

Je monte dans ma chambre et m'assois sur mon lit. Thomas me rejoint deux minutes plus tard, avec deux tasses sur un plateau.

— J'ai pensé que tu avais peut-être changé d'idée…

— Non, pas du tout.

Il pose les tasses sur ma table de nuit. Il m'a apporté celle avec le prénom de Laurel écrit dessus.

— Tout va bien ? Tu as l'air contrariée…

Il s'installe près de moi et me prend la main. J'essaie de ne pas la retirer d'un coup sec.

— Absolument pas. Pourquoi tu voudrais que je sois contrariée ?

— C'est cette histoire d'émission, c'est ça ? Je suis désolé de t'avoir menti. Mais j'ai eu peur de te mettre encore plus la pression si je te disais que j'avais l'intention de la mater.

Je n'ai pas envie de le regarder, pour ma part, là, tout de suite. Mais je n'ai aucun moyen de vérifier s'il me raconte des bobards, du coup. J'ose un petit coup d'œil dans sa direction. Thomas en profite pour me dévisager. J'opine comme si je le croyais.

Le silence paraît la meilleure politique. Je compte jusqu'à vingt-sept dans ma tête avant qu'il recommence à parler.

— Elle m'a envoyé un texto pour me demander de venir l'aider avec les pâtes.

— Parce que tout le monde sait que tu cuisines très bien…

— Heu… J'imagine que personne n'a dû lui expliquer que je suis nul en cuisine. Je le lui ai dit, mais elle semblait stressée. Elle voulait vraiment vous préparer quelque chose de bon pour ce soir. Je pense qu'elle culpabilise de t'avoir mis la pression à cause de ce livre.

Il croit sortir ce qu'il faut, mais chacune de ses paroles ne fait que m'énerver un peu plus.

— On ne m'a pas forcée à faire quoi que ce soit. Je suis parfaitement capable de prendre mes décisions toute seule. Mais je suis contente d'apprendre que vous parlez de moi dans mon dos.

— Non ! Ce n'est pas le cas ! proteste-t-il en me lâchant la main. Bon sang, j'aurais dû me douter que tu réagirais comme ça ! J'ai l'impression de tout faire de travers, ces derniers temps.

— Je peux savoir ce que c'est censé vouloir dire ?

— Rien, marmonne-t-il. Oublie ça.

— Non. Explique-moi.

Il soupire et se lève.

— Je crois qu'il vaut mieux que je parte. Je n'ai vraiment pas envie de me disputer avec toi.

— On ne se dispute pas.

Je ne cerne pas très bien pourquoi j'ai sorti ça. Peut-être parce que j'aimerais que ce soit vrai.

Thomas essaie de sourire.

— Je suis désolé que ça t'ait énervée que je vienne quand tu n'étais pas là. Mais j'avais envie de te voir après ton rendez-vous avec cet auteur. Je m'inquiétais pour toi.

Il tend la main pour me caresser le visage. Je le laisse faire malgré moi.

Subitement, les propos de Thomas me paraissent raisonnables et les sentiments que j'ai éprouvés depuis mon retour bien mesquins et paranoïaques. Je lève les yeux sur lui, qui me contemple avec une patience et une compréhension qui me font soudain honte.

— Excuse-moi…

Thomas semble aussi surpris que moi d'entendre ces paroles. Il s'accroupit devant moi et me dit qu'il m'aime.

— Je sais..., réponds-je.

— Tant mieux ! Bon, mais maintenant, tu es sûre de ne pas vouloir te laisser tenter par ce délicieux thé ? Je l'ai fait infuser exactement comme tu l'aimes.

Il hausse les sourcils et me regarde avec un air plein d'espoir.

— Personne ne prépare le thé comme je l'aime à part moi... Mais, d'accord, j'accepte de goûter un petit échantillon de ce lamentable essai.

Thomas me traite d'incorrigible tête de mule en riant. La façon dont il prononce ces mots est trop craquante.

Nous nous asseyons côte à côte sur le lit, et buvons notre thé.

— Pas mal du tout..., dis-je en mentant.

Il est trop fort et pas assez chaud, mais seul un de ces défauts est imputable à Thomas.

— Bon, tout va bien, alors ? fais-je après avoir vidé ma tasse (celle de Laurel).

— Bien sûr, me confirme-t-il. Il me tarde vraiment que ce soit mon anniversaire, tu sais.

— Moi aussi.

Un repas romantique rien que nous deux, une table baignée d'une douce lumière, nos regards plongés l'un dans l'autre, un délicieux menu français... Voilà à quoi Thomas s'attend. Le restaurant où il pense que nous dînerons se situe juste à côté du pub où nous irons vraiment. La mère de Thomas m'a piégée et a décidé de se servir de moi comme d'un appât pour que Thomas se retrouve bien au pub au moment de la grande SURPRISE ! Le pauvre garçon n'a aucune idée de ce qui se trame...

37.

Laurel s'en est parfaitement sortie, avec les pâtes, il faut bien le reconnaître. Maman et moi nous resservons même. Ma sœur ne mange pas beaucoup, elle, en revanche. Elle enroule ses *fettuccine* autour de sa fourchette pendant *des heures* avant de les laisser retomber dans son assiette.

— Tu n'as pas faim, chérie ?

Laurel hausse les épaules.

— Ce n'est pas vraiment meilleur que les pâtes qu'on achète au supermarché, si ? Quel intérêt de se donner tant de mal si les trucs tout prêts sont aussi bons ?

Elle semble sincèrement contrariée.

— Ah ! Bienvenue dans mon monde ! lance maman. C'est pour ça qu'on ne me trouvera jamais en train de confectionner mes pâtes moi-même… La vie est trop courte.

Elle ne paraît pas se rendre compte à quel point Laurel est déçue. Du coup, je lui flanque un petit coup de coude tandis que ma sœur continue de fixer sa platée avec un air désespéré. Maman s'éclaircit la voix.

— C'est délicieux, chérie. Vraiment. C'est le meilleur repas que j'aie fait depuis longtemps. Et ça n'a rien à voir avec ce qu'on peut acheter dans le commerce... parce que c'est préparé avec amour.

Je parviens à ne pas éclater de rire à ces propos d'une mièvrerie absolue. Heureusement, parce qu'ils arrivent à dérider Laurel.

— Vraiment ? Tu ne dis pas ça pour me faire plaisir ? Tu le promets ?

Maman sourit avec indulgence.

— Vraiment. Honnêtement. Sincèrement. Je te le jure.

Elle me regarde alors pour que je vienne à sa rescousse. J'opine aussitôt avec enthousiasme. Mais je ne peux pas faire mieux, vu que j'ai la bouche remplie de pâtes.

Maman repose sa fourchette et sa cuillère.

— C'est incroyable, le nombre de choses que tu as appris à réaliser en si peu de temps, Laurel, assure-t-elle.

Je vois bien qu'elle est à nouveau tout émue. On pourrait penser qu'elle aurait dépassé ce stade, mais non. Ce genre de petite scène se produit encore quotidiennement.

— Je suis tellement fière de toi.

Je ne hausse pas les yeux au ciel et ne feins pas de vomir ni rien, mais ma mère doit sentir mon énervement parce qu'elle poursuit :

— Je suis vraiment très fière de vous deux.

Nous trinquons avec nos verres d'eau. Et Laurel se met enfin à manger.

Après dîner, Laurel et notre mère se plantent devant la télé pour regarder des conneries. De mon côté, je suis censée faire des recherches pour un devoir d'histoire. Je monte donc à l'étage. Je ne réfléchis à rien de spécial, hormis que je ne sais plus si j'ai bien emprunté le bouquin dont j'ai besoin la semaine dernière à la bibliothèque. Je pense que oui, mais maintenant que…

La porte de la chambre de Laurel est ouverte, la lampe de chevet et le plafonnier allumés. Maman ne l'a visiblement pas encore sermonnée sur les économies d'électricité. Sans doute ne le fera-t-elle jamais, étant donné le temps que Laurel a passé dans l'obscurité.

Je pourrais me convaincre que quelque chose a accroché mon regard, que c'est la raison pour laquelle je me retrouve à jeter un coup d'œil. Cependant, rien n'a attiré mon attention. Je n'ai aucune excuse. Si Laurel montait là, maintenant, et qu'elle me surprenne, je serais obligée d'inventer un prétexte. Mon ordinateur ? Sauf que nous saurions très bien toutes les deux qu'elle ne l'a pas – je le cache dans un endroit différent chaque jour, au cas où. Elle n'a plus demandé à l'emprunter. J'imagine que l'effet de la nouveauté s'est amenuisé.

La veilleuse est toujours à sa place, mais éteinte. (Une première concession de Laurel en matière de protection de l'environnement ?) La chambre est bien rangée. Elle n'a pas encore accumulé ces objets qui personnalisent un lieu. La plupart des cadeaux qu'elle reçoit sont envoyés directement à l'hôpital pour enfants. C'est son idée, l'une de celles qui ont carrément illuminé de joie le visage de maman. Je n'ai pas dit que la plupart d'entre eux étant des peluches, il serait du coup bizarre qu'elle les conserve. Quand les gens vont-ils enfin se souvenir que la Petite Laurel Logan est désormais une jeune femme de dix-neuf ans ? C'est comme si le pays tout entier – dont les membres de ma propre famille – faisait un blocage. Elle a quand même gardé deux peluches. Une de Winnie l'Ourson, et celle d'un renne quelconque.

Mais il n'y en a qu'une seule qui compte pour Laurel : Barnaby. Je regarde le lit de ma sœur, soigneusement fait, avec ses coussins roses et violets bien alignés devant des oreillers bien gonflés. Aucun signe de Barnaby. Il est toujours là, normalement. Niché entre deux coussins, ou fourré sous les draps. Je m'avance sur la pointe des pieds pour regarder de plus près sans que Laurel et maman m'entendent. Je soulève la couette, mais ne découvre rien. Je remets tout en place exactement comme c'était.

Je m'agenouille ensuite pour inspecter sous le sommier, au cas où Nounours aurait culbuté et où il attendrait qu'on vienne le sauver. Rien. C'est curieux. Je me demande si Laurel ne l'aurait pas descendu avec elle tout à l'heure. La première semaine après son retour, elle le prenait souvent avec elle et l'asseyait à côté d'elle sur le canapé. Ça brisait le cœur de maman, de la voir s'accrocher comme ça à ce vieil ours tout miteux.

Barnaby a disparu. Je ne sais pas du tout pourquoi ça m'obsède. Je recule et jette un nouveau coup d'œil à la pièce pour deviner où il pourrait se cacher. La garde-robe… Je fouillerais carrément dans les affaires de ma frangine, si je l'explorais. Et si Laurel me surprenait, je serais obligée de dire que j'avais besoin de lui emprunter un vêtement, alors que je n'en ai jamais eu l'idée jusqu'à présent.

La penderie est un vrai bordel. Je comprends mieux pourquoi la chambre est tellement bien rangée – Laurel a tout fourré en vrac là-dedans. Je souris, rassurée que ma sœur ne soit pas aussi parfaite, au final. Elle n'a utilisé qu'un seul cintre – pour suspendre la robe rouge. Les T-shirts, pulls et jeans sont tous disposés pêle-mêle sur les étagères. Ceux au bas des piles sont soigneusement pliés, à l'inverse de ceux du haut. Un monticule de chaussures s'élève du sol. Une boîte bien brillante repose là dans un coin. Un simple regard à l'intérieur me confirme mon intuition : elle contient bien une paire d'escarpins écarlates visiblement très coûteux, qui s'accordent parfaitement avec la robe. Maman et Laurel ont dû faire une autre virée shopping sans moi. Non pas que je leur en veuille – je leur ai clairement gâché le plaisir la dernière fois.

Je remets les pompes dans leur tissu de soie noire, puis le couvercle sur leur luxueux écrin. Mais il ne se cale pas bien. L'un des coins résiste. Je tire dessus pour l'obliger à rentrer quand je l'aperçois ; une petite patte de fourrure sombre avec une tonsure juste au-dessus de l'aine.

Barnaby a connu la même tragédie que la sorcière de l'Ouest. Sauf qu'il n'est pas mort à cause d'une Maison-Soulevée-Par-Une-Tornade, mais d'un créateur de chaussures. J'écarte la boîte pour observer les dégâts de plus près. Barnaby n'a pas été complètement écrasé. Il a encore trois membres intacts sur quatre. Mais ça n'empêche pas cette vision de me fendre le cœur. Sa tête forme un angle bizarre avec son corps, comme si sa nuque avait été brisée. Il ne semble pas normal.

Et que fabrique-t-il fourré tout en bas de cette armoire, d'abord ? Laurel adore cet ours. Il est son objet préféré, l'un des seuls qui lui appartiennent vraiment. Mais il n'a pas marché jusqu'à la penderie ni soulevé la boîte pour se coucher dessous. Maman n'aurait jamais fait une chose pareille. Il n'y a aucun moyen. Laurel a dû le flanquer là, dans ce cas…

Je sais que ce que je m'apprête à faire est stupide. Que Laurel comprendra que je suis venue dans sa chambre pour farfouiller dans ses affaires. Mais je n'ai pas le choix : je ne supporte pas l'idée de le laisser.

Je remets Barnaby à sa vraie place, sur le lit de Laurel, bien calé entre deux coussins.

— Là, fais-je à voix basse au vieil ours élimé, c'est mieux, n'est-ce pas ?

Pour la première fois, je me demande si quelque chose ne clocherait pas chez moi, parce que mon cerveau ne paraît pas fonctionner au mieux. Mais ça ne sert à rien de penser de cette façon. Je vais bien ; ce n'est pas moi qui ai un problème.

J'éteins la lampe de chevet, puis la principale.

Laurel saura que je suis venue. Le problème n'est pas là. La seule question qui se pose est : que fera-t-elle lorsqu'elle s'en rendra compte ?

38.

Elle ne fait rien. Voilà comment Laurel réagit à ma petite intrusion. Je passe le reste de la soirée terrée dans ma chambre, hormis un simple aller-retour pour souhaiter bonne nuit en bas. Je ne revois donc pas Laurel avant le lendemain matin. Je suis assise sur le canapé, à parcourir le catalogue d'Argos, quand elle descend. C'est l'une de mes activités préférées, lorsque je suis nerveuse. Je ne sais pas pourquoi la vision de ces pages remplies de bijoux plus horribles les uns que les autres et de meubles pourris me détend, mais c'est le cas.

— Bonjour, lance-t-elle.

Émerveillée par le prix d'un trampoline d'extérieur, je tarde à lever la tête.

— Bonjour.

Laurel me sourit quand je le fais enfin. Elle est déjà habillée, et tient sa veste et son sac dans les bras. Le silence retombe. Aucune de nous deux ne semble disposée à parler de Barnaby ou du fait que j'ai fouillé dans ses affaires. Nous échangeons un regard, ni amical ni hostile, mais guère plus. Elle passe sa veste.

— Où est-ce que tu vas ? fais-je.

— Nulle part en particulier.

Elle attrape son sac et le met sur son épaule.

— Il paraît que c'est très chouette, là-bas.

Laurel reste perplexe une seconde avant de comprendre la blague.

— Ha !

— Tu veux de la compagnie ?

Je n'ai pas envie de sortir avec elle, mais j'aimerais entendre ce qu'elle va répondre.

— Non, merci. Pas aujourd'hui. Penny pense qu'il est temps que je sois plus indépendante. Bon, je ferais mieux d'y aller.

Elle se tourne et se dirige vers la porte.

— Pourquoi tu es si pressée ? Nulle-Part-En-Particulier ouvre si tôt que ça ?

Elle ne prend pas la peine de commenter, cette fois, et ne pivote même pas vers moi.

— Je ne suis pas pressée. Je suis juste prête. On se voit plus tard, OK ?

Je lui dis au revoir, mais la porte se referme déjà.

Je bondis du canapé en laissant tomber le catalogue par terre, et me précipite vers la fenêtre pour observer Laurel descendre la rue, préparée à me baisser au cas où elle se retournerait. Je me penche le plus possible pour la regarder s'éloigner, au point de coller mon nez contre la vitre. Elle marche le dos bien droit, avec une confiance sidérante.

Sitôt Laurel hors de vue, je fonce devant la maison. Le sol est mouillé. L'humidité remonte à travers les semelles de mes chaussons à la seconde où je me retrouve dans le jardin. J'ose quand même un coup d'œil à l'angle sans me soucier de ce que les voisins pourraient penser. Laurel est au croisement. Si jamais elle tourne à gauche, elle ira sans doute prendre le bus, qui mène au centre-ville. J'ai souvent la sensation de passer ma vie à attendre à cet arrêt.

Laurel prend à droite. À moins d'avoir un truc à faire au crématorium (ce qui paraît hautement improbable), elle va certainement attraper un bus pour les environs de la ville. Pourquoi ferait-elle ça ? La seule fois où ça m'est arrivé, j'avais rendez-vous chez Thomas et il ne voulait pas venir me chercher.

Une petite bruine se met à tomber. Je suis plantée dans l'allée devant chez nous, en pyjama. Le postier s'avance dans ma direction, le dos voûté sous le poids de son sac rempli de courrier. Il me lance un joyeux « bonjour » avant de me tendre deux lettres et une carte (toutes adressées à Laurel). Je lui retourne son salut. Il ne commente pas ma tenue et ne me regarde pas comme si j'étais folle ; il doit avoir l'habitude des trucs bizarres, vu le boulot qu'il exerce.

La bruine se transforme en pluie. Je devrais rentrer. Mes jambes aimeraient m'entraîner dans l'autre sens, suivre Laurel pour vérifier si elle attend le bus, le 67 exactement, celui qui s'arrête à cinq minutes de la maison de Thomas… Je reste plantée là sans bouger pendant quelques secondes avant que la raison finisse par l'emporter. Je sais très bien que Laurel n'irait jamais chez Thomas. D'ailleurs, elle ne connaît pas son adresse. À moins qu'il la lui ait donnée…

Je monte à l'étage chercher mon téléphone, et envoie un texto à Thomas pour voir ce qu'il fait ce matin. Je lui demande si on se rejoint plus tard. Sa réponse arrive environ une heure après : Impossible. Désolé ; – Ma mère veut m'acheter mon kdo.

La mère de Thomas a décidé de lui offrir une montre pour son anniversaire, mais souhaite que son fils choisisse le modèle. C'est ce que Thomas m'a raconté, en tout cas. Ils vont même la faire graver. Il n'y a donc aucune raison de soupçonner qu'il ment. Je lui réponds en lui disant que je ne me sens pas très bien, et que je reste donc à la maison. Et lui de me remettre vite.

Laurel doit être partie ailleurs. Peut-être a-t-elle seulement sauté dans un bus sans plus y réfléchir ? C'est le genre de truc étrange qu'elle serait capable d'accomplir.

J'essaie d'arrêter d'y penser. Il n'est pas question de flancher ni de devenir une espèce de paranoïaque. Peu importe où Laurel a été – ce ne sont pas mes affaires. Et de toute façon, je n'ai consulté qu'un tiers du catalogue Argos pour le moment.

Je passe une tête dans la chambre de ma sœur au moment où je vais enfin m'habiller. Le lit est soigneusement fait, les coussins bien en place.

Barnabé l'ours n'est pas là. Ni dans la penderie.

39.

Il n'y a pas eu de drame, cette semaine, et je n'ai pas mentionné Barnaby. Laurel et moi avons passé un chouette week-end chez papa et Michel. Laurel n'a pas été au marché, vu l'expérience précédente. Les affaires marchent du tonnerre : les gens se sentent obligés d'acheter un petit truc avant de poser des questions sur Laurel. Michel ne se gêne pas pour leur prendre leur argent, même s'il ne leur donne jamais aucune info.

Le seul moment un peu délicat, c'est lorsque papa a fait asseoir Laurel pour lui annoncer que le test ADN avec lequel la police les bassine a finalement été planifié pour jeudi prochain. Apparemment, ils ne peuvent plus le reporter. Papa a fait de son mieux pour les convaincre de l'inutilité de la chose et que Laurel avait déjà assez souffert comme ça. Mais ils sont restés inflexibles. Ils ont tout de même fini par accepter que ce soit maman qui fasse le prélèvement, afin de minimiser la détresse de Laurel.

Elle a demandé pourquoi ils avaient à ce point besoin de ce test ADN. Papa a répondu que selon le brigadier

Dawkins, certains éléments de leur dossier nécessitaient une deuxième vérification. Le fait qu'elle ait laissé pas moins de trois messages sur son répondeur montre l'importance qu'elle semble y attacher. Papa a alors dit à Laurel qu'elle n'avait pas à s'inquiéter. Ce qui ne l'a pas empêchée d'avoir l'air à deux doigts de vomir. Il l'a prise dans ses bras et lui a demandé si ça irait quand même. Elle a gardé le silence pendant un long moment.

Je me suis décidée à prendre la parole.

— Tu devrais le faire, Laurel, tu sais. Une fois le test effectué, ils ne t'embêteront plus. Je peux rester avec toi pendant ce temps-là, si tu veux.

Laurel m'a alors regardée, assise dans mon coin avec Tonks sur les genoux. J'ai hoché la tête en signe d'encouragement, et au bout de quelques secondes, elle a acquiescé à son tour.

Elle s'est ensuite tournée vers papa et lui a dit :

— OK.

Thomas ne s'est pas beaucoup manifesté cette semaine. Martha et moi l'avons charrié à propos du fait qu'il devenait vieux. Je l'ai interrogé pour savoir comment la séance shopping avec sa mère s'était passée.

— Bien, a-t-il répondu.

— Tu as trouvé ta montre ?

— Ouais, a-t-il sobrement confirmé avant de changer de sujet.

Peut-être faisait-il la tête parce que sa mère ne lui avait pas acheté le modèle vintage qu'il désirait ? Ou alors, il commençait à se rendre compte qu'il aurait dû demander de l'argent, comme une personne normale.

Le jour de son anniversaire, je pars à l'école tôt pour attacher un ballon gonflé à l'hélium au radiateur près duquel nous nous asseyons toujours dans la salle commune. Le ballon est kitsch à souhait – argenté et en forme de cœur, avec des lettres multicolores qui disent : « Bon anniv', mec ! » J'ai son cadeau dans mon sac, avec une carte de ma fabrication. Je n'ai pas encore décidé si je lui donnerai au bahut ou pendant la fête. En tout cas, il faudra qu'on soit seuls, Thomas et moi. Mon cadeau n'impressionnera personne à part lui. Je suis sûre qu'il l'aimera. Je l'ai acheté il y a plusieurs mois, bien avant que je commence à douter de notre relation. J'avais été trop contente de moi sur le moment d'avoir eu cette idée, sachant combien Thomas est compliqué.

Martha arrive deux minutes avant Thomas. Elle observe le ballon, sourit d'approbation, et suggère qu'on entonne un « Joyeux anniversaire » dès que Thomas entrera. Ça me tente assez, mais je crois qu'il aura plus que sa dose d'humiliation publique ce soir.

Nous nous asseyons le dos collé au radiateur, les yeux rivés sur la porte. Thomas apparaît enfin, les épaules voûtées, les écouteurs dans les oreilles, les pensées tournant dans sa tête. Il ne lève pas le nez avant de se retrouver devant nous. Il éclate de rire à la vue du cœur qui flotte doucement.

— Ouah, les filles ! Vous n'auriez pas dû ! s'exclame-t-il d'une voix trop enthousiaste, avant d'adresser un regard noir à Martha. J'imagine que c'est ton idée…

— Eh non, pas du tout. Je ne peux malheureusement pas m'attribuer cette brillante initiative, réplique Martha en fouillant dans son sac. En revanche, je peux me vanter de ça !

Elle sort une énorme enveloppe d'un grand geste. À l'intérieur se trouve la carte la plus laide que j'aie jamais vue, complétée d'un badge en forme de soucoupe volante tout aussi affreux sur lequel on peut lire : « 18 ans AUJOURD'HUI !!! »

— Joyeux anniversaire, monsieur Bolt ! lance Martha en se levant d'un bond pour le prendre dans les bras d'un geste bizarre.

Je me lève à mon tour, presque intimidée, tout à coup.

— Bon anniversaire…

— Je n'ai pas droit à un baiser ?

Cette demande me surprend. Thomas n'est pas très démonstratif, d'habitude. Je l'embrasse doucement sur la bouche.

— Tu sais que tu as presque l'air différent, Thomas ? Tu fais plus mec, déclare Martha en lui attrapant le biceps pour le tâter. Mais non, en fait… Désolée, je me suis emballée. Ces bras en fil de fer sont toujours les mêmes.

J'ai peur qu'il réagisse mal, durant une seconde, même s'il n'est pas très complexé physiquement. Mais il se contente de rire et de dire qu'il préfère penser qu'il a des muscles « secs ». Il commence à mettre son badge. Je n'en reviens pas ! Soudain, il tord l'aiguille pour la pointer vers l'extérieur, avant de me regarder.

— Puis-je ?

— Mais absolument.

Le ballon qui éclate fait sursauter tout le monde dans la salle commune. Laney Finch porte la main à la poitrine et se penche vers une copine pour ne pas tomber.

Un garçon debout près de la machine à café hurle un « ENFOIRÉ ! » à notre attention. Il doit se sentir gêné d'avoir pratiquement bondi jusqu'au plafond. Thomas lui adresse un petit salut de la tête, auquel l'autre répond d'un majeur fièrement tendu.

Je décide d'attendre le déjeuner pour lui donner son cadeau – je ne tiendrai jamais jusqu'à ce soir. Nous convenons de nous rejoindre chez le traiteur à l'angle du bahut. J'arrive avant lui et commande nos paninis. Le jeune derrière le comptoir connaît nos goûts par cœur. Thomas ne l'aime pas – sûrement parce qu'il est super beau et toujours très sympa avec moi, alors qu'il le zappe littéralement.

Le garçon est en train d'apporter nos plateaux quand Thomas s'avance.

— Dommage… J'aurais pu me joindre à toi.

Il me lance un clin d'œil avant de se reculer pour permettre à Thomas de s'asseoir. Je souris poliment en m'étonnant de ne pas savoir le nom de ce type depuis tout ce temps.

Thomas croque à pleines dents dans son panini. Le fromage fondu file entre ses canines et le pain grillé. Cette vision me donne un peu envie de vomir. Je laisse tomber mes cheveux devant mon nez et grignote le coin de mon sandwich en essayant de ne pas regarder. Thomas me raconte sa matinée entre deux bouchées. L'une de ses activités favorites consiste à mettre la honte à des profs en étalant ses connaissances sur certains sujets ; sa cible préférée actuelle est notre prof d'anglais. Je trouvais ça drôle, avant, mais simplement puéril, aujourd'hui. Je ris quand même – c'est son anniversaire, après tout.

Il ingurgite son sandwich en un temps record, alors qu'il n'arrête pas de parler depuis son arrivée.

— Tu n'en veux plus ?

Il fixe le mien avec la tête d'une hyène affamée. Je pousse mon assiette vers lui.

— Vas-y.

— Je ne devrais pas… Il faut que je garde de la place pour le gueuleton de tout à l'heure.

Il plaque la main sur son ventre, lisse et parfaitement plat. Ce que Thomas ignore, c'est qu'il devrait au mieux manger des *scotch eggs* et des mini-sandwichs, ce soir…

— Mais c'est dans des heures, ça ! Vas-y. Fais-toi plaisir.

Je le convaincs sans peine.

J'attends qu'il ait terminé d'engouffrer son repas pour sortir le cadeau et la carte de mon sac. Il commence par me dire qu'il préférerait l'ouvrir au restaurant. Pourtant, cette fois encore, il cède. Il se met à sourire direct en voyant la carte. Sur le devant, il y a un dessin de nous deux main dans la main au milieu d'une forêt. Des monstres et des loups sont tapis dans l'ombre d'arbres tordus. J'ai dû refaire le croquis sept fois avant de pouvoir le transférer. Je n'ai jamais fait autant d'efforts pour personne de toute ma vie.

— J'ignorais que tu dessinais ! Tu es vraiment douée, tu sais ? C'est… c'est carrément cool. Un peu effrayant, mais super chouette.

À l'intérieur, j'ai noté le genre de trucs qu'une petite amie écrit à son mec pour ses dix-huit ans. Thomas se penche au-dessus de la table pour m'embrasser. Il dit que je cache bien mon jeu.

Le moment du cadeau arrive ensuite. Il déchire le papier comme un enfant le jour de Noël. Il sourit et lance un « Ouah ! » en le découvrant, puis me remercie vingt fois, mais je vois que quelque chose cloche. Il en fait trop. « Ouah » n'appartient pas exactement à son vocabulaire. C'est une première édition d'un recueil de poèmes rédigés par un type dont je n'avais jamais entendu parler avant de rencontrer Thomas. Le livre est en super état, alors qu'il a presque quarante ans. C'est le cadeau idéal, enfin, pour lui, parce que si on me l'offrait, il finirait sûrement en cale-porte.

Thomas se penche pour m'embrasser de nouveau, mais plus longtemps.

— J'adore ! Merci beaucoup, me murmure-t-il à l'oreille.

Je me demande si je ne serais pas parano et s'il n'aimerait pas sincèrement ce bouquin, au final. Peut-être voulait-il tellement me montrer que ça lui faisait plaisir qu'il s'est laissé emporter par l'enthousiasme, au point de ressembler malgré lui à Laney Finch. Je me sens bizarre et un peu inquiète, maintenant. Déçue que ce moment ne se soit pas passé comme je l'avais imaginé. Qu'est-ce qui ne va pas chez moi ?

40.

— Je ne te fais pas rater les cours, au moins ?

Kay avale une gorgée de gin tonic avant de hausser les sourcils pour signifier qu'elle s'en moquerait complètement si c'était le cas.

— Non. Je n'ai pas cours.

Elle est arrivée la première, cette fois. Elle est installée sur le même canapé, et le même cocktail est posé sur la table devant elle. Pour une raison quelconque, je me mets à évoquer l'anniversaire de Thomas. Je lui parle du recueil de poésie et de la fête surprise, et du fait que la mère de Thomas semble me préférer Martha. Le sourire amusé de Kay me coupe dans mon élan.

— Désolée, on devrait plutôt se concentrer sur Laurel, hein ? Heu... Qu'est-ce que vous voulez encore savoir ?

Kay allume l'appareil enregistreur.

— Eh bien, pourquoi on ne reprendrait pas là où on s'est arrêtées ? Raconte-moi comment ça s'est passé quand tu as revu Laurel après toutes ces années... C'était dans une chambre d'hôtel, je crois, c'est ça ?

J'explique ce que ça m'a fait d'observer cette jeune femme devant moi, et d'essayer de la concilier avec le souvenir de la petite fille que j'avais d'elle. Je parle du moment où maman et papa nous avaient laissées, de la peur que j'avais éprouvée à la perspective de me retrouver seule avec cette quasi-étrangère. Comme ça avait été irréel de rester regarder dans la suite la conférence de presse qui avait lieu en bas.

Puis nous abordons l'arrivée de Laurel à la maison. Kay paraît ravie de la façon dont cette séance se déroule. Elle demande si je veux quelque chose, et je lui réponds que je prendrais bien le même cocktail qu'elle.

Je n'ai jamais bu de gin tonic. C'est immonde.

Kay s'appuie contre le dossier du canapé en croisant les jambes.

— Alors, Faith, dis-moi… Tout n'a pas été facile, sans doute, depuis le retour de ta sœur. Parce que tu avais passé les treize années précédentes seule, comme une fille unique, pour commencer. Ça a dû te faire bizarre qu'elle débarque comme ça, tout d'un coup, non ?

Elle voit mon air confus et adopte aussitôt un ton sympathique, plutôt rebutant de mon point de vue.

— Je comprends ce que c'est. Ma sœur et moi nous entendions comme chien et chat, spécialement à l'adolescence. Rappelle-moi de te parler un jour de la période où on était amoureuses du même garçon.

Je cerne très bien son petit jeu. Elle me prend pour une imbécile. Elle pense qu'en se comportant comme une amie, elle parviendra à me soutirer des infos croustillantes. Je suis sûre qu'elle n'a même pas de sœur.

Je ne sais pas pourquoi elle se comporte ainsi. Même si elle parvenait à m'arracher une anecdote trash, il n'y aurait pas moyen qu'elle se retrouve dans le bouquin. À moins que Kay soit simplement curieuse, ou à l'affût d'une histoire qu'elle pourra vendre sous le manteau aux journaux... Ou alors, je suis parano, et elle s'intéresse sincèrement à ce que je raconte, mais trouve juste qu'un peu de piquant ne nuirait pas au livre – que ça le rendrait moins mièvre, plus réel.

Je bois une gorgée de cocktail avant de secouer la tête.

— Non... C'est merveilleux. On s'entend vraiment bien, comme si on n'avait jamais été séparées. Je ne me suis jamais considérée comme une enfant unique, de toute manière. Même quand Laurel était loin de nous, elle était là.

Je m'interromps pour me demander si ce que je m'apprête à dire n'ira pas un peu trop loin. À la différence de Cynthia Day, Kay semble du genre à détecter les craques à des kilomètres. Mais je me lance malgré tout.

— Laurel a toujours été là, fais-je d'un ton théâtral avec une main sur le cœur.

Kay ne rit pas, ne hausse pas les sourcils, et ne me traite pas de menteuse. Elle se contente d'approuver d'un air concentré avant de me poser une autre question, sur mes rapports avec la presse, cette fois. L'occasion idéale de prendre ma revanche sur Jeanette Hayes, d'expliquer au monde exactement ce que ma famille pense d'elle... Mais au lieu de ça, j'avance que nous sommes très reconnaissants que les journalistes aient respecté notre intimité et qu'ils nous aient laissés tranquilles.

Kay se penche en avant.

— Donc ça ne te gêne pas, ce que les gens balancent sur Twitter ?

Je secoue la tête.

— Je n'y vais plus. Je n'ai pas de temps à perdre avec ce genre de conneries.

Ce n'est pas moi. J'ignore d'où ces propos sortent, mais je sais une chose : maman sera RAVIE. Ça vaut le coup de débiter tous ces mensonges et ces demi-vérités, si ça la rend heureuse.

Ce serait assez drôle de voir la mine de Kay si j'exposais la vérité, pleine et entière. Si je lui disais que tout le monde passe tout à Laurel et qu'elle mène mes parents par le bout du nez. Je pourrais lui raconter la séance de shopping, ses étranges balades en solitaire, et, le summum : qu'elle m'a espionnée, alors que je couchais avec mon petit ami. Voilà sûrement le genre de trucs que les gens aimeraient entendre. Mais ça ne cadrerait pas avec l'image de la Parfaite Laurel Logan. Ils n'y tiendraient sans doute pas plus que ça. En plus, Laurel me traiterait de menteuse et on la croirait, jugeant sa parole forcément plus crédible.

Kay désire savoir si j'aurais autre chose à ajouter avant qu'on arrête.

— Rien du tout ?

Elle camoufle assez bien sa déception tandis que je décline sa proposition.

Elle doit rencontrer Laurel dans deux semaines. Elles ont programmé trois jours entiers d'interview pour commencer.

— Je me sens un peu nerveuse, en fait, m'avoue Kay à voix basse, comme si elle me confiait un énorme secret.

Je n'ai jamais travaillé sur ce genre de projet avant. Pas sur une histoire aussi… éprouvante.

Elle voudrait que je la rassure, ou quoi ? La seule chose qu'elle aura à faire, c'est écouter Laurel. Je me contente de la dévisager jusqu'à ce qu'elle reprenne la parole.

— Bon, eh bien, je crois qu'on a terminé. Merci beaucoup pour le temps que tu m'as consacré. Je t'appellerai dès que j'aurai quelque chose à te montrer. Mais je pense débuter par la partie de Laurel, donc ça ne sera sûrement pas dans l'immédiat.

C'est parfait. Je ne suis pas pressée de lire mes propos filtrés par le cerveau d'une autre personne. Nous nous disons au revoir. Je suis soulagée de ne plus devoir parler de Laurel.

41.

Je n'ai plus le temps de me préparer. J'aurais voulu me laver les cheveux, mais ils mettront des plombes à sécher. Je n'ai plus qu'à espérer que personne ne remarque qu'ils commencent à graisser.

Au moins, je n'ai pas à me stresser à cause de ma tenue, puisque j'ai déjà sorti mes vêtements ce matin. Un jean noir, des bottes, un haut rouge. Rien de trop recherché. Laurel regarde la télé quand je descends.

— Tu es très bien, remarque-t-elle.

Elle n'aurait pas pu me dire un truc plus fade, mais je la remercie quand même. Elle demande à quelle heure elle doit aller à la fête. Je me rends alors compte que j'ai totalement oublié qu'elle venait. Je ne sais pas comment mon cerveau a fait pour opérer ce petit tour de passe-passe. Mais ça va. Je n'aurai pas à jouer la baby-sitter, ce soir. Elle aura tout un tas de gens autour d'elle, qui boiront chacune de ses paroles, comme d'habitude.

Je lui suggère d'arriver pour neuf heures. Cet horaire semble la surprendre.

— Ce n'est pas un peu tard ?

Je secoue la tête en prétendant que la plupart des invités devraient débarquer à cette heure-là. Je mens, bien sûr. Ce n'est pas que je ne veux pas d'elle, juste que j'aimerais profiter un peu de la fête avant qu'elle se pointe et capte toute l'attention.

Laurel dit qu'elle se sent un peu nerveuse. Je lui réponds qu'elle n'a pas à s'inquiéter. Je n'ai pas le temps de la rassurer. Elle aurait envie de discuter, que je reste encore un petit moment, mais elle me mettrait en retard.

— On se voit tout à l'heure. Tu as l'adresse pour ce soir, n'est-ce pas ?

Maman la déposera. Tout ira bien.

Le bus se présente avec cinq minutes de retard. Je passe le trajet à me répéter que j'ai été absolument adorable avec Laurel. Elle se débrouille seule, maintenant – elle n'a plus besoin que je la soutienne. En plus, cette fête sera plutôt calme, pas une de ces bringues bruyantes avec son lot de sexe, de drogue, et d'inconnus. Exactement ce qu'il lui faut.

Martha est déjà au pub à mon arrivée. Elle déplace des chaises selon les directives de Mme Bolt. Debout sur une table, le père de Thomas essaie d'accrocher l'extrémité d'une banderole à une rampe de spots. Il donne l'impression qu'il pourrait tomber et se briser la nuque à n'importe quel moment. L'ambiance serait légèrement gâchée si ça se produisait…

Mme Bolt m'invite d'un signe à entrer sitôt qu'elle me voit plantée sur le seuil de la porte. La mère de Thomas ne paraît pas avoir fait carrière dans l'armée. J'ai été surprise, la première fois que je l'ai rencontrée. Thomas m'avait charriée et demandé ce que je m'étais imaginé. Je ne lui avais pas avoué que je m'étais représenté sa mère avec des cheveux courts, une carrure charpentée, et une tenue de camouflage. Je n'imaginais vraiment pas découvrir une beauté au potentiel de mannequin professionnel ; grande, très mince, une crinière blonde, bien habillée. Au moins, le père de Thomas avait-il répondu à mes attentes (ridicules). Froid comme une pierre !

Mme Bolt me donne une bise sur la joue avant de passer aussitôt à autre chose, sans chercher à savoir comment je me porte. Me voilà, du coup, à marmonner un « je vais bien » pour rien. Elle est carrément superbe, ce soir. Très élégante, même. Elle m'intimide beaucoup – je ne trouve jamais rien à lui dire. Je suis sûre qu'elle me déteste, peu importe ce que Thomas prétend. Elle m'envoie aider Martha avec les chaises.

Mon amie a un petit voile de sueur sur le front à force de les transbahuter dans tous les sens. Sa tenue est encore plus décontractée que la mienne – un jean délavé et un T-shirt noir ajusté. Elle paraît très bien se débrouiller seule, ce qui est parfait, parce que j'ai assez transpiré en courant après le bus. Je me retourne, à l'affût d'une autre activité, mais tout semble au point. Les besoins en main-d'œuvre sont visiblement pourvus.

La mère de Thomas aligne des verres à vin sur une table dans un angle. Je l'observe, alors qu'elle en inspecte un dans la lumière. Elle aperçoit mon regard. Je décide de la rejoindre pour lui demander si je peux apporter mon aide. Mme Bolt jette autour d'elle un coup d'œil à la Terminator, comme si elle avait à la place du cerveau un ordinateur qui analyserait la situation en détail.

— Non, je crois que tout est prêt… Mais merci !

Son merci lui est clairement venu après coup. Elle me scrute entre ses paupières plissées.

— Tu ne lui as rien dit, n'est-ce pas ? Tu n'as pas gâché la surprise, au moins ?

— Non !

J'aurais sans doute dû camoufler mon indignation un peu mieux.

Elle refait son truc à la Terminator pour voir si je mens.

— Parfait.

Là-dessus, elle me tourne le dos, et s'avance vers le père de Thomas, qui teste des guirlandes électriques suspendues à d'affreuses têtes de rênes empaillées.

Il n'y a aucun doute sur la question : la mère de Thomas est une vraie conne.

Les gens commencent à arriver. Je ne connais pas la plupart, ce qui m'étonne, parce que Thomas a rencontré tous les membres de ma famille. Je m'assois dans un coin avec Martha, puis nous nous mettons à jouer à deviner qui est qui. Deux élèves du bahut se présentent. Enfin ! L'un pique deux bouteilles de vin et les apporte dans notre box. Je pense que Mme Bolt n'apprécierait pas – elle doit avoir prévu deux verres d'alcool par personne et pas un de plus.

Cinq minutes avant l'heure à laquelle Thomas doit me retrouver devant le restaurant, je m'avance vers Mme Bolt pour lui éviter le déplacement, et la prévenir que je vais rejoindre son fils. Elle frappe aussitôt dans ses mains en ordonnant à tous de se taire, avant de poursuivre en expliquant la suite des événements.

— Bon, tu peux filer ! lance-t-elle avec impatience en me poussant pratiquement dehors.

Je me tiens devant la porte du restaurant, où je regarde le menu. Je préférerais y passer la soirée seule avec Thomas. Je suis sûre que ça nous rendrait heureux de faire quelque chose de différent, un truc spécial, pour nous reconnecter après les deux mois très étranges que nous venons de vivre. Je me demande ce que Mme Bolt ferait si je lui jouais ce tour-là...

— Hé, toi ! lance Thomas en arrivant derrière moi.

— Hé !

Je pivote sur moi-même pour l'embrasser. Sa vue me procure un tel choc que j'en reste muette. Il est beau – mais genre TRÈS beau. Ses cheveux lissés en arrière découvrent son visage, pour une fois. Ses vêtements paraissent neufs – ses chaussures aussi. Il a exactement l'allure qu'il faut pour dîner dans un bon restaurant. Il porte même une cravate.

— Dis donc, on s'est mis sur son trente et un, à ce que je vois ! fais-je en reculant pour mieux le regarder.

Gêné par mon attitude, il m'attire contre lui pour que je me taise.

— Sérieusement. Tu es trop beau, comme ça.

— Tu dis ça juste parce que tu espères obtenir des trucs de moi ce soir...

Là-dessus, il me retourne mon compliment. Il semble me trouver sincèrement belle. Je me souviens très bien pourquoi je suis tombée amoureuse de lui, soudain.

— On y va ? questionne-t-il en posant la main sur mon épaule. Qu'est-ce qu'il y a ? Tu dois geler sur place, comme ça… Où est ton manteau ? demande-t-il lorsque je ne réagis pas.

L'heure de se décider est arrivée. Je n'ai aucun mal à trancher, tout à coup.

— Bon écoute, promets-moi de ne pas péter les plombs…

Au lieu de sortir sa réplique habituelle dans ce cas – qu'il ne promettra rien tant qu'il ne saura pas de quoi il en retourne –, il se contente de me le jurer en souriant.

Je lui parle alors de la fête surprise. Je lui raconte même absolument tout. Ses épaules se voûtent un peu plus à chaque détail.

— OK, très bien.

— Et il faudra que tu aies vraiment l'air d'halluciner quand tu entreras, sinon, ta mère comprendra que je t'ai tout balancé et elle me mettra sûrement contre un mur face à un peloton d'exécution. Je suis désolée. Je sais que c'est ton pire cauchemar. Je suis vraiment, sincèrement désolée.

Il semble super déçu – un petit garçon à qui on viendrait d'annoncer que Noël est annulé.

— Donc on ne va pas au restaurant ?

— Eh non. Mais on pourra quand même y aller. J'appellerai demain et je réserverai une table pour un de ces soirs ? C'est moi qui inviterai. C'était vraiment une idée complètement nase… J'aurais dû parler à tes parents. J'aurais dû empêcher ça. Tu ne m'en veux pas, j'espère ? Dis-moi que tu ne m'en veux pas.

Il ferme les yeux pendant une seconde. Je me demande s'il va me larguer là. Je ne pourrais pas le lui reprocher. Il y a deux semaines, j'en aurais même été soulagée, mais quelque chose a changé. Je le sens au fond de moi. Depuis pas mal de temps, en fait, sans m'en rendre très bien compte. Ma vie a été tellement perturbée depuis le retour de Laurel. J'ai totalement perdu de vue ce qui était important pour moi. J'aime Thomas. Il n'est sans doute pas parfait, et m'exaspère souvent, mais je suis amoureuse de lui. S'il me jetait maintenant, devant ce restaurant, je ne pourrais m'en prendre qu'à moi-même.

Thomas redresse les épaules. Soit c'est parce qu'il a dix-huit ans, soit parce que je suis une vraie débile, mais il apparaît vraiment plus mec. Un homme mature, qui fait des choix d'adulte. Il pose une main dans mon dos et inspire à fond.

— OK, c'est parti ! Allons nous taper ça.

— Tu n'es pas… ?

— Je ne t'en veux pas. Je sais parfaitement comment ma mère peut être. Rien ne l'arrête quand elle a décidé quelque chose. Bon, voilà ce que je te propose : on va se pointer dans ce pub, et je vais faire de mon mieux pour avoir vraiment l'air surpris. Si je n'y arrive pas, je te prendrai dans les bras pour que personne ne mate mon visage. On mangera de la nourriture de fête cheloue et on boira plus qu'on ne le devrait, et je te présenterai à tous les membres de ma famille – ou à ceux dont je connais le prénom, disons. Et on dansera, si ça peut leur prouver que je suis super content et que je m'éclate.

Je suis complètement déroutée. Spécialement par l'idée de danser avec Thomas. Je n'ai jamais vu Thomas danser – je ne peux même pas l'imaginer, en fait. Je suis presque tentée de lui demander qui il est et de me rendre mon petit copain, mais ce ne serait pas le moment.

— Ce ne sera pas le cas ? Tu ne vas pas t'amuser… si ? Je suis tellement désolée d'avoir laissé tes parents organiser tout ça…

— Hé ! murmure-t-il. Arrête avec ça. Et qui te dit que je ne suis pas carrément ravi ? Qu'un anniversaire surprise avec tous les gens que je connais n'est pas exactement ce que je voulais pour mes dix-huit ans, mmm ?

— Heu… Tu plaisantes, là ?

Thomas me prend par l'épaule et nous entraîne vers le pub.

— Évidemment ! Mais tant que tu es avec moi, je devrais pouvoir affronter ça.

Je le pousse contre le mur et l'embrasse.

— Je t'aime, Thomas Bolt.

Il me retourne ma déclaration avec un petit air amusé.

Nous franchissons l'entrée et grimpons l'escalier, puis je tiens la porte à Thomas pour qu'il puisse pénétrer avant moi dans la pièce plongée dans le noir.

SURPRISE !

42.

Thomas s'en sort sans encombre. Mais vraiment. Personne n'a l'air de se douter qu'il était au courant pour la fête. Il n'arrête pas de secouer la tête d'incrédulité et de flanquer des petits coups de poing taquins à son père. À peine la « surprise » passée, il a pris sa mère dans les bras en agitant un doigt grondeur dans ma direction. Tout le monde a éclaté de rire. Mme Bolt m'a gratifiée d'un haussement de sourcils approbateur.

Alors que le vin coule à flots et que le volume de la musique monte, je découvre une facette complètement différente de Thomas. Il est sûr de lui et à l'aise tandis qu'il me présente à différents membres de sa famille. Il garde une main posée dans le creux de mes reins. Son poids et sa chaleur me rassurent parce que je suis très loin d'être aussi à l'aise que lui. Il y a beaucoup trop de gens, et il fait très chaud. Tellement qu'on a du mal à respirer. Mais je me sens quand même mieux. Ça ne doit pas être totalement un hasard si l'amélioration de mon état va de pair avec le fait que Thomas n'arrête pas de remplir mon verre. Il boit sans arrêt, lui aussi. C'est visiblement la stratégie qu'il a décidé d'adopter pour survivre à cette soirée.

Nous commençons clairement à être saouls au bout d'environ une heure. Nous ne trébuchons pas, ne tombons pas et ne nous esclaffons pas sans pouvoir nous contrôler. Nous en sommes juste au stade parfait, celui où il paraît beaucoup plus facile de parler à des inconnus et où chaque chanson rappelle un souvenir ou un autre. Où sourire devient un état naturel par défaut au lieu d'une attitude.

Un nouveau morceau démarre. Thomas et moi échangeons un coup d'œil. Il éclate de rire. Ce truc est passé à la radio dans sa camionnette au moment où on couchait ensemble pour la première fois. Il avait fait un commentaire, d'ailleurs (trop adapté !), parce que les paroles sont plutôt chaudes. Mme Bolt a visiblement délégué la musique à l'un de ses sous-fifres.

Thomas me tend la main en inclinant la tête.

— Heu... Tu te prends pour M. Darcy, ou quoi ?

Il rigole, alors que ma remarque n'était pas très drôle. J'entrelace mes doigts avec les siens, puis nous nous dirigeons vers la piste de danse. Personne ne l'a investie pour l'instant. Je croise le regard de Martha – elle est à la même table que tout à l'heure, avec les autres élèves du bahut. Elle semble carrément étonnée. Elle sait que je déteste me retrouver au centre de l'attention. Mais j'oublie qu'on nous observe dès que je commence à bouger en rythme. Peu m'importe à quoi je ressemble, que je transpire, ou que mes membres battent l'air comme un personnage de dessin animé.

Des gens nous rejoignent très vite ensuite, comme s'ils avaient simplement attendu qu'on ouvre le bal. C'est bon de prendre des risques, pour une fois. Comme Martha nous mate toujours, je lui fais signe de venir. Évidemment, elle répond non de la tête. Du coup, j'attrape Thomas par le bras et l'entraîne vers la table de Martha pour qu'il l'oblige à se lever de sa chaise.

— Deux secondes... Deux secondes, j'ai dit ! lance-t-elle en se dégageant.

Elle pose alors son verre de vin, s'en sert un autre, qu'elle descend cul sec, et déclare :

— Ça y est, je suis prête !

Martha a du mal à se détendre, au début. Elle bouge sans enthousiasme et feint de s'amuser. Mais très vite, elle se lâche complètement. Au bout de dix minutes, elle se lance même avec Thomas dans une espèce de *battle* aux règles improbables.

Je n'aurais jamais cru que ce serait aussi drôle de danser avec eux. On aurait dû faire ça bien avant.

M. et Mme Bolt déboulent sur la piste. J'en profite pour m'éclipser discrètement aux toilettes. Je vérifie si Martha souhaite m'accompagner, mais le père de Thomas la fait déjà tourner dans tous les sens, ce qui n'a pas l'air de la gêner le moins du monde.

Rejoindre les toilettes est une mission en soi. Il faut descendre au rez-de-chaussée et traverser la pièce principale du pub, qui grouille de gens venus regarder un match de foot. Installés sur les dernières marches, deux des invités essaient de suivre le score, le cou tendu. Ils doivent savoir comme moi comment Mme Bolt réagirait si elle les surprenait là. Une fois hors de la cabine, je vais me planter devant le miroir pour jeter un coup d'œil à mon maquillage, qui aurait effectivement besoin d'une petite retouche. Mais mon sac étant resté à l'étage, il devra faire l'affaire.

Une femme sort alors d'une autre cabine. Elle commence par se laver les mains avant d'extraire un tube de rouge à lèvres d'une trousse. Le reflet déformé de son visage me donne envie de rire. Je regarde donc ailleurs, mais trop tard.

— Tu es Faith, c'est ça ?

Elle doit être l'une des rares personnes que Thomas ne m'ait pas présentées. Mais elle appartient visiblement à la famille de Mme Bolt.

J'opine.

— Bonjour, dis-je avant de me diriger vers le sèche-mains.

Aurais-je dû ajouter autre chose ? Se fait-on la bise pour se saluer dans les toilettes d'un pub ?

— Désolée ! Quelle mal élevée je suis ! Je suis Dawn, la tante de Thomas ! crie-t-elle sans attendre que l'appareil soufflant s'arrête.

— Enchantée de vous rencontrer !

Bien sûr, le bruit cesse, alors que je hurle toujours, ce qui me fait passer pour une vraie tarée.

— Tu veux bien rester avec moi une minute, chérie ? On transpire comme des cochons, là-haut ! La nouvelle poudre que j'ai achetée est censée provoquer des miracles, mais je crois que J.-C. lui-même aurait du mal à tirer quelque chose de ce visage…

Je mets quelques secondes à comprendre qu'elle fait référence au Christ. Je la regarde se remaquiller. Le produit semble effectivement marcher. Je suis sûre qu'elle m'autoriserait à le lui emprunter, si je le lui demandais, mais il n'y a aucune chance que je le fasse.

Il me faut à peine cinq secondes pour me rendre compte que la tante de Thomas appartient à cette catégorie de gens capables d'avoir des conversations entières avec eux-mêmes sans que leurs soi-disant interlocuteurs aient besoin de décrocher le moindre mot.

Dawn raconte qu'elle mourait d'envie de me rencontrer, mais qu'elle vient rarement parce qu'elle habite trop loin. Elle me parle de la ferme dans laquelle elle vit, qui se situe à l'écart du village le plus proche, et qu'elle se rend en ville au moins une fois par semaine. En l'espace de deux minutes, j'en connais plus sur la tante de Thomas que sur certains membres de ma propre famille. J'espère que quelqu'un entrera bientôt dans les toilettes et que je pourrai m'échapper, mais la porte reste désespérément fermée. Un rugissement sonore retentit alors dans la pièce d'à côté. Je me demande un instant s'il me serait possible de faire semblant d'aimer le foot quand Dawn lâche un truc qui me fait tiquer.

— C'est vraiment drôle, la façon dont les choses peuvent tourner, dans la vie, tu ne trouves pas ? Qui aurait cru que vous finiriez ensemble tous les deux ? Mais les voies de Dieu sont impénétrables, comme on dit, n'est-ce pas ?

Je n'ai aucune idée de ce dont elle veut parler.

— C'est le dixième anniversaire qui l'a fichu dedans, tu sais.

— Le dixième anniversaire de quoi ?

Dawn me regarde comme si j'étais débile.

— De la disparition de Laurel ! Tous ces articles et ces émissions-télé. Impossible d'échapper à cette histoire, même en se bouchant les oreilles… enfin, pas que tu veuilles te boucher les oreilles, mais tu vois ce que je veux dire. Il lisait tous les livres, tu vois, tous ces bouquins qui parlent de crimes atroces non résolus, pas seulement ceux qui concernaient ta sœur. Des trucs sur les tueurs en série et autres déglingués, dit-elle en frémissant.

Je surprends mon reflet dans le miroir tandis que commence peu à peu à faire sens ce qu'elle me raconte.

— Ça n'a duré que quelques mois, mais Cath s'est quand même pas mal inquiétée. C'est une obsession sacrément morbide pour un jeune de cet âge-là, poursuit Dawn en riant et en secouant la tête. Il y a des fois où il suffit de laisser couler. S'il y a bien une chose que je sais à propos des adolescents, c'est qu'ils marchent par phases. Mon Kevin par exemple, il s'est teint les cheveux en bleu électrique quand il avait quinze ans et je n'ai rien dit. Et bien sûr, trois semaines après, il en a eu tellement marre qu'il est venu au salon de coiffure pour que je lui refasse sa couleur habituelle ! Avec Thomas, c'est la poésie, non ? Il s'est plongé dedans et a laissé tomber ces histoires de crime. Ce garçon adore les poèmes. Moi-même, je dois avouer que j'ai un faible pour les limericks.

J'essaie de sourire, mais les muscles de mon visage ne semblent pas vouloir coopérer.

— Laurel vient ce soir, n'est-ce pas ?

Dawn regarde son poignet. Des marques de bronzage indiquent qu'elle y porte habituellement une montre.

— J'aurais cru qu'elle serait déjà là, étant donné l'heure. Tout le monde est impatient de la rencontrer !

Dawn s'approche plus près, au point que j'ai peur qu'elle me prenne dans ses bras. Mais au lieu de ça, elle frotte l'articulation de ses doigts contre ma joue ; un geste étrangement intime.

— Bon, allez, assez discuté. Retournons à la fête !

Elle glisse son bras sous le mien et nous entraîne vers la porte. Tandis que nous serpentons au milieu de la foule des buveurs, je lui explique que j'ai un coup de fil à passer et que je la retrouve là-haut.

— Ne traîne pas trop ! Ils vont bientôt apporter le gâteau !

Je me précipite dehors dans le froid.

Ma relation avec Thomas est basée sur un mensonge.

Cette histoire n'aurait même pas pu commencer, elle aurait été étouffée dans l'œuf si Thomas avait dit la vérité. Je croyais honnêtement qu'il était la seule personne à ne pas être intéressé par ce qu'il était arrivé à ma sœur. Mais bien sûr, il l'était. Comme tous les autres…

Parmi toutes les pensées qui me polluent le cerveau, il y en a une qui se fraye un chemin jusqu'au devant de la scène : Thomas ne s'est-il rapproché de moi qu'à cause de ma sœur ? Était-ce uniquement pour ça qu'il m'a draguée ?

Je ne suis pas bien sûre de vouloir connaître la réponse.

43.

Je ne vais pas pouvoir rester là éternellement. Impossible, cependant, de rentrer à la maison ; mon sac est resté là-haut.

Laurel ne tardera sans doute plus beaucoup. Je ne devrais pas lui en vouloir. Peut-être même que je devrais la remercier ? Parce que, sans elle, Thomas ne m'aurait sans doute jamais adressé la parole. J'espérerais encore que quelqu'un – n'importe qui – vienne vers moi. Et je serais toujours vierge.

Je dois parler à Thomas. Il faut que je sache la vérité – toute la vérité. Car même s'il m'a abordée dans le but d'en savoir plus sur ma sœur, ça n'explique pas qu'il soit resté avec moi. C'est juste impossible. Ce que nous vivons, ce que j'ai éprouvé en dansant avec lui tout à l'heure, est réel. Ça n'a rien à voir avec ma sœur.

Je m'attends à entendre de la musique tandis que je grimpe péniblement les marches. Mais je trouve les gens agglutinés au centre de la pièce. Thomas se tient près d'un chariot avec un énorme gâteau posé dessus. Mme Bolt est debout à côté de lui, un bras posé sur une de ses épaules. Le père de Thomas les photographie. Je ne peux m'empêcher de penser que Mme Bolt l'a fait exprès – de présenter le gâteau quand je n'étais pas là.

Thomas regarde autour de lui lorsqu'il m'aperçoit. Il me sourit aussitôt et me fait signe d'approcher. Les gens se retournent avant de s'écarter pour me laisser passer. Me voilà à côté de lui pendant que tous chantent joyeux anniversaire. Thomas me prend la main et la serre deux fois. C'est un code que nous avons. Deux fois pour *Est-ce que tu vas bien ?* J'agrippe la sienne à mon tour deux fois (*Tout va bien*).

Le gâteau doit coûter une petite fortune. Je reconnais la plupart des titres sur les dos des livres en génoise. Les préférés de Thomas. Je vérifie qu'aucun ne s'intitule « Mon album flippant sur Laurel Logan ».

Il y a dix-huit bougies. Je les compte tout en chantant (ou en faisant semblant).

L'assemblée se met à applaudir à la fin de l'hymne. Mme Bolt se penche vers son fils pour lui suggérer de souffler ses bougies, et de ne pas oublier de faire un vœu !

Thomas pivote alors légèrement vers moi. Un sentiment étrange me traverse soudain. Le genre d'impression que Laney Flinch qualifierait de prémonition. Je nous vois Thomas et moi devant un gâteau différent dans une pièce différente. Ce gâteau-là est blanc et a plusieurs niveaux. L'image a disparu avant que j'aie pu m'en saisir, mais elle me laisse avec le cœur battant et la tête qui vacille.

Un « chut ! » s'élève dans la salle tandis que Thomas s'incline pour souffler. Je croise le regard de Martha qui bâille pour signifier son ennui. J'adore ! Mme Bolt siffle un « Qu'est-ce que tu attends ? » à son fils, qui inspire aussitôt à fond, et s'exécute. Le silence qui retombe me met mal à l'aise. On dirait que Thomas est en train de désamorcer une bombe et non d'éteindre les bougies d'une pâtisserie hors de prix, et sans doute pas très bonne.

Une porte s'ouvre soudain. Elle n'a pas cessé de valser durant toute la soirée, sans que personne ne s'en aperçoive. Thomas a été le seul à me voir arriver, tout à l'heure. Mais *tout le monde* remarque cette entrée-là, en revanche. Les têtes se tournent. Je surprends même deux petits cris aigus.

C'est ma sœur. Qui a évidemment choisi le pire moment pour se pointer – ou le meilleur, selon le point de vue qu'on adopte.

Elle porte sa nouvelle robe.

Laurel ressemble à une star qui se serait trompée de chemin pour rejoindre le tapis rouge. Des chaussures écarlates et une petite pochette que je reconnais parce qu'elle appartient à maman complètent sa tenue. Ses cheveux flottent sur ses épaules, brillants et soyeux. Son maquillage est savamment dosé.

Laurel se fige sur le seuil de la porte. Tous la dévisagent.

Quelqu'un – j'ignore qui, mais je dirais Dawn – commence à applaudir. Deux autres invités l'imitent bientôt, puis l'ensemble de l'assistance. Martha s'exécute à son tour – la traîtresse. Les dernières personnes à se mêler à la liesse sont Mme Bolt et Thomas. Au moins a-t-il l'intelligence de me regarder avec une certaine confusion avant de frapper dans ses mains.

Laurel a l'air aussi troublée que moi. Pourquoi ces gens l'acclament-ils ? Ce n'est pas sa fête. Dès qu'elle m'aperçoit, elle se précipite dans ma direction la tête basse, un sourire timide sur le visage. Certains lui tapotent le dos sur son passage.

— Salut ! Je suis en retard... et désolée pour ça... Je ne sais pas pourquoi ils... (Elle pivote alors vers Thomas.) Bref ! Joyeux anniversaire ! Je n'interromps rien, j'espère ?

Thomas désigne d'un geste les bougies éteintes surmontées de volutes de fumée.

— Pas du tout. Tu veux du gâteau ?

Je me recule pour laisser Thomas présenter Laurel à sa mère. Mme Bolt serre chaleureusement ma sœur contre elle. C'est étrange. On pourrait penser qu'elle serait gênée par sa présence, si elle s'était inquiétée à ce point de « l'intérêt » de Thomas pour l'histoire de Laurel. Mais il semblerait que le charme de ma sœur opère à merveille sur elle aussi.

Laurel me tend son sac pour aller aider Thomas à couper le gâteau – ça ne devrait pas être mon boulot, plutôt ?

Certaines personnes continuent de la regarder, mais la plupart sont parties se rasseoir. Laurel paraît parfaitement à l'aise, malgré sa robe beaucoup trop habillée. Mme Bolt la complimente (évidemment), et lui demande d'où elle vient. Laurel répond qu'elle ne s'en souvient pas, ce que je trouve curieux, comme mensonge.

Laurel et Thomas font circuler des petites assiettes surmontées d'une tranche de gâteau et d'une fourchette. Les serviettes qui les accompagnent sont décorées d'un motif de livres. Si Mme Bolt sait une chose à propos de son fils, c'est qu'il aime lire.

— J'ai l'impression que tu as besoin de boire un coup…, lance Martha en surgissant avec un verre de vin rouge à la main.

— Tu n'as rien de plus fort ? fais-je après deux énormes gorgées.

— Eh non… Rien de gratuit, en tout cas. Bon, dis donc… Ta sœur a vraiment l'air…

Martha grimace étrangement, comme si le côté gauche de sa bouche était pris dans un hameçon. Je la regarde avec impatience, attendant qu'elle termine sa phrase. Si jamais Martha ne sort pas ce qu'il faut, cette conversation risque de tourner court…

— … un peu ridicule, non ?

J'éclate de rire sans pulvériser, mais de justesse, du vin rouge partout sur le visage de Martha.

— Allez, viens, poursuit-elle. Tu as essayé les brochettes de poulet satay ? J'en ai mangé sept.

Il n'y en a plus qu'une, que je parviens à attraper juste avant un autre invité.

Je me demande si je dois parler à Martha de Thomas. Il est possible qu'elle me dise de rompre avec lui. Et je ne sais pas comment je me sentirai si elle me dit ça. Ça vaut peut-être mieux d'attendre demain pour lui en parler. Dans un premier temps, il faut impérativement que je sache comment je veux gérer toute cette histoire. Je ne veux pas agir à la hâte et le regretter par la suite.

Mon plan est au point avant que j'aie pu reposer la pique à brochette dans l'un des petits pots à confiture disposés à cet effet. Mme Bolt a vraiment pensé à tout… La rigueur militaire, je présume. Le plan : boire assez pour ne plus en avoir rien à faire que mon mec sorte, ou pas, avec moi à cause de ma « célèbre » sœur. Déconnecter mon cerveau pendant deux heures. Éviter les individus précédemment mentionnés parce que leur présence rendrait difficile la possibilité de les zapper, et de les oublier carrément utopique.

Au bout de vingt minutes environ, Thomas et Laurel viennent vers nous avec deux parts de gâteau. Thomas tend la sienne à Martha qui le remercie. Je refuse celle que Laurel me présente.

— Mais tu es obligé de manger du gâteau d'anniversaire ! Ça porte malheur si on ne le fait pas, non ?

Laurel agite l'assiette sous mon nez.

— Non. Pas du tout. Je n'ai plus faim, de toute manière.

— Il est très bon, tu sais, intervient Thomas.

— J'ai dit que je n'avais plus faim.

Je fais au moins l'effort de contrôler mon ton.

Thomas m'embrasse sur la joue et annonce qu'il me met la part de côté pour plus tard.

— Tu en auras sûrement besoin pour éponger un peu tout cet alcool ! s'exclame-t-il en rigolant.

Martha vient à ma rescousse en brisant l'étrange silence qui retombe.

— Laurel ! Ta robe est carrément…

Vulgaire. Je voudrais qu'elle sorte ce mot. Ou trop. Voire inappropriée, même. Mais Martha n'a pas l'occasion de terminer sa phrase, car Laurel la remercie du compliment.

L'un des oncles de Thomas interrompt cette petite scène en réclamant un deuxième morceau de gâteau.

— L'appel du devoir ! déclare Thomas pour s'excuser. Laurel, je peux m'en occuper, si tu préfères rester un peu avec Faith…

Le tonton en profite pour tendre la main à ma sœur.

— La fameuse Laurel Logan ! C'est un vrai plaisir de te rencontrer.

Ma sœur se tourne alors pour discuter avec lui. Pas étonnant qu'ils mettent autant de temps à distribuer les parts. Chacun souhaite dire un mot à Laurel. Elle n'aurait pas eu besoin de s'habiller comme ça pour que les gens la remarquent – il lui aurait suffi de franchir la porte.

Je vais m'asseoir dans un coin avec Martha et finis aussitôt mon verre. Je bois tellement vite qu'elle me conseille de ralentir un peu.

— C'est la fête, non ? fais-je d'un ton sinistre.

Martha me demande ce qu'il se passe.

— C'est Laurel ?

Je choque mon verre contre le sien si fort que du vin gicle sur la table.

— Tu as envie d'en parler ?

— Non. Mais merci…

Martha hausse les épaules. Elle sait que ça ne sert à rien d'insister.

— Je peux me joindre à vous, mesdames ?

Martha et moi levons la tête, pour tomber sur un type âgé d'environ deux ans de plus que nous, au crâne rasé, et à la barbe de trois jours. Il porte un T-shirt serré très échancré sur le devant, comme s'il avait un décolleté à exhiber. En bref, exactement le genre de personne à qui on n'adresse jamais la parole d'habitude, Martha et moi (et inversement, bien sûr).

Je lui désigne la place libre à côté de moi.

— Fais comme chez toi…

J'ignore le regard que mon amie me lance et pivote vers le gars.

— Alors, tu es un cousin, c'est ça ?

— Je suis un cousin. Comme beaucoup de gens, non ?

Il sourit. Il se croit charmant et drôle.

— Steve. Ravi de te rencontrer.

Je vais le laisser s'asseoir à côté de moi à essayer d'être charmant et drôle, parce que j'ai besoin de me changer les idées, là, tout de suite. Et plus je l'observe, plus je trouve ce Steve distrayant. Il faudrait juste qu'il arrête de parler.

44.

Martha n'a vraiment pas l'air contente, surtout lorsqu'elle découvre que Steve est un resquilleur. Il était en bas à regarder le match avant de monter « pisser un coup ». Martha plisse le nez de dégoût à cette petite pépite d'information.

— Les toilettes sont au rez-de-chaussée. C'est clair, pourtant...

Steve éclate de rire.

— Ça l'est maintenant !

— Tu ne ferais pas mieux de redescendre, non ? On ne voudrait pas qu'il t'arrive un accident...

Normalement, la franchise de Martha m'aurait amusée, mais, là, elle est juste grossière.

— Merci de t'inquiéter de l'état de ma vessie. J'apprécie, non, franchement. Mais j'ai été pisser, donc tout va bien. Le match était complètement nul, par ailleurs. Je préfère donc consacrer mon temps à de belles femmes comme vous.

La façon dont il a dit « femmes » est vraiment trop pour moi.

— Alors ? C'est l'anniversaire de qui, ce soir ?

— De son petit ami, assène Martha pour me venir en aide.

— Petit ami, hein ? Bon, parfait. Et il est où, ce petit ami ? En tout cas, si j'avais une nana comme toi, je ne te laisserais jamais une seconde. On ne sait jamais, des fois que quelqu'un aurait envie de te sauter dessus…

— Je suis capable de veiller sur moi toute seule, merci beaucoup. Je n'ai pas besoin de lui pour me protéger.

J'ai l'air snob et affreuse, mais Steve ne paraît pas gêné. Il redresse la tête pour m'adresser un regard – LE regard, devrais-je dire.

— Je te sauterais dessus tous les jours de la semaine, et même deux fois chaque dimanche…

— C'est vraiment n'importe quoi ! intervient alors Martha.

Elle en a visiblement assez entendu. Ce qui tombe très bien, parce que j'aimerais clairement qu'elle aille faire un petit tour.

— Je descends aux toilettes, annonce-t-elle comme si elle avait lu dans mes pensées. Ça va aller ? ajoute-t-elle en se levant.

— Forcément, que ça va aller ! fanfaronne Steve en me tapotant le genou. Je veille sur elle…

Je ne vérifie pas s'il accompagne cette réplique d'un clin d'œil, mais je suppose que oui. L'expression de Martha l'indique, en tout cas.

J'en apprends beaucoup sur Steve, au cours des minutes suivantes. Il a vingt et un ans, et il étudie le tourisme à l'université du coin. Il est le plus jeune de trois frères. Il aime boire, sortir en boîte, et les filles, principalement. Il suggère même qu'on aille danser un jour, lui et moi…

— Comme des amis… je ne voudrais pas marcher sur les plates-bandes de quelqu'un ! déclare-t-il avant de me demander mon numéro.

Je me surprends à le lui donner. C'est là que je me rends compte que j'ai trop picolé. Mais beaucoup trop.

— Je peux donc t'appeler ? Ton mec ne le prendra pas mal ?

Il pose la main sur ma cuisse. Elle est plus lourde que celle de Thomas. Plus charnue, en quelque sorte.

— Parce que tu penses vraiment que je vais croire que ça te gênerait qu'il en ait quelque chose à faire ?

— OK, je me rends…

Steve éclate de rire. J'aime son rire. Sincère. Vrai.

Je sais que je devrais lui ordonner de retirer sa main, spécialement maintenant que Dawn me regarde. Or je ne le fais pas. S'il la déplace plus haut, alors je dirai quelque chose. Il n'y a aucun problème à toucher la jambe de quelqu'un – c'est amical. Rassurant. Ce n'est pas forcément sexuel, si ? De toute façon, ce n'est pas comme si je faisais quoi que ce soit de mal. Je suis juste assise là dans mon coin, à m'occuper de mes affaires, et à boire un peu plus que je ne le devrais.

— Sérieusement, à part ça… C'est lequel, ton mec ? Non, attends, laisse-moi deviner… C'est… celui-là !

— Non.

— Lui, là ? Celui avec le nez ?

— Tu commences à chauffer. Thomas a en effet un nez.

Steve fait plusieurs tentatives que je contrecarre systématiquement. À un moment, il me pousse même à me lever et à tendre le cou pour voir un type de l'autre côté de la pièce. Il est obligé de retirer sa main de ma cuisse, cette fois…

— Tu te fous de moi, c'est ça ? Tu n'as pas de mec, si ? Ta copine a dit ça pour se débarrasser de moi.

Nous nous rasseyons. Il approche sa chaise plus près.

Steve me parle, mais je n'écoute pas. Je jette un coup d'œil sur la salle. Je ne cherche pas Thomas, mais l'éclat rouge de la robe de ma sœur. Je scrute la foule des fans adorateurs. Rien. J'observe Martha, qui est retournée s'installer dans le box avec les élèves du bahut. Elle a visiblement décidé de m'abandonner à mes conneries. Je pensais que les amis étaient censés vous empêcher de commettre des choses regrettables, au lieu de se débiner au premier dérapage potentiel.

— Alors ? Qu'est-ce que tu en dis ? Ça te branche ? me murmure Steve, avant que je m'aperçoive qu'il est pratiquement *sur* mes genoux.

— De quoi tu parles ?

Comme si ce n'était pas évident.

— De partir d'ici… On pourrait aller chez moi.

Je ris. Steve rit à son tour, jusqu'à ce qu'il se rende compte que je ne flirte pas, malgré ses attentes. Mon expression n'est plus sympa du tout. Je me lève, en tanguant un peu.

— Il n'y a aucun, mais vraiment aucun moyen que ça arrive un jour… Genre, jamais.

Il fait une de ces têtes…

Je m'éloigne sans ajouter quoi que ce soit, et sans rentrer dans personne non plus (mais de justesse). Je salue Dawn en passant près d'elle, qui feint de ne pas m'entendre.

J'ai un peu mal au cœur. Soit c'est l'alcool, soit c'est mon petit numéro débile avec Steve. Je devrais sans doute aller aux toilettes au cas où je vomirais pour de bon. Mais il y a une chose que je dois faire d'abord.

Je n'aperçois Thomas nulle part. Ma sœur non plus. Je ne crois plus aux coïncidences depuis très longtemps.

C'est drôle, vraiment. Quand on lit ce genre de trucs ou qu'on voit ça à la télé, les gens ont toujours l'air de se prendre une énorme claque. Vous savez, cette révélation complètement DINGUE à la fin du chapitre ou juste avant le générique… La fille ou la femme – rarement le type – tombe systématiquement des nues. C'est comme ce que papa dit à propos des vieux films de guerre ennuyeux qu'il aime tellement : à partir du moment où le personnage sort une réplique du style : « Je me marie le mois prochain », ou « Ma femme va accoucher d'un jour à l'autre ! », on peut être sûr qu'il cassera sa pipe bientôt. Dans mon cas, ça ferait plutôt : « Mon mec et moi sommes tellement heureux ensemble ! », ou « Ce soir, je me suis rendu compte que je l'aimais vraiment ».

En ai-je encore pour longtemps ? Je ne suis pas en train de mourir, le problème n'est pas là. Mais mon cœur me donne quand même l'impression de n'être qu'un morceau de chair morte à l'intérieur de ma cage thoracique au moment où je les surprends.

Je savais. Lorsque j'ai regardé en bas, dehors, aux toilettes, j'avais déjà compris. Quand j'ai finalement ouvert la porte avec l'écriteau « PRIVÉ » fixé dessus, je me doutais de ce que je trouverais de l'autre côté. J'aurais préféré ne pas m'infliger ce spectacle. Il rend seulement les choses plus difficiles. Mais je dois leur signifier que je suis au courant.

Des chaises sont empilées de façon aléatoire contre le mur. Un plafonnier teinte la pièce d'un éclat jaune nauséeux. Elle est debout, le dos tourné. Il est debout, mais se tient face à moi. Il a une main posée au bas de son dos. Je n'aperçois pas ce qu'*elle* fabrique avec ses mains, ce qui est aussi bien, j'imagine.

Thomas lève la tête, puis les yeux.

— Attends ! Ce n'est pas ce que…

Je le dévisage. Il ne termine pas sa phrase, Dieu merci. *Ce n'est pas ce que tu crois.* Quel vieux cliché pourri…

Laurel pivote sur elle-même. Son expression m'étonne. Elle ne révèle pas de surprise, ni d'embarras, aucune honte. Elle est indéchiffrable, remarquable de neutralité. Ma sœur reste muette.

Thomas s'écarte d'elle comme s'il craignait qu'elle lui saute dessus. C'est ce qui a dû se passer. Il n'y a pas le moindre doute là-dessus, ici. Bien sûr, l'attitude de Thomas est critiquable. Mais c'est sa faute à elle, si c'est arrivé. La sienne uniquement.

— Faith ? Est-ce qu'on peut discuter de ça ? S'il te plaît ? me supplie Thomas.

— Non. On ne peut pas.

— Qu'est-ce que tu dis ?

— Je dis que je ne veux plus jamais te parler.

Je suis étonnée de ne pas fondre en larmes. Je me sens faite de glace et d'acier.

— Faith, je t'en prie ! Ne fais pas ça. Tu commets une erreur. Nous ne faisions que…

Thomas s'avance vers moi. Je recule. Son regard est implorant, je reste de marbre. Il ne finit même pas sa phrase.

— Je le pense vraiment. Ne m'appelle pas, ne viens pas chez moi, tiens-toi loin de moi au bahut. Tout est fini entre nous.

La première relation de ma vie est terminée. Emportée par un vent glacial.

Thomas semble super énervé. Il a le culot d'être en colère contre moi !

— Tu commets une grosse erreur.

— La seule erreur que j'aie commise a été de sortir avec toi. Tu sais très bien que je ne t'aurais jamais laissé m'approcher si j'avais su que tu étais obsédé par ma sœur.

Cette réplique les fige sur place tous les deux. J'en souris presque.

— Qu'est-ce que tu dis ? demande Thomas.

— J'ai eu une petite discussion sympa avec ta tante un peu plus tôt. Elle m'a tout raconté sur ta phase « vrai détective » ou je ne sais quoi encore. Tu te prends pour qui au juste ? Un putain de Sherlock Holmes ?

— De quoi elle parle ? lui demande Laurel.

Il se contente de secouer la tête.

— Tiens, tiens, il aurait oublié de te mentionner ça à toi aussi ? Pour te la faire en quelques mots, il se trouve que Thomas s'est intéressé à ton histoire d'un peu trop près peut-être. Il a lu tous les bouquins sur l'affaire, visionné toutes les émissions. Il s'est même sans doute fait un putain de scrapbook pour peu que je sache.

— C'est vrai ?

L'expression de ma sœur est encore indéchiffrable, mais son ton semble las.

Thomas ne sait plus où se mettre.

— C'est moins grave que ça en a l'air… honnêtement.

Je ris.

— Et ça ? fais-je en les désignant d'un geste de la main, c'est moins grave que ça en a l'air, c'est ça ? Vous vous méritez vraiment, tous les deux. J'espère que vous serez très heureux ensemble.

J'ouvre la porte pour partir, mais la referme parce que j'ai une dernière chose à leur dire. Je regarde Laurel, toujours aussi fraîche et complètement décalée dans cette petite pièce de stockage miteuse. Je sais que je ne devrais pas agir ainsi. Que c'est mal, même après ce qu'elle a fait. Mais je veux qu'elle craque. Je veux la voir éprouver quelque chose.

Elle me dévisage. Peut-être se doute-t-elle de ce qui l'attend ? Je m'éclaircis la voix tandis que ma gorge se serre comme pour m'empêcher de parler.

Je jette un coup d'œil à Thomas (pathétique : il est à deux doigts de pleurer), puis à elle.

— J'aimerais que tu ne sois jamais revenue.

45.

Elle ne cille pas. Aucune douleur ne transparaît dans son regard. Sa première réaction est une crispation presque imperceptible au niveau de sa mâchoire. La seconde, si je ne me trompe pas – si je ne *rêve* pas – est un léger hochement de tête.

— Faith ! crie Thomas, horrifié.

Je l'ignore et continue de m'adresser à elle.

— Je pense que ce serait mieux si tu restais chez maman, ce soir. Ne t'inquiète pas. Je suis sûre que Thomas se fera un plaisir de te raccompagner.

— Qu'est-ce que je vais lui dire ? Elle va comprendre qu'il s'est passé quelque chose, déclare Laurel.

— Je me fous de ce que tu pourras lui dire. Tu n'auras qu'à lui expliquer que tu t'es jetée au cou de mon mec…

Les larmes affluent, cette fois. Encore quelques secondes et je pourrai quitter cet endroit.

— … ou inventer quelque chose. Tu es très douée pour ça.

Je crache ces dernières paroles en comptant sur mon ton venimeux pour les empêcher l'un et l'autre de remarquer que je pleure.

Thomas aimerait me prendre dans ses bras pour me réconforter, je le vois. Mais il est hors de question qu'une telle chose se produise. Je ne dois pas flancher.

— Tu veux savoir quelque chose, Thomas ?

Une lueur d'espoir traverse ses yeux. Il croit que tant que je continue de parler, la situation peut s'arranger. Il se trompe. Je regarde Laurel, qui ouvre la bouche pour s'exprimer (s'excuser ?), mais je ne lui en laisse pas le temps.

— Tu n'imagines pas quelle chance tu as d'être enfant unique. Avoir des frères et sœurs n'est pas aussi génial que ce qu'on dit.

Une pensée terrible me traverse alors l'esprit. Une réflexion franchement affreuse, mais pas plus que celles que j'ai déjà balancées. Juste un dernier assaut, pour la tuer sur place.

— Mais bon, là encore, fais-je en essuyant mes larmes, ce n'est pas comme si tu étais ma sœur. Pas de sang, en tout cas. Si les parents avaient su quelles souffrances tu leur infligerais, ils ne t'auraient jamais adoptée.

Je n'attends pas de voir leur réaction, ni à elle ni à lui.

Je quitte la pièce et retourne à l'étage. Je parviens à attraper mon manteau et mon sac sans croiser Martha ou Steve, et m'en vais. Je me dirige à pied vers l'appartement de Michel et papa, alors qu'il est presque une heure du matin. Martha m'envoie un texto pour me demander où je suis. Je lui explique que je ne me sens pas très bien, ce qui est vrai, pour le coup. Elle m'en veut d'être partie sans l'avertir, mais se calme un peu lorsque je lui annonce que j'ai vomi. Mon père est déjà couché, quand j'arrive. Michel lit sur le canapé. Tonks est roulée en boule à côté de lui. Je sors le même mensonge à Michel.

— Tu as trop bu ?

J'acquiesce et me rends dans la cuisine pour me servir un verre d'eau.

— Où est ta sœur ?

Michel me suit. Tonks serpente entre ses jambes.

— Elle a décidé de rester chez maman.

— Pourquoi ?

— Qu'est-ce que j'en sais ? Je ne suis pas son garde-chiourme.

Mmm. Agressif, et puéril.

— OK, OK. Excuse-moi d'avoir posé la question !

Il porte un vieux bas de pyjama avec un maillot de l'équipe de France de rugby. Il est pieds nus. Son expression est gentille, attentive, inquiète.

— Tu veux en discuter ?

J'avale une grande gorgée d'eau. Bon sang, ce que j'aimerais pouvoir tout lui balancer ! Tout ce que j'ai ressenti dans les moindres détails, et tous les trucs énormes que Laurel a faits. Michel trouverait les mots. Il ne me reprocherait pas les horreurs que j'ai dites. Il comprendrait d'où elles venaient – de cet endroit sombre et amer à l'intérieur de moi.

Ce lieu que je veille toujours à cacher au reste du monde.

Je suis sûre que je me sentirais mieux si je me confessais. Peut-être même que j'entreverrais un moyen de nous sortir de cette situation, Thomas et moi. De dépasser le fait qu'il a embrassé Laurel, et qu'il m'a menti durant tout ce temps en me faisant croire qu'il ne connaissait pas son histoire. Ensuite, Michel nous enfermerait dans une pièce, elle et moi, et il nous obligerait à nous parler. Peut-être réussirait-elle à expliquer pourquoi elle s'est comportée comme elle l'a fait ? Et peut-être que je comprendrais, qu'on se prendrait dans les bras et qu'on déciderait de tout oublier. Parce que des sœurs ne devraient jamais laisser un garçon se mettre entre elles... Bien sûr, je devrais m'excuser, et prétendre que je ne pensais pas ce que j'ai balancé. Que je suis contente qu'elle soit rentrée à la maison. Que je me fous que nous n'ayons pas le même sang. Qu'elle est ma sœur, qu'elle l'a toujours été, et le sera toujours.

Je regarde Michel. La tentation de craquer est si forte que j'y résiste à peine. Je ferme les yeux avant de vider mon verre d'une traite.

— Il n'y a rien à dire. Mais merci. Ah, et si tu pouvais éviter de raconter à papa que j'ai vomi, j'apprécierais beaucoup.

— Ton secret est bien protégé, même s'il est pourri, ma chérie.

— Tu es un poète et tu ne t'en rends même pas compte.

Il ne semble pas comprendre. Je lui explique. Ça me fait du bien d'être avec lui à discuter comme ça. Michel et moi avons l'habitude de parler après que papa est parti se coucher, à papoter de tout et de rien. C'est ainsi que les choses se passaient – *avant.* Avant Laurel. Le petit réconfort de cette conversation se retrouve aussitôt balayé à cette pensée.

Je souhaite alors bonne nuit à Michel, en le serrant un peu trop fort et un peu trop longtemps, mais il ne dit rien. Il est accroupi avec Tonks dans les bras, au moment où je quitte la cuisine.

— Dors bien, d'accord ? Ça ira mieux demain.

Il se trompe.

46.

Je dors étonnamment bien et me réveille à six heures et demie. Je n'ai pas trop la gueule de bois, ce qui est un miracle, vu les circonstances. Un texto de Martha m'attend. Je mets un moment à le décrypter (le correcteur automatique en folie, ses doigts bourrés), mais pour l'essentiel, elle aurait peut-être embrassé ce gars, Steve. Ça ressemble tellement à Martha d'écrire qu'elle a *peut-être* fait quelque chose qu'elle a manifestement fait. Beaucoup moins de bécoter un inconnu, particulièrement du genre de Steve. Je ne sais pas trop quoi en penser.

Thomas a laissé trois messages sur mon répondeur ; je les efface sans même les écouter.

Laurel, elle, ne m'en a laissé aucun, ni par écrit ni sur ma boîte vocale. Je ne sais pas quoi en penser. Est-elle désolée ? Bouleversée par la tournure qu'ont pris les événements ? Et une autre question me taraude : est-elle même rentrée chez maman ? Mais lorsque je ferme les yeux, je les imagine aussitôt tous les deux ensemble, à l'arrière de la fourgonnette de Thomas. Il ne me ferait jamais ça, j'en suis pratiquement certaine. Je suis incapable d'en dire autant d'elle.

Laurel lui a-t-elle couru après durant tout ce temps ? Est-ce la raison pour laquelle elle nous a espionnés quand on faisait l'amour, lui et moi ? Ça ne semble pas logique, étant donné ce qu'elle a vécu. Pour la première fois, je considère la possibilité de m'être trompée – que ce que j'ai vu n'était pas ce qui était. Et qu'ai-je vraiment *vu*, au fond ? Thomas et Laurel debout à côté l'un de l'autre, sa main à lui posée dans son dos à elle. Je n'ai pas pu vérifier si leurs bouches se touchaient. Il aurait très bien pu regarder si elle n'avait pas quelque chose dans l'œil. Ils auraient pu parler à voix basse, échanger des secrets tellement sensibles qu'ils avaient dû quitter la fête et trouver un endroit plus privé. Et même là, ils auraient continué de chuchoter au cas où un appareil enregistreur aurait traîné dans les parages.

Il y a d'autres possibilités qu'un baiser. J'essaie de m'en convaincre tandis que je me douche et m'habille, puis en me maquillant légèrement. J'ajoute deux pistes supplémentaires à la liste : un énorme bouton qui aurait soudain poussé sur le nez de Thomas, que Laurel l'aurait aidé à camoufler avec de l'anticerne ; ou encore, Thomas aurait perdu sa voix à force de crier pour couvrir la musique, et Laurel aurait été obligée de se pencher vers lui pour entendre ses murmures rauques. Ils sont plus que fragiles, ces « possibles » que j'imagine. Les rêveries grotesques d'une gamine qui refuse d'accepter la vérité.

Je me dépêche de quitter l'appartement avant que Michel et papa se lèvent. Je laisse un mot sur le bar de la cuisine. C'est plus facile de mentir sur papier qu'en personne. Ceci dit, mon mensonge n'est pas méchant : un devoir pour le bahut, une journée à la bibliothèque.

J'erre dans les rues, assez longtemps pour commencer à avoir mal aux pieds. Je décide donc d'aller vraiment à la bibliothèque. Ça me calme de marcher au milieu des rayonnages, de prendre des bouquins et de les reposer. Je me retrouve sans le vouloir dans le secteur poésie, ce qui me fait penser à Thomas, et gâche tout.

Mes jambes m'entraînent ensuite malgré moi à l'étage, puis jusqu'au lieu que je connais le mieux ici. J'ai passé bien des heures assise là, par terre, en tailleur, au fil des années, à lire le plus vite possible, inquiète que maman se rende compte que j'avais quitté le rayon jeunesse du rez-de-chaussée. Mais elle ne m'a jamais surprise. Pas une fois.

Les trois ouvrages sont toujours au même endroit. J'aurais cru que quelqu'un les aurait empruntés, à cause de l'actualité récente. Mais on trouve toutes les informations qu'on cherche sur Internet, de nos jours, n'est-ce pas ? Sans compter que ces livres sont dépassés, maintenant : leur récit est incomplet.

Petite Fille, disparue… Un machin à l'eau de rose, écrit par un journaliste de tabloïd qui n'a jamais pris la peine de parler à mes parents.

ENLEVÉE ! La véritable histoire de Laurel Logan. Un autre journaliste de tabloïd, convaincu que Laurel avait été vendue en esclavage et/ou comme prostituée. Le gars avait passé des mois à sillonner l'Europe pour essayer de la retrouver, et avait eu le culot de déclarer fièrement qu'il était parvenu dans une espèce de bordel en Europe de l'Est quelques heures à peine après que des « chefs de gang locaux », sachant qu'il était « sur leurs talons », avaient déplacé Laurel. (La police avait suivi cette piste, bien sûr. Des mensonges, encore des mensonges, toujours des mensonges...)

Et puis il y avait eu Jeanette Hayes. Le livre que ma mère n'a jamais laissé entrer dans la maison. Elle n'aurait absolument pas été contente si elle avait su que je lisais les deux premiers ouvrages, mais elle aurait carrément pété les plombs si elle m'avait surprise avec celui de Hayes. Ma mère affirmait toujours qu'elle menait une sorte de vendetta personnelle contre nous. Elle refusait même de prononcer son nom. Chez nous, Jeanette Hayes était « cette femme ».

Je déteste ce qu'elle a infligé à notre famille, et j'ai été conditionnée à la haïr. Maman prenait soin de ne pas l'évoquer devant moi, mais elle échouait par moments, et salement. Non, je me montre injuste ; enfant, j'avais l'habitude d'écouter aux portes avant d'entrer dans les pièces et après les avoir quittées. J'ai entendu beaucoup de choses que je n'aurais pas dû, mais je ne m'en sentais jamais coupable. Je considérais ça comme un droit

Je m'assois par terre et croise les jambes. Le livre de Jeanette Hayes est moins abîmé que les autres. Il est neuf, son édition à jour. C'est même la toute dernière. Je vérifie la date, qui remonte à moins d'un an. J'ai dû lire l'ancienne version quatre ou cinq fois. Je cornais la page, et reprenais là à ma visite suivante. Maman et moi n'allions pas toutes les semaines à la bibliothèque, du coup, je pouvais mettre du temps à finir un bouquin. Je cherchais des réponses, à l'époque – des arguments susceptibles d'expliquer pourquoi cette femme détestait ma famille. Je ne comprenais pas qu'elle joue les voix dissidentes quand tout le monde affirmait qu'il fallait tenter l'impossible pour retrouver ma sœur.

Hayes avançait que des enfants disparaissaient chaque jour et qu'il n'y avait donc aucune raison que les médias et la police se concentrent uniquement sur la « Petite Laurel Logan ». Elle utilisait même beaucoup le terme « injustice ». Elle semblait estimer que personne ne se serait jamais soucié de Laurel si elle n'avait pas été blanche, blonde, et de la classe moyenne. Cependant, ce n'était pas la faute de Laurel si la presse s'accrochait à son histoire. Pourquoi aurait-elle dû être punie parce que les gens s'intéressaient plus à elle qu'aux autres gamins dont Hayes parlait ?

Je relis l'introduction. Je l'ai parcourue tellement souvent que je serais capable de la réciter par cœur. Le truc étrange, c'est que je vois presque ce que Hayes cherchait à dire, aujourd'hui. Ce n'était pas juste. Évidemment que ça ne l'était pas. Chaque petite victime d'enlèvement devrait être une priorité. Combien parmi ces enfants auraient pu être retrouvés si seulement dix pour cent des ressources humaines et financières allouées à l'enquête sur Laurel l'avaient été à leurs cas ? C'est une perspective vraiment horrible, mais elle explique que Jeanette Hayes ait tellement été critiquée. Les mails de haine et les menaces de mort qu'elle a reçus lui ont été envoyés parce que les gens préféraient ne pas savoir. Ils ne voulaient pas regarder la vérité en face, celle qu'ils contournaient en sautant, sans ciller, telle ou telle brève d'un paragraphe sur la disparition d'un jeune Noir qui habitait une cité de Londres. Ils continuaient de siroter leur café, leur thé, leur jus d'orange sans s'inquiéter une seule seconde de son sort. Et si, par une sorte de miracle, ils y pensaient, ils se disaient alors aussitôt qu'il s'était enfui ou qu'il avait été enlevé par son bon à rien de père (car même dans un article aussi court, le journaliste parvenait toujours à mentionner que le petit avait trois frères et sœurs, mais tous de différents pères).

C'est ignoble. Et je me trouve ignoble de ne pas l'avoir compris avant. Alors que j'ai médité pendant des heures sur le livre de Hayes, j'ai moi-même souvent sauté les parties concernant les autres enfants. Je m'en fichais, d'eux. Je ne m'intéressais qu'à Laurel. Au moins avais-je une excuse : j'étais jeune, et Laurel était ma sœur. Pourtant, je n'allais jamais vérifier sur Internet ce que ces gamins devenaient. Pour ce que j'en sais, la moitié d'entre eux ont retrouvé leur foyer, à l'heure qu'il est. Et la seconde moitié d'entre eux sont morts.

Je referme brutalement le bouquin. Il m'est impossible d'en parcourir une ligne de plus. Parce que soit la révélation que je viens d'avoir concernant cette chère Jeanette Hayes tient au fait que je rouvre son brûlot pour la première fois depuis le retour de Laurel (une possibilité à ne pas négliger), soit parce que je relis ses propos *aujourd'hui.* Si je l'avais fait quelques jours après la réapparition de Laurel, j'appellerais sûrement encore Jeanette Hayes « cette femme » et je la haïrais toujours autant, comme ma famille l'attend de moi. Ce qui ne laisse qu'une explication, plutôt inconfortable : je partage l'opinion de « cette femme » ce matin, aujourd'hui, en cet instant précis, parce que ce matin, aujourd'hui, en cet instant précis, je déteste la Plus-Si-Petite-Laurel-Logan. Et même si j'ai prononcé ces paroles sous le coup de la colère la nuit dernière, soi-disant sans y croire vraiment, je me rends maintenant compte qu'elles étaient sincères.

Je préférerais vraiment que Laurel ne soit pas revenue.

47.

Il faut que je parle à Laurel. Je sais que ce sera compliqué, mais nous devons arranger ça. Si nous ne le faisons pas pour nous, alors faisons-le pour nos parents. Nous devons trouver le moyen de vivre ensemble, même si elle est l'exact opposé du genre de personne que j'ai envie de côtoyer.

C'est plus facile avec Thomas. Il est possible de l'effacer de ma vie comme s'il était une simple tumeur. Bien sûr, je le croiserai au lycée, mais je peux l'ignorer, faire semblant qu'il ne représente plus rien pour moi jusqu'à ce que ce soit vraiment le cas. Martha me soutiendra, la question ne se pose même pas. Bientôt, il ne sera plus que l'un « des autres », comme Martha aime appeler tous les autres en dehors de nous au bahut. Thomas cessera d'être Nous pour devenir Eux.

Laurel est de ma famille, elle, en revanche. Ce n'est pas pareil. *Le sang est plus épais que l'eau*… Même si nous ne sommes pas liées par le sang, je ne peux pas la virer comme ça de mon existence. Je vais devoir apprendre à cohabiter avec elle, essayer d'atténuer les dégâts qu'elle a causés.

Je lui envoie un texto : Faut qu'on parle.

Je poursuis ma lecture du bouquin de Jeanette Hayes en attendant sa réponse. Je parcours les histoires des autres enfants disparus, cette fois. Chacune représente une famille détruite. Une famille comme la mienne, mais différente. Nous sommes les chanceux. Notre pièce manquante du puzzle nous a été rendue. Qui sait ce que ces gens endurent encore ?

Une demi-heure plus tard, Laurel n'a toujours pas donné signe de vie, mais je ne renoncerai pas aussi facilement. Peut-être a-t-elle peur de me parler, que je me confie à maman et à papa ? Elle ne peut pas deviner que c'est la dernière chose dont je serais capable – que je trouverais extrêmement embarrassant de reconnaître que ma sœur m'a volé mon mec. (En admettant qu'elle l'ait fait… Est-ce le cas ? Ai-je vraiment perdu Thomas pour de bon ? Il n'y a aucun moyen de le savoir à moins de lui parler.)

J'écris un nouveau SMS : Ça peut s'arranger, tu sais. J'hésite à l'envoyer parce que j'en doute. Et si j'en doute *moi*, alors Laurel en doutera, elle aussi.

Je lis ces autres récits, ces histoires de familles déchirées, de parents amers que leur enfant soit moins considéré que ma sœur. Je me demande ce que Hayes a éprouvé, en s'asseyant avec ces gens, en prenant la première leur souffrance dans la figure.

Mon téléphone vibre soudain. Enfin ! Mais ce n'est pas Laurel. C'est Kirsty Fairlie : Hello ! Je suis en ville. Tu as le temps pour un café ? Je repars demain…

Nous avons échangé quelques textos depuis le fameux déjeuner de retrouvailles. Les Fairlie ont couru dans tous les sens depuis, jonglant entre visites de diverses universités et de divers proches. Pas possible aujourd'hui ! Je suis malade... Désolée !

Je m'apprête à envoyer ce message lorsque je me ravise. Je ne vais quand même pas rester là tout l'après-midi, si ? En plus, j'ai faim. Et Kirsty est sympa, même si elle parle un peu fort à mon goût Ça me changera peut-être les idées, de la voir ? Nous convenons donc de nous rejoindre dans un café situé à environ vingt minutes de la bibliothèque. Je range le bouquin de Hayes à sa place en me retenant de le fourrer dans mon sac. Ensuite, je réarrange le rayonnage pour mettre le livre devant les autres, avec la couverture de face. Les gens devraient le consulter ; c'est une lecture importante.

Kirsty est déjà là. Elle ingurgite une part de *Victoria sponge.* Je commande la même chose, et une part de gâteau à la carotte. Kirsty me jette un regard « espèce de goinfre ». Je marmonne que je n'ai pas déjeuné. Elle demande aussitôt une part de gâteau à la carotte pour elle.

— Ben moi, j'ai mangé, mais c'était vraiment dégueu. La vache ! Comment ça se fait que vous ne soyez même pas foutus de préparer un sandwich potable dans ce pays ?

Normalement, j'aurais ressenti le besoin de défendre ma patrie, de balancer quelque chose de narquois, du genre qu'elle devrait rester en Australie si la nourriture est si « dégueu » que ça. Mais je me contente d'opiner, aujourd'hui, parce qu'elle n'a pas tort.

Nous parlons de nos projets universitaires, un sujet que nous n'avons pas abordé lors du repas de retrouvailles, parce que tout tournait autour de Laurel… Il s'avère que nous avons deux établissements en commun sur nos listes respectives. Elle me demande mon choix numéro un.

— La fac la plus loin possible d'ici !

Ma réponse paraît curieuse ; je voulais blaguer, sortir un truc que n'importe qui pourrait penser. Mais vu la façon dont Kirsty me regarde, elle a perçu mon amertume. Je tente de plaisanter en expliquant que je n'aimerais pas trouver maman sur le pas de ma porte tous les week-ends, mais Kirsty se penche vers moi avec une expression soucieuse. Ses cheveux frôlent le haut de son gâteau au passage, mais je ne dis rien.

— Tu vas bien ? Tu as l'air un peu… Je ne sais pas.

Une gorgée de thé me fera gagner du temps. Une deuxième un peu plus encore.

— Ça va. Je suis juste fatiguée. Je me suis couchée tard.

Des phrases courtes, dénuées d'émotion.

— Tu es sûre ?

Mon Dieu ! Elle est aussi lourde que Michel. J'ai horreur que les gens soient gentils avec moi quand j'essaie de ne pas pleurer. Mais carrément.

Cette fois, aucun « je vais bien » ne quitte mes lèvres. Un « pas vraiment » le remplace. Le désir de m'épancher est trop fort. Exactement comme avec Kay, mais en mieux, parce que personne ne m'enregistre.

Je ne dis pas tout à Kirsty, bien sûr. Simplement les grandes (petites…) lignes. Je ne lui raconte pas que

Laurel est entrée dans ma chambre quand on faisait l'amour, Thomas et moi, parce que personne n'a besoin de le savoir. Je ne lui parle pas non plus du projet de récit familial, que j'ai seulement accepté pour Laurel, qui m'en remercie en embrassant mon mec.

— Putain de merde ! jure Kirsty en se reculant sur son siège. C'est franchement nase !

Je crois que je pourrais la prendre dans mes bras, là, tout de suite. Ça me soulage de discuter avec quelqu'un d'autre que Thomas ou Martha ; à une personne qui partage mon point de vue, à savoir que cette situation est décidément *complètement nulle.*

— Qu'est-ce que tu leur as fait, du coup ?

Ses yeux sont écarquillés et son expression presque joyeuse, mais je m'en moque.

— Comment ça ?

— Parce que si ça avait été ma sœur et mon mec, je peux te dire qu'elle se serait pris une sacrée tarte dans la gueule, et lui, un méga coup de pied dans les couilles. Ou alors, quelqu'un aurait reçu un verre en pleine figure.

— Heu… Je n'ai pas vraiment fait quoi que ce soit. J'ai juste… balancé des trucs.

Kirsty paraît déçue.

— Comme quoi ?

Je suis trop gênée pour le répéter.

— Juste des trucs.

— Tu n'as pas pleuré, au moins ?

Je confirme que si.

Elle secoue la tête d'un air triste.

— Bon ben c'est que tu n'as pas pu gérer ça autrement. Donc pas de regret. De toute façon, tu as jeté ce connard direct, non ? Dis-moi que tu as au moins fait ça…

J'acquiesce. J'ai l'impression qu'on m'a mise en mode silencieux.

— Heureusement ! Quel connard…

Je m'éclaircis la voix.

— Je lui en veux plus à elle qu'à lui, tu sais.

Ça semble honteux de le reconnaître.

— Ne le prends pas comme un reproche. Ce n'est qu'un mec, de toute manière. Je suis sûre que tu l'aimes – que tu *l'aimais*, merci beaucoup pour le passé. Mais il y en a plein la planète. Laurel est ta sœur, par contre. Rien ni personne ne devrait se mettre entre vous. Le sang…

— Tais-toi. S'il te plaît, ne dis surtout pas ça.

Kirsty s'assoit en arrière sur son siège et fourre un autre bout de gâteau dans sa bouche. Je suis contente de cette interruption, même courte. Sa véhémence est stressante. Mais le répit ne dure pas, parce que Kirsty recommence à parler avant d'avoir fini d'avaler.

— Je n'en reviens pas. Qui aurait cru que…

— Cru que quoi ?

Elle baisse la tête.

— Rien… C'est juste que… Je ne sais pas. On aurait pu penser que sortir avec un garçon serait la dernière chose qu'elle ferait, à cause de tout ce que… Tu me suis ?

J'acquiesce de nouveau. Kirsty est peut-être un petit peu *too much*, mais elle réfléchit bien. Elle a les yeux plissés. Elle cogite à fond, là.

— À moins qu'elle ait simplement voulu… tester quelque chose ? Vérifier que tout allait bien, qu'elle pouvait embrasser un mec sans risquer de se faire violer ou un truc du style ? (Elle grimace avant de m'effleurer la main.) Désolée, c'était… Excuse-moi.

Je retourne cette idée dans ma tête. Une expérience… Je suppose que si Laurel devait mener ce genre d'expérience, Thomas serait le candidat idéal. Voire le seul. Laurel n'en connaît pas d'autre de notre âge. De mon âge, en fait, vu que Thomas a dix-neuf mois de moins qu'elle.

C'est une théorie intéressante. Plus j'y pense, plus elle me convainc. Mais même si Laurel avait voulu embrasser un garçon simplement pour tester si elle péterait les plombs ou si elle aurait des flash-back, ce serait quand même mal. C'est vrai, quoi. Elle ne peut pas sauter sur le petit copain d'une autre fille comme ça. Pourtant, ce serait un peu moins mal de sa part. Je me rends compte que j'ai vraiment envie que la situation s'arrange. L'idée de détester Laurel ne me plaît absolument pas. J'adorerais avoir une bonne raison de ne pas le faire.

— C'est peut-être ça…

J'avale un morceau de gâteau. Il n'arrive pas à descendre dans mon œsophage.

— Maintenant, ta sœur pourrait juste être une salope, poursuit Kirsty avec un sourire narquois.

— Kirsty !

Je devrais avoir l'air choquée. Mais je n'y arrive pas.

— Désolée ! J'ai oublié qu'on n'a pas le droit de critiquer les gens comme elle. Les « victimes ». Ça doit être assez cool, en fait, comme statut. C'est un peu comme de gagner un passe gratuit pour se comporter comme une connasse jusqu'à la fin de ses jours, t'en penses quoi ?

Je sais que je devrais défendre ma sœur. Kirsty est quasiment une étrangère pour moi ; la question de ma loyauté ne devrait pas se poser. Mais c'est vraiment réconfortant de parler avec quelqu'un qui ne considère pas Laurel comme une putain de sainte, pour une fois. Un vrai bol d'air frais au milieu de la puanteur fétide de ma nouvelle vie.

— Au moins, ta sœur a une moitié de cervelle – malgré le fait qu'elle a été élevée par un psycho de violeur. Bryony est conne comme une brique ; tu devrais entendre ce qu'elle sort, des fois. Tu sais qu'elle pensait que les *baked beans* étaient fabriqués avec de la pâte à pain ? J'ai même réussi à lui faire gober que les licornes existaient vraiment, quand on était gosses. Pendant toute une année ! Il n'en avait vraiment pas fallu beaucoup pour qu'elle avale ces conneries, je peux te l'assurer.

Je ris, mais je dois reconnaître que je mélangeais moi aussi un peu les dragons avec les dinosaures, quand j'étais petite.

— Tu crois qu'on serait devenues amies si ta famille n'avait pas déménagé en Australie ?

À peine formulée, je regrette ma question. Elle est bizarre, celle d'une personne en manque d'affection. Et inutile. Les « et si » ne servent jamais à rien dans la vie.

Kirsty se met à contempler le mur juste au-dessus de ma tête. Elle prend le temps de réfléchir à sa réponse.

— Oui, je pense… Et comme ça, j'aurais pu filer un coup de pied dans les couilles de ton ex à ta place hier soir. (Elle cesse de sourire.) Mais ça aurait été spécial à cause de Bryony. On aurait été obligées de la laisser traîner avec nous, parce que son amie aurait été enlevée. La vache ! Ça me fait flipper rien que de l'imaginer.

— Est-ce que Bryony t'a raconté quoi que ce soit à propos du déjeuner ? Ça avait l'air un peu bizarre, entre elles.

Kirsty hausse les épaules.

— Heu, non... En même temps, la situation n'était pas très normale. Bry était super nerveuse à l'idée de revoir ta sœur. Mais elle n'a pas dit grand-chose pendant un jour ou deux, après ça, c'est sûr. Fermée comme une huître, la frangine... J'ai adoré le calme, par contre. Quel changement ! Oh, et écoute un peu ça, ça va te plaire... c'est trop bon ! Elle m'a demandé si je pensais que Laurel avait pu subir un lavage de cerveau ! Comme si ce genre de trucs arrivait dans la vraie vie et pas juste dans les films tout pourris... Franchement, j'ai du mal à croire qu'on soit sœurs, par moments. Elle a dû tomber de la table d'accouchement la tête la première. Ou alors, elle a glissé des mains de l'infirmière comme une anguille toute grasse...

— Un lavage de cerveau ! Pourquoi elle t'a demandé ça ?

Kirsty écarquille les yeux et imite le bruit de Scoubidou.

— Je n'en sais rien... Enfin, si. Elle a expliqué que Laurel ne se souvenait pas de certains trucs qu'elles faisaient ensemble quand elles étaient petites. Comme jouer à la poupée, tout ça. Quoi qu'il en soit, elles avaient apparemment un langage secret. Ça a dû être une idée de ta sœur, parce que vu les problèmes que Bryony a déjà avec l'anglais... Bref, toujours est-il que

Bry s'est mise à parler à ta sœur avec cette langue à la con, et que ta sœur l'a regardée comme si elle était complètement tarée. Ce qui veut *forcément* dire qu'on lui a fait un lavage de cerveau.

Une pensée s'insinue dans un coin de ma tête, comme une main qui se lèverait au fond de la classe pour attirer l'attention. Mais Kirsty est tellement à fond que je n'ai pas le temps de m'en préoccuper.

— Je n'ai jamais entendu parler de cette histoire de langage secret.

Kirsty rit.

— Pourquoi tu en aurais entendu parler ? C'était secret ! C'était justement tout l'intérêt ! Cette pauvre Bry était super déçue. Tu aurais vu ça. C'était presque comme si Laurel l'avait carrément zappée. Et Bry se croit inoubliable. Je suppose qu'elle l'est, à sa manière, mais alors pour de mauvaises raisons, dans ce cas. Je lui ai remis les idées en place, de toute manière. En lui rappelant que Laurel a vécu un tas de trucs vraiment pas cool, et cætera. Des trucs qu'on ne peut même pas imaginer. Et que ça paraît donc plutôt normal qu'elle ne se souvienne pas de tout ce qu'elle a vécu avant. Un cerveau humain a ses limites, quand même.

La main au fond de la classe apparaît de nouveau, mais je n'arrive toujours pas à réfléchir.

— Il faut que j'y aille.

Ma réaction semble désarçonner Kirsty.

— Heu… OK ! J'ai dit quelque chose qui ne t'a pas plu ?

— Non, pas du tout ! C'est juste que… J'ai complètement oublié que ma mère m'attend. Je dois filer.

Je sens bien qu'elle est contrariée même si elle essaie de le cacher.

— Écoute, merci beaucoup pour ce rencard. Je me sens beaucoup mieux.

Elle me regarde comme pour vérifier si c'est vrai.

Nous convenons de rester en contact. Je dis que ce serait sympa de nous retrouver ensemble à la fac, ce que je pense sincèrement. Je la remercie une nouvelle fois, puis me précipite dehors en laissant une tasse de thé à moitié pleine, une part entière de gâteau à la carotte, et une Australienne légèrement déroutée.

48.

Je ferme la porte d'entrée derrière moi le plus doucement possible, aux aguets. Rien. Maman et Laurel ont peut-être profité de l'occasion pour faire une autre petite sortie mère-fille ? Ma mère n'aura sans doute même pas demandé à Laurel pourquoi elle est revenue ici hier soir au lieu de se rendre chez papa et Michel. Je pense qu'elle adorerait que ça se passe comme ça tous les week-ends. Qu'elles se retrouvent rien qu'elles deux, Laurel et elle.

Mon plan n'en est pas un à proprement parler. Plus une vague idée, une espèce de croquis. Quelque chose ne va pas. C'est clair. Il faut que j'inspecte sa chambre.

Je monte discrètement l'escalier. D'une certaine façon, cette maison ne me donne plus franchement l'impression d'être la mienne. Je n'en fais plus partie comme avant.

La porte de la chambre de Laurel est fermée. Ce qui n'indique rien de spécial, étant donné que c'est devenu une habitude.

Je l'ouvre.

Il y a des vêtements sur le lit et partout par terre. Un énorme sac à dos – qui appartenait à papa – est également posé là. À moins de se planquer sous le sommier, Laurel n'est pas là.

Je me précipite vers ma chambre. Je tends la main sur la poignée (ma porte est fermée… pourquoi ne l'ai-je pas remarqué ?), quand le battant bascule vers l'intérieur. Laurel surgit dans l'encadrement.

— Salut ! lance-t-elle, trop fort et d'un ton forcé. Je pensais que tu étais…

— Qu'est-ce que tu fabriques là ? dis-je tandis qu'elle essaie de se faufiler discrètement.

— Je cherchais juste…

Elle ne pourrait pas paraître plus coupable.

— Qu'est-ce que tu caches derrière toi ?

— Rien. Rien, je…

— Fais voir.

Pendant une seconde, je crains qu'elle me tombe dessus, mais elle sait que je l'emporterais sur elle si on se battait.

— Écoute, ce n'est pas ce que tu crois.

— Montre-moi…

Elle avance la main. Cinq billets de vingt livres, six de dix, trois de cinq et quelques pièces. Exactement la somme qu'il y avait dans la petite boîte près de mon radio-réveil.

— Donne-moi ça immédiatement !

Je tente d'attraper sa main, mais elle la planque de nouveau derrière elle.

— J'en ai besoin !

— Pour quoi faire ?

Elle semble effrayée. Pourquoi a-t-elle peur de moi ?

— Je ne peux pas… Laisse-moi passer. Il faut vraiment que j'y aille. Elle va revenir bientôt. Je dois partir. S'il te plaît.

Elle me bouscule franchement, cette fois. Je ne l'arrête pas. Je me contente de la suivre dans sa chambre et la regarde ranger l'argent dans la poche intérieure du sac à dos, puis des vêtements.

— Qu'est-ce que tu as ? C'est à cause d'hier soir ?

J'inspire profondément pour prendre sur moi et me comporter comme une grande personne.

— Je ne dirai rien à maman et à papa, si tu t'inquiètes pour ça.

Je sais qu'elle écoute, même si elle continue d'emballer ses affaires.

— Thomas n'était pas le mec qu'il me fallait, de toute manière. On aurait cassé à un moment ou un autre… Tu as juste permis que ça arrive plus tôt. Je devrais même te remercier !

Elle se fige à ce moment-là. Elle tient la robe rouge bien serrée. Le tissu entre ses poings fermés est tout froissé. Elle la balance dans la penderie.

— Je suis désolée, déclare-t-elle.

— C'est bon, fais-je en lui effleurant le coude. (Ses épaules s'affaissent d'un coup.) Tu n'es pas obligée de t'enfuir. Tout le monde commet des erreurs. Tu veux que je t'aide à ranger tout ça avant que maman rentre ? Elle est où, d'ailleurs ?

— Je lui ai demandé d'aller me chercher du sirop contre la toux à la pharmacie. J'avais besoin qu'elle parte.

Laurel semble sonnée, fatiguée. On est deux dans ce cas-là.

J'hésite à la serrer dans mes bras – je ne sais pas si je supporterais de la toucher après ce qu'elle m'a infligé – quand elle prend une grande inspiration et recommence à empaqueter ses affaires.

— Laurel ! Arrête ! Qu'est-ce que tu fabriques ? Je t'ai assuré que ça allait bien se passer…

Elle secoue la tête et marmonne quelque chose à voix basse.

— Je ne suis pas… je ne suis pas…

Elle se met à pleurer doucement.

Je l'attrape par les épaules pour l'obliger à se tourner face à moi.

— Laurel ! S'il te plaît ! Arrête ça. C'est complètement taré.

Elle plonge son regard dans le mien et moi dans le sien, quand j'aperçois soudain quelque chose. La main levée au fond de la classe. Je suis figée sur place.

Elle ouvre la bouche pour parler. Je sais ce qu'elle va dire.

— Tu n'es pas…

— Non. Je ne suis pas Laurel.

49.

Elle n'est pas Laurel. Je sais que ce n'est pas elle. Je ne sais pas pourquoi, mais je ne suis pas surprise. L'avais-je compris dès le début ou au fur et à mesure ? À cause d'une accumulation de détails qui ne cadraient pas avec ma sœur ?

Elle n'est pas Laurel.

Je serre ses épaules si fort qu'elle doit se tortiller pour se dégager. Elle me fuit comme si elle s'attendait à ce que je la frappe. Les larmes affluent réellement, cette fois. Et les sanglots aussi – les sanglots suffoqués de quelqu'un qui n'arrive pas à respirer.

— Je suis désolée… Mais tellement… Je ne voulais pas, enfin si, mais… Excuse-moi.

Ses poings sont roulés en boule. Elle semble minuscule, fragile. Une enfant perdue.

Elle n'est pas Laurel. Je la regarde en me demandant comment j'ai pu considérer un seul instant qu'elle soit ma sœur.

Du soulagement. C'est le premier sentiment qui me vient, je crois. Mais j'ai du mal à cerner ce que je ressens. Mes émotions, nombreuses, bruyantes, contradictoires, se bousculent dans ma tête. Même si je suis contente de cette nouvelle.

C'est alors que l'idée me traverse l'esprit. Ma vraie sœur est toujours portée disparue. Le cauchemar de ces treize dernières années n'est pas terminé. C'est déjà dur de savoir la vraie Laurel dehors – vivante ? morte ? –, mais de me dire que personne ne l'a cherchée parce qu'on l'avait soi-disant retrouvée… Sans compter qu'il va falloir prévenir mes parents. Cette responsabilité me revient. Cette découverte les brisera en mille morceaux, et rien ni personne ne pourra les réparer, cette fois.

Une étrangère est plantée devant moi. Elle me dévisage comme si j'étais une mine sur laquelle elle risquait de marcher. Nous sommes toutes les deux glacées d'horreur, attendons que l'autre dise quelque chose.

— Qui es-tu ?

Elle secoue la tête.

— Ça n'a pas d'importance, si ? Je ne suis pas elle.

Ma sœur est encore captive quelque part, et tout le monde l'ignore, à part moi et cette fille, qui qu'elle soit. Je patiente toujours. Elle n'arrête pas de regarder tour à tour le sac à dos et le réveil près de mon lit et de crisper les poings. J'ai peur pour la première fois. Je ne sais pas de quoi elle est capable, après tout. Je ne connais rien d'elle, à part ses talents de manipulatrice. Et si elle voulait me faire du mal ? Elle pourrait très bien cacher une arme. Mais je ne dois pas vraiment y croire, parce que je dévalerais déjà les marches pour fuir en courant, autrement.

Je sors mon portable de la poche de mon jean et le tends devant moi.

— Dis-moi qui tu es ou j'appelle maman direct.

Ma mère. C'est ma mère à moi ; pas la sienne.

— Ne fais pas ça ! S'il te plaît. Je t'en supplie.

Son visage est tout rouge et marbré, mais d'une pâleur mortelle en dessous.

Je touche l'écran pour accéder à mes contacts et déroule le menu jusqu'au numéro de maman.

— Sadie. Je m'appelle Sadie, OK ? Bon maintenant, range ce téléphone !

Je devrais vraiment joindre maman pour lui demander de rentrer immédiatement. Mais je ne peux pas lui faire ça. Pas encore. Je dois d'abord découvrir la vérité.

Sadie… C'est plutôt joli, comme prénom. Un bip retentit. Un texto entrant… Ce n'est pas le mien, parce qu'il est en mode silencieux. La fille sursaute et se met à fouiller le tas de vêtements sous lequel elle déniche son portable.

— Merde, merde, merde ! Je dois vraiment y aller. Maman arrive ! (Mes yeux sont deux flèches qui trouent sa tête.) Ta mère, je veux dire.

— Tu ne vas nulle part.

— Si, il le faut ! Tu ne comprends pas !

La mine explose enfin.

— Ouais, tu as carrément raison. Je ne capte absolument rien ! Mais comment je pourrais comprendre qu'une étrangère se fasse passer pour ma sœur et qu'elle s'installe dans ma famille ? Qu'elle prétende avoir été violée ? Qui est capable de faire un truc aussi taré ? C'est pour l'argent, c'est ça ? La célébrité ? Ça t'a plu de parler à la télé, de raconter tous ces mensonges ? Tu t'es bien foutue de nous, hein ? Tu t'es marrée, au moins ?

Sadie a le dos contre la penderie ouverte, à la fin de ce petit discours. Je lui hurle au visage. Un pas de plus, et elle basculera en arrière. Je pourrais l'enfermer et trouver quelque chose pour bloquer les portes de l'extérieur en attendant que maman revienne.

La fille respire très fort, et moi comme elle. Les secondes défilent.

— Tu veux vraiment connaître la vérité ? me demande-t-elle doucement.

J'opine.

— Alors, viens avec moi.

— Tu es folle ou quoi ? Je ne vais nulle part avec toi.

Je pourrais ajouter qu'elle est sûrement une tueuse psychopathe, mais elle semble lire dans mes pensées.

— Je ne te ferai pas de mal.

Je secoue la tête, mais recule pour la laisser terminer son sac.

Je reste debout en silence à la regarder le fermer, puis jeter un coup d'œil autour d'elle pour vérifier qu'elle n'a rien oublié. Le bagage ne paraît pas lourd ; elle a visiblement décidé de voyager léger. Elle met sa veste, puis le sac sur son épaule.

Je veux connaître la vérité. J'en ai besoin. Mais ce serait de la folie.

Elle voit mon hésitation.

— Tu as intérêt à te dépêcher, parce que j'y vais – avec ou sans toi.

— Et maman ? Si elle revient et qu'elle découvre que tu es partie, elle va complètement péter les plombs. Et elle appellera la police en moins de deux.

Mais la fille a un plan. Elle a prévu de laisser un mot pour expliquer qu'elle dort chez papa ce soir. Quant à moi, je suis censée envoyer un SMS pour la prévenir que je rentrerai tard. Mon père ne saura jamais que « Laurel » reste soi-disant chez lui, et maman qu'elle ne s'y rendra jamais. Je fais une ultime tentative pour la raisonner.

— Je ne crois pas que ce soit une bonne idée.

Sadie se plante devant moi, mais un peu trop près.

— Écoute, voilà ce que je te propose : viens avec moi maintenant, et je t'obéirai en tout après. Si tu souhaites toujours que je revienne avec toi, je le ferai. Je te le jure.

Elle garde un contact visuel tandis que je scrute son visage à l'affût de la vérité. J'accepterais son offre, si j'ignorais quelle menteuse elle est. Mais tant pis. Je gérerai les conséquences si la situation tourne mal. Mon besoin de comprendre comment elle en est arrivée là est trop fort.

— OK. Allons-y.

50.

Nous sommes prêtes en cinq minutes. J'hésite à aller chercher un couteau dans la cuisine pendant qu'elle écrit un mot à maman. Au cas où. La pensée de devoir m'en servir – de poignarder quelqu'un avec, même si cette personne m'agresse – me paraît tellement absurde que je l'écarte aussitôt.

Sadie s'arrête devant la porte de l'entrée avant de l'ouvrir. Elle se retourne pour scruter le couloir et l'escalier si intensément que je ne serais pas surprise que le papier peint se décolle. Il n'y a rien à contempler hormis des chaussures bien alignées contre le mur, un sac en toile de jute, deux manteaux suspendus à des patères, et un tas d'enveloppes posées sur la dernière marche. Je vois Sadie déglutir, la mâchoire crispée. Je sais ce que ça fait, d'essayer de ravaler ses sentiments pour les empêcher de vous submerger.

Nous tournons à droite au bout de la rue pour rejoindre l'arrêt de bus.

— C'est donc là que tu disparaissais ?

Elle me regarde comme si elle pensait démentir, sortir un autre mensonge, mais je crois qu'elle comprend que ce temps-là est révolu.

— Juste une fois.

— Tu veux bien me dire où on va ?

— C'est mieux que je te montre.

Le bus arrive. Nous grimpons aussitôt à l'intérieur. Sadie se précipite vers le fond, tête baissée, visiblement inquiète qu'on la reconnaisse. Elle a pourtant caché ses cheveux sous un bonnet noir et laissé son visage démaquillé. Elle ressemble à n'importe quelle fille, aujourd'hui. Une qu'on ne remarquerait pas si elle ne cherchait pas à attirer l'attention. Seul un garçon d'à peu près notre âge lève les yeux au moment où nous arpentons le couloir central. Il a le regard désintéressé et flou de quelqu'un qui pense à autre chose – il est au téléphone.

— Oh putain, mec ! Tu devineras jamais ce qui est arrivé à Fat Jim, hier soir… Grave !… Non, vraiment. Je déconne pas.

Sadie expire de soulagement lorsque nous gagnons enfin l'avant-dernier rang. Elle s'assoit près de la fenêtre et pose le sac à dos sur ses genoux. Je préférerais m'installer sur l'autre allée, mais quelqu'un risquerait de monter et de se mettre à côté d'elle.

Ça me paraît bizarre de la sentir aussi près, avec nos cuisses qui se touchent et tout. Nous étions sœurs les quelques fois où ça s'est produit.

Je n'ai pas la moindre idée de l'endroit où nous nous rendons, ce qui ne m'empêche pas d'essayer de deviner. Un immeuble dans une cité quelconque ? L'un de ces bâtiments avec un ascenseur qui pue la pisse et qui ne fonctionne jamais ? Je ne me suis jamais retrouvée dans un lieu de ce genre, mais j'en ai vu à la télé. Je nous imagine toutes les deux en train de marcher dans un couloir pour aller nous poster devant une porte. Elle s'ouvre. Une femme s'avance dans l'encadrement. Je la regarde, puis la fille debout près de moi, tour à tour, en me demandant comment j'ai pu penser qu'elle était ma sœur.

La mère – celle de la fille – est forcément dans le coup. C'était même sûrement son idée. Elle parcourait le journal un jour quand elle a remarqué que Sadie ressemblait au portrait-robot de la jeune disparue – celle dont on n'arrêtait pas de parler.

L'argent – ça avait dû être le mobile. Mais il faudrait être complètement idiote ou tarée pour penser se tirer d'un plan pareil. Que personne ne reconnaîtrait la vraie Sadie, à un moment donné. Je prends soudain conscience que c'est pour ça que Laurel a fait une telle comédie à propos de ce test ADN. Elle se serait sinon fait démasquer sitôt les échantillons analysés. Rétrospectivement, ça semble tellement ridicule qu'aucun d'entre nous n'ait eu la puce à l'oreille à ce moment-là. Nous nous accrochions tellement à ce retour miraculeux de Laurel que la logique et le bon sens sont complètement passés à la trappe.

Je regarde par la fenêtre. Ma sœur est toujours là-dehors, quelque part. Elle a besoin de moi et moi, je vais je ne sais où avec une parfaite déséquilibrée. Laurel pourrait ne plus avoir beaucoup de temps devant elle, et voilà comment je le gâche. Ces heures, ces jours, ces semaines pendant lesquels la police a interrompu l'enquête, parce qu'elle la pensait bel et bien résolue... Deux heures ne changeront sans doute rien, mais j'ai lu assez de trucs sur le sujet pour savoir que chaque heure peut être – et est souvent – cruciale.

Je ne te laisserai pas tomber, je te retrouverai, je te le promets. Je me répète ces paroles en boucle.

Je n'ai jamais envisagé jusqu'à aujourd'hui que je pourrais m'impliquer dans les recherches. C'est un problème qui a toujours concerné les autres, et dont, avec un peu de chance, on me parlait éventuellement. J'ai dû entendre la phrase « La police fait tout ce qu'elle peut » des milliers de fois durant mon enfance. Mais je n'étais justement qu'une enfant ; je ne pouvais rien faire pour aider, à l'époque. Je suis presque adulte aujourd'hui. Il y a forcément quelque chose que je peux tenter. Je ne suis pas stupide au point de penser que mon intervention pourrait valoir celles des équipes d'enquêteurs qui ont travaillé sur le cas de Laurel pendant des années. Mais peut-être pourrais-je donner des interviews, aller à la télé ou faire un appel à témoins ? Quelque chose, en tout cas. N'importe quoi. Je pourrais me rendre dans les pays qui ont offert les meilleures pistes par le passé ? *Parler* à des gens ?

Quelqu'un, quelque part, sait où est Laurel. Le problème consiste juste à trouver cette fameuse personne et à entrer en contact avec elle. Le temps d'agir est venu.

— Tu devrais envoyer un message à ton père.

Elle s'en souvient, cette fois. Qu'il est mon père et pas le sien. Je m'exécute. Un cinéma avec Martha paraît un bon prétexte. Papa me répond aussitôt, en me suggérant d'en profiter pour acheter des nounours à la guimauve. Il est complètement accro à ces trucs.

— On est bientôt arrivées ?

Je sens son petit haussement d'épaules.

— Où est-ce qu'on va ?

Elle ne me répond pas, et je ne suis pas étonnée. Elle est parfaitement calme, à présent. Elle reste immobile comme une statue, alors que je gigote sur mon siège. S'il y avait une chance qu'elle me le dise, je lui demanderais à quoi elle pense.

Le trajet est interminable. Un de ces parcours qui dessert les plus invraisemblables trous perdus. Le bus est presque vide quand Sadie tend le bras devant moi pour appuyer sur le bouton arrêt. Je regarde par la fenêtre à la recherche de réponses, m'attendant encore à voir le fameux immeuble que la mère imaginaire de Sadie habite. Mais il n'y a que des arbres. Je ne sais pas du tout où nous sommes. J'aurais dû faire plus attention.

Nous attendons sur la route, le temps que le bus ait tourné à l'angle. Une courte rangée de maisons mitoyennes est alignée en face de nous, comme surgie au milieu de nulle part.

Sadie commence à marcher dans la direction par laquelle nous sommes arrivées, à l'opposé des baraques. Je n'ai pas d'autre choix que de la suivre. Je reste à un ou deux pas de distance pour pouvoir la tenir à l'œil. La nuit tombera bientôt.

Deux voitures nous dépassent tandis que nous avançons. Sadie garde la tête baissée, mais je regarde leur conducteur, en souhaitant presque que l'un d'eux s'arrête pour nous demander si tout va bien. Mais pourquoi le feraient-ils ? Nous sommes deux jeunes filles sorties pour une petite balade au soleil en fin d'après-midi. Ils n'ont aucune raison de nous remarquer, et encore moins de chercher à nous parler.

Au bout d'une demi-heure environ, nous arrivons dans un coin boisé. Au premier coup d'œil, il semble exactement similaire à ce que nous avons déjà traversé. C'est la campagne. Tout se ressemble toujours un peu, à la campagne, pour moi. J'avise alors un sentier au milieu de cette étendue sylvestre ainsi qu'une barrière avec un panneau « DÉFENSE D'ENTRER ». Elle est dissimulée. On ne la repérerait pas si on passait devant en voiture.

— Qu'est-ce que c'est que cet endroit ?

Ma voix paraît presque trop forte. Seul le bruit de nos pas sur la route et le pépiement des oiseaux résonnent.

Sadie se tourne pour me regarder comme si elle attendait une réaction de ma part devant cette vision. Il y a quelque chose qui cloche avec ce lieu. Quelque chose qui cloche avec elle.

— On est arrivées.

51.

Sadie contourne la barrière au lieu de l'ouvrir. Elle n'est attachée à aucune clôture ni à aucun mur. Elle arrêterait des véhicules, mais pas nous. Ma fausse sœur s'engage sur le sentier de l'autre côté. J'hésite à la suivre. Nous sommes littéralement perdues au milieu de nulle part. Tout pourrait arriver. Je pourrais appeler à l'aide, personne ne m'entendrait.

Mais puisque je suis venue jusque-là, il faut que j'aille jusqu'au bout. En plus, la perspective de me retrouver seule ici ne me rassure pas tellement. Je fais le tour de la barrière en essayant d'éviter les trous boueux.

Le chemin serpente doucement entre les arbres. Il est assez lugubre, la canopée au-dessus de nous particulièrement dense. Ce lieu m'évoque *Le Petit Chaperon rouge*, sauf que la fin de l'histoire ne me revient pas. Chaperon réussit-elle à s'échapper ? Tue-t-elle le loup à mains nues, ou se recroqueville-t-elle dans un coin avant qu'il la mange toute crue ?

Une bâtisse surgit devant nous, au bout d'un moment. Je ne sais pas quel genre de construction je pensais trouver, mais certainement pas celle-là. Elle est laide, grise, carrée, avec un toit plat et de la peinture écaillée autour des fenêtres. C'est mieux qu'elle soit cachée au milieu des bois. Je devais m'attendre à une gentilhommière de conte pour enfants. Une petite maison blanche avec du chaume et un panache de fumée au-dessus de la cheminée. Cet endroit évoque plus une installation militaire qu'une habitation.

Le jardin paraît plus étrange encore. On le dirait tout droit sorti d'un conte de fées. Il y a même une clôture de piquets tout autour, un jardin décoratif de rochers et de pots en céramique remplis de plantes aromatiques, et du lierre autour de l'entrée. C'est comme si ce bâtiment affreux avait atterri ici lors d'une tornade, écrasant au passage la petite maison de la vieille dame qui se dressait auparavant à cet emplacement. Si je regardais de plus près, apercevrais-je ses chaussures pointer là où les murs et le sol se rejoignent ?

Un coup d'œil plus attentif me permet de constater que le jardinet est négligé. Des mauvaises herbes commencent à l'envahir. Aucune tondeuse n'est passée depuis longtemps.

Sadie m'observe contempler les lieux.

— Qu'est-ce que c'est que cet endroit ? fais-je alors pour la deuxième fois.

— La maison…, répond-elle en ricanant de façon bizarre.

Elle ne frappe pas à la porte et ne sonne pas. Il n'y a pas de sonnette, de toute façon. Elle ne sort pas de clé non plus. Elle se contente de poser la main sur la poignée et de la tourner. Elle laisse ouvert derrière elle en entrant.

L'odeur qui règne à l'intérieur est la première chose que je perçois. C'est comme si elle venait m'obstruer le nez et la gorge. Elle est lourde, écœurante, franchement désagréable. Je ne suis plus inquiète que cet endroit soit habité, parce qu'il est vide, à l'évidence. Je le sens. Je ne ferme pas pour permettre à l'air de circuler.

Les lieux ne correspondent pas à l'extérieur. Une moquette rose passé court dans les différentes pièces. D'affreux tapis la recouvrent çà et là. Il y a du papier peint vert à motifs, et beaucoup de meubles. Certains anciens, d'autres style années 1970. Chaque surface plane est décorée d'objets – des petits animaux de cristal, des brocs en forme de bonshommes, ou de soucoupes et tasses miniatures. J'avise un vieux poste de télé.

Une imposante bibliothèque habille le mur face à l'entrée. Les bouquins présentent un curieux mélange de polars et de romans à l'eau de rose, avec des dos noirs au milieu d'autres roses, pêche, et violets. Les étagères du bas sont chargées de manuels scolaires et d'ouvrages de référence.

Les pièces n'ont pas de porte, pas même les chambres ni la salle de bains. Elles ne semblent pas avoir été retirées – cette maison a dû être construite de cette façon sur les indications de quelqu'un (une personne étrange). Je jette un coup d'œil à la salle de bains. La moquette rose passé en tapisse également le sol. Les toilettes, l'évier et la baignoire sont eux aussi roses.

Des flacons sont alignés sur le rebord de la fenêtre. Des produits de beauté de vieille dame complètent le décor.

Un gigantesque lit à couette fleurie et aux trop nombreux coussins occupe la chambre. J'avise un couchage plus petit dans un angle – à peine assez grand pour un enfant. Tout à côté, trois tubes de cachets et une bible reliée de cuir. J'aperçois seulement un oreiller plat comme une crêpe, et un duvet crasseux – un cocon vidé de son locataire. Un ordinateur portable a été laissé là, à même le sol, son boîtier autrefois brillant couvert d'empreintes de doigts.

Le lit double est soigneusement fait, ses coins bien en place. Une tasse repose sur la table basse. Une substance noire, marbrée et infecte moisit à l'intérieur. À côté, une photo encadrée représente une vieille dame avec un jeune homme. Elle est assise, raide comme un piquet, dans un fauteuil moelleux. Elle sourit (ou grimace), les joues roses de blush. Un sac bleu clair traîne par terre à sa gauche. Son compagnon est agenouillé à sa droite. Il est petit et pâle, avec de grands yeux ronds. Il y a quelque chose de nocturne chez lui. Son visage est inexpressif, beau, mais pas vraiment. Il ne sourit pas.

— Qu'est-ce que tu fais ?

Sadie arrive à pas de loup derrière moi. Sa voix est monocorde, sans timbre, son ton difficile à décrypter. Effrayante.

— Je… Je faisais juste un tour, réponds-je avant de désigner la photo. Est-ce qu'ils… ? Cet endroit est tellement…

— Bizarre ?

J'opine.

— Et qu'est-ce que c'est que cette odeur ?

Je ne sais pas ce que ça sent. Rien de bon, en tout cas.

Sadie se retourne. Je crois qu'elle m'ignore au début, quand je comprends qu'elle veut que je la suive. Elle se dirige vers le salon et va se planter devant le canapé.

Je n'aperçois rien, tout d'abord. La puanteur est trop insoutenable. Je tousse pour évacuer l'acidité métallique dans ma gorge lorsque Sadie s'écarte sur le côté. Et soudain, je la vois.

La tache est grande. Elle fait la taille d'un coussin, d'un chien moyen, ou d'un pull.

Ses angles sont incroyablement réguliers, comme si quelqu'un avait délicatement versé un pot de peinture sur le tapis.

La tache est noire. Noir pétrole, noir mélasse, noir vinaigre balsamique ?

Noir sang séché.

Parfois, on sait les choses. Avant même que quelqu'un ait dit quoi que ce soit. Ce qui ne m'empêche pas de poser la question.

— Qu'est-ce que… ? C'est… c'est du sang, n'est-ce pas ? Mais qu'est-ce qui s'est passé, ici ?

Sadie fixe la tache avec un regard étrange, presque rêveur.

— Smith…

52.

Je ne comprends pas. Ou je ne veux pas comprendre, plutôt. Je recule d'un pas. L'arrière de mes mollets bute contre le canapé. Le vertige me saisit soudain. La trace de sang est épaisse et lourde. Suffocante. J'aimerais m'asseoir, mais je ne le peux pas. Pas là.

— Je ne… Mais tu as dit que tu avais inventé cette histoire. À propos de Smith et de la cave…

Je suis son regard. Il va se poser sur une porte dans le couloir que je remarque alors. C'est la seule de la maison, à part celle de l'entrée. Elle serait parfaitement banale si Sadie ne la scrutait pas avec une intensité brûlante. Je m'avance dans sa direction, un peu chancelante, comme si mes jambes appartenaient à quelqu'un d'autre.

Il y a une serrure à barillet avec une grande et robuste clé, que je tourne avant de tirer le battant vers moi. Je pivote vers Sadie, qui est toujours plantée près de la tache. Elle acquiesce.

J'ai l'impression de commencer à comprendre.

Devant moi, un escalier descend dans la pénombre. Les marches sont en béton brut. Une ampoule nue pend du plafond. Un cordon est fixé au mur près de la porte. J'aperçois une tête de poupée au bout. Le fil est enroulé autour de ses cheveux. Les yeux de la poupée sont fermés, comme si elle dormait. Ou comme si elle était morte. Je n'ose pas toucher sa tête. Du coup, j'attrape d'un geste rapide la partie de fil électrique juste au-dessus. La lumière s'allume, éclairant l'escalier dans son intégralité.

Je voudrais que Sadie vienne avec moi, mais quelque chose me dit que je ne peux pas le lui demander.

Je compte les marches. Dix-sept. Une pour chaque année de ma vie.

Au bas se dresse une porte identique à la première. Et une deuxième serrure munie d'une clé. Je la déverrouille, et la pousse. L'obscurité est totale de l'autre côté.

Je cherche à tâtons un interrupteur sur la paroi intérieure. Je pourrais sortir mon téléphone, mais il n'est pas question que j'entre là-dedans sans voir chaque recoin. Qui sait ce qui se cache dans le noir ? Je regarde autour de moi lorsque j'avise un bouton au bas des marches, derrière le battant ; en hauteur, pratiquement hors d'atteinte. Je parviens à l'enclencher avec l'extrémité de mon majeur.

Puis je m'avance dans la pièce. Je connais cet endroit.

Le lit de camp contre la cloison opposée. Le minuscule lavabo en inox avec un seau rouge à côté. L'étagère chargée de livres – presque inaccessible, elle aussi – et de classeurs de différentes couleurs bien alignés et aux dos étiquetés d'une écriture bien nette. Maths. Anglais. Sciences.

Une table en formica est installée contre le mur à ma gauche. Un vieil ordinateur portable trône dessus. Il manque trois touches à son clavier.

Une pile de vêtements et de couvertures sales gît dans un coin.

Je lève les yeux. Au-dessus de la porte, une petite caméra vidéo pointe le lit de camp.

Ce n'est pas une chambre. C'est une cellule.

53.

Les murs me donnent l'impression de s'abattre sur moi, alors que je suis là depuis moins d'une minute et que la porte est grande ouverte derrière moi. Si quelqu'un m'enfermait à clé et éteignait la lumière, je crois que je pèterais un câble illico.

Je pivote sur moi-même et remonte les marches à toute allure en laissant tout derrière moi. L'accès principal est dégagé. Sadie est dehors sur le perron. Je me précipite vers elle et m'assois lourdement à ses côtés.

— Combien de temps ? fais-je en fixant la bruyère rose qui jaillit d'un bac en pierre.

— Quinze ans.

— Tu l'as tué ?

Ce n'est ni une question ni une déclaration.

Elle opine.

— Et ensuite… ?

— Je n'avais nulle part où aller.

Du coup, elle était venue à nous. Elle avait besoin d'une famille. Nous faisions l'affaire. Je n'arrive pas à réfléchir. C'est trop fou.

Sadie me regarde. Je m'efforce de tourner les yeux vers elle.

— Je suis désolée, articule-t-elle.

Je ne peux pas dire que tout va bien et que je lui pardonne. Parce que tout ne va pas bien, et que je ne lui pardonne pas. Elle nous a trompés. Menti.

— Smith… les trucs que tu as prétendu qu'il avait faits…

— Tout est vrai.

Je suis muette, soudain. Le coucher de soleil est rouge. La maison des horreurs dans mon dos cesserait-elle d'exister si je me concentrais sur le joli jardin devant moi ?

Sadie reprend la parole. Lentement, en hésitant, au début. Puis de plus en plus vite, comme si elle se dépêchait de libérer les mots avant que la nuit tombe.

Elle a vingt-trois ans. Elle en avait huit au moment de son enlèvement. C'est arrivé dans un centre commercial, alors qu'il y avait beaucoup de gens autour. Elle ne se rappelle pas grand-chose de sa vie d'avant.

— Il y avait des hommes. Mais des hommes mauvais.

Je la questionne sur sa famille. Sa vraie famille. Elle a cherché à la retrouver. C'est la première chose qu'elle a faite en s'échappant. Sa mère est morte. Overdose.

— Et ton père ?

— Je n'en ai pas.

Je l'interroge sur Smith.

— C'est lui, sur la photo ?

Elle opine.

— Donc tu as menti à la police à propos de son apparence physique…

Elle confirme d'un nouveau signe de tête.

— Je ne pouvais pas les laisser trouver qui il était.

Je prends un instant pour réfléchir. Si elle avait décrit Smith avec précision, quelqu'un aurait pu le reconnaître. Même s'il vivait comme un reclus dans cette demeure sordide, quelqu'un aurait fini par l'identifier. La police serait venue ici, et aurait découvert la tache de sang.

— Où est-il ? Tu l'as enterré ?

— Oui. Là-bas.

Elle désigne du doigt le sentier qui mène vers l'arrière de la baraque.

J'essaie de l'imaginer traînant le corps dans la maison, puis le long des marches sur lesquelles nous sommes assises. Elle a dû l'enrouler dans un drap ou un morceau de tissu. Il n'y avait pas de traces sur la moquette, en dehors de celle près du canapé.

J'aimerais lui demander comment elle s'y est prise. Ce que ça fait de tuer un homme. Est-ce que ça a été rapide ?

Elle semble lire dans mes pensées.

— Je l'ai frappé, une seule fois. Je n'en avais pas l'intention. Je cherchais juste à l'assommer. Pour pouvoir fuir. Il était de dos. Il pleurait. Il devait vouloir que je le rassure. Je ne me vois pas attraper la barre de fer. Elle était posée là, près de la cheminée. Je ne l'avais jamais remarquée. J'imagine qu'elle devait appartenir à sa mère. Probablement une antiquité ou un truc du genre. (Elle s'interrompt. Un sourire se dessine sur ses lèvres.) Je l'ai plantée dans son crâne. Je n'aurais jamais cru que j'avais autant de force.

Que dire à quelqu'un qui confesse un crime ? La mort de Smith compte-t-elle comme un crime ? J'ignore si on pourrait parler d'autodéfense dans le cas de Sadie. Quoi qu'il en soit, je doute qu'un jury la condamne, vu ce qu'elle a traversé.

Je lui demande si elle avait déjà tenté de s'enfuir avant ça

— Deux fois. Les deux premières années.

— Et après ?

Sadie hausse les épaules.

— J'ai arrêté d'essayer. Je me suis habituée. À lui. Il prenait soin de moi. (Elle voit mon regard horrifié.) Je comprends que ça puisse paraître complètement taré. C'est bon, pas la peine de me l'expliquer.

— Je suis désolée.

— Personne ne peut comprendre comment c'était. Personne à part… moi.

Quelque chose ne va pas. Beaucoup de choses, en fait.

— Pourquoi tu n'as pas été trouver la police ? Après que tu… une fois qu'il était mort.

— Je ne savais pas comment réagir. J'étais seule. Pour la première fois de toute ma vie, personne n'était là pour me dire quoi faire. Je mangeais quand je voulais, dormais quand je voulais. J'utilisais l'ordinateur, j'allais marcher dans les bois… C'était paisible. C'est seulement lorsque la nourriture a commencé à manquer que je me suis rendu compte que je devais partir.

Ça n'a décidément pas de sens. Un morceau du puzzle m'échappe. Le reste semble logique. Enfin, plus ou moins. Mais comment a-t-elle eu l'idée de se faire passer pour ma sœur ? J'attends qu'elle me le dise, mais elle n'en touche pas un mot.

Il fait pratiquement nuit noire. Je n'ai aucune envie de retourner à pied jusqu'à la route principale.

— Je peux appeler papa. Il viendrait nous récupérer..., dis-je avant de prendre une seconde pour réfléchir à cette proposition. On expliquerait tout. Je sais que ce ne serait pas facile, que les parents seraient furieux... (Vraiment la déclaration du siècle, mais je poursuis.) Cependant, je crois qu'ils comprendraient. Avec le temps. Et je suis sûre qu'on trouvera quelqu'un. Un membre de ta famille capable de s'occuper de toi. Tu dois bien avoir des grands-parents, des tantes ? Ils ont dû te chercher, eux aussi, comme nous pour Laurel. Pense un peu à ça, à ce que ça leur fera de te voir réapparaître au bout de toutes ces années.

Je sais exactement ce que ces gens éprouveront. Ils auront l'impression de vivre un miracle. Sauf que, pour eux, il sera bien réel.

— Faith..., intervient-elle, mais je continue de jacasser. Tout ira bien, la police doit absolument savoir que Smith est mort. Comme ça, elle affectera ses effectifs à la recherche de ma sœur plutôt qu'à celle d'un type qui n'existe pas.

Je parle encore et encore, espérant dire quelque chose qui la convaincra. Je pourrais toujours appeler papa – je n'ai pas besoin de la permission de Sadie. Mais je trouve important qu'elle soit d'accord, soudain.

— Faith ! Arrête ! Arrête ça… vraiment.

Sadie se met debout et commence à s'éloigner. Le gravier crisse sous ses pas. Elle porte les mains à son visage en marmonnant quelque chose. Quand elle les retire, elle a des larmes plein les yeux et la lèvre qui saigne.

Je me lève pour aller lui toucher l'épaule. Mais au lieu de se sentir rassurée, Sadie sursaute à mon contact, et recule.

— Il faudrait que… Je ne voulais pas… Il y a quelque chose que tu dois voir. Je suis désolée.

Je suis Sadie vers l'arrière de la maison. Elle sanglote. Elle a le dos voûté. J'ignore quoi faire. Je ne comprends pas ce qu'il se passe.

Il n'y a pas de jardin. Les arbres sont tellement proches de la bâtisse que les branches frôlent les fenêtres. Je dois sortir mon téléphone et allumer l'écran pour éclairer le chemin. Sadie ne semble pas avoir de mal à se diriger, elle, en revanche. Elle est habituée au noir.

Nous dépassons un monticule de terre d'environ un mètre quatre-vingts de long. Elle ne s'arrête pas et ne le regarde pas. Elle ne fait pas non plus de commentaires susceptibles d'indiquer ce qu'il y a en dessous. Elle n'en a pas besoin. Je me demande à quoi le corps ressemble. De la chair décomposée, des globes oculaires enfoncés, des vers, des insectes…

Sadie s'arrête finalement dans une clairière. La lumière de la lune brille au-dessus de nous. L'endroit doit être un chouette lieu où pique-niquer de jour.

— Je suis désolée, redit-elle.

Pourquoi continue-t-elle de répéter ça ?

C'est alors que je l'aperçois.

L'autre monticule, de la même taille que celui que nous venons de dépasser. Quelqu'un a disposé des petites pierres tout autour en guise de bordure. Une croix en bois tordue pointe de la terre. Quelque chose est posé contre. Je m'approche pour voir ce que c'est.

Un ours en peluche avec un bras manquant.

Je regarde le tas.

Et tombe à genoux devant la tombe de ma sœur.

54.

U*n mois plus tard*

Ma sœur est morte depuis un peu plus de quatre mois. Je suis en deuil depuis quatre semaines. En dehors de Sadie et moi, personne ne sait que Laurel Logan est décédée. J'ai bien l'intention que les choses demeurent ainsi.

Voilà les faits tels que Sadie me les a racontés ce soir-là. Je n'ai aucun moyen de vérifier si elle m'a menti à quelque niveau que ce soit. Je suis obligée de m'en remettre à sa version. Une seule question est résolue : Laurel est partie.

Sadie est la première enfant que le monstre ait enlevée. Elle n'a pas été la dernière. Quelque chose l'a motivé à prendre ma sœur. Une deuxième petite blonde, mais plus jeune.

Sadie détestait Laurel. Elle était jalouse d'elle. Parce que comme toutes les petites filles, elle avait besoin d'être au centre de l'attention, m'a-t-elle expliqué. Sadie avait l'habitude de pincer sa compagne de captivité et de lui tirer les cheveux. Une fois, au bout d'environ deux ans de cohabitation, Sadie avait poussé Laurel, qui avait perdu une dent en se cognant contre un mur. Smith avait puni Sadie – elle n'a pas dit comment.

Ma sœur l'aimait bien, elle, en revanche. Elle s'accrochait à elle.

— Tu veux bien être ma nouvelle sœur ? lui avait-elle demandé un jour qu'elles étaient étendues dans le noir.

Laurel avait dormi sur le lit de camp après que Smith avait relégué Sadie par terre.

Chaque nuit, Laurel évoquait sa famille. Elle s'épanchait durant des heures entre deux crises de larmes. Au début, Sadie fourrait les doigts dans ses oreilles et ordonnait à Laurel de se taire. Mais au bout d'un moment, elle avait commencé à apprécier ses histoires. À en vouloir davantage. Elle-même n'en avait aucune à raconter – la plupart de ses souvenirs étaient sombres.

Sadie s'était fait une image – de moi, maman et papa, et de notre maison. Laurel lui avait parlé d'une veilleuse nommée Œuf, et de séances de jeu dans le bac à sable avec sa petite sœur. Elle avait proposé à Sadie d'emprunter Barnaby si jamais elle avait besoin d'un câlin.

Elles ont vécu sous le même toit durant treize ans et passé pratiquement chaque minute ensemble.

Sauf quand le monstre emmenait Laurel à l'étage.

Sadie avait fini par ne plus haïr Laurel. Le temps et la bonté de ma sœur étaient venus à bout de ses réticences. Laurel laissait Sadie dormir avec elle dans le lit de camp. Elles s'assoupissaient souvent dans les bras l'une de l'autre.

Laurel n'avait jamais renoncé à l'espoir. Elle savait que nous la cherchions. Lorsque le monstre lui sortait que nous l'avions oubliée, ou que nous étions bien contents qu'elle soit partie, elle secouait la tête, les lèvres farouchement serrées. Elle était sûre qu'on l'aimait. Cette pensée me réconforte, quand je suis allongée dans mon lit la nuit, à douter de ce que j'ai fait. Sa foi en nous avait été inébranlable, jusqu'à la fin.

J'ai demandé à Sadie comment Laurel était.

— Elle avait bon cœur, a-t-elle répondu simplement, avant que j'insiste pour qu'elle entre dans les détails. Il y avait… Elle avait une sorte de lumière en elle. Quelque chose de pur et de bon que je n'ai jamais eu.

Les simulations photographiques ne lui rendaient apparemment pas justice. Sadie avait affirmé qu'elles se ressemblaient, au premier coup d'œil, mais que Laurel était cependant plus fragile, plus faible qu'elle. Elle tombait souvent malade. Et bien sûr, elle ne voyait jamais de médecin.

De temps en temps, elles ont passé de bons moments. Les fois où le monstre les laissait seules. Régulièrement, il les abandonnait pendant vingt-quatre heures d'affilée. Ces jours-là, elles avaient faim, bien sûr, mais cela ne les dérangeait pas le moins du monde. Parce que ces jours-là, au moins, elles ne risquaient rien.

Elles s'inventaient des histoires. Elles faisaient semblant d'être des princesses enfermées dans un donjon par un ogre maléfique. Laurel avait ainsi imaginé une histoire où Sadie venait vivre dans notre famille avec elle. Elle lui avait dit qu'elles partageraient la même chambre, comme des sœurs. C'était la version favorite de Sadie.

Je lui ai posé la question à propos de la cicatrice sur sa joue, celle qui correspondait à la croûte qu'avait Laurel au même endroit le jour où elle avait disparu. Sadie n'a pas voulu me répondre dans un premier temps, mais j'ai fini par lui tirer les vers du nez. Laurel était malade depuis plus d'un mois – des maux de tête et des vomissements – et Smith devenait de plus en plus frustré. Il a fini par faire monter Sadie à l'étage. Il lui a coupé les cheveux puis l'a habillée avec les vêtements de Laurel. Mais cela ne lui suffisait pas : il voulait que le substitut de Laurel lui ressemble trait pour trait. Il a alors pris son couteau de cuisine et lui a entaillé la joue avant de dire : « Voilà, c'est mieux comme ça ». Sadie ne m'a pas dit ce qui s'était passé ensuite.

Je me suis forcée à poser des questions dont je n'étais pas sûre de vouloir connaître les réponses. J'ai demandé si Laurel avait peur. Si elle se souvenait de nous – de moi –, après toutes ces années de séparation. Et de quelle façon elle était morte.

Les réponses :

Parfois. Mais elle ne s'était jamais habituée à l'obscurité.

Elle ne nous avait jamais oubliés. Elle parlait de nous à tout bout de champ.

La dernière question avait été la seule à laquelle Sadie n'avait pas pu répondre. Je ne l'avais pas accepté, au début, tellement j'avais été certaine qu'elle mentait pour me protéger. Mais elle avait insisté, certifiant que c'était la vérité.

— Elle ne s'est pas réveillée un matin, avait-elle déclaré, le regard m'implorant de la croire.

Je n'avais pas pu admettre sa réponse.

— Les gens ne meurent pas comme ça…

Sauf que si. Des gens meurent chaque jour. Des personnes âgées, d'âge moyen, des jeunes, des bébés… Et qui sait de quels problèmes de santé Laurel souffrait, vu ses conditions de vie ? Si elle avait eu accès à des soins médicaux dignes de ce nom, serait-elle encore en vie ? Mais ça ne sert à rien de penser comme ça.

Ma sœur se trouvait à une heure de chez nous, quand elle est décédée. À une heure de chez nous durant toutes ces longues années, et nous n'en avions pas la moindre idée…

Le monstre avait été inconsolable.

— Je l'aimais, n'avait-il pas cessé de répéter en serrant le corps de ma sœur dans ses bras.

Il avait accusé Sadie. Il l'avait secouée et lui avait crié dessus pour qu'elle avoue ce qu'elle avait fait. Elle était allée se réfugier dans un coin sous les couvertures crasseuses. Trop choquée, elle n'avait pas pleuré.

Smith avait contraint Sadie à creuser la tombe de ma sœur. C'était elle qui avait disposé les petits galets autour du monticule, et cherché les bâtons pour la croix. Smith avait voulu enterrer Barnaby la peluche avec Laurel, mais Sadie l'avait supplié de le lui confier. Il n'avait rien voulu entendre, clamant que « Laurel en aurait besoin pour dormir en paix ». Mais il avait laissé Sadie reboucher le trou seule. Il l'avait obligée à balancer de la terre sur la dépouille de sa compagne de captivité. Sadie avait récupéré l'ours à ce moment-là et l'avait caché sous des feuilles.

C'est étrange que j'aie pu oublier l'existence de Barnaby. C'est la première chose à laquelle j'aurais dû penser quand Sadie m'a avoué qu'elle n'était pas Laurel. Parfois, je me demande si une partie de moi savait la vérité, d'une façon ou d'une autre, à cette époque. Mais ce n'est pas possible, si ?

Sadie a tué le monstre trois jours après le décès de Laurel.

— J'aurais dû le faire plus tôt. On aurait pu s'enfuir.

Je lui ai dit de ne pas considérer les faits de cette façon. Et que je ne lui reprochais rien. J'ai répété les mots « je te pardonne » jusqu'à ce qu'elle m'écoute.

Le plan s'était profilé dans mon esprit quelques minutes seulement après avoir vu la tombe de ma sœur. Il avait émergé d'une réflexion : que je ne voulais jamais, mais vraiment jamais, que mes parents éprouvent ce que je ressentais. Ils ne s'en remettraient pas.

Il était tard. Le dernier bus pour la ville passerait dans moins d'une heure. Ça n'avait pas été facile de convaincre Sadie de rentrer avec moi. Elle souhaitait rester dans cette baraque sordide pour réfléchir à ce qu'elle ferait ensuite.

— Il n'est pas question que je t'abandonne ici, avais-je martelé. Ce n'est même pas la peine d'y penser.

Je l'avais informée de mon projet. Nous rentrerions en bus. Je dirais à papa que j'avais invité Laurel au cinéma à la dernière minute, et qu'elle avait du coup décidé de dormir chez lui au lieu de retourner à la maison.

Sadie s'était éloignée de moi, au point que j'avais eu peur qu'elle file dans les bois. Mais je ne l'aurais pas laissée partir. Je l'aurais poursuivie et traînée par les cheveux, au besoin. Heureusement, ce ne fut pas nécessaire. Je l'avais raisonnée pour qu'elle comprenne clairement qu'elle n'aurait pas la moindre chance sans mon concours.

Nous n'avons pas échangé un mot pendant le trajet en bus jusqu'à l'appartement de papa.

Nous avons mis quatre jours. Nous aurions volontiers pris plus de temps, mais la police était censée revenir faire le test ADN le jeudi. Il faudrait qu'elle soit partie, à ce moment-là. J'ai feint d'être malade pour rater les cours. Maman n'a pas insisté, surtout quand Sadie/Laurel a proposé de veiller sur moi. Maman avait une semaine chargée, à cause d'un grand dîner de bienfaisance qu'elle aidait à organiser, ou je ne sais quoi.

L'argent n'était pas un problème. Sadie avait perçu sa part du contrat d'édition, et j'avais moi-même quelques sous de côté. J'ai été retirer le tout, et les lui ai donnés. Sadie n'a pas voulu les prendre dans un premier temps. Mais je savais qu'elle aurait besoin du moindre penny. Et qu'elle ne pourrait pas quitter le Royaume-Uni, ce qui compliquait la situation.

Il restait deux points délicats à régler. Primo : elle est l'une des personnes les plus connues du pays. Deuzio : que dire à mes parents ?

Le premier a été assez facilement résolu. Ou disons que je le pense, parce que j'ai vérifié sur Internet tous les jours depuis son départ, et que personne ne l'a reconnue. Une paire de ciseaux et de la teinture marron au beau milieu de la nuit opéreraient leur magie… Mais malgré ses cheveux bruns courts, elle demeurait trop identifiable. Elle m'a laissée lui raser la tête. L'effet était saisissant. Elle ressemblait à un magnifique garçon fluet.

Le problème des parents était plus subtil. Allaient-ils se contenter de rester assis là à accepter de la perdre de nouveau ?

J'ai écrit la lettre et Sadie l'a recopiée de sa main, avec pour stricte instruction de ne pas en changer un mot. Il était vital que ce courrier atteigne sa cible. Sadie n'arrêtait pas de me demander si je pensais que le plan fonctionnerait.

— Bien sûr que oui, lui ai-je promis, alors que je n'en savais strictement rien.

J'avais mis deux heures à la rédiger correctement, à trouver le bon équilibre. Ça a été affreux. J'avais dû me répéter que j'agissais au mieux – que je le faisais pour les protéger.

J'ai dit au revoir à Sadie un peu avant cinq heures, dans la nuit du mercredi après la fête de Thomas. Nous étions dans ma chambre, où elle passait en revue son sac à dos une dernière fois. Il y avait encore une chose que je voulais lui donner.

— C'est quoi ?

Je l'avais emballé dans un de mes T-shirts qu'elle adorait. Œuf. La veilleuse pingouin. Celle dont Laurel avait tellement parlé à Sadie qu'elle avait pu la décrire dans les moindres détails.

— Je ne peux pas l'accepter. Ni ça, d'ailleurs, avait-elle opposé en tendant la lampe, et le T-shirt.

— J'aimerais vraiment que tu les prennes.

Elle avait alors refusé de la tête, mais j'avais anticipé sa réaction.

— Maman s'attendrait à ce que Laurel emporte sa veilleuse avec elle. Donc tu devrais le faire pour m'éviter de devoir la jeter dans une poubelle.

Sadie m'a adressé un regard lourd de sous-entendus, comme si elle savait exactement à quoi je jouais, mais a fini par opiner et par envelopper le pingouin dans le vêtement, avant de le fourrer dans une poche latérale du sac à dos.

— Merci, a-t-elle murmuré.

J'ai eu l'impression qu'elle ne me remerciait pas pour ces objets. Que ce merci était bien plus grand – plus dense, d'une certaine façon.

— Bien. Je crois que je ferais mieux de partir.

— OK. OK..., marmonnai-je, soudain paniquée.

Il n'y avait aucun moyen que ce plan fonctionne, alors pourquoi se donner la peine d'essayer ? C'était de la folie. Et si nous avions oublié quelque chose ?

— Tu es sûre que tu as tout ? Et la carte ? Tu sais où tu dois aller ? On peut y jeter un dernier coup d'œil, si tu veux. On a du temps avant que maman se lève.

Sadie m'a alors attrapé le bras.

— C'est bon, je sais ce que je fais. Tout ira bien.

J'avais encore tellement de questions à propos de Laurel, et c'était mon ultime chance. Mais si j'empruntais cette voie, je ne la quitterais plus. Plus Sadie m'en dirait, plus je souhaiterais en savoir. Parce que je n'en apprendrais jamais assez sur la vie de ma sœur. Ni sur sa mort.

Mais il y en avait une que je pouvais poser, cependant. Une chose que je devais savoir avant qu'elle parte. C'était stupide de ma part, vraiment, vu ce qui s'était passé depuis. Une question égoïste. Mais je l'ai quand même lancée, au moment où Sadie a mis le sac sur son dos pour le soupeser.

— Pourquoi tu as embrassé Thomas ?

Sadie s'est arrêtée, les yeux fixés sur le mur, comme si la réponse à ma question y était écrite. Puis elle m'a regardée.

— J'avais besoin que tu me haïsses.

En voyant mes yeux écarquillés d'incompréhension, elle reprit :

— Je savais qu'il fallait que je parte avant que la police ne vienne. Mais de là à passer à l'acte... Je... je me sens bien ici. Très bien même. Je me suis dit que ce serait plus facile si tu me rejetais. Je n'avais pas tort, dit-elle avec un sourire triste. Tu devrais quand même savoir qu'il ne m'a pas rendu mon baiser.

J'y ai réfléchi pendant un moment. Et bizarrement, sa réponse faisait sens pour moi. Mais il restait néanmoins quelque chose d'autre qui me gênait, comme le proverbial caillou dans la chaussure.

— Comment tu as su que j'allais rentrer dans la pièce et vous découvrir tous les deux ?

Elle m'a renvoyé un regard troublé, comme si j'avais enfin vu clair dans son jeu.

— Bon, d'accord... Il y avait en effet une deuxième raison à ce baiser : je voulais savoir à quoi ça ressemblait. D'embrasser quelqu'un... quelqu'un qui n'était pas Smith.

Je n'ai rien pu répondre à cela. Rien.

Je ne sais pas qui d'elle ou de moi avait initié notre accolade. À moins que nous ayons eu la même idée au même instant. Ça ne m'avait pas paru bizarre de la prendre dans mes bras. Je n'avais pas l'impression de tenir une étrangère. Et quand le moment est venu, je n'ai pas pu la lâcher. Elle s'est écartée la première.

— Je suis désolée. Pour tout. Je n'ai jamais cherché à faire de mal à qui que ce soit, j'espère que tu le sais.

Elle avait eu les larmes aux yeux. Moi aussi.

J'ai opiné.

— Tu… prends soin de toi, d'accord ?

— Oui, je vais faire de mon mieux.

Elle a marché jusqu'à la porte avant de se retourner. Nous nous sommes dévisagées en silence pendant une seconde ou deux. Si tout se déroulait comme prévu, je ne la reverrais jamais. Elle a souri tristement, ce qui m'a alors fait désirer des choses que je ne pourrais jamais m'expliquer moi-même.

— Tu veux que je te dise un truc ? Je suis vraiment contente d'avoir été ta sœur, même si ça n'a pas duré longtemps, a-t-elle murmuré.

Elle a fermé la porte derrière elle. J'ai tendu l'oreille pour l'écouter dévaler l'escalier, mais aucun bruit de pas n'a résonné. J'ai été me poster à la fenêtre et l'ai regardée descendre la rue. Elle est partie sans se retourner.

— Ça m'a plu d'être ta sœur, à moi aussi, ai-je susurré.

55.

Si dire au revoir à Sadie avait été difficile, voir ma mère lire la lettre a été pire. J'ai cru qu'elle n'arrêterait jamais de pleurer.

— Tu étais au courant ? a-t-elle demandé en me prenant par les épaules pour me secouer.

Je n'ai pas craqué.

— Non, je le jure. Je n'en avais pas la moindre idée.

Elle a téléphoné à mon père, qui a débarqué vingt minutes plus tard, le visage encore froissé de sommeil. Il n'a pas pleuré. Il était trop choqué, je pense.

Je les ai regardés parcourir de nouveau la note de Laurel, leurs têtes collées l'une à l'autre. Je devais me souvenir de la lire moi aussi. Je n'étais pas censée en connaître chaque mot par cœur.

Chère maman, cher papa, et chère Faith,

Je dois partir quelque temps. Je suis désolée. Je sais que vous ne comprendrez pas, mais je veux que vous sachiez que c'est le mieux pour moi. C'est ce que je souhaite. J'ai besoin de temps pour découvrir qui je suis et ce que je veux faire de ma vie. Je suis désolée de ne pas pouvoir agir autrement.

S'il vous plaît, ne vous accusez de rien. Rentrer à la maison, et vous retrouver, était mille fois plus génial que ce dont j'aurais pu rêver. Vous êtes la meilleure famille du monde. J'ai tellement de chance de vous avoir dans ma vie.

La perspective de cet avenir m'excite. Découvrir de nouveaux lieux, me faire de nouveaux amis. Rencontrer des gens qui n'auront jamais entendu parler de Laurel Logan. C'est un nouveau départ… Je veux voir si je peux tenir debout seule. Je suis sûre que vous le comprendrez.

S'il vous plaît, S'IL VOUS PLAÎT, ne me cherchez pas. Je vous en supplie. J'ai besoin de le faire, et de le faire sans votre aide.

Je ne sais pas combien de temps je serai partie. Mais je vous reviendrai. Un jour. Je vous aime tous les trois.

Laurel

À la relire par-dessus l'épaule de ma mère secouée de sanglots et de mon père glacé de stupeur, cette lettre m'a paru bien maigre. De très loin. Il aurait fallu en dire plus, charger plus la barque. Ce mot était trop court, trop emprunté.

Je ne suis pas sûre que mon comportement ait été lui aussi adéquat. Je n'ai même pas réussi à pleurer.

— Comment peut-elle nous infliger ça ? Je ne comprends pas…

Maman est tombée dans les bras de papa, qui lui a murmuré des paroles réconfortantes. J'ai attrapé la lettre avant de la fixer pour me donner une contenance.

Maman s'est écartée.

— Je ne peux pas la perdre de nouveau, John. Je... je ne peux juste pas. Il faut appeler la police. Elle n'a pas pu aller bien loin. Laisse-moi trouver ce numéro... Où est-ce que je l'ai mis, déjà ?

Elle a ouvert le tiroir de la cuisine dans lequel sont fourrés les menus à emporter et divers prospectus.

— Arrête, a intimé papa, mais maman n'a pas écouté, si bien qu'il a dû se lever pour fermer le tiroir et lui prendre les mains.

— *Arrête.* Nous devons... (Il a dégluti très fort.) Ça ne me plaît pas, à moi non plus, mais nous devons la laisser faire. Elle a dix-neuf ans, Olivia. Elle est adulte. Il ne s'agit pas de nous. Il s'agit de ce qu'il y a de mieux pour elle.

— Et tu penses que le mieux pour elle est de se retrouver là-dehors toute seule ? a crié maman.

Son visage était tout rouge et mouillé de larmes qu'elle n'a pas pris la peine d'essuyer.

— N'importe quoi pourrait arriver !

— Quoi, tu veux dire quelque chose de pire que ce qui est déjà arrivé ? a murmuré papa.

C'est là qu'elle a cédé, je crois. Ma mère ne s'était pas encore faite à l'idée alors, mais au moins, elle a écouté mon père à partir de ce moment-là. J'ai mis la bouilloire à chauffer, et évité de regarder la tasse avec le prénom de ma sœur lorsque j'ai ouvert le placard de la cuisine.

Nous nous sommes assis tous les trois autour de la table pour évoquer la situation. Maman voulait appeler Laurel pour la supplier de revenir. Papa ne s'y était pas opposé. Ma mère a été la seule surprise d'entendre le portable sonner à l'étage.

Trois heures plus tard, mes parents convenaient de se plier aux souhaits de Laurel.

— Nous lui devons bien ça, a affirmé papa. Elle reviendra quand elle sera prête. Nous l'attendrons et nous l'accueillerons à bras ouverts. C'est la seule chose que nous puissions pour elle.

Il n'avait l'air ni convaincant ni convaincu, mais c'était déjà un début.

J'ai été la première à mentionner la presse. Sadie et moi en avions discuté. Même si papa et maman décidaient de ne pas la rechercher, les médias s'empareraient de l'affaire en quelques jours. Il n'y aurait aucun moyen d'y couper. Il fallait donc anticiper le problème : déclarer que Laurel était partie à l'étranger dans le cadre d'un traitement médical de longue durée à cause d'un souci de santé, ou autre. Et c'est exactement ce que nous avons fait.

L'histoire est retombée bien plus vite que ce que j'aurais présumé. Sans Laurel dans les parages, aucune photo n'accompagnait les articles. Les gens sont moins captivés quand il n'y en a pas. Hier, j'ai été faire mon tour habituel sur Internet pour voir si de nouvelles mentions du nom de Laurel Logan étaient apparues. Pour la première fois, il n'y en avait pas une seule. Ni le moindre post sur un blog évoquant je ne sais quelle théorie du complot. Je me suis rassise en arrière en souriant. Ce que nous avons tenté, nous l'avons réussi.

Les choses n'ont pas été faciles. Spécialement du côté de maman. Elle a à peine quitté la maison les deux premières semaines. Elle a laissé le téléphone sonner dans le vide, disant qu'elle ne voulait parler à personne. L'éditrice, Zara, lui a déjà déposé sept messages. Qui sait ce qu'il va se passer avec le contrat. Peut-être allons-nous devoir rembourser l'argent, ou le livre sortira-t-il quand même, malgré le départ de « Laurel » ?

Maman n'arrête pas de me demander quelle erreur elle a commise. Elle n'accepte toujours pas ma réponse : aucune. Mais je pense que ça devrait s'arranger, avec le temps. Elle va boire un verre avec son amie Sita, ce soir. C'est forcément bon signe, non ?

Papa semble mieux gérer la situation. Il se plonge à fond dans le boulot. Il explique que ça lui permet de penser à autre chose.

Nous avons dîné ensemble dimanche soir – papa, maman, Michel et moi. C'était une idée de maman. Elle pense qu'on devrait remettre ça chaque semaine. J'ai l'impression qu'elle s'imagine qu'organiser plein de trucs de famille tous les quatre fera revenir Laurel plus vite, comme si elle pouvait être au courant d'une façon ou d'une autre, là où elle est.

Papa et Michel sont arrivés tôt. Papa a lu le journal pendant que maman faisait des histoires en cuisine, ayant peur que la pièce de bœuf ne soit pas assez grosse pour quatre. Michel a insisté pour éplucher les patates.

— Tu ne veux pas aller te mettre un peu les doigts de pied en éventail, Olivia ?

Maman a souri avant de le remercier avec sincérité, pour la première fois, je crois. Je m'apprêtais à aller m'asseoir à côté quand Michel m'a demandé de rester pour lui tenir compagnie.

Je ne m'étais plus retrouvée avec lui depuis qu'elle était partie. J'ai évité Martha aussi, autant que possible, du moins. Le besoin de parler – de le raconter à quelqu'un – était tellement fort qu'il a bien failli me submerger.

Je croise Thomas au lycée. Il n'a pas essayé de m'adresser la parole, pas une seule fois. Je pensais qu'il se serait davantage battu pour sauver notre relation, mais on dirait qu'il a jeté l'éponge. Je ne peux pas m'empêcher de trouver ça un peu bizarre. Surtout si Sadie m'a dit la vérité, comme quoi il n'avait rien fait de mal. L'autre chose étrange, c'est qu'il ne me manque pas. Pas le moins du monde. On n'aurait jamais dû sortir ensemble. Ça me fait du reste un bien fou d'être seule.

— Alors, comment tu vas ? C'est la folie totale, depuis deux mois, hein ? a-t-il suggéré en passant les patates sous l'eau.

— Ça va.

Faire simple.

La première règle du menteur accompli.

— Vraiment ? Parce qu'on ne le dirait pas. Tu as la tête de quelqu'un qui n'a pas fermé l'œil depuis un mois.

J'ai ri et lui ai flanqué un coup de coude.

— Super ! Merci, Michel ! Tu sais que ça ne se fait pas de sortir à une fille qu'elle a l'air fatiguée ? Mais genre pas *du tout* !

Michel n'a pas ri. Il ne m'a même pas regardée. Il a juste commencé de peler les pommes de terre et je suis restée debout à côté de lui, prête à les couper en gros morceaux parfaits. Au bout d'un moment, il a repris la parole, mais si doucement que j'ai dû me pencher pour l'entendre.

— Il y a une chose que je veux que tu saches. J'espère ne rien t'apprendre, mais je vais le dire quand même. Il y a des choses dans la vie qui sont trop énormes à gérer seul. On pense y parvenir, sauf qu'une telle situation est capable de… vous ronger de l'intérieur. Vous empoisonner, en quelque sorte. Parce que ce genre de poids est trop lourd à porter pour une seule personne. Donc si tu voulais me parler de quelque chose – de n'importe quoi –, je suis là. Tu peux me faire confiance.

J'ai écouté en l'observant de profil tandis qu'il se concentrait sur les patates. De quoi parlait-il ? Impossible qu'il soit au courant. Sadie et moi avions été extrêmement prudentes.

— Heu… merci. Tout va bien. Mais merci.

Il s'est alors tourné vers moi, et a rivé son regard au mien. Puis il s'est mis à discuter d'un ton faussement dégagé comme si nous avions une conversation parfaitement normale.

— Tu savais que les coucous n'ont pas de nid à eux ?

J'ai secoué la tête, en pensant qu'il avait visiblement perdu le fil de ses pensées.

— Ils laissent un œuf unique dans le nid d'un autre oiseau, et ensuite, ils s'en vont. Leur congénère ne se rend compte de rien, parce que l'œuf du coucou est camouflé au milieu des siens. Du coup, l'oiseau grugé se retrouve à s'occuper d'un œuf qui ne lui appartient pas. Le pauvre volatile est bien avancé, quand il éclôt…

Mon cœur battait fort dans ma poitrine. Ma bouche était sèche. Il est au courant. D'une certaine façon. J'ai jeté un coup d'œil à la porte : elle était toujours fermée.

— Qu'est-ce que tu… ? Je ne comprends pas. Qu'est-ce que tu essaies de m'expliquer ?

Michel a haussé les épaules avec cette manière française si indéchiffrable.

— Rien. Rien de spécial. Je trouve ça juste intéressant, c'est tout. Certaines personnes estiment que le coucou est mauvais, à cause de ce comportement.

— Et toi ? Qu'est-ce que tu en penses ?

Un autre haussement d'épaules à la française.

— Moi ? Qu'il est un survivant. C'est quoi, la phrase, déjà ? Ah oui : La fin justifie les moyens.

Donc Michel est au courant – en partie, du moins.

Il ne peut pas savoir ce qui est véritablement arrivé à Laurel. Peut-être soupçonne-t-il qu'elle est morte depuis longtemps ? Je devrais sans doute paniquer à l'idée qu'il puisse dire quelque chose à papa, mais ce n'est pas le cas. Je crois que s'il l'envisageait, ce serait fait. Peut-être a-t-il des motifs de se taire, comme moi ?

Je dors mieux, depuis cette soirée, ce qui n'est certainement pas une coïncidence. Peut-être Michel avait-il raison avec cette histoire de fardeau. Néanmoins, je n'en parlerai jamais avec lui. Parce qu'il n'est pas question qu'il sache tout en détail.

J'ai fait une promesse, et je compte la tenir pour le restant de mes jours.

Le téléphone a sonné ce matin, au moment où je m'apprêtais à sortir. Une bouffée de chaleur a failli me suffoquer lorsque j'ai entendu maman dire « Bonjour, Natalie ». J'ai claqué la porte pour faire croire à maman que j'étais partie. Je suis restée dans l'entrée. Il fallait à tout prix que j'écoute. Pourquoi le brigadier Dawkins appelait maman ? Peut-être quelqu'un avait-il cru voir « Smith » ? Les appels se sont multipliés ces derniers temps. Je reste persuadée qu'il existe un type qui correspond pile-poil au portrait-robot qu'a donné Sadie à la police. Je lui souhaite juste de ne pas se faire arrêter.

Je me suis approchée à pas de loup de la porte du salon.

— Alors, des nouvelles ?

Une pause tandis que maman écoutait la réponse.

— Vous devez bien avoir une piste au moins ! Quelqu'un l'aura forcément vue ! Elle ne peut pas avoir subitement disparu de la surface de la Terre.

J'ai fermé les yeux, me suis adossée contre le mur et ai pris une profonde inspiration. J'aurais dû m'en douter. C'était trop beau pour être vrai : maman n'a jamais accepté que Laurel disparaisse à nouveau. Elle ne désespère pas de la retrouver à nouveau. Et merde.

Je prends le bus dans la direction opposée à l'école. Je passe ensuite la journée à espérer – et à prier ? pour que Sadie soit meilleure à se cacher que la police à la chercher.

J'arpente les petits chemins de campagne sous la pluie. J'ai oublié de prendre mon parapluie.

Barnaby l'ourson est trempé.

Je m'agenouille près de la tombe et me mets à parler. J'aurais cru me sentir bête, mais ça semble la chose la plus naturelle du monde. Je parle à Laurel de papa, maman et Michel. Je ne lui raconte que des trucs heureux – des choses que je voudrais qu'on me rapporte si j'avais été séparée de ma famille pendant des années.

Je lui explique que je suis désolée. Que nous avons tenté l'impossible pour la retrouver. Que nous n'avons jamais perdu espoir.

Je lui confie que je ne suis pas sûre d'avoir fait le bon choix. Je lui demande comment elle aurait agi à ma place, avant de m'interrompre comme si j'attendais qu'elle réponde.

Je lui assure que je suis fière qu'elle ait été tellement courageuse pendant toutes ces années, alors qu'elle devait avoir très, très peur. Et qu'elle se soit liée d'amitié avec Sadie, d'avoir été là pour elle, alors qu'elle n'avait personne.

Je lui dis que je l'aime.

Je me tais, après ça. Je reviendrai – dans une semaine, ou un mois. Quand le besoin d'en parler à quelqu'un deviendra trop insupportable, je viendrai là, et m'adresserai à ma sœur. Elle est la seule à comprendre. C'est une chose que je sais. Certaines personnes pourraient trouver difficile de concevoir et d'accepter. Elles pourraient même me juger impardonnable, penser que mes parents ont le droit d'être au courant, pour Laurel.

Mais ma sœur et moi connaissons la vérité.

Nous savons que, parfois, nous devons faire ce qu'il est nécessaire pour protéger notre famille dans la vie.

Imaginez que vous jouez dans un bac à sable dans le jardin devant chez vous par une chaude journée d'été. Vous montrez à votre petite sœur comment construire un château de sable. Votre mère est à l'intérieur, dans la cuisine peut-être. Votre père passe la tondeuse à l'arrière de la maison. Un homme s'arrête pour vous parler. Il semble gentil. Il regarde de chaque côté de la rue, puis ouvre le portillon, et s'avance vers vous. Il prend votre sœur par la main, et déclare qu'il va lui acheter une glace. Que faites-vous ? Vous vous coincez votre ours en peluche sous le bras, et écartez votre sœur – si fort qu'elle en pleure.

— Non ! Je veux une glace ! Faith n'a qu'à rester là.

Et vous partez avec cet homme. Très vite. Vous ne vous retournez pas.

Vous faites ce qu'il faut.

Extrait des *Enfants oubliés*, de Jeanette Hayes *(dernière édition corrigée, 2014)*

[...] Sarah Braithwaite, que ses proches appelaient Sadie, a été vue pour la dernière fois le 7 avril 2000. La police était persuadée qu'elle avait été enlevée par son père, un criminel local bien connu du nom d'Eddie Gibbons. La mère de Sarah, Gail, n'a jamais cru cette version des faits. La disparition de Sadie n'a été rapportée à la police qu'au bout d'une semaine seulement. Durant sept longs jours et sept longues nuits, personne ne savait qu'elle avait disparu. C'est seulement lorsqu'un voisin est passé, pour trouver Gail Braithwaite inconsciente dans une mare de vomi, que son absence a été signalée.

Gail Braithwaite s'est avérée incapable d'aider la police dans son enquête. Alcoolique et droguée, cette femme ne faisait pas un témoin crédible, pour le dire sobrement. L'enquête a été abandonnée en moins d'un mois.

Celle de Laurel Logan est toujours ouverte. Douze ans après sa disparition. Le fait que les deux fillettes aient vécu à moins d'une heure l'une de l'autre éclaire d'autant mieux ce terrible contraste.

MISE À JOUR : J'ai de nouveau rendu visite à Gail, quatorze ans après la disparition de Sadie, soit dix ans après notre dernière entrevue. La ville de Blaxford a peut-être changé entre-temps, mais la femme qui m'a accueillie sur le pas de la porte n'aurait pas pu paraître plus différente de celle que j'avais interviewée autrefois. Elle fait peut-être un peu plus que ses quarante-trois ans, mais Gail Braithwaite est en bonne santé, et heureuse, dans une certaine mesure. « Sobre depuis huit ans, confie-t-elle fièrement. Je pense à Sadie tous les jours, vous savez. Elle est la première pensée qui me vient le matin, et celle avec laquelle je m'endors chaque soir. »

Un visage d'enfant pointe derrière une porte, tandis que nous discutons. « Je vous présente Selina », lance Gail tout aussi fièrement.

La petite se montre timide, au début, mais très vite, elle vient s'asseoir sur les genoux de sa mère et bondit de haut en bas en faisant semblant de monter à cheval. La ressemblance avec Sadie est frappante.

Avant que Gail ait pu dire quoi que ce soit, la petite claironne déjà : « Sadie ! Sadie ! Sadie ! »

Gail sourit tristement. « Nous parlons beaucoup de Sadie. Je crois que c'est important que Selina entende parler de sa grande sœur. Pour qu'elle ne soit pas surprise le jour où Sadie nous sera rendue et où elle reviendra vivre avec nous. »

Selina lève alors la tête, ses yeux lumineux d'espoir, inconsciente de l'enfer que sa mère vit. « Sadie rentre ? »

Des larmes brillent dans les yeux de Gail lorsqu'elle regarde la photo de sa fille disparue, qui trône fièrement au milieu du manteau de cheminée. « Un jour, chérie. Peut-être un jour. »

Remerciements

Mes remerciements les plus sincères à Julia Churchill, Roisin Heycock, Niamh Mulvey, Lauren Woosey, Talya Baker, Glenn Tavennec, les Sisterhood, YA Thinkers, UKYA bloggers, Gillian Robertson, Sarah Stewart, Lauren James, Cate James, Ciara Daly, Robert Clarke, et Caro Clarke.

Découvrez d'autres romans de

Cat Clarke :

cruelles

Quatre filles.
Un secret partagé.
Une montagne de culpabilité.

Alice King, 16 ans, part avec sa classe pour un séjour en Écosse. Elle ne s'attendait pas à des vacances de rêve, mais jamais elle n'aurait pu imaginer la tournure cauchemardesque que vont prendre les événements.

La jeune fille et sa meilleure amie Cass se retrouvent à devoir partager un chalet avec Polly, l'asociale de service, Rae, la gothique bipolaire, et Tara, la reine des pestes. Populaire, belle et cruelle, cette dernière prend un malin plaisir à humilier les autres à longueur de journée.

Mais Cass compte bien profiter de cette semaine au vert pour donner à Tara une leçon qu'elle n'est pas prête d'oublier. Avec l'aide de ses camarades de chambrée.

Le vent a tourné pour la reine du lycée. L'heure de la revanche a sonné...

Une ténébreuse histoire de secrets coupables, d'amitiés troubles et de premier amour...

« *Nous avions adoré* Confusion *de Cat Clarke, mais* Cruelles *nous fait atteindre des sommets insoupçonnés !* »
The Guardian

a kiss in the dark

de Cat Clarke

Un roman qui vous fera revivre les délices et les frissons de votre premier amour.

Lorsque Alex et Kate se rencontrent,
l'attirance est immédiate.
Il a de l'humour, il est beau et un brin timide :
tout ce que Kate recherche chez un petit ami.
Elle est jolie, craquante, avec un irrésistible soupçon
de naïveté : Alex ne peut résister à son charme.
L'un des deux cache pourtant un lourd secret
qui va non seulement peser sur leur amour naissant,
mais aussi menacer leurs vies...

COUP DE CŒUR DU BLOG WANDERING WORLD :

« Cat Clarke va droit au but, droit au cœur ! »

Imprimé en France par CPI
en avril 2015

Composition et mise en pages
Nord Compo à Villeneuve-d'Ascq

Dépôt légal : avril 2015
N° d'édition : 54360/01
N° d'impression : 128199